D1165559

Garfield County Libraries
Parachute Branch Library
244 Grand Valley Way
Parachute, CO 81635
(970) 285-9870 Fax (970) 285-7477
garfieldlibraries.org

LA DAGA

DISCARDED FROM
GARFIELD COUNTY PUBLIC
LIBRARY SYSTEM

PHILIP PULLMAN

LA DAGA

Traducción de Dolors Gallart

EDICIONES B
GRUPO ZETA

Barcelona • Bogotá • Buenos Aires • Caracas • Madrid • México D. F.
Montevideo • Quito • Santiago de Chile

Título original: *The Subtle Knife*
Traducción: Dolors Gallart

1.ª edición: abril, 1998
1.ª edición en esta colección: octubre, 2007

Publicado por acuerdo con Scholastic, Inc.

Ilustración cubierta © MMVII New Line Productions, Inc. The Golden Compass™ and all related characters, places, names and other indicia are trademarks of New Line Productions, Inc.
All Rights Reserved.

Ilustración de cubierta reproducida con permiso de Scholastic Ltd.

© 1997, Philip Pullman, por el texto
© 2007, Ediciones B, S. A.,
    en español para todo el mundo
    Bailén, 84 - 08009 Barcelona (España)
    www.edicionesb.com

Impreso en España - Printed in Spain
ISBN: 978-84-666-3624-7
Depósito legal: B. 39.126-2007

Impreso por LIMPERGRAF, S.L.
Mogoda, 29-31 Polígon Can Salvatella
08210 - Barberà del Vallès (Barcelona)

Todos los derechos reservados. Bajo las sanciones establecidas en las leyes, queda rigurosamente prohibida, sin autorización escrita de los titulares del *copyright*, la reproducción total o parcial de esta obra por cualquier medio o procedimiento, comprendidos la reprografía y el tratamiento informático, así como la distribución de ejemplares mediante alquiler o préstamo públicos.

LA DAGA es la segunda parte de la trilogía abierta por LUCES DEL NORTE. En esta ocasión, la historia se desarrolla en tres universos diferentes: el primero, el de LUCES DEL NORTE, tan similar a nuestro mundo y a la vez, tan distinto; el segundo, nuestro cosmos cotidiano, el que todos nosotros conocemos; y, finalmente, un tercer universo, nuevo y diferente, cargado de sorpresas.

1

EL GATO Y LOS OLMOS

*D*eprisa, vamos... —apremió Will a su madre al tiempo que le tiraba de la mano.

Su madre, no obstante, se resistía a avanzar, pues aún tenía miedo. Will inspeccionó la estrecha calle que discurría entre dos hileras de casas, cada una provista de un pequeño jardín y un seto; en las ventanas de un lado se reflejaba el sol del atardecer, mientras que en las del otro se asentaba la penumbra. Quedaba poco tiempo. La gente debía de estar cenando y pronto los niños saldrían a la calle, y los mirarían, se fijarían en ellos, harían comentarios. Resultaba peligroso demorarse, pero como de costumbre lo único que podía hacer era tratar de convencerla.

—Mamá, vamos, entraremos en casa de la señora Cooper —propuso—. Mira, casi hemos llegado.

—¿La señora Cooper? —preguntó ella con aire dubitativo.

Él ya llamaba al timbre. Había tenido que dejar la bolsa en el suelo, porque todavía llevaba cogida de la mano a su madre. A sus doce años no le habría gustado que lo vieran así, pero sabía qué le ocurriría a ella si la soltaba.

Se abrió la puerta y en el umbral apareció la encorvada figura de la anciana profesora de piano, envuelta en un aroma a colonia de lavanda, tal como la recordaba.

—¿Quién ha venido? ¿Eres tú, William? —dijo la anciana—. Hacía más de un año que no te veía. ¿Qué quieres, guapo?

—Me gustaría entrar, por favor, y hacer pasar a mi madre —contestó con firmeza.

La señora Cooper miró a la mujer, que tenía el cabello alborotado, una media sonrisa en los labios y una expresión ausente en el rostro, y al niño, con la mirada ardiente y entristecida, los labios apretados y la mandíbula tensa. Enseguida advirtió que la señora Parry, la madre de Will, se había pintado sólo un ojo y no se había dado cuenta; tampoco Will. Aquello era muy raro.

—Bueno... —aceptó, apartándose hacia un lado para franquearles la entrada en el angosto pasillo.

Antes de cerrar la puerta Will miró a ambos lados de la calle, y la señora Cooper observó la fuerza con que la señora Parry se aferraba a la mano de su hijo y la ternura con que éste la conducía hasta el salón donde estaba el piano (la única habitación de la casa que él conocía). También reparó en el tenue olor a humedad que desprendía la ropa de la señora Parry, como si hubiera permanecido demasiado tiempo en la lavadora antes de tenderla, y en el gran parecido que existía entre ambos —los anchos pómulos, los grandes ojos y las rectas cejas negras— mientras permanecían sentados en el sofá, iluminados por el sol vespertino.

—¿Qué ocurre, William? —preguntó la anciana.

—Mi madre necesita un sitio donde quedarse unos días —explicó—. Ahora mismo me resulta muy difícil cuidar de ella. Eso no significa que esté enferma. Sólo está, digamos, un poco confusa y desorientada, y a veces se preocupa demasiado. No le causará problemas. Sólo necesita alguien amable a su lado, y por eso he pensado en usted.

La mujer observaba a su hijo como si no comprendiera sus palabras, y la señora Cooper se percató de que tenía un morado en la mejilla. Will miraba fijamente a la señora Cooper con cara de desesperación.

—No le supondrá ningún gasto —continuó—. He traído algunos paquetes de comida. Creo que serán suficientes. A ella no le importará compartirlos con usted.

—Pero... No sé si debería... ¿No convendría que la examinara un médico?

—¡No! No está enferma.

—Pero debe de haber alguien que acepte ocuparse de ella... un vecino o un pariente...

—No tenemos familiares. Estamos los dos solos. Y los vecinos están demasiado atareados.

—¿Y los servicios de asistencia social? No pretendo darte la espalda, cariño, pero...

—¡No! Sólo necesita un poco de ayuda. Yo no podré atenderla durante un tiempo, no demasiado. Voy a... Tengo asuntos que resolver. Regresaré pronto y la llevaré de nuevo a casa, se lo prometo. No tendrá que cuidarla mucho tiempo.

La madre miraba con gran confianza al muchacho, que la tranquilizó con una sonrisa tan cargada de amor que la señora Cooper no pudo negarse.

—De acuerdo —concedió volviéndose hacia a la señora Parry—. Estoy segura que no pasará nada porque se quede un par de días. Se instalará en la habitación de mi hija, querida. Como está en Australia, no la necesita.

—Gracias —dijo Will. Acto seguido se levantó, como si tuviera prisa por marcharse.

—Pero ¿adónde irás tú? —preguntó la señora Cooper.

—Me quedaré con un amigo —contestó—. Llamaré por teléfono a menudo, siempre que pueda. Tengo su número, descuide.

Se inclinó para besar con torpeza a su madre, que lo miraba con desconcierto.

—No te preocupes —dijo—. La señora Cooper te atenderá mejor que yo, de verdad. Y mañana telefonearé para hablar contigo.

Se estrecharon un momento y Will la besó de nuevo antes de soltarse con ternura de sus brazos, todavía prendidos a su cuello, para encaminarse hacia la puerta. La señora Cooper advirtió que estaba emocionado por el brillo de sus ojos. Aun así el chiquillo, sin descuidar las formas, se volvió y le tendió la mano.

—Adiós —dijo—, y muchísimas gracias.

—William, me gustaría que me explicaras qué ocurre...

—Es un poco complicado —repuso—. En cualquier caso ella no le dará problemas, se lo aseguro.

La señora Cooper no había preguntado eso, y ambos lo sabían. De todos modos, estaba claro que Will había asumido el control de aquel asunto, fuera cual fuese su naturaleza. La anciana pensó que nunca había visto tal determinación en un niño.

Will dio media vuelta, pensando ya en la solitaria casa.

Will vivía con su madre en una moderna urbanización compuesta de doce casas, de las cuales la suya era sin duda la más destartalada. En el jardín delantero, un mero trozo de tierra plagado de malas hierbas, su madre había plantado algunos arbustos a principios de año, pero habían muerto por falta de riego. Cuando

Will dobló la esquina, su gato *Moxie,* que se encontraba en su sitio predilecto, bajo la hortensia que aún seguía con vida, se desperezó antes de saludarlo con un quedo maullido y restregarse la cabeza contra su pierna.

—¿Han vuelto, *Moxie?* —le susurró Will al tiempo que lo levantaba—. ¿Los has visto?

En la casa reinaba el silencio. Bajo la última luz del crepúsculo el vecino de enfrente lavaba el coche, pero no se fijó en Will, y tampoco éste lo miró. Cuanto menos llamara la atención, mejor.

Con *Moxie* en brazos, abrió la puerta y se apresuró a entrar. Después aguzó el oído antes de dejarlo en el suelo. No se percibía ningún ruido; no había nadie en el interior.

Abrió una lata para el gato, que se quedó comiendo en la cocina. ¿Cuánto tardarían en regresar aquellos hombres? No había forma de preverlo, de manera que convenía actuar con rapidez. Fue al piso de arriba y comenzó a revolver.

Buscaba un estuche de papel de escribir, de gastado cuero verde. Es sorprendente la cantidad de sitios donde puede esconderse algo de ese tamaño en una vulgar casa moderna; no se precisan cavidades secretas ni vastos sótanos para dificultar su localización. Will registró primero el dormitorio de su madre, avergonzado de revolver los cajones donde ella guardaba la ropa interior, y después examinó de modo sistemático las restantes habitaciones del piso superior, incluida la suya. *Moxie,* que acudió a ver qué hacía, permaneció a su lado, aseándose.

No encontró el estuche.

Para entonces ya había anochecido y tenía hambre. Se sirvió unas judías cocidas sobre unas tostadas y se instaló en la mesa de la cocina, preguntándose por dónde empezaría el registro de la planta inferior.

Tan pronto como hubo acabado de cenar sonó el teléfono.

Se mantuvo totalmente inmóvil, mientras los latidos de su corazón se aceleraban. Contó veintiséis timbrazos hasta que cesaron. Entonces dejó el plato en la fregadera y reanudó la búsqueda.

Cuatro horas más tarde, a la una y media, aún no había encontrado el estuche de cuero verde. Se tumbó exhausto en la cama, sin desvestirse, y se durmió en el acto. Se sucedieron los sueños cargados de tensión, presididos siempre por el triste y asustado rostro de su madre, que aparecía distante.

Y casi de inmediato (ésa fue su impresión, aunque en realidad llevaba durmiendo casi tres horas) despertó armado de dos certezas. La primera: conocía el paradero del estuche, y la segunda: sabía que los hombres estaban abajo, abriendo la puerta de la cocina.

Apartó a *Moxie* para que no le estorbara y con un quedo siseo acalló las soñolientas protestas del animal. Después se sentó en el borde de la cama y se calzó, con el cuerpo en tensión, atento a los sonidos, apenas perceptibles, que se producían abajo; una silla levantada con cuidado, un breve cuchicheo, un crujido de la madera del suelo.

Con mayor sigilo que los intrusos salió de su dormitorio y se dirigió de puntillas a la habitación desocupada, en lo alto de la escalera. La grisácea y fantasmagórica luz previa al amanecer le permitió ver la vieja máquina de coser de pedales. Había registrado meticulosamente esa estancia tan sólo unas horas antes, pero había olvidado el compartimiento lateral de la máquina, donde se guardaban los patrones y las bobinas de hilo.

Palpó con delicadeza su contorno, atento a los ruidos de la casa. Los hombres se desplazaban por el piso inferior, y Will advirtió en el filo de la puerta un tenue centelleo de luz que bien podía proceder de una linterna.

Enseguida encontró el resorte de apertura del compartimiento, lo accionó, y allí estaba, tal como había previsto, el estuche de cuero.

Y ahora, ¿qué podía hacer?

Nada por el momento. Se acurrucó en la penumbra, con el oído aguzado, con el corazón palpitante.

Los dos hombres se encontraban en la sala de estar.

—Vamos —oyó decir a uno de ellos—. Se acerca el lechero.

—Pero aún no ha llegado —repuso el otro—. Hemos de mirar arriba.

—Ve pues. No pierdas más tiempo.

Will se armó de valor al percibir el leve crujido del último escalón. El hombre se movía con mucho sigilo, pero como no conocía la escalera no pudo evitar el crujido. Se produjo un silencio, y a continuación un fino rayo de luz de linterna barrió el suelo fuera: Will lo vio a través de la rendija de la puerta.

Luego ésta comenzó a moverse. Will aguardó hasta que el individuo se situó debajo del dintel para surgir de la oscuridad y precipitarse contra su vientre.

Ninguno de los dos vio al gato.

Mientras el intruso llegaba al último escalón, *Moxie* había salido silenciosamente de la habitación y se había colocado con la cola levantada detrás de sus piernas, dispuesto a restregarse contra ellas. El hombre podría haberse zafado de Will, porque era un tipo duro y preparado, en buenas condiciones físicas, pero al tratar de retroceder se topó con el gato y tropezó. Con un grito de asombro cayó de espaldas por los peldaños y se golpeó la cabeza contra la mesa de la sala.

Will oyó un desagradable sonido, pero no se entretuvo en indagar el desenlace. Se deslizó por la barandilla, sorteó con un salto el cuerpo del hombre, que se encogía agitado por espasmos, cogió la gastada bolsa de la compra que había encima de la mesa, salió por la puerta y ya se alejaba de la casa cuando el otro individuo salió de la sala para averiguar qué ocurría.

A pesar de las prisas y el miedo, Will se extrañó de que no le gritara ni se lanzara a correr tras él. De todas formas pronto lo perseguirían, con sus coches y sus teléfonos. Sólo cabía huir.

Vio al lechero enfilar la calle con su coche eléctrico, cuyos faros apenas se destacaban en la tenue luz del amanecer. Will saltó la valla del jardín de los vecinos, bordeó la casa, pasó al contiguo, recorrió el césped empapado de rocío y, tras atravesar el seto, se adentró en la maraña de arbustos y árboles que crecían entre la urbanización y la carretera principal.

Allí se agazapó bajo un matorral y se dejó caer en el suelo, jadeando y tembloroso. Era de-masiado pronto para salir a la carretera: más valía esperar a que comenzara la hora punta de tráfico y el ajetreo.

No lograba apartar de su mente el crujido que se había producido al chocar la cabeza del hombre contra la mesa, ni la posición de su cuello, torcido de forma tan antinatural, ni los horripilantes espasmos de sus brazos y piernas. Estaba muerto. Él lo había matado.

No se le iba de la cabeza, pero debía olvidarlo. Ya tenía bastantes preocupaciones. ¿Estaría su madre a salvo? La señora Cooper no diría nada, ¿o sí? ¿Guardaría silencio incluso si él no volvía tal como había prometido? Porque ahora que había asesinado a un hombre no podía ir a su casa.

Y *Moxie*. ¿Quién le daría de comer? ¿Se preguntaría dónde estaban él y su madre? ¿Trataría de seguirlos?

La luz del día, que ganaba rápidamente terreno, le permitió examinar el contenido de la bolsa de la compra: el monedero de su madre, la última carta del abogado, el mapa de carreteras del sur de

Inglaterra, chocolatinas, un cepillo de dientes y calcetines y calzoncillos de repuesto. Y el estuche de papel de escribir.

Todo estaba allí. Todo se desarrollaba según había planeado.

Todo, salvo que había matado a un hombre.

Will comenzó a tomar conciencia de que su madre era diferente de las demás personas, y de que debía cuidar de ella cuando tenía siete años. Estaban en un supermercado, divirtiéndose con un juego que consistía en introducir un producto en el carrito cuando nadie los mirara. Cada vez que Will, que se encargaba de vigilar, susurraba «Ahora», ella cogía una lata o un paquete del estante y se apresuraba a colocarlo en el carro. Una vez dentro, los artículos quedaban a salvo, porque se volvían invisibles.

Resultaba muy entretenido, de modo que estuvieron enfrascados en él largo rato, porque aunque era un sábado por la mañana y el establecimiento estaba lleno, eran unos jugadores muy hábiles y compenetrados. Entre los dos existía una gran confianza. Will quería mucho a su madre y a menudo se lo decía, y ella hacía lo mismo con él.

Al llegar a la caja Will se sentía contento y excitado, porque estaban a punto de ganar. Cuando su madre no encontró el monedero, lo tomó como parte del juego, incluso cuando ella afirmó que debían de habérselo robado los enemigos. Sin embargo, pronto comenzó a sentirse cansado y tenía hambre; además, su madre ya no estaba alegre, sino asustada. Recorrieron los pasillos para devolver los productos a los estantes, pero esa vez tuvieron que actuar con mayor cautela aún porque los enemigos los perseguían a través de los números de su tarjeta de crédito, que habían averiguado porque tenían su monedero...

Invadido también por un miedo creciente, Will reconoció que su madre había obrado con gran inteligencia al transformar aquel peligro real en un juego a fin de no alarmarlo y concluyó que, ahora que había descubierto la verdad, debía fingir que no albergaba ningún temor para no preocuparla.

Así pues, el niño simuló que aún se trataba de un juego para evitar que se inquietara, y regresaron a casa sin haber comprado nada, pero a salvo de los enemigos. Al llegar Will encontró el monedero en la mesa de la sala de estar. El lunes fueron al banco para cancelar la cuenta, y abrieron una nueva en otra entidad, por si acaso. Así salvaron el peligro.

En el curso de los meses siguientes, Will tomó conciencia de que los enemigos de su madre no existían en el mundo exterior, sino sólo en su mente. Sin embargo, no por ello eran menos reales ni menos imponentes y peligrosos; al contrario, aquello exigía extremar las precauciones para cuidar de ella. Desde el momento en que comprendió en el supermercado que debía fingir para no preocupar a su madre, Will se mantenía siempre alerta, pendiente de sus angustias. La quería tanto que habría dado la vida para protegerla.

El padre de Will había desaparecido mucho antes, cuando él era demasiado pequeño para conservar algún recuerdo de él. Will sentía una viva curiosidad por su padre y a menudo bombardeaba a su progenitora con preguntas, para la mayoría de las cuales ella carecía de respuesta.

—¿Era rico?

—¿Adónde fue?

—¿Por qué se marchó?

—¿Está muerto?

—¿Volverá?

—¿Cómo era?

La última pregunta era la única que podía contestar. John Parry era un hombre apuesto, un valiente e inteligente oficial de la Marina Real, que había dejado el ejército para convertirse en explorador y dirigir expediciones a lugares remotos del mundo. Will vibraba de entusiasmo al oírlo. Sin duda no existía un padre más interesante que aquél, un explorador. A partir de entonces en todos sus juegos contó con un compañero invisible: él y su padre se abrían paso por la selva a machetazos, contemplaban tempestuosos mares desde la cubierta de una goleta, descifraban a la luz de las antorchas las misteriosas inscripciones de una cueva infestada de murciélagos... Eran amigos incondicionales que se salvaban la vida un sinfín de veces, reían y charlaban al calor de una fogata hasta entrada la noche.

A medida que crecía, comenzaron a multiplicarse los interrogantes de Will. ¿Por qué no había fotografías de su padre en compañía de hombres de barba helada en un trineo en el Ártico, por ejemplo, o examinando unas ruinas invadidas por la maleza en la selva? ¿Se habían perdido los trofeos y curiosidades que por fuerza debía de haber llevado de vuelta a casa? ¿No se había escrito nada acerca de él en algún libro?

Su madre no lo sabía. Le dijo, sin embargo, algo que se le quedó grabado en la mente.

«Un día —pronosticó—, seguirás los pasos de tu padre. Serás un gran hombre como él. Tú tomarás su manto...»

Aun sin saber qué significaban aquellas palabras, Will comprendió su sentido y se sintió henchido de orgullo, provisto de un objetivo para el futuro. Todos sus juegos se harían realidad. Su padre estaba vivo, perdido en algún lugar recóndito, y él lo rescataría y tomaría su manto... Merecía la pena vivir con dificultades si se tenía una meta tan gloriosa como aquélla.

Will optó por mantener en secreto los trastornos de su madre. En los períodos en que ésta se encontraba más serena, aprovechó para aprender de ella a comprar, cocinar y mantener limpia la casa con la intención de hacerlo cuando la embargaban la confusión y el miedo. También aprendió a ocultarse, a pasar inadvertido en el colegio, a no atraer la atención de los vecinos, aun en los momentos en que su madre se hallaba tan atenazada por el pánico y la locura que apenas si podía hablar. Will temía sobre todo que las autoridades se enteraran de su estado, se la llevaran y lo mandaran a él al hogar de unos desconocidos. Cualquier dificultad era preferible a aquello. Cuando su madre salía de su ofuscación, volvía a estar contenta y se reía de sus temores y lo bendecía por haber cuidado tan bien de ella. Entonces rebosaba tanto amor y ternura que él no podía concebir una compañía mejor ni deseaba otra cosa que vivir con ella.

Más tarde aparecieron aquellos hombres.

No eran policías, ni asistentes sociales, y tampoco delincuentes... por lo menos así le pareció a Will. Se negaron a decirle qué querían, a pesar de sus esfuerzos por impedir que entraran; sólo estaban dispuestos a hablar con su madre, que precisamente entonces se hallaba en una situación especialmente delicada.

De todos modos escuchó detrás de la puerta. Al oírles preguntar por su padre, sintió que se le agitaba la respiración.

Querían saber el paradero de John Parry, si le había enviado algo, cuándo había recibido por última vez noticias de él y si se había puesto en contacto con alguna embajada extranjera. Al percibir que la angustia de su madre se acentuaba por momentos Will irrumpió en la habitación y les ordenó que se marcharan.

Habló con tal vehemencia que aquellos individuos no se rieron de él, pese a su corta edad. Podrían haberlo derribado con facilidad o levantado en vilo con una sola mano, pero él estaba enardecido de rabia, inasequible al miedo.

Se fueron. Aquel episodio fortaleció la convicción de Will: su padre había sufrido algún percance, y sólo él podía ayudarlo. Sus juegos dejaron de ser un entretenimiento infantil, y procuraba que nadie lo viera cuando se entregaba a ellos. El contenido de sus fantasías se hacía realidad y debía mostrarse digno de ella.

Los hombres regresaron al poco tiempo e insistieron en que la madre de Will tenía algo que contarles. Se presentaron cuando Will se encontraba en el colegio, y mientras uno hablaba con la mujer en la primera planta los demás registraban los dormitorios. Ella no se percató de ello. Will volvió temprano a casa y al verlos les habló con tanta furia como la vez anterior y consiguió de nuevo que se marcharan.

Parecían estar seguros de que no acudiría a la policía por temor a que las autoridades se llevaran a su madre, y su atrevimiento era cada vez mayor. Finalmente entraron en la casa cuando Will fue a buscar a su madre al parque. Su estado había empeorado y ahora creía que debía tocar todos los tablones de todos los bancos situados junto al estanque. Will la ayudó como otras veces para acabar antes. Cuando se aproximaban a su domicilio vieron el coche de aquellos individuos alejarse por la calle, y al entrar Will descubrió que la habían registrado de arriba abajo, revolviendo armarios y cajones.

Sabía qué buscaban. El estuche de cuero verde era la posesión más preciada de su madre. A él nunca se le hubiera ocurrido examinar su contenido, y ni siquiera sabía dónde lo guardaba. No obstante, estaba al corriente de que contenía cartas que ella leía a veces llorando; después de eso le hablaba de su padre. Por ese motivo dedujo que aquellos hombres lo buscaban y resolvió pasar a la acción.

Primero tenía que encontrar un lugar seguro para su madre. Se estrujó el cerebro pensando; no tenía ningún amigo a quien recurrir y los vecinos ya abrigaban bastantes sospechas. Concluyó que la única persona en quien podía confiar era la señora Cooper. Una vez que hubiera puesto a salvo a su madre, localizaría el estuche verde, descubriría su contenido y después marcharía a Oxford, donde hallaría respuesta a algunos de sus interrogantes. Sin embargo, los hombres llegaron demasiado pronto.

Y había matado a uno.

Ahora lo perseguiría también la policía.

Bueno, se le daba bien pasar inadvertido. Tendría que esforzarse más que nunca por no llamar la atención, y seguir así mientras pudiera, hasta localizar a su padre o ser descubierto. Y si lo atrapaban antes, pelearía sin vacilar. Le tenía sin cuidado cuántos individuos más pudiera matar.

Ese mismo día, alrededor de la medianoche, Will se alejaba de Oxford a pie. Se encontraba a unos sesenta kilómetros del centro, y estaba exhausto. Había hecho autoestop, había viajado en dos autobuses, había andado y había llegado a Oxford a las seis, demasiado tarde para realizar las gestiones que tenía previstas. Había comido en un Burger King y había ido al cine para esconderse (antes de salir ya había olvidado el título de la película).

Caminaba por una interminable carretera de las afueras, en dirección norte. Nadie se había fijado en él hasta el momento. Debía encontrar lo antes posible un sitio donde dormir, porque cuanto más tarde fuera, más llamaría la atención su presencia. El problema residía en que en los jardines de las acogedoras casas que bordeaban la carretera no había donde esconderse, y parecía que todavía quedaba bastante para salir a campo abierto.

Llegó a una rotonda, punto de intersección de la carretera del norte y la vía de circunvalación este-oeste. A aquella hora de la noche había muy poco tráfico y la calma reinaba en la calzada, flanqueada por amplias franjas de césped tras las que se alzaban casas unifamiliares de gente acomodada. En aquellas franjas de césped, había dos hileras de olmos cuyas tupidas copas presentaban una simetría tan rara que semejaban dibujos infantiles más que árboles reales. La luz de las farolas que se derramaba sobre ellos creaba una sensación de irrealidad. Aturdido por el agotamiento, Will tanto habría podido continuar caminando hacia el norte como dejarse caer en la hierba, bajo aquellos árboles, y quedarse dormido. Mientras trataba de despejar su mente, vio un gato.

Era atigrado, como *Moxie*. Salió con sumo sigilo de un jardín, del lado de la carretera donde se encontraba Will, que dejó la bolsa de la compra en el suelo para tender la mano hacia el animal. Éste acudió a restregarse la cabeza en sus nudillos, como solía hacer *Moxie*. Todos los gatos se comportaban así, por supuesto, pero Will experimentó un anhelo tan intenso de regresar a casa que los ojos se le anegaron de lágrimas.

Finalmente el gato se apartó. Debía aprovechar la noche para patrullar su territorio, para cazar ratones. Tras atravesar la calzada se detuvo junto a unos arbustos, más allá de los olmos.

Will, que seguía observándolo, advirtió que actuaba de forma un tanto extraña.

El felino levantó una pata y dirigió la zarpa al frente, hacia algo que resultaba invisible para Will. Después retrocedió de un salto, con el lomo arqueado, el pelo erizado y la cola tiesa. Will, que conocía bien las costumbres de los gatos, lo miró con atención mientras el animal volvía a avanzar hacia el mismo sitio, un simple retazo de césped entre los olmos y los arbustos del seto de un jardín, y de nuevo movía la pata en el aire.

Una vez más retrocedió, aunque una distancia menor y con menos señales de alarma. Al cabo de unos segundos de olisquear, tantear y agitar los bigotes, la curiosidad prevaleció sobre la precaución.

El gato dio un paso al frente, y desapareció.

Will parpadeó con incredulidad. Después permaneció inmóvil, pegado al tronco del árbol más próximo, mientras un camión que circulaba por la rotonda lo iluminaba con sus faros. Cuando se hubo alejado, cruzó la calzada sin apartar la vista del lugar que había inspeccionado el gato. No era fácil, porque no había nada donde fijarla, pero cuando llegó allí y observó con mayor detenimiento, lo vio.

Como mínimo lo veía desde ciertos ángulos. Parecía como si alguien hubiera cortado una especie de cuadrado de aire, de menos de un metro de ancho, a unos dos metros del borde de la carretera. Observado desde la misma altura, de canto, resultaba casi imperceptible, y era totalmente invisible desde detrás. Sólo se atisbaba desde el lado más cercano a la carretera, e incluso desde allí no se distinguía con facilidad, ya que a su través sólo se veía lo mismo que había delante de él: un retazo de césped alumbrado por una farola.

Aun así, Will tuvo la certeza de que ese retazo de césped del otro lado se hallaba en un mundo distinto, aunque no habría podido explicar por qué. Lo adivinó de inmediato, con la misma seguridad con que sabía que el fuego quemaba o que la amabilidad era algo bueno. Ante sí se abría algo absolutamente extraordinario.

Esa certidumbre lo impulsó a inclinarse para mirar. Aunque lo que vio lo dejó estupefacto, no dudó en pasar la bolsa de la compra y luego se introdujo él mismo por aquel agujero en el entramado del mundo que daba acceso a otro diferente.

Salió bajo una hilera de árboles. No eran olmos, sino palmeras, que crecían alineadas, al igual que los olmos de Oxford, sobre un césped. Se encontraba en el centro de un amplio paseo bordeado de cafés y pequeños establecimientos, todos profusamente iluminados y abiertos, y todos sumidos en un tremendo silencio, vacíos bajo un cielo cuajado de estrellas. Hacía calor y la noche estaba impregnada de aromas de flores y del olor salobre del mar.

Will miró con cautela alrededor. La luna llena alumbraba una lejana cordillera, al pie de cuyas estribaciones se alzaban casas con exuberantes jardines, un gran parque con arboledas y un blanco edificio semejante a un templo clásico.

Junto a él se encontraba el vacío trozo de aire, tan difícil de percibir desde aquel lado como desde el otro, pero igual de real. Se agachó para mirar y vio la carretera de Oxford, su mundo. Se volvió con un escalofrío: fuera cual fuese aquel mundo, tenía que ser mejor que el que acababa de dejar. Con una pizca de vértigo, tenía la sensación de estar soñando y despierto al mismo tiempo, se enderezó y miró en torno a sí en busca del gato, su guía.

No lo vio por ninguna parte. Sin duda estaría explorando ya las estrechas calles y jardines, más allá de los cafés que se veían tan atrayentes inundados de luz. Will tomó la raída bolsa de la compra y echó a andar hacia ellos con la aprensión de que todo desaparecería de un momento a otro.

Aquel lugar tenía un aire mediterráneo o tal vez caribeño. Will no había viajado nunca fuera de Inglaterra, de modo que no podía compararlo con otros sitios conocidos. Sin embargo intuía que aquél era uno de esos lugares donde la gente salía hasta tarde por la noche, para comer y beber, bailar y escuchar música. Lo raro era que no había nadie allí, y el silencio era absoluto.

Llegó a una esquina donde había un bar con pequeñas mesas verdes al aire libre, una barra de cinc y una máquina de café. En algunas mesas había vasos medio vacíos; en un cenicero un cigarrillo se había consumido hasta la colilla; un plato de arroz descansaba junto a un cesto con unos bollos rancios, duros como una piedra.

Tomó una botella de limonada de la nevera situada detrás de la barra y, tras un instante de reflexión, dejó una moneda de una libra en la caja. Tan pronto como la hubo cerrado volvió a abrirla pensando que tal vez en el dinero que contenía constaría el nombre de aquel lugar. La moneda se llamaba corona, pero no averiguó nada más.

Devolvió el dinero a su sitio y destapó la botella con el abridor sujeto a la barra antes de salir del café para aventurarse en las calles laterales del paseo. Los colmados y panaderías se alternaban con joyerías, floristerías y zaguanes cubiertos con cortinas de cuentas que daban acceso a viviendas; los balcones con barandillas de hierro forjado aparecían atestados de macetas con flores, y el silencio, en aquel espacio angosto, resultaba aún más abrumador.

Las calles descendían por un corto trecho de pendiente hasta desembocar en una ancha avenida adornada también con palmeras, cuyas copas se elevaban por encima de las farolas, y al otro lado se extendía el mar.

Will se encontró ante un puerto flanqueado a la izquierda por un rompeolas de piedra y a la derecha por un promontorio en el que se alzaba, entre árboles y arbustos en flor, un gran edificio con columnas y escalinatas de piedra y magníficos balcones. Había ancladas un par de barcas, y más allá del rompeolas la luz de las estrellas se reflejaba en la quieta superficie del agua.

Para entonces no quedaba ni rastro del agotamiento de Will. Estaba totalmente despejado, maravillado. De vez en cuando, al pasar por las calles estrechas, tendía una mano para tocar una pared, un portal o las flores de una ventana, y comprobaba que eran sólidos y convincentes. Ahora habría deseado palpar la totalidad del panorama que tenía frente a sí, porque era demasiado extenso para abarcarlo sólo con la mirada. Permaneció inmóvil, respirando hondo, un tanto asustado.

Advirtió que todavía llevaba la botella que había cogido en el café. Tomó un trago. Sabía a lo que debía saber, a limonada helada. Agradeció el frescor de la bebida, porque la noche era muy cálida.

Sin rumbo predeterminado, avanzó hacia la derecha, pasando ante varios hoteles con marquesinas y vestíbulos inundados de luz, junto a los cuales las buganvillas derramaban sus flores, hasta llegar a los jardines del pequeño promontorio. El edificio rodeado de árboles en cuya espléndida fachada resaltaban unos focos encendidos tenía aspecto de casino, o teatro de ópera incluso. Diversos senderos se entrecruzaban, iluminados por lámparas colgadas de las adelfas, pero la ausencia de sonidos indicativos de vida era total: no se oía ningún pájaro, ningún insecto, nada salvo los pasos del propio Will y el rítmico y apacible choque de las olas contra la playa, situada más allá de las últimas palmeras del jardín. Sobre la fina arena blanca se extendía una hilera de patines. Cada pocos segundos una pequeña ola se plegaba en la orilla del mar para deslizarse y desaparecer bajo la siguiente. Un trampolín se adentraba unos cincuenta metros, por encima de las calmadas aguas.

Will se sentó en un patín para quitarse las baratas y raídas zapatillas de deporte que le oprimían los pies hinchados por el calor. Dejó los calcetines junto a ellas y hundió los dedos en la arena. Al cabo de unos segundos se había desprendido del resto de la ropa y se encaminaba hacia el mar.

El agua estaba deliciosa, tibia. Llegó hasta el extremo del trampolín, subió a él y, sentado en los tablones pulidos por la intemperie, contempló la ciudad.

A su derecha el puerto se prolongaba hasta el rompeolas. Al otro lado de éste, a unos dos kilómetros de distancia, se alzaba un faro pintado en rayas rojas y blancas. Más allá se erguían unos acantilados, con el perfil desdibujado por la lejanía, y luego las imponentes montañas que había visto al llegar.

En primer plano se hallaban los árboles iluminados de los jardines del casino, las calles de la ciudad y el paseo marítimo con sus hoteles, cafés y comercios bañados en una acogedora luz, silenciosos y solitarios.

Solitarios y seguros. Nadie lograría seguirlo hasta allí; el hombre que había registrado la casa jamás conseguiría averiguar su paradero; la policía no lo encontraría nunca. Disponía de un mundo entero donde ocultarse.

Por primera vez desde que había huido de su domicilio aquella mañana, Will comenzó a sentirse a salvo.

Volvía a tener sed, y también hambre, ya que después de todo había comido por última vez en otro mundo. Se sumergió en el agua y regresó nadando lentamente a la playa, donde se puso los calzoncillos y recogió el resto de la ropa. Arrojó la botella vacía en la primera papelera que encontró y se encaminó descalzo hacia el puerto.

Cuando se le hubo secado un poco la piel se puso los vaqueros y comenzó a buscar algún sitio donde pudieran servirle de comer. Los hoteles resultaban demasiado fastuosos. Entró en el primero para echar un vistazo y observó que era tan espacioso que no se sentía a gusto, de modo que siguió por el paseo marítimo hasta llegar a un pequeño café que se le antojó el sitio adecuado, aunque no habría sabido decir por qué, ya que era muy parecido a los demás, con un balcón repleto de macetas con flores y la terraza con mesas; en todo caso lo encontró especialmente acogedor.

De las paredes del local colgaban fotografías de boxeadores y un póster de un sonriente acordeonista firmado con autógrafo. Junto a la cocina había una puerta que daba a una escalera estrecha, cubierta con una alfombra de alegre estampado de flores.

Subió en silencio hasta el rellano y cruzó la primera puerta con que se topó. Comunicaba con la habitación de la fachada principal. Hacía calor y olía a cerrado, de forma que abrió el balcón para que entrara el aire de la noche. La pequeña estancia, abarrotada de viejos muebles, estaba limpia y resultaba acogedora. Allí vivía gente hospitalaria, no cabía duda. Había un estante de libros, una revista encima de la mesa, un par de fotografías enmarcadas...

Will salió para echar una ojeada a las otras habitaciones: un pequeño cuarto de baño y un dormitorio con una cama doble.

Antes de abrir la última puerta sintió que se le erizaba la piel. El corazón le latía desbocado. No estaba seguro de haber oído ruido alguno, pero algo le decía que había una persona allí. Pensó que resultaba muy raro que el día hubiera comenzado con alguien apostado fuera de una habitación a oscuras, en cuyo interior aguardaba él, y que ahora se hubieran invertido las posiciones...

Mientras reflexionaba sobre eso, la puerta se abrió de golpe y algo arremetió contra él como una fiera salvaje.

No obstante, su memoria le había puesto sobre aviso, y no se hallaba lo bastante cerca para caer derribado. Se defendió con determinación, descargando rodillazos, cabezazos y puñetazos contra su atacante...

Éste resultó ser una niña de aproximadamente su edad, que enseñaba los dientes con una mueca feroz, vestida con andrajos por los que asomaban unos delgados brazos y piernas.

En ese mismo momento la niña se percató también de quién era su adversario y se apartó con brusquedad de su pecho desnudo para acurrucarse en el rincón del oscuro rellano como un animal acorralado. Will advirtió con asombro que a su lado había un gran gato montés, altísimo, con el pelo erizado, los dientes apretados y la cola erecta.

La muchacha posó la mano en el lomo del felino y se humedeció los labios sin apartar la vista del intruso.

Will se enderezó despacio.

—¿Quién eres?

—Lyra Lenguadeplata —contestó.

—¿Vives aquí?

—No.

—¿Qué es este sitio? ¿Esta ciudad?

—No lo sé.

—¿De dónde has venido?

—De mi mundo. Tiene una conexión con éste. ¿Dónde está tu daimonion?

Will la miró con perplejidad. De inmediato observó que el gato sufría una extraordinaria transformación: había saltado a los brazos de la niña y al aterrizar en ellos había cambiado de forma.

Se había convertido en un armiño de pelaje pardo rojizo, tostado en la zona de la garganta y el vientre, que lo miraba con igual ferocidad que la muchacha. La situación también había experimentado una espectacular transformación: Will notó que tanto la niña como el armiño le tenían un miedo terrible, como si se tratara de un fantasma.

—No tengo ningún demonio —respondió—. No sé qué quieres decir con eso. —Y de repente exclamó—: ¡Ah! ¿Es éste tu demonio?

La niña se levantó despacio. Enroscado en su cuello, el armiño miraba con fijeza a Will.

—Pero estás vivo —señaló ella con incredulidad—. Tú no estás... A ti no te han...

—Me llamo Will Parry —se presentó él—. No sé a qué te refieres con eso de los demonios. En mi mundo demonio significa... significa diablo, algo maligno.

—¿En tu mundo? ¿De modo que éste no es tu mundo?

—No. Acabo de encontrar... un camino de entrada. Supongo que como ocurre con el tuyo, debe de existir una conexión entre los dos.

La niña se relajó un poco, pero seguía taladrándolo con la mirada. Will actuaba con mucha calma y tiento, como si estuviera trabando amistad con una rara variedad de gato.

—¿Has visto a alguien más en esta ciudad? —inquirió.

—No.

—¿Cuánto tiempo llevas aquí?

—No lo sé. Unos días. No me acuerdo.

—¿Y por qué viniste?

—Estoy buscando Polvo —contestó ella.

—¿Que buscas polvo? ¿Cómo? ¿Polvo de oro? ¿Polvo de qué clase?

La niña lo miró con los ojos entornados y no respondió. Él se volvió para bajar por las escaleras.

—Tengo hambre —declaró—. ¿Hay comida en la cocina?

—No lo sé... —La niña lo siguió a una prudencial distancia.

En la cocina Will encontró los ingredientes para preparar un guiso de pollo, que ya empezaban a oler mal a causa del calor.

—¿No has comido nada? —preguntó después de arrojarlos a la basura.

A continuación abrió el frigorífico y Lyra se acercó a mirar.

—Ignoraba que hubiera esto aquí —observó—. ¡Oh! Está frío...

Su daimonion había vuelto a transformarse. Esta vez se convirtió en una gran mariposa de vivos colores que entró volando en la nevera y enseguida salió para posarse en los hombros de la chiquilla. Batió lentamente las alas, y Will tuvo la sensación de que no debía mirar, por más estupefacción que le provocara aquella escena.

—¿No habías visto nunca una nevera? —preguntó.

Encontró una lata de Coca-Cola y se la tendió antes de sacar una bandeja de huevos. La niña apretó la lata entre las manos con placer.

—Bebe —animó Will.

Miró la lata, ceñuda. No sabía cómo se abría. Will tiró de la arandela, y la espuma asomó por la abertura. Ella la lamió con recelo y luego abrió los ojos de par en par.

—¿Está bueno? —inquirió entre esperanzada y temerosa.

—Sí. En este mundo también tienen Coca-Cola, por lo visto. Mira, beberé un poco para demostrarte que no es venenosa.

Abrió otra lata y tomó un trago. De inmediato la niña siguió su ejemplo. Saltaba a la vista que estaba sedienta. Bebió tan deprisa que las burbujas, al subirle por la nariz, le provocaron un resoplido y un eructo. Al advertir que Will la miraba, adoptó una expresión amenazadora.

—Prepararé una tortilla —anunció Will—. ¿Querrás un poco?

—No sé qué es una tortilla.

—Bueno, mira y lo verás. También hay una lata de judías cocidas, si te apetecen más.

—No conozco las judías cocidas.

Will le enseñó la lata y ella buscó la arandela, como en la de la Coca-Cola.

—No, tienes que usar un abrelatas —explicó—. ¿No hay abrelatas en tu mundo?

—En mi mundo cocinan los criados —respondió con desdén la niña.

—Mira en ese cajón de ahí.

La chiquilla comenzó a revolver los cubiertos mientras él cascaba seis huevos en un cuenco y los batía con un tenedor.

—Eso es —indicó—. Lo del mango rojo. Tráelo.

Horadó la lata y le enseñó cómo se abría.

—Ahora coge ese cazo colgado ahí y vierte dentro las judías —ordenó.

Ella olió las judías y de nuevo su mirada reflejó una mezcla de placer y aprensión. Después de verter el contenido de la lata en el cazo se lamió un dedo mientras observaba cómo Will añadía sal y pimienta a los huevos y cortaba un pedazo de mantequilla de un paquete para depositarlo en una sartén de hierro colado. En cuanto él se alejó un poco para coger las cerillas de la encimera, la niña introdujo un sucio dedo en el bol con los huevos batidos y se lo chupó con avidez. Su daimonion, que había adoptado de nuevo la apariencia de un gato, también metió la pata, pero retrocedió tan pronto como Will se acercó.

—Todavía no está cocinado —aclaró éste, apartando el recipiente—. ¿Cuándo comiste por última vez algo caliente?

—En la casa de mi padre en Svalbard —contestó—. Hace días, no sé cuántos. Encontré pan y otras cosas aquí y los comí.

Will encendió el gas, fundió la mantequilla, vertió los huevos y los extendió sobre la base de la sartén. Ella observó con interés cómo concentraba la masa cocida en el centro e inclinaba la sartén para que el huevo crudo se deslizara por el espacio libre del borde. También contempló al muchacho, su cara, sus manos ocupadas en cocinar, sus hombros y sus pies desnudos.

Cuando la tortilla estuvo lista, la dobló y la partió en dos con la espátula.

—Trae un par de platos —pidió, y Lyra obedeció sin rechistar.

Como se mostraba bien dispuesta a acatar órdenes si las consideraba atinadas, le propuso que saliera a limpiar una mesa de la terraza del café. Él, por su parte, llevó la comida y los cubiertos, y a continuación se sentaron, con cierta timidez.

La chiquilla dio cuenta de su ración en menos de un minuto y luego no paró quieta en la silla, balanceándose hacia delante y hacia atrás o bien tirando de las cuerdas de plástico entrelazadas que componían el asiento. Su daimonion se transformó una vez más, en esta ocasión en un jilguero que comenzó a picotear unas migas invisibles en la mesa.

Will comió despacio. Aunque había cedido a su compañera casi todas sus judías, tardó mucho más en acabar su plato. El puerto, las luces del solitario paseo, las estrellas del cielo, todo estaba suspendido en el enorme silencio, como si no existiera nada más.

Estuvo todo el tiempo pendiente de la niña. Era baja y delgada, pero fuerte, y había peleado como un tigre; un puñetazo de Will le había provocado un morado en la mejilla al que ella no prestaba la más mínima atención. En su expresión se mezclaban gestos muy infantiles —como cuando había probado por primera vez la Coca-Cola— con una especie de profunda cautela impregnada de tristeza. Tenía los ojos de color azul pálido y su pelo recuperaría su tono rubio oscuro una vez que se lo hubiera lavado; porque iba muy sucia y olía como si llevara días sin asearse.

—¿Laura? ¿Lara?

—Lyra.

—¿Lyra... Lenguadeplata?

—Sí.

—¿Dónde está tu mundo? ¿Cómo llegaste aquí?

—Andando —respondió ella encogiéndose de hombros—. Había una niebla muy espesa y no sabía adónde me dirigía. Sí me di cuenta de que salía de mi mundo, pero no vi nada hasta que se despejó la niebla. Entonces me encontré aquí.

—¿Qué decías antes del polvo?

—El Polvo, sí. Quiero averiguar cosas sobre él. Por desgracia este mundo parece deshabitado. No hay nadie a quien preguntar. Llevo aquí... no lo sé bien, tres o cuatro días, y no me he topado con nadie.

—¿Por qué te interesa descubrir cosas sobre el polvo?

—Es un Polvo especial —explicó escuetamente—, no el normal, claro está.

El daimonion volvió a transformarse. En un abrir y cerrar de ojos, el jilguero se convirtió en una voluminosa rata negrísima de ojos rojos que Will observó con asombro y aprensión.

—Tú tienes un daimonion —afirmó la niña al ver su mirada— dentro de ti.

Will no supo qué replicar.

—Lo tienes —continuó—. Si no, no serías humano. Estarías... medio muerto. Nosotros vimos a un niño al que habían separado de su daimonion, y tú no eres como él. Aunque no sepas que tienes un daimonion, lo tienes. Al principio nos asustaste porque creímos que eras un fantasma nocturno o algo por el estilo; después nos dimos cuenta de que nos habíamos equivocado.

—¿Por qué hablas en plural?

—Me refiero a mí y a Pantalaimon. Tu daimonion se halla en tu interior, es una parte de ti. Entre los dos formáis uno. ¿No hay nadie en tu mundo como nosotros? ¿Son todos como tú, con los daimonions escondidos?

Will miró a la flaca chiquilla y a su daimonion rata, que se había colocado en los brazos de aquélla, y le embargó una profunda sensación de soledad.

—Estoy cansado. Me voy a la cama —anunció—. ¿Piensas quedarte en esta ciudad?

—No lo sé. Necesito realizar algunas averiguaciones. Tiene que haber algún licenciado en este mundo, alguien que esté enterado.

—Quizá no en este mundo. Yo llegué aquí desde un sitio llamado Oxford donde hay un montón de licenciados, si es eso lo que te interesa.

—¿Oxford? —exclamó la chica—. ¡De allí mismo he venido yo!

—Entonces ¿hay un Oxford en tu mundo? Porque no hay duda de que tú no perteneces al mío.

—No —confirmó—. Son mundos distintos, aunque en el mío existe un Oxford también. Los dos hablamos inglés, ¿no? Por lógica seguro que hay otras cosas iguales. ¿Cómo llegaste tú aquí? ¿A través de un puente o algo así?

—A través de una especie de ventana en el aire.

—Enséñamela —dijo.

Más que de una petición, se trataba de una orden, y él se negó.

—Ahora no —respondió—. Quiero dormir. Además, ya es medianoche.

—¡Entonces me la enseñarás mañana!

—De acuerdo. De todos modos yo también tengo cosas que hacer, de manera que deberás buscar tú sola a tus licenciados.

—Es fácil —replicó—. Los conozco bien.

Will apiló los platos y se levantó.

—Como yo he cocinado, te toca fregar los platos —afirmó Will.

—¿Fregar los platos? —repitió Lyra, con tono de incredulidad y burla—. ¡Si hay millones de platos limpios por ahí! Además, no soy una criada.

—Pues no te enseñaré la ventana.

—La encontraré por mi cuenta.

—Imposible, porque está escondida. No sé cuánto tiempo nos quedaremos en este lugar. En todo caso necesitamos alimentarnos, de manera que comeremos lo que hallemos por aquí y después recogeremos y dejaremos todo limpio, como debe ser. Yo me instalaré en la otra habitación. Hasta mañana.

Entró en la casa, se limpió los dientes con un dedo y el dentífrico que llevaba en la raída bolsa, se tumbó en la cama doble y quedó dormido en el acto.

Lyra esperó hasta tener la seguridad de que se había dormido antes de llevar los platos a la cocina. Los colocó debajo del grifo y los frotó con un trapo hasta que consideró que estaban limpios. Lo mismo hizo con los cubiertos, pero el procedimiento no dio resultado con la sartén, de forma que lo intentó con una pastilla de jabón amarillento con la que restregó una y otra vez la superficie hasta dejarla lo más aseada que ella creía posible. Después secó todo con otro trapo y lo guardó en un armario.

Como aún tenía sed y deseaba probar a abrir una de aquellas latas, cogió una Coca-Cola antes de subir por las escaleras. Aplicó la oreja a la puerta del dormitorio de Will y, al no oír nada, se dirigió de puntillas a la otra habitación y sacó el aletiómetro de debajo de la almohada.

Aunque no necesitaba encontrarse cerca del muchacho para formular preguntas sobre él, también le apetecía mirarlo, de modo que hizo girar con sumo cuidado el pomo de la puerta antes de entrar.

La luz de una farola junto a la playa se proyectaba en el techo de la habitación y le permitió observar al muchacho dormido. Tenía el entrecejo fruncido y el rostro bañado en sudor. Era fuerte, robusto y, aunque todavía no había concluido su desarrollo, pues apenas era mayor que ella, se adivinaba que un día sería un hombre fornido. ¡Lástima que su daimonion no fuera visible! ¿Qué aspecto tendría? ¿Habría adoptado ya una forma fija o todavía no? Fuese cual fuese ésta, expresaría un temperamento violento, considerado y melancólico a un tiempo.

Se acercó de puntillas a la ventana. Aprovechando el resplandor de la farola de la calle, colocó con cuidado las manecillas del aletiómetro y dejó la mente en blanco para formular una pregunta. La aguja comenzó a moverse por el círculo alternando una serie de pausas y avances tan veloces que apenas si se discernían.

¿Qué es? ¿Amigo o enemigo? «inquirió».

«Es un asesino», contestó el aletiómetro.

Aquella respuesta la tranquilizó de inmediato. Aquel chico poseía virtudes ciertamente útiles, como la capacidad para localizar comida o mostrarle la forma de llegar a Oxford, pero podía haber sido un cobarde o un tipo indigno de confianza. Un asesino, en cambio, constituía una compañía digna. Con él se sentía tan protegida como con Iorek Byrnison, el oso acorazado.

Cerró los postigos para que no le molestara la luz de la mañana y salió sin hacer ruido.

2

ENTRE LAS BRUJAS

 La bruja Serafina Pekkala, que había rescatado a Lyra y los otros niños de la estación experimental de Bolvangar y se había desplazado con ella por los aires a la isla de Svalbard, estaba muy preocupada.

A raíz de las perturbaciones atmosféricas que se produjeron tras la huida de lord Asriel de su exilio en Svalbard, ella y sus compañeras se habían visto barridas de la isla, proyectadas a muchos kilómetros de distancia sobre aquel helado mar. Algunas habían logrado quedarse con el globo averiado de Lee Scoresby, el aeronauta tejano, pero Serafina había sido propulsada a gran altura, en medio de los bancos de niebla que enseguida surgieron rodando del boquete que había abierto en el cielo el experimento de lord Asriel.

Cuando de nuevo se halló en condiciones de controlar el vuelo, se sintió inquieta por Lyra, pues no sabía nada de la lucha que habían mantenido el falso oso-rey y el verdadero, Iorek Byrnison, ni qué le había ocurrido a la niña después.

Así pues, comenzó a buscarla montada en su rama de nube pino, surcando el brumoso aire teñido de oro en compañía de su daimonion, Kaisa, el ganso gris. Retrocedieron en dirección a Svalbard, aunque con rumbo ligeramente desviado hacia el sur, y volaron durante horas bajo un turbulento cielo en que se alternaban extrañas luces y sombras. Serafina Pekkala intuía por el inquietante hormigueo que sentía en la piel que aquella luz procedía de otro mundo.

—¡Mira! —exclamó Kaisa al cabo de cierto tiempo—. El daimonion de una bruja, perdido...

Escrutando entre la niebla, Serafina Pekkala distinguió una golondrina de mar que chillaba y daba vueltas en los abismos de la brumosa luz y avanzó hacia ella con su daimonion. Al verlos acercarse, la golondrina remontó el vuelo alarmada, y sólo cuando Serafina Pekkala hizo un gesto de amistad bajó para situarse a su lado.

—¿A qué clan perteneces? —preguntó Serafina Pekkala.

—Al taymir —contestó—. Han capturado a mi bruja... ¡Nuestras compañeras han sido expulsadas! Me he perdido...

—¿Quién ha capturado a tu bruja?

—Esa mujer de Bolvangar que tiene un mono por daimonion... ¡Ayudadme! ¡Ayudadnos! ¡Estoy tan asustada!

—¿Tu clan era aliado de los amputadores de niños?

—Sí, hasta que descubrimos qué hacían... Después de los combates de Bolvangar nos expulsaron e hicieron prisionera a mi bruja... La tienen en un barco... ¿Qué puedo hacer yo? ¡Me llama y no consigo encontrarla! ¡Ayudadme, por favor!

—Silencio —intervino Kaisa, el daimonion ganso—. Escuchad, se oye algo abajo.

Descendieron, aguzando el oído, y Serafina Pekkala no tardó en distinguir el murmullo de un motor de gas amortiguado por la niebla.

—Resulta imposible navegar con una niebla tan densa —observó Kaisa—. ¿Qué estarán haciendo?

—Es un motor más pequeño que el de un barco —precisó Serafina Pekkala.

Aún no había acabado de pronunciar la frase cuando percibieron un nuevo sonido procedente de una dirección distinta: un grave, brutal y vibrante bramido, como el de una inmensa criatura que habitara las profundidades marinas, se prolongó varios segundos antes de interrumpirse en seco.

—La sirena de un barco —identificó Serafina Pekkala.

Descendieron hasta situarse a corta distancia del mar para identificar la procedencia del ruido de motor. De repente lo localizaron, pues en la niebla parecía haber retazos de diferente densidad, y la bruja se elevó como una flecha para evitar ser vista desde la lancha que avanzaba lentamente, envuelta en un velo de humedad. La superficie aparecía grasienta y el oleaje se movía con ritmo lento, como si al agua le costara levantarse.

Ascendieron en círculo, con la golondrina de mar pegada a ellos como un niño a las faldas de su madre, y observaron que el timonel rectificaba el rumbo cuando volvió a sonar la sirena. En la proa había una luz, que sólo iluminaba unos pocos metros.

—¿Has dicho que algunas brujas todavía ayudan a esa gente? —preguntó Serafina Pekkala al daimonion extraviado.

—Me parece que sí. Algunas brujas renegadas de Volgorsk... a menos que se hayan marchado también —contestó—. ¿Qué piensa hacer? ¿Irá en busca de mi bruja?

—Sí. Tú te quedarás con Kaisa por el momento.

Serafina Pekkala se precipitó hacia la lancha, mientras los daimonions permanecían ocultos entre la niebla, y se posó en la bovedilla situada detrás del timonel. El daimonion del hombre soltó un graznido, y éste se volvió para mirar.

—No te has dado mucha prisa en llegar, ¿eh? —espetó—. Monta en tu rama y guíanos por el lado de babor.

Serafina Pekkala volvió a alzar el vuelo. Su estratagema había funcionado: algunas brujas aún los ayudaban, y el timonel la había confundido con una. Babor estaba a la izquierda, recordó, y la luz de babor era roja. Buscó entre la niebla hasta vislumbrar su nebuloso resplandor, unos cien metros más allá. Retrocedió como un rayo y, sobrevolando la lancha, dio indicaciones al timonel, que aminoró la marcha y con paso de caracol condujo la embarcación hacia la escalerilla colgada hasta la línea de flotación. El timonel gritó algo, y un marinero lanzó un cabo desde arriba mientras otro se apresuraba a bajar por la escalera para atar la nave.

Serafina Pekkala voló hacia la barandilla del barco y buscó refugio en la oscuridad que proyectaban las lanchas de salvamento. Si bien no había visto ninguna otra bruja, era probable que hubiera más de una patrullando el cielo; Kaisa sabría cómo actuar en tal caso.

Mientras tanto, abajo, un pasajero abandonaba la lancha y subía por la escalera. Las pieles y la capucha que lo envolvían impedían identificarlo. Cuando llegó a cubierta, un mono dorado saltó con agilidad a la barandilla y desde allí miró en derredor, irradiando maldad a través de sus negros ojos. Serafina contuvo el aliento al comprender que el encapuchado era la señora Coulter.

Un individuo vestido con ropajes oscuros se apresuró a recibirla en la cubierta, y miró a ambos lados como si esperara a alguien más.

—Lord Boreal... —dijo.

—Ha ido a otro sitio —atajó la señora Coulter—. ¿Han comenzado la sesión de tortura?

—Sí, señora Coulter —respondió el hombre—, pero...

—Ordené que aguardaran —espetó—. ¿Acaso han tomado afición a desobedecerme? Debería haber más disciplina en este barco.

La mujer se quitó la capucha y bajo la amarillenta luz Serafina Pekkala le vio con nitidez la cara: altiva, apasionada y, a ojos de la bruja, jovencísima.

—¿Dónde están las otras brujas? —preguntó.

—Se han marchado todas, señora —informó el individuo del barco—. Huyeron a su tierra.

—Sin embargo ha sido una bruja quien ha guiado la lancha hasta aquí —repuso la señora Coulter—. ¿Dónde se ha metido?

A Serafina se le encogió el corazón. No cabía duda de que el marinero de la lancha no estaba enterado de las últimas novedades. Mientras el clérigo miraba en torno a sí con desconcierto, la señora Coulter, que tenía demasiada prisa, recorrió la cubierta con la vista, meneó la cabeza y cruzó con su daimonion la puerta, que arrojaba un amarillento nimbo al aire. El hombre la siguió.

Serafina Pekkala miró alrededor para cerciorarse de la posición en que se hallaba. Estaba escondida detrás de un ventilador en la estrecha franja de cubierta situada entre la barandilla y la estructura central, más elevada, del barco; para colmo en ese nivel, inmediatamente inferior al puente y la chimenea, había un salón provisto en sus tres lados de auténticas ventanas en lugar de portillas. Ésa era la estancia donde se habían congregado los pasajeros. La luz que se derramaba por las ventanas sobre la barandilla envuelta en la niebla apenas si alcanzaba a alumbrar el palo mayor y la escotilla tapada con una lona. Todo estaba impregnado de humedad y comenzaba a cobrar la rigidez del hielo. Nadie podía ver a Serafina donde estaba; pero si ella quería ver algo más, tendría que abandonar su escondite.

Era una lástima. De todas formas, con su rama de pino podía escapar, y con su cuchillo y su arco, podía presentar batalla. Ocultó la rama detrás del ventilador y avanzó con sigilo hasta la primera ventana. El cristal empañado no le permitía ver nada, y como no oyó ninguna voz optó por volver a refugiarse en su escondrijo.

Había un recurso que podía poner en juego, aunque Serafina tenía ciertos reparos, pues se trataba de algo extremadamente peligroso que la dejaría exhausta. Sin embargo todo indicaba que no tenía otra alternativa. Era una suerte de truco de magia gracias al cual nadie la vería. La auténtica invisibilidad era imposible de conseguir, por supuesto; aquello era un procedimiento de magia mental que consistía en adoptar una actitud de modestia tenaz que permitía pasar inadvertido al autor del hechizo aun sin ser invisible. Si se mantenía con la intensidad adecuada, podía atravesar una habitación abarrotada de gente o caminar junto a un solitario viajero sin ser vista.

Así pues, se concentró y dirigió todos sus esfuerzos a alterar la apariencia que ofrecía con el objeto de repeler por completo la atención hacia su persona. Tardó varios minutos en convencerse de que lo había logrado, y aun así decidió asegurarse abandonando su refugio para situarse en el camino de un marinero que se acercaba con una bolsa de herramientas. El hombre se apartó hacia un lado para no topar con ella sin mirarla siquiera.

Estaba preparada. Se encaminó hacia la puerta del salón inundado de luz y al abrirla descubrió que estaba vacío. La dejó abierta de par en par por si necesitaba huir y en el fondo de la estancia vio otra, y más allá unas escaleras que descendían hasta las entrañas del barco. Bajó por ellas hasta un estrecho pasillo alumbrado con luces ambáricas recorrido por tuberías pintadas de blanco, que atravesaba el interior del casco de popa a proa, con puertas a ambos lados.

Avanzó con sigilo, hasta oír voces. Parecía que se celebraba una especie de asamblea.

Abrió la puerta y entró.

Había unas doce personas sentadas en torno a una gran mesa. Un par de ellas levantaron la vista, y aunque la miraron con aire distraído no les llamó la atención su presencia. Permaneció en silencio junto a la puerta, observando. Presidía la reunión un anciano ataviado con vestiduras cardenalicias, y los demás asistentes parecían eclesiásticos de diversa condición, salvo la señora Coulter, la única mujer presente. La dama había dejado sus pieles sobre el respaldo de la silla y se le habían encendido las mejillas con el calor del interior del barco.

Serafina Pekkala examinó con atención la sala y reparó en alguien más; un individuo de rostro enjuto con un daimonion rana, que se hallaba sentado a una mesa lateral atestada de libros encuadernados en cuero e inestables pilas de papel amarillento. Al principio lo tomó por un escribiente o un secretario, hasta que advirtió que tenía la vista fija en un instrumento dorado semejante a un reloj grande o una brújula y cada minuto, más o menos, apartaba la mirada para anotar lo que acababa de observar. Después abría un libro, buscaba pacientemente en el índice y consultaba una referencia que luego escribía antes de volver a enfrascarse en la observación del instrumento.

Serafina prestó atención a la conversación que mantenían las personas sentadas a la mesa, porque había oído la palabra «bruja».

—Sabe algo sobre la niña —informó un clérigo—. Confesó que sabía algo. Todas las brujas saben algo sobre ella.

—Ignoro lo que sabe señora Coulter —declaró el cardenal—. ¿Tal vez debería habernos comentado algo?

—Tendrá que hablar con menos rodeos —replicó con gelidez la señora Coulter—. Su Eminencia olvida que soy una mujer y que como tal se me escapa la sutileza de un príncipe de la Iglesia. ¿Cuál es esa verdad que yo debería conocer acerca de la niña?

El cardenal hizo un expresivo gesto, pero no contestó.

—Parece que existe una profecía —intervino tras unos minutos de silencio, casi con tono de disculpa, uno de los clérigos—. Todas las señales coinciden. Las circunstancias de su nacimiento, por ejemplo. Los giptanos también saben algo sobre ella. La designan con expresiones muy misteriosas como «aceite de bruja» y «fuego de marjal». No es de extrañar que consiguiera conducirlos a Bolvangar. Por no mencionar la asombrosa hazaña de deponer al oso-rey Iofur Raknison... No es una niña cualquiera, seguro. Quizá fray Pavel pueda explicarnos algo más...

Dirigió la mirada al individuo de rostro enjuto que interpretaba el aletiómetro, quien tras pestañear se frotó los ojos antes de posar la vista en la señora Coulter.

—Ignoro si sabéis que éste es el único aletiómetro que queda, aparte del que está en poder de la niña —dijo—. Los demás han sido adquiridos y destruidos, por orden del Magisterio. En este instrumento he leído que fue el rector del Jordan College quien entregó el suyo a la niña, que aprendió a interpretarlo por sí sola y lo utiliza sin el apoyo de los libros de lectura. Si fuera posible no conceder crédito al aletiómetro, lo haría, porque me resulta inconcebible que alguien lo utilice sin la ayuda de los libros. Para alcanzar una mínima capacidad de comprensión, se requieren décadas de diligente estudio. Ella en cambio comenzó a leerlo al cabo de pocas semanas de tenerlo, y ahora posee un dominio casi completo. Esa chiquilla es superior a cualquier erudito humano.

—¿Dónde está ahora, fray Pavel? —preguntó el cardenal.

—En el otro mundo —contestó el interpelado—. Ya es tarde.

—¡La bruja sabe algo! —exclamó otro hombre, cuyo daimonion, un ratón almizclero, roía sin descanso la punta de un lápiz—. ¡Todo encaja y sólo falta el testimonio de la bruja! ¡Yo propongo volver a torturarla!

—¿De qué profecía habláis? —preguntó airada la señora Coulter—. ¿Cómo osáis mantenerme en la ignorancia?

Saltaba a la vista el poder que ejercía sobre los presentes. El mono dorado paseó una mirada furibunda sobre todos ellos, y ninguno tuvo el valor de alzar la vista.

El único que se mantuvo impertérrito fue el cardenal. Su daimonion, un ara, levantó una pata y se rascó la cabeza.

—La bruja ha dado a entender algo extraordinario —dijo—. No me atrevo a dar crédito a lo que pienso que significa. En tal caso, sobre nosotros recaería la más terrible responsabilidad que haya tenido que asumir ningún hombre o mujer. Permítame que insista, señora Coulter, ¿qué sabe usted de la niña y su padre?

—¿Cómo osa interrogarme? —preguntó a su vez, pálida de furia, la señora Coulter—. ¿Cómo osa no informarme de lo que ha averiguado a través de la bruja? ¿Cómo osa sospechar que yo le oculto algo? ¿Cree que estoy del lado de la niña? ¿O cree tal vez que estoy del lado de su padre? Quizá piense que deberían torturarme como a la bruja. Bien, estamos todos sujetos a su autoridad, Eminencia. Bastaría sólo un gesto suyo para que me despedazaran, pero aunque buscara en cada jirón de carne una respuesta no encontraría ninguna, porque yo no sé nada de esa profecía, nada en absoluto. Le exijo que me explique qué sabe usted. ¡Se trata de mi hija, mi única hija, concebida en el pecado y alumbrada con vergüenza, pero hija mía al fin y al cabo, y me ocultáis lo que tengo todo el derecho a saber!

—Por favor —intervino con nerviosismo uno de los eclesiásticos—. Por favor, señora Coulter, la bruja no ha hablado aún; averiguaremos más cosas. El mismo cardenal Sturrock ha dicho que sólo lo ha dado a entender.

—Supongamos que la bruja no habla —objetó la señora Coulter—. ¿Nos dedicaremos entonces a hacer cábalas? ¿Nos quedaremos temblando muertos de miedo, entregados a las conjeturas?

—No —respondió fray Pavel—. Precisamente estoy preparando esa pregunta para plantearla al aletiómetro. Obtendremos la respuesta bien a través de la bruja, bien a través de los libros de lectura.

—¿Cuánto tiempo se tardará?

—Bastante —contestó el clérigo con cautela, arqueando las cejas—. Se trata de una pregunta muy compleja.

—La bruja en cambio contestaría de inmediato —observó la señora Coulter.

Acto seguido se puso en pie y la mayoría de los asistentes la imitó, como si le rindieran homenaje. Sólo permanecieron sentados el cardenal y fray Pavel. Serafina Pekkala continuaba en su sitio, porfiando por mantenerse inaccesible a su atención. El mono dorado rechinaba los dientes, con el reluciente pelaje erizado de la cola a la cabeza.

—Vayamos pues a preguntárselo —sugirió la señora Coulter, colocándose el daimonion sobre los hombros.

Dando media vuelta salió al pasillo. Los hombres se precipitaron tras ella, abriéndose paso a empellones y codazos junto a Serafina Pekkala, que apenas si tuvo tiempo de hacerse a un lado, presa de una gran agitación mental. El último en salir fue el cardenal.

Serafina se rezagó unos segundos para recuperar la serenidad, porque comenzaba a tornarse visible a causa de su excitación. Después enfiló el pasillo en pos de los eclesiásticos, hasta llegar a una habitación más reducida, de austeras paredes blancas, donde todos se habían arracimado en torno a la penosa figura situada en el centro: una bruja atada a una silla de hierro, con el rostro demudado por el dolor y las piernas torcidas y rotas.

La señora Coulter se hallaba de pie a su lado. Serafina se apostó junto a la puerta, previendo que no podría permanecer inadvertida mucho rato; aquello era demasiado duro.

—Háblanos de la niña, bruja —ordenó la señora Coulter.

—¡No!

—De lo contrario sufrirás.

—Ya he sufrido bastante.

—Oh, aún sufrirás más. Nuestra Iglesia tiene miles de años de experiencia en estos asuntos. Podemos prolongar de forma indefinida tu padecimiento. Háblanos de la niña —insistió la señora Coulter.

Luego tomó la mano de la bruja y le partió un dedo, que se quebró sin resistencia con un chasquido. La bruja profirió un alarido, y por un segundo Serafina Pekkala se volvió visible para todos. Un par de clérigos la miraron con perplejidad y miedo pero, como enseguida se controló, volvieron a concentrarse en la sesión de tortura.

—Si no respondes, te romperé otro dedo y después otro. ¿Qué sabes de la niña? Contesta.

—¡Está bien! ¡Basta, basta, por favor!

—Contesta pues.

Se oyó otro repulsivo crujido, seguido de los lastimosos sollozos de la bruja. Serafina Pekkala a duras penas logró contenerse.

—¡No, no! —suplicó a voz en grito la bruja—. ¡Os lo diré! ¡Parad, os lo ruego! La niña que tenía que llegar... Las brujas conocíamos su identidad antes que vosotros... Averiguamos su nombre...

—Sabemos cómo se llama. ¿A qué nombre te refieres?

—¡A su verdadero nombre! ¡Al nombre de su destino!

—¿Qué nombre es ése? ¡Dímelo! —ordenó la señora Coulter.

—No... no...

—¿Cómo lo descubristeis?

—Había una prueba... Si conseguía escoger un haz de nube pino entre muchos otros, sería la niña que debía llegar y así sucedió en la casa de nuestro cónsul, en Trollesund, cuando la chiquilla acudió allí con los giptanos... La acompañaba el oso... —Se le quebró la voz.

La señora Coulter dejó escapar una exclamación de impaciencia, a la que siguieron una sonora bofetada y un gemido.

—Pero ¿qué revelaba la profecía sobre esa niña? —prosiguió la señora Coulter con vehemencia—. ¿Cuál es ese nombre que desvelará su destino?

Serafina Pekkala avanzó, atravesando incluso la tupida piña que formaban los hombres alrededor de la bruja, y ninguno reparó en su proximidad. Debía poner fin cuanto antes al sufrimiento de la bruja, pero el esfuerzo que debía realizar para pasar inadvertida resultaba agotador. Temblaba cuando desenfundó el puñal prendido a su cintura.

—¡Ella es la que vino antes, la que odiáis y teméis desde entonces! —decía entre sollozos la bruja—. Pues bien, ahora ha regresado y no habéis logrado localizarla... Estaba en Svalbard con lord Asriel, y la perdisteis. Escapó y será...

La mujer se interrumpió cuando entró volando por la puerta una golondrina de mar, enloquecida de terror. Con un penoso batir de alas cayó al suelo y con sumo esfuerzo consiguió remontar el vuelo para precipitarse hacia el pecho de la torturada. Acurrucada en él, comenzó a jorgear y chillar.

—¡Yambe-Akka! —llamó con angustia, la bruja—. ¡Ven a mí, ven a mí!

Nadie entendió su ruego salvo Serafina Pekkala. Yambe-Akka era la diosa que se aparecía a las brujas cuando estaban a punto de morir.

Serafina estaba preparada. De inmediato se tornó visible y avanzó con una alegre sonrisa, pues Yambe-Akka estaba contenta y despreocupada y sus visitas se consideraban gozosos regalos. Al verla, la bruja levantó el rostro surcado de lágrimas, y Serafina se inclinó para besarla al tiempo que le clavaba el puñal en el corazón. Al daimonion golondrina se le humedecieron los ojos antes de desaparecer.

Había llegado el momento; Serafina Pekkala tendría que luchar para salir de allí.

Los hombres aún estaban aturdidos, perplejos; la señora Coulter, en cambio, había recuperado la serenidad casi en el acto.

—¡Cogedla! ¡Que no escape! —exclamó.

Serafina ya se encontraba en la puerta, con una flecha dispuesta en el arco. Apuntó y disparó en menos de un segundo, y el cardenal se desplomó en el suelo, presa de convulsiones.

Serafina corrió por el pasillo en dirección a las escaleras y se detuvo un momento para preparar de nuevo el arco y descargar un proyectil.

Cayó otro hombre, al tiempo que por el barco se expandía el horripilante y estruendoso sonido de una campana.

Subió por las escaleras, y al salir a cubierta dos marineros le interceptaron el paso.

—¡Es abajo! —indicó—. ¡La prisionera ha escapado! ¡Id a buscar refuerzos!

Aquello bastó para provocar en los hombres unos segundos de desconcierto e indecisión que aprovechó para recoger su nube pino de detrás del ventilador.

—¡Disparadle! —ordenó a su espalda la señora Coulter.

De inmediato abrieron fuego tres fusiles. Las balas rebotaron en el metal para perderse silbando en la niebla, mientras Serafina montaba en su rama y la hacía elevarse a toda velocidad como si de una de sus flechas se tratara. Al cabo de unos segundos se hallaba a salvo en medio de la espesa bruma, y enseguida en aquella masa grisácea se definió el contorno de un gran cuerpo de ganso que acudía a su lado.

—¿Adónde vamos? —preguntó.

—Lejos, Kaisa —respondió la bruja—. No importa el lugar, con tal de quedar libres de la pestilencia de esa gentuza.

En realidad no sabía adónde dirigirse ni qué hacer. Sin embargo estaba segura de algo: en su aljaba había una flecha que haría blanco en la garganta de la señora Coulter.

Emprendieron rumbo sur, distanciándose de aquel inquietante resplandor ultraterrenal que penetraba en la niebla, y mientras volaban en la mente de Serafina comenzó a fraguarse una pregunta. ¿Qué hacía lord Asriel?

No cabía duda de que todos los sucesos que habían trastornado el mundo tenían su origen en las misteriosas actividades del aristócrata.

El problema residía en que sus fuentes de conocimiento eran por lo general naturales. Ella podía perseguir cualquier animal, atrapar cualquier pez, encontrar las más raras especies de bayas; era capaz de descifrar señales en las entrañas de la marta, desentrañar la sabiduría en las escamas de una perca o interpretar augurios en el polen del azafrán. Todos ellos eran hijos de la naturaleza y las verdades que le comunicaban eran de carácter natural.

Para recabar información sobre lord Asriel debía recurrir a otros métodos. Su cónsul, el doctor Lanselius, mantenía sus contactos con el mundo de los hombres en el puerto de Trollesund, y fue allí adonde se dirigió Serafina Pekkala para ver qué podía averiguar a través de él. Antes de acudir a su casa sobrevoló el puerto, donde fantasmagóricos jirones de neblina flotaban sobre las heladas aguas, y observó cómo el práctico daba instrucciones para la entrada de un gran navío con pabellón africano. En los muelles había anclados varios barcos más. Nunca había visto tantos.

Cuando el corto día tocaba a su fin, aterrizó en el jardín posterior de la vivienda del cónsul y golpeó con los nudillos en la ventana. El doctor Lanselius abrió la puerta y se cruzó los labios con un dedo para pedir silencio.

—Bienvenida, Serafina Pekkala —saludó—. Pase, rápido. Y será mejor que no se quede mucho rato. —Le ofreció una silla junto al fuego y, tras mirar a través de las cortinas de una ventana de la fachada principal, añadió—: ¿Le apetece un poco de vino?

Entre sorbo y sorbo del dorado tokay, Serafina le refirió cuanto había visto y oído a bordo del barco.

—¿Cree que entendieron lo que dijo sobre la niña? —preguntó el cónsul.

—No del todo. Sin embargo saben que es importante. En cuanto a la mujer, me da miedo, doctor Lanselius. Creo que la mataré; de todas formas me da miedo.

—Sí —convino el cónsul—. A mí también.

Luego le expuso las habladurías que circulaban por la ciudad y algunas claras realidades que descollaban entre la niebla de los rumores.

—Se comenta que el Magisterio está organizando el mayor ejército que se haya visto nunca, y que sólo se trata de una avanzadilla. También se murmura, Serafina Pekkala, algo muy desagradable en relación con algunos soldados. Me contaron lo de Bolvangar y qué hacían allí... mutilar los daimonions a los niños, la peor fechoría de que yo haya tenido conocimiento... Pues bien, al parecer existe un regimiento de guerreros que han recibido el mismo trato. ¿Conoce la palabra «zombi»? No temen nada, porque carecen de mente y espíritu. Ahora mismo, se encuentran algunos soldados de esa clase en esta ciudad. Las autoridades los mantienen ocultos, pero las noticias salen a la luz, y la gente está aterrorizada.

—¿Y las brujas de los otros clanes? —preguntó Serafina Pekkala—. ¿Qué sabe de ellas?

—La mayoría ha regresado a su tierra. Todas permanecen a la espera, con el corazón encogido, de lo que suceda a continuación.

—¿Qué ha averiguado sobre la Iglesia?

—Están sumidos en la más completa confusión. No tienen ni idea de qué se propone lord Asriel.

—Yo tampoco —reconoció la bruja—, ni se me ocurre siquiera qué puede ser. ¿Qué cree usted que se propone, doctor Lanselius?

El cónsul acarició la cabeza de su daimonion serpiente con el pulgar.

—Aunque es un erudito —respondió al cabo de un instante—, no creo que el saber constituya su principal pasión, y tampoco la política, a decir verdad. Una vez hablé con él y me pareció un hombre vehemente y pletórico de fuerza, pero no despótico. Dudo de que su objetivo sea hacerse con el poder... No lo sé, Serafina Pekkala. Supongo que su criado podría explicarle algo más. Es un hombre llamado Thorold, que estuvo preso con lord Asriel en la casa de Svalbard. Quizá valga la pena visitarlo allí, aunque cabe la posibilidad de que se haya marchado al otro mundo con su amo.

—Gracias. Es una buena idea... Ahora mismo me pondré en camino.

Tras despedirse del cónsul alzó el vuelo entre la creciente oscuridad para reunirse con Kaisa en las nubes.

El viaje de Serafina hacia el norte se vio entorpecido por la confusión que reinaba en el mundo. Todos los pueblos del Ártico habían sucumbido al pánico, y también los animales, no sólo a causa de la niebla y las variaciones magnéticas, sino también por las insólitas resquebrajaduras del hielo y las alteraciones del terreno. Era como si la tierra, el casquete polar permanente, despertara poco a poco de un largo sueño que la mantenía congelada.

Entre tamaño caos, donde de repente unos haces de extraño fulgor se abrían paso entre torres de niebla para disiparse tan súbitamente como habían aparecido, donde los rebaños de bisontes sentían la inopinada urgencia de galopar hacia el sur para dar de inmediato media vuelta y dirigirse al oeste o de nuevo al norte, donde las bien organizadas bandadas de gansos se desintegraban de pronto en un desordenado coro de estridentes graznidos a consecuencia de la oscilación de los campos magnéticos, Serafina Pekkala montada en su nube pino, voló rumbo norte, en dirección a la casa situada en el promontorio de los yermos de Svalbard.

Advirtió el movimiento aun antes de que la distancia le permitiera ver qué ocurría. Un torbellino de membranosas alas descendía en picado entre malévolos chillidos que resonaban en el patio cubierto de nieve, mientras una persona abrigada con pieles disparaba con un fusil y su daimonion perro gruñía y lanzaba dentelladas cada vez que una de aquellas repulsivas criaturas se aproximaba demasiado.

Si bien no conocía al hombre, como los espectros de los acantilados se consideraban enemigos en todo lugar y ocasión, Serafinas lanzó una andanada de flechas sin pensárselo dos veces. Farfullando y gritando, la banda —pues tan desorganizado grupo no merecía el nombre de tropa— giró en el aire y al ver a su nuevo adversario emprendió la fuga. Un minuto después el cielo volvía a estar despejado, y sus chillidos de espanto resonaron apagados en las montañas antes de desvanecerse.

Serafina bajó hasta el patio y aterrizó en la nieve pisoteada y manchada de sangre. El hombre se quitó la capucha, empuñando todavía el fusil en actitud de cautela, porque las brujas eran a veces enemigas. Entonces ella vio a un anciano de prominente barbilla, pelo cano y mirada firme.

—Soy amiga de Lyra —dijo—. Querría hablar con usted. Mire, dejo el arco en el suelo.

—¿Dónde está la niña? —preguntó el hombre.

—En otro mundo. Me preocupa su seguridad. Necesito saber qué hace lord Asriel.

—Pase pues. Mire, yo también depongo el fusil.

Después de tales formalidades, entraron en la casa. Kaisa alzó el vuelo para montar guardia desde lo alto, mientras Thorold preparaba café y Serafina le informaba de su relación con Lyra.

—Siempre fue una niña obstinada —comentó el hombre cuando se sentaron a una mesa de roble, a la luz de una lámpara de nafta—. Yo la veía casi cada año cuando Su Señoría visitaba el college. De todas formas le profesaba gran cariño; resultaba inevitable. Sin embargo, ignoro qué papel desempeña ella en el curso general de los acontecimientos.

—¿Qué se proponía lord Asriel?

—¿No creerá de veras que me lo dijo? No soy más que su criado. Le lavo la ropa, le preparo la comida y mantengo ordenada su casa. Me he enterado de alguna que otra cosa en los años que he pasado con Su Señoría, pero sólo por pura casualidad. Para él sería lo mismo hacerme confidencias a mí que a su brocha de afeitar.

—Cuénteme pues ese par de cosas de que se enteró por casualidad —pidió Serafina.

Thorold, que pese a su avanzada edad, se mantenía sano y vigoroso, se sentía halagado, como cualquier varón, por la atención que le dedicaba aquella joven y hermosa bruja. No obstante, poseía la suficiente astucia para comprender que aquella atención no se concentraba en él, sino en lo que sabía. Como por otra parte era honrado, no se hizo de rogar.

—No podré exponer con exactitud lo que hace —advirtió—, porque todos los pormenores filosóficos escapan a mi entendimiento. Lo que sí conozco es la motivación que se esconde detrás de los actos de Su Señoría, aunque él lo ignora. Lo he percibido en un centenar de pequeños detalles. Corríjame si me equivoco, pero creo que los brujos veneran a dioses distintos de los nuestros, ¿verdad?

—Sí, en efecto.

—No obstante, conocerá usted la existencia de nuestro Dios, el Dios de la Iglesia, el que llaman la Autoridad.

—Sí.

—Pues bien, lord Asriel nunca ha compartido las doctrinas de la Iglesia, por así decirlo. Yo he visto cómo se le crispan las facciones con disgusto cuando oye hablar de sacramentos, expiación, redención y cuestiones por el estilo. Como ya sabrá, quien desafía a la Iglesia se expone a la muerte. Con todo, le aseguro que en el corazón de lord Asriel se ha gestado una rebelión durante el tiempo que llevo a su servicio.

—¿Una rebelión contra la Iglesia?

—En parte, sí. En otra época se planteó oponerse a ella por la fuerza, pero desechó tal posibilidad.

—¿Por qué? ¿Acaso porque la Iglesia era demasiado poderosa?

—No —respondió el viejo criado—: eso jamás lo habría amedrentado. Tal vez le sorprendan mis palabras, Serafina Pekkala, pero yo conozco a lord Asriel mejor de lo que llegaría a conocerlo una esposa o incluso una madre. Ha sido mi amo y mi objeto de estudio durante casi cuarenta años. Pues bien, yo opino que descartó rebelarse contra la Iglesia no porque ésta fuera demasiado fuerte, sino porque era demasiado débil para que mereciera la pena presentarle batalla.

—Entonces ¿qué hace en estos momentos?

—Creo que está empeñado en una guerra de más envergadura. Sospecho que pretende sublevarse contra el poder más elevado de todos. Ha partido en busca de la morada de la mismísima Autoridad con el fin de destruirla. Eso creo yo. Se me encoge el corazón sólo de decirlo, señora, y casi ni me atrevo a pensarlo, pero no se me ocurre otra explicación para justificar sus actos.

Serafina guardó silencio mientras asimilaba lo que acababa de oír, y cuando se disponía a tomar la palabra Thorold se le adelantó.

—Claro que cualquiera que se propusiese acometer una acción tan formidable provocaría las iras de la Iglesia. Sería, como dicen, la peor blasfemia de todas. Habría de comparecer ante el Tribunal Consistorial y lo condenarían a muerte en menos que canta un gallo. Nunca había hablado de esto ni pienso volver a hacerlo; habría temido explicárselo a usted si no fuera porque al ser bruja, se halla al margen del poder de la Iglesia. En fin, esa explicación es la única que encaja. Lord Asriel intenta localizar a la Autoridad para darle muerte.

—¿Y cabe la posibilidad de que lo consiga? —preguntó Serafina.

—En la vida de lord Asriel han ocurrido portentos que parecían imposibles y no me atrevería a afirmar que haya algo de lo que no sea capaz. Aun así hay que reconocer, Serafina Pekkala, que es un desatino. Si los ángeles no lo lograron, ¿cómo osa siquiera planteárselo un hombre?

—¿Ángeles? ¿Qué son los ángeles?

—Seres que sólo poseen espíritu, según la Iglesia. Ésta enseña que algunos ángeles se rebelaron antes de la creación del mundo y por ello se les expulsó del cielo. Ellos fracasaron, ésa es la cuestión, por más que detentaban el poder de los ángeles. Lord Asriel es un simple hombre, que sólo cuenta con la fuerza humana. Sin embargo su ambición no conoce límites. Osa acometer lo que ningún hombre ni mujer se atreve a pensar siquiera. Fíjese en lo que ha hecho ya: ha provocado un desgarrón en el cielo, ha abierto un camino hacia otro mundo. ¿Quién había realizado algo semejante antes? ¿A quién podía habérsele ocurrido si no a él? Por eso por una parte lo considero un loco, un perverso, un perturbado, y por otra pienso que es lord Asriel, un hombre sin igual. A veces creo que si tal hazaña fuera posible, le correspondería llevarla a cabo a él, a nadie más.

—¿Y qué piensa hacer usted, Thorold?

—Quedarme aquí a esperar. Le cuidaré la casa hasta que regrese y me diga lo contrario, o hasta que muera. ¿Podría plantearle la misma pregunta a usted?

—Quiero cerciorarme de que la niña se encuentra a salvo —respondió—. Tal vez tendré que volver a pasar por este territorio, Thorold. Me alegra saber que seguirá aquí.

—No pienso moverme —aseguró el criado.

Serafina rehusó quedarse a comer y se despidió de Thorold.

Un par de minutos después se reunía con su daimonion ganso y se elevaba con él para surcar el aire en silencio, por encima de las brumosas montañas. Se sentía muy preocupada, y no es preciso explicar por qué: cada hebra de musgo, cada charca helada, cada insignificante mosca de su tierra natal le tensaba los nervios, llamándola. Temía por ellos, y también por sí misma, porque no tendría más remedio que cambiar; aquellos asuntos en que indagaba eran humanos, todo aquello era humano; el dios de lord Asriel no coincidía con el suyo. ¿Acaso estaba volviéndose humana? ¿Comenzaba a perder su identidad de bruja?

De ser así, no podría cumplir su cometido sola.

—Vamos a casa —propuso—. Debemos hablar con nuestras

hermanas, Kaisa. Estos acontecimientos son demasiado trascendentes para afrontarlos solos.

Atravesaron a toda velocidad los algodonosos bancos de niebla en dirección al lago Enara, en dirección a su hogar.

En las cuevas contiguas al lago encontraron a las demás brujas de su clan, y también a Lee Scoresby. Después del accidente de Svalbard, el aeronauta había conseguido mantener a flote el globo, y las brujas lo habían guiado hasta su territorio, donde había comenzado a reparar los desperfectos de la barquilla y la bolsa de gas.

—Señora, me alegro mucho de verla —la saludó—. ¿Alguna noticia de la niña?

—Ninguna, señor Scoresby. ¿Tendría la bondad de unirse a nuestro consejo de esta noche para ayudarnos a decidir cómo actuar?

El tejano pestañeó con sorpresa, pues no sabía de ningún hombre que hubiera participado jamás en un consejo de brujas.

—Lo considero un gran honor —respondió—. Quizá presentaré alguna sugerencia.

A lo largo del día llegaron las brujas, cual copos de negra nieve impulsados por una tormenta, llenando el cielo con el aleteo de sus ropas de seda y el zumbido que producía el aire al colarse entre las agujas de sus ramas de nube pino. Desde los empapados bosques y entre los témpanos sometidos al rápido deshielo, los cazadores y pescadores oían el susurro que poblaba el aire, y si el cielo hubiera estado despejado habrían visto a las brujas volar, desplazándose como retazos de oscuridad impulsados por una secreta marea.

Al caer la tarde las copas de los pinos de las inmediaciones del lago se alumbraron con un centenar de hogueras, la mayor de las cuales ardía delante de la cueva de asambleas. Allí se reunieron las brujas después de cenar. Serafina Pekkala se hallaba en el centro, tocada con la corona de florecillas escarlata, sentada entre Lee Scoresby y una visitante, la reina de las brujas latvianas, que se llamaba Ruta Skadi.

Ésta, que había llegado hacía apenas una hora, había dejado asombrada a Serafina, que si antes había considerado hermosa a la señora Coulter, para tratarse de una mortal, descubrió con sorpresa que Ruta Skadi era tan bella como aquélla, y sumaba a su belleza un matiz de misterio de que la otra carecía. Ruta había tratado con espíritus, y eso se notaba. Era vital y apasionada, con grandes ojazos negros; se rumoreaba que el propio lord Asriel había sido su amante. Lucía unos voluminosos pendientes de oro y sobre su negra cabellera rizada reposaba una corona rodeada de colmillos de tigre. El daimonion de Ruta Skadi había explicado a Kaisa, el daimonion de Serafina, que ella misma había matado a los tigres para castigar a la tribu tártara que los adoraba, por no haberla recibido con los honores debidos cuando había visitado su territorio. Sin sus deidades la tribu comenzó a languidecer presa del miedo y la melancolía, y le rogó que les permitiera venerarla a ella en lugar de los tigres. Sin embargo Ruta rechazó con desdén tal pretensión; ¿en qué le beneficiaría que la adoraran, replicó, si de nada les había servido a los tigres? Así era Ruta Skadi: hermosa, altiva y despiadada.

Aunque no estaba segura de por qué había acudido, Serafina le dio la bienvenida y la situó a su derecha, tal como exigía el protocolo. Cuando todas las brujas se hubieron congregado, tomó la palabra:

—Hermanas, ya sabéis por qué nos hemos reunido: debemos decidir qué postura adoptaremos ante estos nuevos sucesos. El universo se ha partido y lord Asriel ha abierto una vía que comunica este mundo con otro. ¿Debemos implicarnos en ello, o bien seguir viviendo como hasta ahora, ocupadas sólo en nuestros asuntos? Además hemos de abordar la cuestión de la pequeña Lyra Belacqua, a quien el rey Iorek Byrnison ha resuelto llamar Lyra Lenguadeplata. La chiquilla, que eligió el haz correcto de nube pino en la casa del doctor Lanselius y es, por tanto, la niña que siempre habíamos esperado, ha desaparecido.

»Contamos con la presencia de dos invitados, que expresarán su opinión. Oigamos primero a la reina Ruta Skadi.

Ésta se puso en pie. Sus blancos brazos relucían a la luz de la hoguera y sus ojos desprendían un brillo tan intenso que hasta las brujas más alejadas observaron cada una de las expresiones que adoptaba su rostro.

—Hermanas, yo os explicaré qué ocurre y contra quién debemos luchar. Sí, hemos de luchar, porque se avecina una guerra. Ignoro quién se unirá a nuestro bando, pero sí sé a quién tendremos por adversario. Nuestro contrincante es el Magisterio, la Iglesia. Durante toda su historia, que, aunque no es tan larga desde nuestro punto de vista, sí suma muchas, muchísimas vidas de las suyas, ha tratado de suprimir y controlar todo impulso natural. Y aquellos que no puede controlar, los ataja de raíz. Algunas de vosotras presenciasteis cómo actuaron en Bolvangar. Eso fue horrible, pero no se trata de una práctica aislada. Hermanas, vosotras conocéis sólo el norte. Yo, en cambio he viajado a las tierras del sur. Creedme cuando os digo que allí hay iglesias que también amputan a los niños, tal como hicieron en Bolvangar, no de la misma manera pero de forma igualmente repulsiva. Les cortan los órganos sexuales, sí, tanto a los niños como a las niñas; se los cercenan con cuchillos para que no puedan sentir. Así procede la Iglesia; todas hacen lo mismo: controlar, destruir y erradicar cualquier sensación placentera. Así pues, si estalla una guerra y la Iglesia se sitúa en un bando, nosotras debemos unirnos al otro, sin reparar en los extraños aliados que podamos encontrar.

»Propongo unir nuestros clanes y partir hacia el norte para explorar ese nuevo mundo y tratar de averiguar algo allí. Si no hemos logrado localizar a la niña en este mundo, sin duda se debe a que ya ha marchado en pos de lord Asriel, quien constituye la clave de todo este asunto, podéis estar seguras. En un tiempo fue mi amante, y no dudaría en aunar mis fuerzas a las suyas, porque él detesta a la Iglesia y todos sus actos.

»Esto es cuanto quería decir.

Ruta Skadi había hablado con vehemencia, y Serafina estaba admirada de su autoridad y su belleza. Cuando la reina latviana tomó asiento, aquélla se volvió hacia Lee Scoresby.

—El señor Scoresby es amigo de la niña y, por tanto, también nuestro —declaró—. ¿Le importaría manifestar su opinión, señor?

El tejano se levantó educadamente, delgado como una vara. Aparentaba no ser consciente de lo insólito de la ocasión, aunque sí lo era. Su daimonion liebre, Hester, permanecía agazapado a su lado, con las orejas pegadas al cuerpo y los dorados ojos entornados.

—Señoras, en primer lugar deseo agradecer a todas su amabilidad y la ayuda que prestaron a un aeronauta proveniente de otro mundo a quien los vientos habían zarandeado. Seré breve para no abusar de su paciencia.

»Cuando viajaba hacia Bolvangar con los giptanos, la pequeña Lyra me contó un hecho ocurrido en el college donde vivía antes, en Oxford. Lord Asriel había enseñado a los licenciados la cabeza cercenada de un hombre llamado Stanislaus Grumman, y de ese modo los había convencido de que le entregaran más dinero para financiar un viaje al norte con el objetivo de averiguar qué había sucedido.

»La niña estaba tan segura de lo que había visto que decidí no asediarla a preguntas. Sin embargo su relato suscitó una especie de recuerdo, que no obstante no acabó de precisarse. Yo sabía algo referente a ese doctor Grumman, pero sólo cuando realicé el viaje desde Svalbard hasta aquí recordé quién era. Fue un viejo cazador de Tungusk quien me lo explicó. Al parecer Grumman conocía el paradero de un objeto que otorga protección a quien lo tiene. No quisiera restar importancia a la magia que ustedes, las brujas, dominan, pero ese objeto posee una clase de poder que supera a todo cuanto conozco.

»He decidido que aún no me retiraré a Texas, porque me preocupa esa niña. Partiré en busca del doctor Grumman, pues no creo que esté muerto, ¿saben? Sospecho que lord Asriel engañó a esos licenciados.

»Así pues, marcharé a Nova Zembla, el último sitio donde oí hablar de él, e iniciaré las pesquisas. Aunque carezco de la capacidad para vaticinar el futuro, veo el presente muy claro, y sé que estoy con ustedes en esta guerra, para lo que sirvan mis balas. Ésta será mi manera de participar en ella, señora —concluyó, volviéndose hacia Serafina Pekkala—; trataré de localizar a Stanislaus Grumman para averiguar qué sabe, y si consigo encontrar el objeto cuya existencia él conoce se lo llevaré a Lyra.

—¿Ha estado casado, señor Scoresby? ¿Tiene hijos? —preguntó Serafina.

—No, señora, no tengo hijos, aunque me habría gustado. Comprendo la intención de su pregunta, y estoy de acuerdo con usted en que esa niña ha tenido mala suerte con sus verdaderos padres y quizá yo pueda compensarla. Alguien tiene que hacerlo y no me importa asumir ese papel.

—Gracias, señor Scoresby —dijo la reina de las brujas.

Acto seguido se quitó la corona y arrancó una de aquellas florecillas escarlata que, mientras las lucía en la cabeza, conservaban la lozanía, como si estuvieran recién cogidas.

—Llévela consigo —indicó— y siempre que necesite mi ayuda, sosténgala en la mano y llámeme. Yo lo oiré donde quiera que se encuentre.

—Vaya, gracias, señora —dijo, sorprendido, el tejano antes de guardar con cuidado la florecilla en el bolsillo de la camisa.

—Además invocaremos un viento que lo impulse hacia Nova

Zembla —le comunicó Serafina—. Y ahora, hermanas, ¿quién quiere tomar la palabra?

Entonces comenzó el consejo propiamente dicho. Las brujas eran democráticas, hasta cierto punto; todas, incluso la más joven, tenían derecho a hablar, pero sólo su reina poseía capacidad decisoria. Durante la asamblea, que duró toda la noche, se oyeron muchos parlamentos apasionados en favor de la guerra inmediata, algunos que reclamaban prudencia, y otros, los menos aunque los más atinados, que proponían enviar delegaciones al resto de clanes de brujas para animarlas a aunar sus fuerzas por vez primera.

Ruta Skadi mostró su aprobación a esta última postura, y Serafina se apresuró a mandar mensajeras. Como medida más inmediata, eligió veinte de sus más destacadas guerreras y les ordenó que se prepararan para volar al norte con ella, hacia el nuevo mundo que había abierto lord Asriel, donde buscarían a Lyra.

—¿Y usted, reina Ruta Skadi? —inquirió finalmente Serafina—. ¿Qué planes tiene?

—Yo trataré de localizar a lord Asriel para que me explique él mismo qué se propone. Puesto que según parece también se ha dirigido al norte, quizás efectuaré la primera parte del viaje con usted, hermana, si no tiene inconveniente.

—Oh, no, al contrario —aseguró Serafina, contenta de que la acompañara.

Todo había quedado decidido.

Poco después de finalizar el consejo una bruja anciana se acercó a Serafina.

—Más vale que escuche a Juta Kamainen, reina —le aconsejó—. Aunque es muy testaruda, podría servir de ayuda.

La joven bruja Juta Kamainen —joven según los baremos de las brujas, claro está, pues contaba poco más de cien años— era en efecto obstinada, y en ese momento se sentía violenta. Su daimonion petirrojo voló agitado de su hombro a su mano y dio unas vueltas sobre su cabeza antes de posarse de nuevo en su hombro. La bruja, que era vivaracha y apasionada, tenía las mejillas sonrosadas. Serafina apenas la conocía.

—Reina —dijo la joven bruja, incapaz de permanecer más tiempo callada ante la intensa mirada de Serafina—, yo conozco a ese Stanislaus Grumman. Estuve enamorada de él. Ahora, en cambio, lo odio tanto que si lo veo lo mataré. No habría dicho nada de no haberme obligado mi hermana.

Lanzó una mirada de inquina a la bruja anciana, que la correspondió con otra de compasión; sabía qué era amar.

—Bien —replicó Serafina—, si no ha muerto, tendrá que continuar vivo hasta que lo encuentre el señor Scoresby. Será mejor que vengas con nosotras al nuevo mundo para evitar que lo mates antes. Olvídalo, Juta Kamainen. El amor nos hace sufrir, pero nuestra misión es más importante que la venganza. Tenlo presente.

—Sí, reina —acató con humildad la joven bruja.

Serafina Pekkala y sus veintiuna acompañantes, además de la reina Ruta Skadi de Latvia, se dispusieron a partir hacia el nuevo mundo, adonde nunca hasta entonces había volado ninguna bruja.

3

UN MUNDO DE NIÑOS

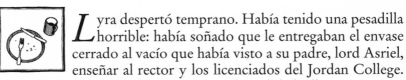 _L_yra despertó temprano. Había tenido una pesadilla horrible: había soñado que le entregaban el envase cerrado al vacío que había visto a su padre, lord Asriel, enseñar al rector y los licenciados del Jordan College. Cuando aquello había ocurrido en la realidad, ella se encontraba escondida en el armario, desde cuyo interior había observado cómo lord Asriel abría el recipiente para mostrar a los licenciados la cabeza cercenada de Stanislaus Grumman, el explorador extraviado; en su sueño, en cambio, Lyra debía abrir el envase y no quería. A decir verdad, estaba aterrorizada. Sin embargo, tenía que hacerlo, tanto si quería como si no, y sentía que el pánico le debilitaba las manos mientras accionaba la grapa de la tapa y el aire invadía con un silbido el helado compartimiento estanco. Luego levantó la tapa, medio muerta de miedo, pero consciente de que debía hacerlo, de que no había otra opción. Entonces resultó que no había nada. La cabeza había desaparecido. No había nada que temer.

Aun así despertó gritando, sudorosa, en la calurosa y pequeña habitación encarada al puerto, por cuya ventana penetraba la luz de la luna, acostada en la cama de otra persona, aferrando una almohada que no era la suya, mientras el armiño Pantalaimon la acariciaba emitiendo sonidos tranquilizadores. ¡Estaba tan asustada! Resultaba curioso que en la vida real hubiera deseado tanto ver la cabeza de Stanislaus Grumman, hasta el punto de haber rogado a lord Asriel que volviera a abrir el recipiente para dejarle mirar, y en cambio hubiera sentido tanto pavor en el sueño.

Cuando amaneció preguntó al aletiómetro qué significaba la pesadilla, y como única respuesta obtuvo: «Es un sueño sobre una cabeza.»

Se planteó despertar a aquel extraño chiquillo, pero lo vio tan profundamente dormido que desechó la idea. Bajó a la cocina para intentar preparar una tortilla, y veinte minutos más tarde se instaló ante una mesa de la terraza para comer con gran orgullo la grumosa y ennegrecida torta que había cocinado, mientras el gorrión Pantalaimon picoteaba los pedazos de cáscara de huevo.

Oyó un ruido a sus espaldas y al volverse vio a Will, que la miraba con los ojos hinchados de tanto dormir.

—Sé preparar tortillas —anunció—. Te serviré una si te apetece.

—No —declinó él observando su plato—, comeré cereales. En la nevera queda algo de leche en buen estado. No debe de hacer mucho que se marcharon las personas que vivían aquí.

Lo observó verter *corn flakes* en un tazón y regarlos luego con leche; aquélla era otra operación que nunca había presenciado.

—Si no eres de este mundo, ¿dónde está el tuyo? ¿Cómo llegaste aquí? —inquirió el niño tras salir a la terraza con el tazón.

—Por un puente. Mi padre tendió ese puente y... yo lo crucé tras él. Sin embargo él se marchó a otra parte, no sé adónde. No importa. El caso es que mientras lo atravesaba había tanta niebla que me perdí. Anduve entre la bruma durante varios días comiendo sólo bayas y lo que encontraba en el camino. Después un día se despejó la niebla y vimos que estábamos en ese acantilado de allá...

Señaló a su espalda. Will dirigió la vista hacia la costa y más allá del faro atisbó una larga cadena de acantilados de perfiles difuminados por la neblina y la distancia.

—Poco después vimos la ciudad y bajamos. No encontramos a nadie aquí, aunque al menos había comida y camas para dormir. No sabíamos qué más hacer.

—¿Estás segura de que esto no forma parte de tu mundo?

—Claro. Éste no es mi mundo, no me cabe duda.

Will recordó cuán convencido había estado de que aquél no era su mundo al ver el retazo de césped por la ventana abierta en el aire, y asintió con la cabeza.

—O sea que como mínimo hay tres mundo, conectados —concluyó.

—Hay millones y millones —afirmó Lyra—. Me lo explicó un daimonion de bruja. Nadie puede contar los mundos que existen, todos en el mismo espacio. Sin embargo, hasta que mi padre tendió ese puente, resultaba imposible pasar de uno a otro.

—¿Y qué me dices de la ventana que encontré yo?

—No sé nada de eso. Quizá todos los mundos comienzan a moverse.

—¿Y por qué te interesa lo del polvo?

—Quizá te lo cuente algún día —contestó con frialdad.

—¿Cómo piensas investigarlo?

—Buscaré un licenciado que conozca bien el tema.

—¿Un licenciado cualquiera?

—No. Un teólogo experimental —especificó—. En mi Oxford había algunos expertos en la materia, de modo que es lógico que también los encuentre en tu Oxford. Primero iré al Jordan College, porque es el mejor de todos.

—Nunca había oído hablar de teología experimental —reconoció Will.

—Es la ciencia que estudia las partículas elementales y las fuerzas fundamentales —explicó ella—; el ambaromagnetismo, los átomos y cosas por el estilo.

—¿Magnetismo qué?

—Ambaromagnetismo. Como ambárico. ¿Ves esas luces? —inquirió, señalando las elegantes farolas de la calle—. Pues son ambáricas.

—Nosotros las llamamos eléctricas.

—Eléctricas... Suena como electrum. Es una especie de piedra, una gema, formada con la resina de los árboles. A veces quedan insectos dentro.

—Te refieres al ámbar —dedujo Will.

—Ámbar... —repitieron los dos.

Cada uno vio reflejada su propia expresión en el rostro del otro. Aquél fue un momento especial que Will conservaría grabado mucho tiempo en la memoria.

—Entonces te refieres al electromagnetismo —continuó, desviando la mirada—. Esa teología experimental se parece a lo que nosotros llamamos «física». Por tanto, necesitas la ayuda de científicos, no de teólogos.

—Ah —exclamó ella con cierto recelo—. Pues buscaré eso.

Estaban sentados bajo el reluciente sol de una despejada mañana, en la terraza con vistas al plácido mar, y cualquiera de ellos podría haber sido el siguiente en hablar, porque ambos tenían un sinfín de preguntas pendientes. De pronto oyeron una voz proveniente de la zona de los jardines del casino. Desconcertados, los dos niños dirigieron la vista hacia allí, en busca del dueño de aquella voz infantil, pero no vieron a nadie.

—¿Cuánto tiempo dijiste que llevabas aquí? —murmuró Will.

—Tres o cuatro días —respondió Lyra—. He perdido la cuenta. Nunca me he topado con nadie aquí, y eso que miré casi en todas partes. No hay nadie en esta ciudad.

Se equivocaba. Por una de las calles que descendían hacia el puerto aparecieron dos personas, una chiquilla de la edad de Lyra y un niño más pequeño. Ambos eran pelirrojos y llevaban cestos. Se hallaban a unos cien metros de distancia cuando repararon en Will y Lyra.

Pantalaimon se transformó de jilguero en un ratón, que trepó por el brazo de Lyra para refugiarse en el bolsillo de su camisa. Se había percatado de que esas criaturas eran como Will: no tenían un daimonion a la vista.

Los dos desconocidos se aproximaron y tomaron asiento a una mesa cercana.

—¿Sois de Ci'gazze? —preguntó la niña.

Will negó con la cabeza.

—¿De Sant'Elia?

—No —contestó Lyra—. Somos de otra parte.

La niña asintió en silencio, como si considerara aceptable la respuesta.

—¿Qué ocurre aquí? —preguntó Will—. ¿Dónde están los mayores?

—¿No han ido los espantos a vuestra ciudad? —inquirió a su vez la chiquilla con gesto de extrañeza.

—No —respondió Will—. Acabamos de llegar. No sabemos nada de los espantos. ¿Cómo se llama esta ciudad?

—Ci'gazze —informó con suspicacia la niña—. Cittàgazze, dicho al completo.

—Cittàgazze —repitió Lyra—. Ci'gazze. ¿Por qué se han marchado los adultos?

—Por los espantos —explicó la niña con aire de desdeñoso fastidio—. ¿Cómo os llamáis?

—Yo Lyra, y él Will. ¿Y vosotros?

—Angelica, y mi hermano Paolo.

—¿De dónde venís?

—De las colinas. Cayó una niebla muy espesa seguida de una tormenta y todos se asustaron, de modo que nos refugiamos en las colinas. Luego, cuando la niebla desapareció, los mayores vieron con telescopios que la ciudad se había llenado de espantos. Por eso decidieron no volver. Pero a los niños no nos dan miedo los espantos. Otros han empezado a bajar, pero nosotros hemos sido los primeros.

—Nosotros y Tullio —precisó con orgullo el pequeño Paolo.

—¿Quién es Tullio?

Angelica se enojó. Paolo no debía haberlo mencionado; de todas formas, de nada servía ya intentar mantener el secreto.

—Nuestro hermano mayor —contestó—. No viene con nosotros. Permanecerá escondido hasta que pueda... Bueno, está escondido, eso es todo.

—Va a... —Paolo se interrumpió cuando Angelica le propinó un bofetón y cerró la boca en el acto, apretando con fuerza los temblorosos labios.

—¿Qué has dicho de la ciudad? —inquirió Will—. ¿Que está llena de espantos?

—Sí, Ci'gazze, Sant'Elia, todas las ciudades. Los espantos van a donde vive gente. ¿De dónde sois vosotros?

—De Winchester —contestó Will.

—Nunca he oído ese nombre. ¿No hay espantos allí?

—No. Y tampoco he visto ninguno aquí.

—¡Pues claro que no! —exclamó Angelica con aire jactancioso—. ¡Tú no eres un adulto! Sólo los mayores pueden ver a los espantos.

—A mí no me dan miedo —aseguró el niño levantando el mentón—. Hay que machacar a esos cabrones.

—¿No piensan volver los mayores? —intervino Lyra.

—Sí, dentro de unos días —respondió Angelica—, cuando los espantos se marchen a otra parte. A nosotros nos gusta que vengan los espantos, porque así corremos a nuestras anchas por la ciudad y hacemos lo que nos apetece.

—¿Qué temen los adultos que les hagan los espantos? —inquirió Will.

—Hombre, no resulta agradable ver qué ocurre cuando un espanto atrapa a un mayor. Les absorben la vida en el acto. Por eso yo no quiero ser mayor. Al principio se dan cuenta de lo que sucede y les entra miedo, lloran y gritan; después miran a otro lado y fingen que no pasa nada, aunque sí pasa. Están perdidos. Y nadie se acerca a ellos, se quedan solos. Luego palidecen y dejan de moverse. Siguen vivos, pero da la impresión de que los han comido por dentro. Si les miras a los ojos, ves hasta el otro lado de la cabeza, porque la tienen vacía.

La chiquilla se volvió hacia su hermano y le limpió la nariz con la manga de la camisa.

—Paolo y yo vamos a ver si encontramos helados —anunció—. ¿Queréis acompañarnos?

—No —declinó Will—, tenemos cosas que hacer.

—Adiós entonces —se despidió.

Mientras se alejaban Paolo exclamó:

—¡Muerte a los espantos!

—Adiós —dijo Lyra.

En cuanto Angelica y el niño se hubieron perdido de vista, el ratón Pantalaimon asomó la cabeza por el bolsillo de Lyra con los ojos relucientes.

—No saben nada de esa ventana que encontraste —dijo a Will.

Era la primera vez que Will lo oía hablar, y su perplejidad fue mayúscula. Lyra echó a reír al ver la expresión de su rostro.

—Pero si... si ha hablado. ¿Todos los daimonions hablan?

—¡Pues claro! —contestó Lyra—. ¿Qué creías, eh? ¿Que era como un perrito o un gato de compañía?

Will se mesó el cabello, parpadeó y luego meneó la cabeza.

—No —respondió. Dirigiéndose a Pantalaimon añadió—: Me parece que tienes razón. No saben nada de la ventana.

—Más vale que actuemos con cautela al atravesarla —señaló Pantalaimon.

A Will pronto se le pasó el desconcierto que le producía conversar con un ratón. Al cabo de un momento no lo consideró más extraño que hablar por teléfono, ya que en el fondo departía con Lyra. De todas formas el ratón era un ente separado; tenía algo de Lyra en su expresión y algo más. Aquello resultaba demasiado complicado, y Will ya tenía bastantes fenómenos raros que digerir, de modo que trató de no perderse en elucubraciones.

—Antes de ir a mi Oxford tendrás que cambiarte de ropa —advirtió a Lyra.

—¿Por qué? —preguntó ella con aire retador.

—Porque no puedes pasear por mi mundo y hablar con la gente con esa pinta. No te dejarían ni acercarte. Debes ofrecer la apariencia de una persona normal. Tienes que ir camuflada. Sé muy bien de qué hablo porque llevo años haciéndolo. Será mejor que me hagas caso porque de lo contrario, te pillarán, y si se enteran de dónde vienes, de lo de la ventana y todo lo demás... Este mundo es un buen sitio para esconderse, y yo... bueno, yo tengo que ocultarme de unos hombres. Éste es el mejor escondrijo que podía soñar, y no quiero que lo encuentren. Por tanto no consentiré que tú lo descubras llamando la atención por no vestir como los demás. Yo tengo asuntos que resolver en Oxford, y si me traicionas, te mataré.

Lyra tragó saliva. El aletiómetro jamás mentía; aquel chico era un asesino y, si había matado antes, sin duda también acabaría con ella.

—De acuerdo —aceptó con gran seriedad.

Pantalaimon, convertido en lémur, lo desconcertó al observarlo con los ojos como platos. Cuando Will le devolvió la mirada, el daimonion se transformó de nuevo en ratón y se apresuró a refugiarse en el bolsillo de Lyra.

—Bien —dijo el muchacho—. Mientras estemos aquí, delante de esos niños fingiremos que somos de otro lugar de su mismo mundo. Es una suerte que no haya adultos, pues así podremos ir y venir sin que nadie se entere. Y cuando nos encontremos en mi mundo actuarás como yo diga. Lo primero que debes hacer es lavarte. Has de presentarte aseada porque si no llamarás la atención. Iremos camuflados a todas partes, aparentando que encajamos para evitar que se fijen en nosotros. Así pues, ve a lavarte el pelo para empezar. Encontrarás champú en el cuarto de baño. Después buscaremos ropa apropiada para ti.

—No sé cómo se lava el pelo —objetó la niña—. Nunca lo he hecho. En el Jordan la gobernanta se ocupaba de asearme.

—Pues tendrás que arreglártelas —replicó él—. Lávate de arriba abajo. En mi mundo la gente va limpia.

—Hum —murmuró Lyra antes de subir por la escalera.

Will percibió la furibunda mirada que le lanzaba la rata posada sobre el hombro de la niña, pero no se inmutó.

Una parte de sí deseaba vagar por la ciudad y explorarla en aquella soleada y silenciosa mañana, otra temblaba de angustia por su madre, y otra tercera continuaba aturdida de asombro por la muerte que había provocado. Y sobre todas aquellas emociones se cernía la tarea que debía realizar. Decidiendo que le convenía mantenerse ocupado, mientras esperaba a Lyra limpió el mármol de la cocina, fregó el suelo y arrojó la basura al contenedor que encontró en el callejón contiguo.

Después sacó el estuche de cuero verde de la bolsa de la compra y lo observó. En cuanto hubiera enseñado a Lyra cómo llegar a su Oxford por la ventana, regresaría para mirar su contenido. Entretanto, lo mantendría escondido debajo del colchón de la cama donde había dormido. En aquel mundo se hallaba a buen recaudo.

Cuando Lyra bajó limpia y con el cabello húmedo, comenzaron a buscar ropa para ella. Localizaron unos grandes almacenes, cuyo género era tan vulgar como en todas partes y un tanto pasado de moda en opinión de Will, y en él encontraron una falda de cuadros y una blusa verde sin mangas con un bolsillo para Pantalaimon. Lyra se negó en redondo a ponerse unos tejanos y no creyó a Will cuando éste le contó que la mayoría de las chicas los llevaban.

—Son pantalones —adujo—, y yo soy una niña. No digas estupideces.

Will se encogió de hombros; la falda de cuadros era una prenda normal, y eso era lo importante. Antes de salir, dejó unas monedas en la caja que había detrás del mostrador.

—¿Qué haces? —preguntó ella.

—Pagar. Las cosas hay que pagarlas. ¿Acaso no ocurre así en tu mundo?

—¡En éste no! Apuesto a que esos niños no pagan nada.

—Tal vez ellos no, pero yo sí.

—Si empiezas a comportarte como una persona mayor, te atacarán los espantos —bromeó, aunque no sabía si existía suficiente confianza entre ambos para tomarle el pelo o si debía mantener un sano temor ante él.

Con la luz del día, Will reparó en cuán antiguos eran los edificios del centro de la ciudad. Algunos se hallaban en un estado próximo a la ruina, con las ventanas rotas y desconchaduras en las fachadas. Sin embargo se adivinaba que aquel lugar había gozado de belleza y esplendor; más allá de los dinteles de piedra labrada se abrían espaciosos patios llenos de verdor, y algunas casas tenían todas las trazas de haber sido palacios, pese a las resquebrajaduras de sus escaleras y a la precaria unión de los marcos de las puertas a las paredes. Daba la impresión de que, en lugar de derribar los edificios para construir otros nuevos, los habitantes de Ci'gazze preferían recomponer indefinidamente los viejos.

Contemplaron una torre que se erguía solitaria en una pequeña plaza. Era la obra arquitectónica más antigua de cuantas habían visto: una simple torre almenada de cuatro pisos de altura. Bajo el fulgor del sol presentaba una quietud intrigante, y tanto Will como Lyra se sintieron atraídos hacia la puerta entornada que coronaba sus anchos escalones. No obstante, ninguno de los dos propuso cruzarla, y prosiguieron su camino con cierta desgana.

Al llegar a la ancha avenida flanqueada de palmeras, Will le indicó que buscara un pequeño café situado en una esquina, con mesas metálicas pintadas de verde en la acera. Lyra lo localizó en menos de un minuto. Se veía más pequeño y desastrado de día, pero era el mismo lugar, con su barra de cinc, la máquina de café y el plato de arroz a medio terminar, que con el calor comenzaba ya a oler a mal.

—¿Está aquí dentro? —preguntó.

—No. Está en medio de la calle. Asegúrate de que no hay ningún otro niño por ahí...

No había nadie. Will la condujo al parterre central, bajo las palmeras, y miró en torno a sí para orientarse.

—Creo que estaba por aquí —dijo—. En cuanto llegué vi esa gran colina de detrás de la casa blanca, en esta dirección estaba el café de allí, y...

—¿Cómo es? Yo no veo nada.

—Es imposible que lo confundas. No se parece a nada que hayas visto antes.

Escrutó a ambos lados de la calle. ¿Habría desaparecido? ¿Se habría cerrado? No lo veía por ninguna parte.

De pronto lo percibió. Retrocedió y avanzó, observando el filo. Tal como había advertido la noche anterior, en el lado de Oxford, sólo se discernía desde un lado: por detrás, resultaba invisible. De la misma manera, el sol que incidía en el césped del otro lado era igual que el que bañaba el césped de ese lado, aunque inexplicablemente diferente.

—Aquí está —dijo, cuando estuvo seguro.

—¡Ah! ¡Ya lo veo!

Lyra estaba muy alterada, presa de un desconcierto comparable al que se había adueñado de Will al oír hablar a Pantalaimon. El daimonion, incapaz de permanecer más tiempo en el bolsillo, había salido transformado en avispa y había traspasado zumbando el agujero varias veces, mientras la niña se ahuecaba el pelo, que aún no se había secado.

—Ponte a un lado —indicó Will—. Si te quedas delante, la gente vería sólo dos piernas, y sin duda eso despertaría su curiosidad. No quiero que nadie se fije en nosotros.

—¿Qué es ese ruido?

—El tráfico. Eso está en la vía de circunvalación de Oxford. Seguro que habrá mucha circulación. Agáchate y míralo desde el lado. Desde luego es la peor hora del día para cruzar, ya que hay demasiada gente, pero si pasáramos a medianoche resultaría difícil encontrar un sitio adonde ir. En cuanto salgamos, nos mezclaremos sin problemas con los demás peatones. Ve tú primero. Pasa encorvada, deprisa, y después te apartas de la ventana.

Lyra se descolgó la pequeña mochila azul que llevaba desde que salieron del café y se la colocó entre los brazos antes de inclinarse para mirar.

—Oh... —exclamó—. ¿Y ése es tu mundo? No se parece nada a Oxford. ¿Seguro que estabas en Oxford?

—Por supuesto. Cuando hayas pasado al otro lado, verás una carretera delante de ti. Síguela hacia la izquierda y un poco más allá toma la calle que baja por la derecha. Ésa conduce al centro de la ciudad. Fíjate bien dónde está la ventana y memorízalo, ¿de acuerdo? Es la única forma de volver.

—De acuerdo —prometió—. No lo olvidaré.

Con la mochila en los brazos, atravesó el aire de la ventana y se esfumó. Will dobló las piernas para observar adónde iba.

Ahí estaba, pisando la hierba de su Oxford con Pan, todavía en forma de avispa, sobre el hombro, y todo indicaba que nadie la había visto aparecer. Los coches y camiones circulaban veloces a corta distancia, pero aquel punto de confluencia tan transitado no daba margen a los conductores para mirar a un lado, hacia un pedazo de aire de peculiar aspecto, aun en el supuesto de que pudieran distinguirlo, y el tráfico de vehículos impedía ver la ventana a cualquiera que se hallara al otro lado de la carretera.

Oyó un chirriar de frenos, seguido de un grito y un golpe, y se echó al suelo para mirar.

Lyra estaba tendida en la hierba. Un coche había frenado de manera tan repentina que una furgoneta lo había golpeado por detrás, y ahí estaba Lyra, tumbada sin moverse...

Will se precipitó tras ella. Nadie lo vio llegar, pues todos estaban pendientes del coche, el parachoques abollado, el conductor de la furgoneta que bajaba del vehículo y la niña.

—No he podido evitarlo... se me ha puesto delante... —explicaba la conductora del automóvil, una mujer de mediana edad—. Usted iba demasiado pegado —acusó al conductor de la furgoneta.

—Dejemos eso —replicó el hombre—. ¿Cómo está la niña?

La pregunta iba dirigida a Will, que se había arrodillado junto a Lyra. Al oírla levantó la vista y miró alrededor buscando otro posible interpelado. Sin embargo resultaba imposible hacerse el despistado. Lyra meneó la cabeza, parpadeando. Will observó que la avispa Pantalaimon escalaba con torpeza por una brizna de hierba junto a la niña.

—¿Estás bien? —preguntó—. Mueve las piernas y los brazos.

—¡Estúpida! —la regañó la mujer del coche—. ¿A quién se le ocurre cruzar corriendo la carretera, sin mirar siquiera. ¿Qué diablos podía hacer yo?

—¿Has recuperado el conocimiento, guapa? —se interesó el conductor de la furgoneta.

—Sí —murmuró Lyra.

—¿No te has roto nada?

—Mueve los pies y las manos —insistió Will.

Lyra obedeció. No había sufrido ninguna fractura.

—No le ha pasado nada —dijo Will—. Yo me ocuparé de ella. Está bien.

—¿La conoces? —preguntó el hombre de la furgoneta.

—Es mi hermana —explicó Will—. No se preocupe. Vivimos justo a la vuelta de la esquina. Yo la acompañaré a casa.

Lyra se incorporó, y al comprobar que no estaba malherida la mujer centró su atención en el automóvil. El tráfico seguía avanzando en torno a los dos vehículos parados, y como de costumbre los conductores miraban con curiosidad la escena al pasar. Will ayudó a Lyra a levantarse; debían marcharse de allí cuanto antes. Tras llegar a la conclusión de que debían delegar el problema en sus respectivas compañías de seguros, la mujer y el hombre de la furgoneta intercambiaban sus respectivas direcciones cuando la propietaria del automóvil advirtió que Lyra se alejaba renqueando con la ayuda de Will.

—¡Esperad! —los llamó—. Tendréis que testificar. Necesito vuestro nombre y dirección.

—Yo me llamo Mark Ransom —mintió Will, volviéndose— y mi hermana, Lisa. Vivimos en el 26 de Bourne Close.

—¿Código postal?

—No me acuerdo —respondió—. Si me disculpa, me gustaría acompañarla a casa.

—Subid a la cabina —ofreció el conductor de la furgoneta—, y yo os llevaré.

—No; no se moleste. Llegaremos antes a pie, de verdad.

Con una cojera apenas perceptible, Lyra caminó junto a Will

sobre la franja de césped donde se alzaban los olmos, y en la primera esquina aprovecharon para cambiar de calle.

Luego se sentaron en el bajo muro de un jardín.

—¿Te duele? —preguntó Will.

—Me ha golpeado en la pierna, y al caer me he dado en la cabeza —explicó.

Con todo, estaba más preocupada por lo que llevaba en la mochila. Introdujo la mano con tiento y extrajo un pesado bulto de escaso tamaño, envuelto en terciopelo negro, que destapó. Will observó con los ojos como platos el aletiómetro: los pequeños símbolos pintados en el disco, las manecillas doradas, la aguja y el rutilante marco lo dejaron sin respiración.

—¿Qué es eso? —inquirió.

—Es mi aletiómetro, un instrumento de la verdad, un lector de símbolos. Espero que no se haya roto...

El artefacto seguía intacto. Aun sostenido por sus trémulas manos, su larga aguja se movía con regularidad.

—Nunca había visto tantos carros y vehículos —comentó mientras lo guardaba—. No sospechaba que avanzaran con tal rapidez.

—¿No hay coches ni furgonetas en tu Oxford?

—No tantos, y son diferentes. No estaba acostumbrada. Pero ahora ya ha pasado.

—Pues tendrás que andarte con más cuidado en adelante. Si te plantas delante de un autobús, te pierdes o algo por el estilo, se darán cuenta de que no perteneces a este mundo y comenzarán a buscar el sitio por donde se comunican... —Se interrumpió, consciente de que su enfado resultaba exagerado, y al final añadió—: Te propongo un trato. Si te haces pasar por mi hermana, me ayudarás a despistar a los tipos que me persiguen, porque la persona que buscan no tiene ninguna hermana. Yo a cambio te enseñaré a cruzar las calles sin que te atropellen.

—De acuerdo —aceptó con humildad la niña.

—Además está el problema del dinero. Apuesto a que no tienes... ¿Cómo vas a ir por ahí, comer y todo lo demás?

—Sí tengo dinero —afirmó ella, sacando unas monedas de oro del monedero.

Will las examinó con incredulidad.

—Es oro, ¿verdad? Si pagas con eso, la gente te plantearía un montón de preguntas, seguro. No puedes utilizarlas. Te voy a dar algo de dinero. Guarda esas monedas y procura que no las vea nadie. Y recuerda, eres mi hermana y te llamas Liza Ransom.

—Lizzie. Una vez usé el nombre de Lizzie, de modo que me resultará más fácil recordarlo.

—De acuerdo, Lizzie si lo prefieres. Y yo soy Mark. No lo olvides.

—Muy bien —acató Lyra sin rechistar.

Todo apuntaba a que le dolería la pierna; la zona donde había recibido el impacto del coche, se había inflamado y enrojecido, y pronto aparecería un cardenal. Si a éste se sumaba el morado que le había salido en la mejilla a consecuencia del golpe que él le había propinado la noche anterior, Lyra parecía haber sufrido maltratos, y eso le preocupaba. ¿Y si a un agente de policía se le ocurría investigar al respecto?

Decidió no obsesionarse con ello mientras echaban a andar y cruzaban el semáforo. Lanzaron una breve ojeada hacia los olmos y no atisbaron la ventana, que resultaba invisible desde allí, y no era cuestión de retroceder, porque se había reanudado el tráfico.

Después de caminar diez minutos por Banbury Road, Will se detuvo en Summertown, delante de un banco.

—¿Qué haces? —preguntó Lyra.

—Voy a sacar dinero. No debo hacerlo con demasiada frecuencia, pero no creo que tengan constancia hasta el final del día.

Introdujo la tarjeta de su madre en el cajero automático y tecleó su número personal. Como todo se desarrollaba con normalidad, solicitó cien libras y la máquina se las dispensó sin ningún impedimento. Lyra miraba boquiabierta.

—Esto para después —dijo Will entregándole un billete de veinte libras—. Compra algo y así tendremos suelto. Ahora tomaremos un autobús.

Mientras Will se ocupaba de pagar los billetes, Lyra se sentó y se dedicó a contemplar las casas y los jardines de aquella ciudad que era la suya y a la vez no lo era. Tenía la impresión de que se hallaba en el sueño de otra persona. Se apearon en el centro, junto a un viejo edificio de piedra que conocía, frente al cual se elevaban unos grandes almacenes que no había visto nunca.

—Está todo cambiado —observó—, como si... ¿No es eso el Mercado de Cereales? Ése es el Balliol. Allá está el Broad, y allí la biblioteca del Bodley. Pero ¿dónde está el Jordan?

De pronto temblaba como una hoja. Tal vez se trataba de una reacción retardada por el accidente o quizá del desconcierto que le producía encontrar un edificio totalmente distinto en lugar del Jordan College, su antiguo hogar.

—Aquí pasa algo —afirmó en un susurro, ya que Will le había advertido que dejara de señalar y comentar en voz alta las cosas que echaba en falta—. Éste no es el mismo Oxford.

—Eso ya lo sabíamos —señaló Will.

Se sorprendió al advertir el estupor y el desamparo que se habían adueñado de Lyra. Él ignoraba que había pasado buena parte de su infancia corriendo por unas calles casi idénticas a aquéllas; no sospechaba el orgullo que sentía por formar parte del Jordan College, que tenía los licenciados más inteligentes, las arcas mejor provistas y los más bellos y espléndidos edificios. Acababa de descubrir que había desaparecido, y ella ya no era Lyra del Jordan, sino una niña perdida en un mundo extraño, sin raíces en ninguna parte.

—Bueno —concluyó con voz entrecortada—. Si no está aquí...

Tardaría más de lo previsto en llevar a cabo sus indagaciones, nada más.

4

TREPANACIONES

*E*n cuanto Lyra se hubo marchado para realizar sus gestiones, Will localizó una cabina de teléfono y marcó el número del despacho de abogados impreso en la carta que sostenía en la mano.

—Buenos días. Querría hablar con el señor Perkins.

—¿De parte de quién, por favor?

—Es sobre un asunto relacionado con el señor John Parry. Soy su hijo.

—Un momento, por favor...

Al cabo de un minuto se oyó una voz masculina por el auricular.

—Aquí Alan Perkins. ¿Con quién hablo?

—Con William Parry. Perdone por molestarle. Desearía preguntarle por mi padre, el señor John Parry. Usted ingresa cada tres meses dinero de mi padre en la cuenta de mi madre.

—Sí...

—Bueno, me gustaría saber dónde está mi padre. ¿Está vivo o muerto?

—¿Cuántos años tienes, William?

—Doce. Quiero saber algo más de él.

—Ya... ¿Tu madre te ha...? ¿Sabe ella que pensabas llamarme?

—No —reconoció Will tras una prudente reflexión—. El caso es que no está muy bien de salud. Ella no puede decirme gran cosa, y yo necesito saber más.

—Sí, comprendo. ¿Dónde estás ahora? ¿En casa?

—No, estoy... Estoy en Oxford.

—¿Tú solo?

—Sí.

—¿Y dices que tu madre no se encuentra bien?

—No.

—¿Está en el hospital o ingresada en algún sitio?

—Sí, algo así. Dígame, ¿puede informarme de algo o no?

—Bueno, de algo sí, pero es poco y preferiría no hablar de ello ahora, por teléfono. Dentro de cinco minutos debo recibir a un cliente. ¿Podrías venir a mi oficina alrededor de las dos y media?

—No —contestó Will. Resultaría demasiado arriesgado; tal vez el abogado se había enterado ya de que lo buscaba la policía. Caviló un instante antes de proseguir—: He de tomar un autobús para Nottingham y no querría perderlo. De todos modos usted podría decirme por teléfono lo que quiero saber, ¿no? Sólo deseo averiguar si mi padre está vivo, y si lo está, dónde puedo encontrarlo. Supongo que puede decirme eso, ¿verdad?

—No es tan sencillo. No puedo dar información de carácter personal sobre un cliente sin haberme asegurado antes de que éste lo aprobaría. Y además, necesito alguna prueba de tu identidad.

—Sí, lo comprendo, pero ¿no puede decirme sólo si está vivo o muerto?

—Eh... sí, claro, eso no sería confidencial. Por desgracia tampoco puedo decírtelo, porque lo ignoro.

—¿Cómo?

—El dinero proviene de un grupo de empresas familiares. Me ordenó que lo abonara hasta que me indicara lo contrario. Desde ese día no ha vuelto a dar señales de vida. De eso se deduce que está... Aunque también cabe la posibilidad de que haya desaparecido.

—¿Desaparecido? ¿Así, sin más?

—En realidad el asunto alcanzó una dimensión pública. Oye, ¿por qué no vienes a mi oficina y...?

—No puedo. Debo ir a Nottingham.

—Pues escríbeme o pide a tu madre que me escriba y te pondré al corriente de lo que sé. Debes entender que por teléfono me resulta imposible extenderme.

—Sí, claro. De acuerdo. ¿Puede decirme al menos dónde desapareció?

—Como he mencionado, el asunto trascendió a la opinión pública. Varios periódicos se ocuparon del tema en su momento. ¿Sabes que era explorador?

—Mi madre me contó algo, sí...

—Pues bien, dirigía una expedición cuando desapareció, hará unos diez años.

—¿Dónde?

—En la zona del Ártico. En Alaska, creo. Consúltalo en la biblioteca. ¿Por qué no...

En ese momento se acabó el dinero que había introducido Will; eran las últimas monedas que le quedaban. Escuchó un instante el pitido del auricular antes de colgarlo.

Ansiaba hablar con su madre. Reprimió el impulso de marcar el número de la señora Cooper, consciente de que si oía la voz de su madre le resultaría muy difícil contener el deseo de verla, y aquella visita entrañaría un grave peligro para ambos. En cambio sí podía mandarle una postal.

Escogió una vista de Oxford y escribió: «Querida mamá, estoy perfectamente, a salvo, y pronto me reuniré contigo. Confío en que todo vaya bien. Te quiere, Will.» Tras anotar la dirección, compró un sello y apretó la postal contra su pecho antes de introducirla en el buzón.

Era media mañana. Se encontraba en la calle principal de la zona comercial, donde los autobuses se abrían paso entre multitudes de peatones. Comenzó a tomar conciencia de que se hallaba en una situación anómala: en un día cualquiera de la semana como aquél, los chicos de su edad estaban todos en el colegio. ¿Adónde podía ir?

No le costó mucho ocultarse. Will era capaz de esfumarse con facilidad, porque poseía una pericia especial para ello, de la que se enorgullecía. Su método se asemejaba al que había utilizado Serafina Pekkala para que nadie reparara en ella en el barco: adoptaba una apariencia absolutamente discreta, se convertía en parte del paisaje.

Buen conocedor del mundo en que vivía, en aquella ocasión optó por entrar en una papelería para comprar un bolígrafo y un bloc. Los colegios solían organizar grupos de alumnos para realizar encuestas sobre tendencias de consumo o cuestiones por el estilo, y si fingía que estaba efectuando esa clase de trabajo no despertaría sospechas.

Después echó a andar, simulando tomar notas, en busca de la biblioteca pública.

Mientras tanto, Lyra buscaba un lugar solitario donde consultar el aletiómetro. En su Oxford habría encontrado una docena de sitios adecuados en menos de cinco minutos, pero ese Oxford era tan desconcertante y distinto, con aspectos que la conmovían por resultarle familiares, junto a fenómenos completamente incomprensibles. ¿Por qué habían pintado esas franjas amarillas en la calzada? ¿Qué eran esos pequeños grumos blancos esparcidos por las aceras? (En su mundo no conocían el chicle.) ¿Qué significaban aquellas luces rojas y verdes de las esquinas? Todo aquello era más difícil de desentrañar que la simbología del aletiómetro.

Allí estaban, no obstante, las puertas del St John's College, por las que había trepado una vez con Roger para colocar cohetes pirotécnicos en los arriates de flores, y aquella gastada piedra de la esquina de la calle Catte, que ¡hasta conservaba las iniciales «SP», que había grabado Simon Parslow! ¡Ella lo había visto hacerlo! Alguna persona de este mundo con las mismas iniciales debía de haber estado por allí y se le habría ocurrido marcarlas.

Cabía incluso la posibilidad de que existiera un Simon Parslow en ese mundo, e incluso una Lyra.

Un escalofrío le recorrió la espalda y el ratón Pantalaimon se estremeció en su bolsillo. Decidió no seguir por aquella vía, pues ya había misterios suficientes a la vista para imaginar otros más.

Otro aspecto que diferenciaba ese Oxford del suyo era la multitud que pululaba por las aceras y entraba y salía de todos los edificios. La gente era de lo más variopinto: mujeres vestidas como hombres, africanos y hasta un grupo de tártaros apiñados obedientemente detrás de su líder, muy pulcros todos, con unas maletitas negras en la mano. Al principio los miraba con actitud amenazadora y temerosa, porque carecían de daimonions, y en su mundo los habrían considerado espectros o algo peor.

No obstante (y eso era lo más extraño) todos parecían vivos. Aquellas criaturas trajinaban por las calles con bastante buen ánimo, como si fueran humanos, por lo que Lyra hubo de reconocer que debían de serlo, y que con toda probabilidad poseían daimonions internos, como Will.

Tras andar sin rumbo fijo durante una hora, tomando el pulso a aquel decepcionante remedo de Oxford, sintió hambre y compró una chocolatina con el billete de veinte libras. El señor del comercio la miró de una forma rara, y ella pensó que como era de las Indias quizá no la entendía por su acento, pese a que había hablado muy claro. Con el cambio compró una manzana en el Covered

Market, que se correspondía mucho más con el auténtico Oxford, y luego se encaminó hacia el parque. Allí se encontró con un espléndido edificio que no existía en el verdadero Oxford aunque no habría desentonado en absoluto en él. Se sentó en el césped a comer, mientras contemplaba con aprobación aquella mole.

Descubrió que era un museo. Cruzó las puertas abiertas y dentro encontró animales disecados, esqueletos fosilizados y urnas de minerales, como en el Real Museo Geológico de Londres, que había visitado con la señora Coulter. Al fondo del gran vestíbulo de vidrieras de hierro se abría la entrada a otra sección del museo, que decidió explorar al observar que se hallaba casi desierta, aun cuando el aletiómetro seguía constituyendo su máxima prioridad. En aquella segunda sala se exponían piezas que conocía bien: en las vitrinas se exhibían atuendos propios del Ártico, idénticos a sus propias pieles, trineos, figurillas de colmillos de morsa, harpones para cazar focas, y una nutrida mezcolanza de trofeos, reliquias, utensilios de magia, herramientas y armas procedentes no sólo del Ártico, según advirtió, sino de todas las latitudes de ese mundo.

Resultaba realmente muy extraño. Aquellas pieles de ciervo eran clavaditas a las suyas, pero las correas del trineo estaban enganchadas donde no debían. ¡Además había un fotograma de unos cazadores samoyedos, la viva imagen de los que la habían apresado y vendido a Bolvagar! No eran idénticos, ¡de hecho eran los mismos! E incluso habían vuelto a anudar esa cuerda exactamente en el mismo sitio raído; ella lo sabía muy bien, puesto que había pasado varias horas de martirio atada a ese mismo trineo... ¿Qué significaban aquellos misterios? ¿Había acaso un único mundo, que dedicaba su tiempo a soñar otros mundos?

De pronto se topó con algo que la hizo recordar el aletiómetro. Una antigua vitrina de vidrio con bastidores de madera pintada de negro albergaba diversos cráneos humanos, varios de los cuales presentaban un agujero; unos en la frente, otros en las sienes y algunos en la parte de la coronilla. El del centro tenía dos. Aquel procedimiento, según se explicaba en una tarjeta contigua, se conocía con el nombre de «trepanación». En el cartoncito también se indicaba que todos los orificios se habían practicado en vida de los individuos, ya que el hueso se había soldado y se habían alisado los bordes. Aquello no sucedía, en cambio, en uno de ellos: el agujero había sido provocado por una punta de lanza de bronce que permanecía incrustada en él, y tenía el perímetro picudo e irregular, de modo que la diferencia saltaba a la vista.

Aquélla era una práctica habitual de los tártaros del norte, Stanislaus Grumman se había hecho eso a sí mismo, según afirmaban los licenciados del Jordan que lo habían conocido. Lyra lanzó una rápida mirada en torno a sí y, al no ver a nadie, sacó el aletiómetro.

Concentrando toda la energía mental en el cráneo del centro, preguntó: «¿A qué clase de persona perteneció este cráneo, y por qué le practicaron estos agujeros?»

Absorta bajo el grueso haz de luz que descendía desde la elevada claraboya e iluminaba las motas de polvo, no reparó en que alguien la observaba.

En la galería de arriba, acodado en la barandilla de hierro con un sombrero panamá en la mano, un hombre de unos sesenta años y porte vigoroso, vestido con un traje de lino de elegante corte, la contemplaba. El cabello, pulcramente peinado hacia atrás, dejaba al descubierto una frente bronceada, apenas surcada de arrugas. Tenía los ojos grandes y oscuros, de largas pestañas y mirada intensa, y a cada minuto, por la comisura de la boca asomaba, oscura y afilada, la punta de la lengua, que con movimiento veloz recorría los labios para humedecerlos. El inmaculado pañuelo del bolsillo de la americana estaba perfumado con una colonia de aroma penetrante, semejante al de esas plantas de invernadero en el que se mezcla el olor putrefacto de las raíces.

Llevaba varios minutos pendiente de Lyra. Se había desplazado por la galería siguiendo el recorrido que ella efectuaba abajo y, cuando se detuvo junto a la vitrina de los cráneos, la observó con detenimiento, fijándose en todos los detalles: su pelo rebelde y desgreñado, el morado de la mejilla, la ropa nueva, el cuello arqueado sobre el aletiómetro, las piernas sin medias.

Extrajo el pañuelo perfumado del bolsillo para darse unos toques en la frente y luego se dirigió a la escalera.

Lyra, entretanto, continuaba concentrada, enterándose de cosas muy extrañas. Aquellos cráneos tenían una antigüedad inimaginable; en las cartulinas de la vitrina rezaba escuetamente «Edad de Bronce», pero el aletiómetro, que nunca mentía, aseguraba que el hombre a quien había pertenecido ese cráneo había vivido treinta y tres mil doscientos cincuenta y cuatro años antes de la fecha actual, que había sido brujo y que se había practicado el orificio para facilitar la entrada de los dioses en su cabeza. Y después, con la naturalidad con que a veces respondía a preguntas que Lyra no le había formulado, el aletiómetro añadió que había mucho más

Polvo en torno a los cráneos trepanados que alrededor del que tenía la punta de flecha.

¿A cuento de qué venía aquello? Lyra se sustrajo al concentrado estado de calma que compartía con el aletiómetro y al tomar de nuevo conciencia del presente advirtió que no estaba sola. Frente a la vitrina contigua había un hombre mayor vestido con un traje claro, que desprendía un olor dulzón. Le recordaba a alguien, pero no acertaba a precisar a quién.

El desconocido se percató de que lo miraba y le dedicó una sonrisa.

—¿Estás mirando los cráneos trepanados? —inquirió—. Qué cosas más extrañas hace la gente, ¿eh?

—Mmm —murmuró ella impasible.

—¿Sabes que aún se practica la trepanación?

—Sí —respondió.

—Los hippies, ya sabes, gente de esa clase. Aunque tú eres demasiado pequeña para acordarte de los hippies. Aseguran que es más efectivo que tomar drogas.

Lyra, que había guardado el aletiómetro en la mochila, se preguntaba cómo podía escabullirse; todavía no le había planteado al aparato la pregunta principal, y ahora ese anciano se había empeñado en charlar con ella. Parecía agradable y había que reconocer que olía bien. Se había acercado más y, cuando se inclinó hacia la vitrina, le rozó la mano con los dedos.

—Es extraordinario, ¿verdad? Una operación sin anestesia, sin desinfectantes, efectuada seguramente con herramientas de piedra. Debieron de ser unos tipos fuertes, ¿no crees? Creo que no te había visto antes por aquí. Yo vengo a menudo. ¿Cómo te llamas?

—Lizzie —contestó con nerviosismo.

—Lizzie. Mucho gusto, Lizzie. Yo me llamo Charles. ¿Vas al colegio en Oxford?

—No —contestó tras vacilar un instante.

—¿De visita turística entonces? Pues has elegido un sitio fantástico. ¿Qué te interesa más del museo?

Aquel hombre la desconcertaba sobremanera. Por una parte se mostraba amable y educado, iba muy limpio y bien vestido; por otra, desde el interior del bolsillo Pantalaimon reclamaba su atención, rogándole que tuviera cuidado, porque también a él le invadía un atisbo de recuerdo. Además ella misma captaba no un olor, sino la idea de un olor, un hedor a excremento y podredumbre de origen impreciso que le evocaba el palacio de Iofur Raknison, donde el aire estaba perfumado sobre la gruesa capa de mugre del suelo.

—¿Qué me interesa? —repitió—. Oh, muchas cosas. Estos cráneos me han llamado la atención en cuanto los he visto. Resulta extraño que alguien se preste a que le hagan eso. Es horrible.

—Sí, a mí tampoco me gustaría, pero te garantizo que aún se practica. Si vienes conmigo, te presentaré a alguien que lo ha hecho —invitó el hombre con una actitud tan amable y servicial que Lyra se sintió tentada de aceptar.

Hasta que apareció, veloz como una serpiente, aquella afilada y oscura punta de la lengua para lamer los labios, y Lyra negó con la cabeza.

—Tengo que marcharme —afirmó—. Gracias de todas formas. He quedado con alguien... con un amigo —agregó—. Me alojo en su casa.

—Sí, claro —replicó con afabilidad el anciano—. Bueno, ha sido un placer hablar contigo. Adiós, Lizzie.

—Adiós.

—Ah... nunca se sabe... aquí tienes mi nombre y mi dirección —añadió, entregándole una tarjeta—, por si te interesa conocer más sobre esta clase de prácticas.

—Gracias —dijo educadamente Lyra.

Antes de alejarse la guardó en un bolsillo de la mochila. Mientras se encaminaba hacia la salida, notó que el hombre la seguía con la mirada.

Ya en el exterior de dirigió al parque, que ella conocía como un campo de críquet y otros deportes, y localizó un lugar tranquilo bajo unos árboles donde volvió a consultar el aletiómetro.

Esta vez preguntó dónde podía encontrar un licenciado experto en el Polvo. Obtuvo una respuesta muy simple: una sala concreta del alto edificio cuadrado que se alzaba a sus espaldas. La respuesta fue tan directa y rápida que Lyra tuvo la seguridad de que el aletiómetro añadiría algo más; comenzaba a advertir que tenía cambios de humor, como una persona, y a percibir cuándo quería proporcionarle más información.

No se equivocaba. El instrumento le indicó: «Debes dedicarte al chico. Tu misión consiste en ayudarlo a encontrar a su padre. Concéntrate en eso.»

Lyra parpadeó asombrada. Will había aparecido como por ensalmo para ayudarla, no cabía duda. La idea de que ella había recorrido todo aquel camino para echarle una mano a él la dejó pasmada.

El aletiómetro aún no había terminado. La aguja volvió a agitarse y Lyra leyó: «No mientas al experto.»

Envolvió el aletiómetro en el terciopelo y lo guardó en la mochila. Después se puso en pie, buscó con la mirada el edificio donde se hallaba el licenciado y, entre aprensiva y desafiante, se encaminó hacia él.

Will encontró sin problemas la biblioteca. El encargado, que en ningún momento sospechó que sus consultas no estuvieran destinadas a la realización de un trabajo de geografía, lo ayudó a buscar las copias encuadernadas del índice del *Times* del año de su nacimiento, el mismo en que había desaparecido su padre. Will se sentó para leerlo y halló, en efecto, varias referencias a John Parry, relacionadas con una expedición arqueológica.

Averiguó que cada mes estaba archivado en un microfilme distinto. Los colocó uno tras otro en el proyector y a medida que localizaba los diferentes artículos se detenía para leerlos con suma atención. El primero informaba de la partida de una expedición a las regiones más septentrionales de Alaska, patrocinada por el Instituto de Arqueología de la Universidad de Oxford, con el propósito de examinar un área donde confiaban en encontrar vestigios de primitivos asentamientos humanos. Acompañaba a los arqueólogos John Parry, antiguo miembro de la Marina Real y explorador profesional.

La segunda noticia, muy breve, estaba fechada seis semanas después y refería la llegada de la expedición a la base científica norteamericana de Noatak, Alaska.

La tercera anunciaba, dos meses más tarde, que no se había recibido respuesta a las señales enviadas desde la base, por lo que era muy probable que John Parry y sus acompañantes hubieran desaparecido.

Seguía una breve serie de artículos en que se describían los infructuosos intentos por localizarlos, los vuelos efectuados sobre el mar de Bering, la reacción del Instituto de Arqueología, entrevistas a los familiares...

El corazón comenzó a latirle deprisa cuando vio una foto de su madre con un bebé en brazos: él mismo. El periodista había redactado el típico artículo lacrimógeno sobre la angustiosa espera de la esposa, que decepcionó a Will por la escasa información que aportaba. Sólo en un breve párrafo se refería la brillante carrera de John

Parry en la Marina Real, a que había renunciado para especializarse en la organización de expediciones geográficas y científicas.

En el índice no figuraban más referencias, de modo que Will abandonó frustrado el lector de microfilmes. Tenía que haber más datos en algúna otra parte, pero ¿dónde? Por otro lado, si se entrentenía demasiado con esas indagaciones, le seguirían la pista...

—¿Conoce la dirección del Instituto de Arqueología, por favor? —preguntó al bibliotecario mientras le devolvía los microfilmes.

—Podría averiguarla... ¿En qué colegio estudias?

—En el St Peter's —respondió.

—No es de Oxford, ¿verdad?

—No, es de Hampshire. El profesor ha encargado a mi clase realizar una especie de trabajo de campo de varios días. Se trata de desarrollar capacidades de investigación sobre el terreno...

—Ah, comprendo. ¿Qué me habías preguntado? Ah, sí, el Instituto de Arqueología... Aquí está.

Will anotó la dirección y el número de teléfono y, aprovechando que admitir que no conocía Oxford ya no despertaría sospechas, preguntó cómo se iba. No quedaba lejos. Después de dar las gracias al bibliotecario, se puso de nuevo en camino.

En el interior del edificio, al pie de las escaleras, Lyra encontró un amplio mostrador, tras el cual se hallaba apostado un bedel.

—¿Adónde vas? —preguntó éste.

Aquello le recordó a su mundo. Notó que Pan se revolvía de regocijo en el bolsillo.

—He de llevar un recado a una persona del segundo piso —respondió.

—¿A quién?

—Al doctor Lister —contestó.

—El doctor Lister está en la tercera planta. Puedes darme el mensaje a mí y yo se lo comunicaré.

—Ya, pero lo necesita ahora mismo. Acaba de pedirlo.

El hombre la observó con atención, pero carecía de la capacidad para desenmascarar la afabilidad y la docilidad que Lyra sabía fingir cuando le interesaba, de modo que al final asintió y volvió a enfrascarse en la lectura del periódico.

El aletiómetro no especificaba los nombres de las personas, como es natural. Había mencionado al doctor Lister porque había leído su nombre en el casillero que había detrás del bedel, consciente de que si uno se comporta como si conociera a alguien, es más probable que lo dejen entrar. En ciertos aspectos Lyra conocía el mundo de Will mejor que él mismo.

Ya en la segunda planta, se encontró en un pasillo con dos puertas, una que daba a una sala de conferencias vacía y otra a una sala más reducida donde dos licenciados discutían algo junto a una pizarra. Para Lyra, la desnudez y austeridad de aquellas dos salas y las paredes del corredor se relacionaban más con la pobreza que con el esplendor académico de Oxford. Sin embargo, las paredes de ladrillo estaban lisas y bien pintadas, las puertas eran de madera maciza y las barandillas de acero bruñido, todo lo cual exigía una buena cantidad de dinero. Aquél era otro de los aspectos que le causaban extrañeza de ese mundo.

No tardó en encontrar la puerta que le había indicado el aletiómetro. Un rótulo rezaba «Departamento de Investigación en Materia Oscura». Alguien había garabateado debajo «RIP» y otra persona había añadido a lápiz «Director: Lázaro».

Lyra no captó el significado de aquellas anotaciones. Llamó a la puerta y una voz femenina contestó:

—Adelante.

Era una habitación pequeña, abarrotada de inestables pilas de papeles y libros, con dos pizarras blancas en las paredes, cubiertas de números y ecuaciones. De la parte posterior de la puerta colgaba un dibujo que parecía chino. A través de otra puerta abierta Lyra vio otra estancia, donde había una especie de complicada maquinaria ambárica desconectada.

Lyra quedó un tanto sorprendida al descubrir que el experto que buscaba era una mujer. Con todo, el aletiómetro no había especificado que fuera un hombre, y a fin de cuentas aquél era un mundo extraño. La mujer estaba sentada frente a un artefacto con una pequeña pantalla de vidrio donde aparecían números y formas. Delante del monitor, en una bandeja de marfil sobresalían, cada una en un mugriento dado, todas las letras del alfabeto. La licenciada apretó uno de aquellos bloques y la pantalla quedó en blanco.

—¿Quién eres? —preguntó.

Lyra cerró la puerta. Recordando la advertencia del aletiómetro, se esforzó por no hacer lo que en otras circunstancias habría hecho, y respondió la verdad:

—Lyra Lenguadeplata. ¿Cómo se llama usted?

La mujer parpadeó. Tenía unos treinta y ocho años, calculó Lyra, alguno más que la señora Coulter quizás, el pelo negro, corto, y las mejillas sonrosadas. Llevaba una bata blanca sin abrochar, una camisa verde y aquellos pantalones de lona azul que usaba tanta gente en ese mundo.

La mujer se atusó el cabello antes de responder:

—Vaya, eres el segundo imprevisto que se me presenta hoy. Soy la doctora Mary Malone. ¿Qué quieres?

—Quiero que me hable del Polvo —contestó Lyra, después de mirar en torno a sí y cerciorarse de que estaban solas—. Sé que usted es una experta en el tema. Puedo demostrarlo, de modo que tendrá que hablar.

—¿El polvo? No sé a qué te refieres.

—Quizás usted lo llama de otra forma. Son partículas elementales. En mi mundo los eruditos las denominan «Partículas Rusakov», pero la palabra que más usan es Polvo. No resulta fácil detectarlas, pero se sabe que proceden del espacio y se prenden en las personas, aunque se fijan poco en los niños y más en los adultos. Hoy mismo he averiguado una cosa... En el museo de aquí al lado he visto unos cráneos antiguos con agujeros como los que hacen los tártaros. Pues bien, había mucho más polvo alrededor de ésos que de otro que tenía un orificio diferente. ¿Cuándo fue la Edad de Bronce?

—¿La Edad de Bronce? —repitió la mujer, que la miraba con los ojos como platos—. No estoy segura..., hará unos cinco mil años.

—Pues entonces los datos de esa cartulina están equivocados, porque ese cráneo con los dos agujeros tiene treinta y tres mil años de antigüedad.

Se interrumpió al advertir que la doctora Malone parecía a punto de desmayarse. Con el rostro demudado, se llevó una mano al pecho mientras con la otra se aferraba al brazo de la silla.

Lyra aguardó, desconcertada, a que se recuperara, negándose a desistir.

—¿Quién eres? —inquirió por fin la mujer.

—Lyra Lengua...

—No, ¿de dónde eres? ¿Qué eres? ¿Cómo sabes todo eso?

Lyra exhaló un suspiro de fastidio; había olvidado cuán tortuosos se mostraban en ocasiones los licenciados. Les costaba asimilar la verdad, mientras que con una mentira entendían la cuestión con mayor rapidez.

—Soy de otro mundo —explicó—, donde existe un Oxford como éste, aunque diferente, y...

—Espera, espera. ¿De dónde eres?

—De otro sitio —respondió Lyra con más cautela—. No soy de aquí.

—Ah, de otro sitio —repitió la mujer—. Comprendo. Bueno, ya me lo parece.

—Y necesito aprender cosas sobre el Polvo —continuó Lyra—, porque las gentes de la Iglesia de mi mundo tienen miedo del Polvo pues creen que es el pecado original. Por eso es muy importante. Y mi padre... No —exclamó con vehemencia, e incluso dio un taconazo en el suelo—; no quiero hablar de eso. Estoy exponiéndolo mal.

—Oh, cálmate, cariño —la tranquilizó la doctora Malone, reparando en la expresión de desesperación, los puños crispados y los morados de la mejilla y la pierna. Hizo una pausa y se frotó los ojos, enrojecidos de cansancio—. No sé por qué te escucho —prosiguió—. Debo de estar loca. El caso es que éste es el único lugar del mundo donde podrías obtener la respuesta que buscas, y resulta que están a punto de cerrar el departamento... Ese Polvo de que hablas parece muy similar a algo que llevamos cierto tiempo investigando, y al oír lo de los cráneos del museo me ha dado un vuelco el corazón, porque... Oh, no, esto es increíble. Estoy demasiado cansada. No se trata de que no quiera escucharte, créeme, pero ahora no es el momento. ¿Te he comentado que piensan suspender el proyecto? Dispongo de una semana para presentar una propuesta al comité de recursos, pero no tenemos ni la más remota posibilidad...

Interrumpió su explicación con un sonoro bostezo.

—¿Cuál ha sido el primer imprevisto que le ha surgido hoy? —preguntó Lyra.

—Ah, sí. Alguien en quien confiaba para respaldar nuestra solicitud de recursos ha retirado su apoyo. De todas formas, no debía de ser tan imprevisto como me ha parecido.

Volvió a bostezar.

—Voy a preparar café —anunció la doctora—, o de lo contrario me quedaré dormida. ¿Tomarás tú también?

Puso agua a calentar y mientras vertía el café instantáneo en dos tazas, Lyra se entretuvo mirando el dibujo chino de la puerta.

—¿Qué es eso? —inquirió.

—Es chino. Los símbolos del I Ching. ¿Sabes qué es? ¿Existe eso en tu mundo?

Lyra la miró con suspicacia, temiendo que la pregunta encerrase cierta ironía.

—Algunas cosas son iguales y otras diferentes, así de simple. Yo no conozco todo lo que hay en mi mundo. Tal vez también existe ese Ching allí.

—Perdona —se disculpó la doctora Malone—. Sí, quizá sí.

—¿Qué es la materia oscura? —preguntó Lyra—. Eso pone en el letrero, ¿no?

La doctora Malone volvió a sentarse y apartó con el pie una silla para Lyra.

—La materia oscura es lo que investiga mi equipo —explicó—. Nadie sabe qué es. En el universo hay muchas más cosas de las que somos capaces de percibir, ahí está la cuestión. Vemos las estrellas, las galaxias y los objetos brillantes, pero para que todo se mantenga en su sitio y no se disgregue es preciso que exista algo más... algo que haga funcionar la gravedad, ¿lo entiendes? Sin embargo, nadie ha conseguido detectarlo. Por eso se ponen en marcha muchos proyectos de investigación que tratan de averiguar qué es, y el nuestro es uno de ellos.

Lyra escuchaba con interés. Por fin la doctora comenzaba a hablar en serio.

—¿Y usted qué cree que es? —preguntó.

—Bueno, nosotros creemos... —Hizo una breve pausa para verter el agua hirviendo en las tazas y prosiguió—: Nosotros creemos que se trata de una especie de partícula elemental, algo muy distinto de cuanto se ha descubierto hasta ahora. No obstante son muy difíciles de detectar... ¿A qué colegio vas? ¿Estudias física?

Lyra notó que Pantalaimon le pellizcaba la mano en señal de advertencia. Estaba muy bien que el aletiómetro le hubiera aconsejado que dijera la verdad, pero ella sabía qué ocurriría si se mantenía fiel a la verdad. Así pues, debía andarse con tiento y evitar sólo decir mentiras directas.

—Sí —respondió—, sé algo de física. Pero nada de la materia oscura.

—Pues bien, nosotros intentamos localizar esos elementos casi indetectables entre el ruido que producen las otras partículas al colisionar en el ambiente. Normalmente se colocan detectores a cientos de metros de profundidad bajo el suelo, pero nosotros hemos decidido disponer un campo electromagnético en torno al detector, que intercepta lo que no nos conviene y deja pasar lo que nos interesa. Después amplificamos la señal y la canalizamos por medio de un ordenador.

Tendió una taza de café a Lyra. Si bien no había leche ni azúcar, en un cajón encontró un par de galletas de jengibre, y Lyra comió una con avidez.

—Hemos identificado una partícula que encaja —continuó la doctora Malone—, o al menos eso creemos. Pero es tan extraño... No sé por qué te cuento esto. No debería. Aún no está publicado, no hay atribución de autoría y ni siquiera se ha redactado nada. Estoy algo trastornada esta tarde.

»Bien... —Dejó escapar un bostezo tan prolongado que Lyra pensó que no acabaría nunca—. Nuestras partículas son extraños diablillos, ya lo creo. Nosotros las llamamos partículas de sombra, Sombras... ¿Sabes qué me dejó pasmada hace un momento? Que mencionaras los cráneos del museo. Resulta que un miembro de nuestros equipo es aficionado a la arqueología, y un día descubrió algo a lo que no dábamos crédito. Sin embargo, no podíamos dejar de tomarlo en consideración, puesto que cuadraba con nuestra observación más descabellada sobre las Sombras. ¿Y sabes cuál es? Pues que tienen conciencia. Las Sombras son partículas de conciencia. ¿Has oído un disparate mayor que ése? No me extraña que no nos renueven la beca.

Tomó un sorbo de café. Lyra se embebía de sus explicaciones como una planta de desierto en un aguacero.

—Sí —prosiguió la doctora Malone—, saben que estamos aquí, y nos responden. Y lo más descabellado de todo es que resulta imposible verlas a menos que uno espere hacerlo, o sea, a menos que sitúe la mente en un determinado estado. Hay que mantenerse confiado y relajado a la vez. Hay que ser capaz de... ¿Dónde está esa cita...?

Revolvió entre el desorden de papeles de su escritorio hasta encontrar uno con varias líneas escritas con bolígrafo verde, y empezó a leer:

—«... capaz de convivir con incertidumbres, misterios y dudas sin pretender asir con gesto irritable los hechos indiscutibles y la razón...» Hay que adoptar ese estado mental. La cita es del poeta Keats, por cierto. La encontré el otro día. Pues bien, una vez asumido el estado mental adecuado, cuando se mira la Cueva...

—¿La cueva? —inquirió Lyra.

—Ay, perdona. El ordenador. Lo llamamos la Cueva, por lo de las sombras en las paredes de la Cueva de Platón. Otra ocurrencia de nuestro arqueólogo, un intelectual muy industrioso. Por desgracia ha marchado a Ginebra para una entrevista de trabajo, y dudo de que regrese... ¿Por dónde iba? Ah, sí, la Cueva. Cuando uno está conectado a ella, si piensa algo, las Sombras le responden. No hay ninguna duda al respecto. Las Sombras acuden al pensamiento como una bandada de pájaros...

—¿Y lo de los cráneos?

—A eso iba. Un día Oliver Payne, el colega de quien te hablaba, mientras realizaba unas pruebas con la Cueva, observó algo rarísimo que para un físico carecía de sentido. Probó con un trozo de marfil, un minúsculo pedazo, y no encontró Sombras en él. No obtuvo reacción. Sí la consiguió en cambio con una pieza de ajedrez de marfil; tampoco la logró con una voluminosa astilla de un tablón, pero sí con una regla de madera. Y una figurilla de madera tenía más... Hablo de partículas elementales, fíjate bien, de unos fragmentos infinitesimales de algo que a duras penas existe, y resulta que sabían qué eran esos objetos. Todo cuanto guardaba relación con el trabajo y el pensamiento humano estaba rodeado de Sombras...

»Luego Oliver, el doctor Payne, consiguió gracias a un amigo suyo del museo unos cráneos fósiles que probó para determinar hasta dónde se remontaba el efecto en el pasado. Descubrió que el límite se situaba en unos treinta o cuarenta mil años de antigüedad. Antes de ese período, no había Sombras, y a partir de él éstas abundaban. Lo más extraordinario es que ésa es, al parecer, la época en que aparecieron los primeros especímenes de hombres modernos. Ya sabes a qué me refiero, a nuestros primitivos antepasados, iguales en rasgos generales a nosotros...

—Es el Polvo —afirmó con autoridad Lyra.

—Pero comprenderás que nadie incluiría esa clase de datos en una solicitud de recursos si quiere que le tomen en serio. No tiene ni pies ni cabeza. No puede existir. Es imposible, y si no imposible, es irrelevante, y si no, resulta turbador.

—Quiero ver la Cueva —pidió Lyra poniéndose en pie.

La doctora Malone se mesó el cabello y luchó contra el cansancio pestañeando repetidas veces.

—Bueno, no veo por qué no —aceptó—. A fin de cuentas, quizá mañana ya no tendremos la Cueva. Sígueme.

Acompañó a Lyra a la otra habitación, más amplia y atestada de aparatos electrónicos.

—Aquí lo tienes. Allí —dijo, señalando una pantalla que despedía un uniforme resplandor gris— está el detector, detrás de todos esos cables. Para ver las Sombras hay que conectarse unos electrodos, como los que se usan para medir las ondas cerebrales.

—Quiero probarlo —declaró Lyra.

—No verás nada. Además yo estoy rendida, y es demasiado complicado.

—¡Por favor! ¡Sé lo que hago!

—¿Ah, sí? Ojalá pudiera decir yo lo mismo. Por el amor de Dios, no y no. Éste es un experimento científico caro y difícil. No puedes irrumpir aquí con la pretensión de manipularlo como si tal cosa, como si de una máquina del millón se tratara... Además, ¿de dónde has salido tú? ¿No deberías estar en el colegio? ¿Cómo has llegado aquí?

La mujer volvió a frotarse los ojos, como si acabara de despertar.

Lyra temblaba. Di la verdad, pensó.

—Me he orientado con esto —admitió al tiempo que sacaba el aletiómetro de la mochila.

—¿Qué demonios es esto? ¿Una brújula?

Lyra lo tendió a la doctora Malone, que abrió mucho los ojos al notar su peso.

—Válgame el cielo, si es de oro. ¿De dónde has...?

—Creo que funciona como su Cueva y quiero comprobarlo. Si consigo responder correctamente a una pregunta —propuso Lyra a la desesperada—, a algo que usted sepa y yo no, ¿podré probar la Cueva?

—¿Qué? ¿Vamos a jugar a las artes adivinatorias ahora? ¿Qué es esto?

—¡Por favor! ¡Hágame una pregunta!

—Bueno —concedió la doctora Malone encogiéndose de hombros—. Dime... Dime a qué me dedicaba yo antes de trabajar aquí.

Lyra tomó con impaciencia el aletiómetro. En su mente se precisaron los dibujos idóneos antes incluso de que las manecillas apuntaran hacia ellos, y observó cómo se movía la aguja larga, ansiosa por responder. Cuando comenzó a girar la siguió con la mirada, calculando, adentrándose en las largas cadenas de significados hasta llegar al nivel donde se encontraba la verdad.

A continuación parpadeó y salió con un suspiro de aquel momentáneo trance.

—Era monja —dictaminó—. No era fácil adivinarlo, porque por lo general las monjas se quedan para siempre en sus conventos. Sin embargo usted dejó de creer en las cosas de la Iglesia y la dejaron marchar. En esto mi mundo no se parece en absoluto a éste.

La doctora Malone tomó asiento en la única silla disponible, con la mirada extraviada.

—Es verdad, ¿no? —añadió Lyra.

—Sí. Y lo has descubierto gracias a ese...

—Mi aletiómetro. Funciona con Polvo, me parece. He venido hasta aquí para averiguar más cosas sobre el Polvo, y el aletiómetro me indicó que me entrevistara con usted, por lo que deduje que su materia oscura ha de ser lo mismo. ¿Me permite probar ahora la Cueva?

La doctora Malone meneó la cabeza, no para negar, sino en señal de impotencia.

—Muy bien. Debo de estar soñando. Qué importa ya... que siga el sueño.

Acto seguido giró con la silla y accionó varios interruptores, que produjeron un ronroneo eléctrico que se mezclaba con el sonido de un ventilador de ordenador; Lyra ahogó un grito al oírlo. Era el mismo ruido que había oído en aquella espantosa y reluciente cámara de Bolvangar, donde la guillotina de plata había estado a punto de cercenarle a Pantalaimon. Notó que el daimonion se estremecía en el bolsillo y lo acarició para tranquilizarlo.

La doctora Malone no se percató de nada, ocupada como estaba ajustando los interruptores y pulsando las letras de otra bandeja de marfil. La pantalla cambió de color y en ella aparecieron unas pequeñas letras y números.

—Ahora siéntate —indicó, cediendo la silla a Lyra. Después abrió un pequeño tarro y añadió—: He de aplicarte un poco de gel en la piel para facilitar el contacto eléctrico. Se elimina sin problema con jabón. No te muevas.

La doctora Malone tomó seis cables acabados en unas almohadillas planas, que adhirió a diversos lugares de la cabeza de Lyra. Ésta permanecía muy quieta, aunque respiraba de forma entrecortada y el corazón le latía con fuerza.

—Bien, ya estás conectada —anunció la doctora Malone—. La habitación está llena de Sombras; el universo está lleno de Sombras, para ser más exactos, pero la única manera de verlas consiste en dejar la mente en blanco mientras se mira la pantalla. Adelante, es toda tuya.

Lyra centró la vista en el oscuro recuadro de cristal y sólo atisbó el tenue reflejo de su cara. A modo de prueba actuó como si leyera el aletiómetro e imaginó que inquiría: «¿Qué sabe esta mujer del Polvo? ¿Qué preguntas plantea ella?»

Mentalmente movió las manecillas del aletiómetro por el disco y de pronto se produjo un parpadeo en la pantalla. El asombro le hizo perder la concentración y el momentáneo resplandor se apagó. Lyra no advirtió el brinco de excitación que dio la doctora Malone, pues con concienzudo tesón comenzó a concentrarse de nuevo.

Esta vez la respuesta fue casi inmediata. En la pantalla aparecieron unos rosarios de luces danzantes, idénticas a las radiantes cortinas de la aurora boreal. Adoptaban formas que duraban unos minutos antes de desintegrarse y congregarse con diferentes contornos y colorido; oscilaban y serpenteaban, se separaban, estallaban en lluvias de fulgor que de repente viraban a uno u otro lado, como una bandada de aves que cambia de rumbo en el cielo. Mientras miraba, Lyra notó que se estremecía al aproximarse a la comprensión, la misma sensación que había experimentado cuando comenzaba a leer el aletiómetro.

Formuló otra pregunta: «¿Es esto el Polvo? Lo que forma estos dibujos ¿es lo mismo que lo que mueve la aguja del aletiómetro?»

La respuesta se presentó en forma de más ondulaciones y remolinos de luz. Lyra la interpretó como una afirmación. Entonces se le ocurrió algo y, al volverse hacia la doctora Malone para comentárselo, la vio boquiabierta, con las manos en la cabeza.

—¿Qué pasa? —preguntó.

Las luces se desvanecieron en la pantalla, y la doctora Malone parpadeó de nuevo.

—¿Qué pasa? —repitió Lyra.

—Ah... acabas de producir el mejor espectáculo que he visto jamás —explicó la doctora Malone—. ¿Qué has hecho? ¿Qué pensabas?

—Creía que a usted le respondía con más claridad —replicó Lyra.

—¿Con más claridad? ¡Nunca había aparecido nada tan claro como esta vez!

—¿Qué significa? ¿Sabe usted leerlo?

—Hombre, no se lee como un mensaje —contestó la doctora Malone—. No funciona así. Las Sombras reaccionan ante la atención que se les presta. Se trata de un descubrimiento revolucionario; nuestra conciencia provoca su reacción, ¿lo comprendes?

—No; no me refería a eso —precisó Lyra—. Lo que quiero decir es que, aparte de esos colores y esas formas, las Sombras podrían mostrar otros contornos, los que quisieran. Incluso podrían trazar dibujos. Mire.

Se volvió hacia el monitor y se concentró de nuevo, actuando como si la pantalla fuera el aletiómetro, con sus treinta y seis símbolos dispuestos en torno al borde. Los conocía tan bien que sus dedos se desplazaban de modo automático en su regazo, acompasados al movimiento imaginario que imprimía a las manecillas para encararlas a la vela (comprensión), el alfa y el omega (lenguaje) y la hormiga (diligencia), que juntos componían la pregunta: «¿Qué debería hacer esta gente para entender el lenguaje de las Sombras?»

La pantalla respondió a la velocidad del pensamiento, y del amasijo de líneas y fogonazos surgieron con diáfana claridad una serie de dibujos: el compás, el alfa y el omega, el relámpago, el ángel. Cada uno de ellos cobró forma varias veces, de manera intermitente, y luego aparecieron otros tres: el camello, el jardín y la luna.

Lyra comprendió al instante su significado y desenfocó la mente para explicarlo. En aquella ocasión, al volverse, advirtió que la doctora Malone había palidecido y se aferraba con la mano al borde de la mesa, al tiempo que apoyaba la espalda contra el respaldo de la silla.

—Lo que dice... —habló Lyra—. Se expresa en mi lenguaje, ¿ve?, el lenguaje de los dibujos, como el aletiómetro. Pues dice que también podría utilizar la lengua normal, con palabras, si lo prepararan para ello, aunque se necesitarían meticulosos cálculos numéricos... eso da a entender el compás... y el relámpago significa que se precisa mayor potencia ambárica, eléctrica quiero decir. Y el ángel... simboliza mensajes; tiene cosas que decir. Sin embargo cuando entró en esa parte... Se refería a Asia, cerca del Extremo Oriente. No sé qué país podría ser... China, quizá... Pues bien, en ese país conocen una manera de hablar con el Polvo, digo con las Sombras, igual que la que usted tiene aquí y yo con el... con los dibujos, con la diferencia de que ellos usan palillos. Creo que aludía a ese dibujo de la puerta, pero no he acabado de entenderlo. La primera vez que lo vi me pareció que había algo importante en él, pero no sabía qué. La conclusión es que deben de existir muchas maneras de hablar con las Sombras.

—El I Ching —repuso con perplejidad, la doctora Malone—. Sí, es una forma china de adivinación, de decir la buenaventura, de hecho... Y sí, utilizan palillos. Ese cartel es meramente decorativo —señaló, como si pretendiera dar a entender a Lyra que en el fondo no creía en él—. ¿Insinúas que cuando la gente consulta el I Ching establece contacto con las partículas Sombras? ¿Con la materia oscura?

—Sí —corroboró Lyra—. Como he mencionado, existen diversas maneras. Yo no me había dado cuenta hasta ahora. Pensaba que sólo había una.

—Esos dibujos de la pantalla... —comenzó a decir la doctora Malone.

Lyra notó un esbozo de pensamiento y se volvió de nuevo hacia la pantalla. Apenas había empezado a formular una pregunta cuando aparecieron otros dibujos en sucesión tan vertiginosa que a la doctora Malone le costó seguirla; Lyra en cambio entendió muy bien su significado.

—Afirma que usted también es importante —comunicó a la investigadora—, que tiene una función importante que cumplir. Ignoro de qué se trata, pero no lo diría si no fuera cierto. Opino que debería prepararlo para que usara palabras, y así comprenderíamos qué dice.

Tras un breve silencio, la doctora Malone preguntó:

—¿De dónde has salido tú?

Lyra torció el gesto. Cayó en la cuenta de que la doctora Malone, que hasta entonces había actuado condicionada por el agotamiento y la desesperación, en otras circunstancias jamás habría enseñado su trabajo a una niña desconocida surgida de no se sabía dónde, y que comenzaba a arrepentirse. Ella, sin embargo, no debía faltar a la verdad.

—He venido de otro mundo —respondió—. Es cierto. Pasé del mío a éste. Estaba... Tenía que escapar, porque unas personas de mi mundo me perseguían para matarme. Y el aletiómetro proviene... del mismo sitio. Me lo entregó el rector del Jordan College, que existe en mi Oxford, pero aquí no. Lo he comprobado. Yo aprendí sola a interpretar el aletiómetro, a dejar la mente en blanco para entender sus mensajes. Es como eso que ha leído usted de las dudas y los misterios. Pues bien, cuando he mirado en la Cueva he procedido de la misma manera, y funciona igual, de modo que mi Polvo y sus Sombras son lo mismo. Así pues...

La doctora Malone estaba ya totalmente despejada. Lyra tomó el aletiómetro y, con gesto protector, lo envolvió en el terciopelo antes de guardarlo en la mochila.

—Así pues —prosiguió—, si usted quiere, podría modificar esa pantalla para que se comunicara con palabras. Entonces hablaría con las Sombras como yo con el aletiómetro. En todo caso, me propongo averiguar por qué la gente de mi mundo odia el Polvo, las Sombras, quiero decir, o la materia oscura. Quieren destruirla porque creen que es mala. En cambio yo opino que la maldad se manifiesta en sus actos. Yo los he visto actuar. Entonces ¿cómo son las Sombras? ¿Son buenas o malas?

La doctora Malone se frotó las mejillas, con lo que acentuó aún más su rubor.

—Todo esto resulta muy desconcertante —declaró—. ¿Sabes cuánto perturba la mera mención del bien y el mal en un laboratorio científico? ¿Tienes idea? Una de las razones que me impulsaron a escoger esta profesión era que no necesitaba plantearme esa clase de cuestiones.

—Pues debería pensar en ellas —replicó Lyra con severidad—. No puede investigar las Sombras, el Polvo, o lo que sea, sin considerar esas cuestiones, el bien y el mal y todo eso. Recuerde que además ha dicho que tenía que hacerlo. No puede negarse. ¿Cuándo piensan cerrar esta sección?

—El comité de recursos tomará una decisión a finales de la semana... ¿Por qué?

—Porque entonces dispone de esta noche para preparar esta máquina de forma que se exprese mediante palabras, en lugar de con los dibujos que me han salido a mí. No le costará mucho. Así podría enseñar lo que ha descubierto al comité y le concederán el dinero para continuar con su proyecto. También averiguaría todo acerca del Polvo, o de las Sombras, y me lo comunicaría. Es que —añadió con cierta altanería, como una duquesa que describiera a una criada que no acaba de satisfacerla— el aletiómetro no explica exactamente lo que yo necesito saber. En cambio usted podría descubrirlo y contármelo. O si no podría probar con eso del Ching, con los palillos, aunque resulta más fácil trabajar con los dibujos, o al menos eso creo yo. Ahora me quitaré esto —agregó antes de retirarse los electrodos de la cabeza.

La doctora Malone le tendió un pañuelo de papel para que se limpiara el gel y enrolló los cables.

—¿Te marchas? —preguntó—. Lo cierto es que he pasado contigo una hora muy extraña.

—¿La preparará para que se exprese con palabras? —insistió Lyra mientras cogía la mochila.

—Me temo que será tan útil como rellenar la solicitud de recursos —objetó la doctora Malone—. No, escucha. Me gustaría que volviera mañana. ¿Podrás venir, a la misma hora, más o menos? Desearía que realizaras una demostración a otra persona.

Lyra entornó los ojos con suspicacia. ¿Sería una trampa?

—De acuerdo —aceptó—. Pero no olvide que necesito averiguar ciertas cosas.

—Sí, claro. Entonces ¿vendrás?

—Sí —confirmó Lyra—. Si digo que vendré es que vendré. Creo que podré ayudarla.

Luego se marchó. Detrás del mostrador, el bedel levantó la mirada y enseguida volvió a enfrascarse en la lectura del periódico.

—Las excavaciones de Nuniatak —dijo el arqueólogo, volviéndose en su silla giratoria—. Eres la segunda persona que me pregunta por ellas en un mes.

—¿Quién fue la otra? —preguntó Will, en guardia de inmediato.

—Creo que era un periodista, no estoy seguro.

—¿Para qué quería la información? —inquirió.

—Tenía que ver con uno de los hombres que desaparecieron en ese viaje. Cuando se perdió el rastro de la expedición corrían los años álgidos de la guerra fría, concretamente de lo que se llamó la Guerra de las Galaxias. Tú eres demasiado joven para acordarte. Los estadounidenses y los rusos construían enormes instalaciones con radares en el Ártico... Y volviendo al presente, ¿en qué puedo ayudarte?

—Yo —respondió Will, tratando de conservar la calma— sólo quería enterarme de qué le sucedió a esa expedición. Mientras elaboraba un trabajo para el colegio sobre los pueblos prehistóricos, leí algo sobre esa expedición desaparecida, y me picó la curiosidad.

—Pues como ves no eres el único. Se armó un gran revuelo en su momento. Consulté los datos para ese periodista. Se trataba de una prospección preliminar, no una excavación en regla, ya que ésta no se inicia hasta saber si merece la pena invertir tanto tiempo en un lugar. Así pues, ese grupo debía examinar diversos emplazamientos para presentar un informe. Lo componían seis individuos en total. A veces en una expedición como ésa participan personas de varias disciplinas, ya sabes, geólogos u otros especialistas, para compartir gastos y cada cual investiga sobre su materia. En este caso había un físico en el equipo; creo que estudiaba partículas atmosféricas de alto nivel. La aurora boreal, ya sabes, esas luces del norte. Llevaba globos aerostáticos con radiotransmisores, según parece.

»También formaba parte del grupo un antiguo marine, una especie de explorador profesional, ya que se dirigían a un territorio prácticamente virgen, y los osos polares siempre suponen peligro en la zona del Ártico. Los arqueólogos entienden de ciertos temas, pero no están entrenados para disparar, y en general resulta muy útil disponer de alguien que además sabe navegar, organizar campamentos y actividades de que depende la supervivencia.

»Sin embargo, todos desaparecieron. Mantenían contacto por radio con una base científica local, pero un buen día la señal no llegó y no volvió a oírse más. Se había levantado una ventisca, pero eso no tiene nada de particular allí. La expedición de rescate localizó su último campamento, casi intacto, aunque los osos se habían comido las provisiones, pero no encontraron ni rastro de los expedicionarios.

»Eso es todo cuanto puedo explicarte; lo siento.

—Sí —dijo Will—. Gracias. Hum... ese periodista —añadió desde la puerta—, se interesaba por uno de ellos, según me ha comentado. ¿Cuál era?

—El explorador. Un hombre apellidado Parry.

—¿Qué aspecto tenía? El periodista, me refiero.

—¿Por qué quieres saberlo?

—Por... —A Will no se le ocurrió ningún motivo creíble—. Por nada. Simple curiosidad.

—Según recuerdo, era alto y rubio, con el pelo muy claro.

—Ah, gracias —dijo Will, volviéndose para marcharse.

El hombre lo observó alejarse con el entrecejo levemente fruncido. Will vio que descolgaba el teléfono del auricular y se apresuró a salir del edificio.

Advirtió que temblaba. El supuesto periodista era uno de los individuos que habían entrado en su casa; un hombre alto, tan rubio que no se le distinguían las cejas ni las pestañas. No era el que Will había hecho caer por las escaleras, sino el que había aparecido en la sala de estar mientras él sorteaba de un salto el cuerpo tendido de su compañero.

No era periodista, de eso no cabía duda.

Había un gran museo en las proximidades. Will entró en él y, asiendo el bloc como si estuviera trabajando, se sentó en una sala llena de cuadros. Sufría intensos temblores y náuseas, acuciado por la certidumbre de que había matado a un hombre, de que era un asesino. Hasta aquel momento había alejado de sí tal pensamiento, pero ya no podía seguir ignorándolo. Había arrebatado la vida a aquel hombre.

Permaneció sentado media hora, la peor de su vida tal vez. La gente iba y venía, mirando los cuadros, hablando en voz baja, sin prestarle atención; un empleado del museo estuvo apostado junto a la puerta varios minutos, con las manos en la espalda, y luego se alejó despacio. Entretanto Will forcejeaba con el horror de lo que había hecho, sin mover un músculo.

Poco a poco recobró la calma. Él trataba de defender a su madre, a quien habían atemorizado; en su estado, aquello equivalía a un acoso. Él tenía derecho a proteger su hogar. Sin duda su padre así lo habría deseado. Lo había hecho porque era lo más apropiado; para impedir que robaran el estuche de cuero verde, con la intención de encontrar a su padre; ¿acaso no tenía derecho a ello? A su memoria acudieron todos sus juegos infantiles, en que su padre y él se rescataban mutuamente de aludes o asaltos de piratas. Pues bien, ahora se trataba de algo real.

Te encontraré, prometió para sí. Ayúdame y te encontraré. Cuidaremos de mamá los dos y todo saldrá bien...

Después de todo, ahora disponía de un sitio donde esconderse, un lugar tan seguro que nadie lo descubriría jamás. Y los papeles del estuche, que aún no había tenido tiempo de leer, se hallaban a buen recaudo, debajo del colchón de Cittàgazze.

Finalmente reparó en que la gente avanzaba de forma más resuelta, en una misma dirección. Se dirigían hacia la salida, porque el vigilante avisaba de que las puertas del museo se cerrarían dentro de diez minutos. Más animado, Will se marchó. Se encaminó hacia High Street, donde se encontraba el despacho del abogado, y se detuvo delante dudando si subir a verlo, pese a lo que le había dicho por teléfono. De hecho aquel hombre le había causado buena impresión...

Cuando ya se disponía a cruzar la calle para visitarle, se paró en seco.

El tipo alto de cejas muy rubias se apeaba de un coche.

Will se volvió en el acto y miró el escaparate de la joyería que había al lado. Reflejado en el cristal vio al hombre, que, tras echar un vistazo alrededor y ajustarse el nudo de la corbata, entró en el despacho del abogado. En cuanto hubo desaparecido, Will se alejó mientras el corazón le palpitaba deprisa. Convencido de que no existía ningún lugar seguro, caminó hacia la biblioteca universitaria con la intención de esperar a Lyra.

5

PAPEL DE CORREO AÉREO

ill —llamó Lyra.
Aunque habló en voz baja, le provocó un sobresalto, pues se había sentado en el banco a su lado sin que él lo advirtiera.

—¿De dónde vienes?

—¡He encontrado a mi licenciada! Se llama doctora Malone. Tiene una máquina que ve el Polvo y va a conseguir que hable...

—No te he visto acercarte.

—Porque no estabas mirando —razonó ella—. Debías de estar distraído. Menos mal que yo te he visto. Es muy fácil engañar a la gente. Observa...

Dos agentes de policía caminaban hacia ellos, realizando su ronda. Eran un hombre y una mujer, con camisas de manga corta de verano, radios, porras y miradas suspicaces. Antes de que llegaran al banco, Lyra se puso en pie y les preguntó:

—¿Podrían decirme dónde está el museo, por favor? Mi hermano y yo tenemos que encontrarnos con nuestros padres allí y nos hemos perdido.

El policía miró a Will, quien, conteniendo la rabia, se encogió de hombros como si dijera: «Pues sí, nos hemos perdido, ¿qué le parece?» El hombre sonrió, y la mujer inquirió:

—¿Qué museo? ¿El Ashmolean?

—Sí, ése —afirmó Lyra. Después fingió escuchar con interés las indicaciones que le daba la agente.

—Gracias —dijo al final Will.

Después Lyra y él echaron a andar. No se volvieron para mirar a la pareja de agentes, que de todos modos ya no les prestaban atención.

—¿Has visto? —dijo la niña—. En caso de que estén persiguiéndote los he despistado, porque no buscan a alguien con una hermana. Será mejor que me quede contigo —añadió con tono reprobador cuando hubieron doblado la primera esquina—. Solo no estás seguro.

Will guardó silencio. Bullía de rabia. Siguieron caminando hacia una construcción redonda con una gran cúpula emplomada, situada en una plaza rodeada de edificios universitarios, con su característica piedra del color miel, una iglesia y unos árboles de amplias copas suspendidas sobre los altos muros de un jardín. El sol de la tarde, que arrancaba las más cálidas tonalidades a todos los elementos, llenaba el aire con su brillo, imprimiéndole un matiz semejante al de un dorado vino blanco. No se movía ni una hoja, y en aquella plazuela hasta el ruido del tráfico quedaba amortiguado.

Lyra advirtió por fin el malhumor de Will.

—¿Qué te pasa? —preguntó.

—Hablando a las personas sólo consigues atraer su atención —contestó él un tanto alterado—. Para que no se fijen en uno hay que quedarse calladito y quieto. Yo llevo haciéndolo toda la vida, de modo que sé lo que digo. Con tu método lo único que logras es que te vean. No deberías actuar así. No se debe jugar con ciertas cosas. Te falta seriedad.

—Eso crees, ¿eh? —replicó, ofendida—. ¿Supones que no sé mentir y todo eso? Soy la mejor embustera que ha existido nunca, pero a ti no te miento, y no pienso hacerlo, te lo juro. Estás en peligro y, si no hubiera salido al paso a esos policías, te habrían arrestado. ¿No te has fijado en cómo te miraban? Sí, sí, te miraban. No tienes suficiente cuidado. Si quieres que te diga la verdad, es a ti al que le falta seriedad.

»Si me falta seriedad, ¿qué hago dando vueltas por ahí, esperándote, cuando podría estar a varios kilómetros de distancia? ¿O escondida y tranquila en esa otra ciudad? Yo tengo mis propios asuntos que atender, pero me he venido aquí para ayudarte. No me digas que me falta seriedad.

»Tú necesitas venir a este mundo —lo acusó, furiosa. No toleraba que nadie le hablara de ese modo: ella era una aristócrata; era Lyra—. Te interesaba venir para averiguar algo sobre tu padre. Lo has hecho por ti, no por mí.

Hablaba con vehemencia, aunque en voz queda, intimidada por el silencio que reinaba en la plaza y las personas que paseaban cerca.

Cuando hubo pronunciado la última frase, Will se detuvo de repente para apoyarse contra la pared que tenía al lado; se había quedado blanco como el papel.

—¿Qué sabes tú de mi padre? —preguntó en un susurro.

—No sé nada —contestó ella también con voz apagada—. Sólo sé que estás buscándolo. Es lo único que pregunté.

—¿A quién se lo preguntaste?

—Al aletiómetro, por supuesto.

Tardó un momento en recordar a qué se refería, y cuando lo hizo en su rostro se reflejaron enojo y una desconfianza tales que Lyra decidió extraerlo de la mochila.

—Muy bien, te lo enseñaré para que lo veas.

A continuación se sentó en el bordillo de piedra del parterre central de la plaza e, inclinando la cabeza sobre el dorado instrumento, comenzó a desplazar las manecillas con tal velocidad que apenas si se podían seguir sus movimientos con la mirada. Aguardó varios segundos, mientras la delgada aguja oscilaba en el disco, deteniéndose un instante aquí, otro allá, antes de volver a cambiar de posición las manecillas con igual rapidez. Will lanzó una mirada escrutadora alrededor y no vio a nadie; un grupo de turistas contemplaba la cúpula del edificio, y un vendedor de helados se trasladaba con su carrito por la calzada, sin prestarles atención.

Lyra parpadeó y suspiró, como si despertara de un sueño.

—Tu madre está enferma —susurró—, pero no corre peligro. Una señora la cuida. Y tú cogiste unas cartas y huiste. Había un hombre, un ladrón, me parece, y lo mataste. Estás buscando a tu padre, y...

—De acuerdo, calla —la atajó Will—. Es suficiente. No tienes ningún derecho a husmear en mi vida de esa forma. No vuelvas a hacerlo más. Es igual que si espiaras.

—Sé cuándo debo parar de preguntar —replicó la niña—. ¿Sabes?, el aletiómetro es casi como una persona. Yo capto cuándo va a enfadarse o cuándo no quiere que me entere de ciertas cosas. Siempre lo noto. El caso es que cuando apareciste ayer salido de la nada, tuve que preguntarle quién eras por precaución. Tenía que hacerlo. Y me respondió... —Bajó aún más la voz—. Me respondió que eras un asesino, y yo pensé: estupendo, es una persona digna de confianza. No le pregunté nada más, hasta ahora, y si no quieres que vuelva a interrogarle sobre ti, te prometo que no lo haré. El aletiómetro no sirve para entremeterse en la intimidad de las personas. Si me dedicara a espiar a la gente dejaría de funcionar, estoy convencida.

—Podrías haberme preguntado a mí en lugar de a esa cosa. ¿Te ha dicho si mi padre está vivo o muerto?

—No, porque no se lo he preguntado.

Will, que se había sentado también en el bordillo, hundió la cabeza entre las manos en un gesto de abatimiento.

—Bien, supongo que tendremos que confiar el uno en el otro —declaró por fin.

—Exacto. Yo confío en ti.

Will asintió con expresión sombría. Estaba agotado y en ese mundo no tenía ni la más remota posibilidad de dormir. Haciendo gala de una perspicacia que normalmente no poseía, Lyra advirtió algo en su comportamiento que le hizo pensar: Tiene miedo, pero lo domina, como dijo Iorek Byrnison que había que hacer; como lo controlé yo en el secadero de pescado del lago.

—Y otra cosa, Will —añadió—, no pienso delatarte. Te lo prometo.

—Bien.

—Una vez traicioné a alguien. Es lo peor que he hecho en mi vida. Yo pensaba que le salvaría la vida, cuando en realidad lo llevaba al sitio más peligroso que existía. Luego me odié por mi estupidez. Así pues, me esforzaré mucho por no actuar de forma insensata ni descubrirte en un momento de descuido.

Will no hizo ningún comentario. Se frotó los ojos y pestañeó con energía para despejarse.

—Todavía falta mucho para que podamos traspasar la ventana —declaró luego—. De todas maneras no deberíamos haber venido de día. No debemos arriesgarnos a que nos vean, de modo que nos quedan varias horas de espera...

—Yo tengo hambre —anunció Lyra.

—¡Ya está! —exclamó de pronto Will—. ¡Podemos ir al cine!

—¿Adónde?

—Ya lo verás. Allí también venden algo de comer.

Había un cine cerca del centro de la ciudad, a diez minutos de camino. Will pagó las dos entradas y compró unos bocadillos de salchicha, palomitas de maíz y Coca-Cola, y entraron con las provisiones en la sala en el mismo instante en que comenzaba la película.

Lyra quedó maravillada. Había visto fotogramas proyectados, pero jamás había presenciado algo comparable al cine. Mientras devoraba el bocadillo y las palomitas, regándolos con largos sorbos de Coca-Cola, reía y emitía exclamaciones sin perder detalle de las vicisitudes de los personajes. Por suerte el público, mayoritariamente infantil, era bastante ruidoso y no se notó su excitación. Will, por su parte, cerró los ojos al instante y quedó dormido.

Despertó con el estruendo que provocaba la gente al levantarse de los asientos para salir y parpadeó, deslumbrado por la luz. Su reloj marcaba las ocho y cuarto. Lyra abandonó la sala a regañadientes.

—Ha sido lo mejor que he visto en mi vida —aseguró—. No entiendo por qué no lo inventaron en mi mundo. Os superamos en algunos aspectos, pero éste es el invento más fantástico de todos.

Will no se había enterado de la trama de la película. Todavía era de día y en las calles circulaba mucha gente.

—¿Quieres ver otra?

—¡Oh, sí!

Así pues, se encaminaron hacia otro cine situado unos cien metros más allá y repitieron el mismo proceso. Lyra se instaló con los pies en el asiento, abrazándose las rodillas, y Will dejó la mente en blanco. Cuando salieron, eran casi las once.

Puesto que Lyra volvía a tener hambre, compraron hamburguesas en un puesto callejero y las comieron mientras caminaban, lo que también constituyó una novedad para ella.

—Nosotros siempre comemos sentados. Nunca había visto a nadie andar y comer a la vez —explicó a Will—. Este sitio difiere en muchos aspectos de mi mundo. El tráfico, por ejemplo. Eso no me gusta, aunque me encantan el cine y las hamburguesas. Y esa licenciada, la doctora Malone, preparará a la máquina para que se exprese con palabras; estoy segura de eso. Mañana volveré para ver cómo le va. Apuesto a que podría ayudarla. Incluso es probable que logre que los de la universidad le den el dinero que necesita. ¿Sabes cómo lo consiguió mi padre, lord Asriel? Los engañó con un truco...

Mientras recorrían Banbury Road, le refirió lo ocurrido aquella noche en que, escondida en el armario, había visto cómo lord Asriel enseñaba a los licenciados del Jordan la cabeza cercenada de Stanislaus Grumman. Y puesto que Will se reveló como un correcto oyente, le contó el resto de sus peripecias, desde su huida del piso de la señora Coulter hasta el terrible momento en que se percató de que había precipitado la muerte de Roger al llevarlo a los helados acantilados de Svalbard. Will escuchaba en silencio, con atención y deferencia. El relato de un viaje en globo, de aventuras protagonizadas por osos, brujas y un vengativo ejército eclesiástico se le antojaba tan descabellado como su propio sueño de una hermosa ciudad costera, solitaria, silenciosa y segura; no podía ser real, así de simple.

Finalmente llegaron a la confluencia de carreteras y a los olmos. El tráfico era muy escaso a esa hora, circulaba un vehículo cada minuto más o menos. Y allí estaba la ventana. Will esbozó una espontánea sonrisa. Todo saldría bien.

—Espera a que no pase ningún coche —recomendó—. Yo entraré ahora.

Al cabo de un minuto se encontraba debajo de las palmeras, y al poco Lyra se reunía con él.

Tuvieron la impresión de que regresaban a casa. La cálida noche despejada, el aroma de las flores y el mar y el silencio los rodearon como un bálsamo.

Lyra se estiró con un bostezo y Will se sintió como si le quitaran un gran peso de encima. Había cargado con él todo el día y no se había percatado de su enorme presión; de pronto se sentía liviano, libre, en paz.

De improviso Lyra lo agarró del brazo, y al instante él comprendió por qué. En el laberinto de callejuelas, más allá del café, había brotado un grito.

Will echó a correr hacia aquella dirección, y Lyra se adentró tras él en el trazado de estrechas calles donde no penetraba la luz de la luna. Después de doblar varias esquinas salieron a la plaza donde se alzaba la torre de piedra que habían visto esa mañana.

Unos veinte niños formaban un semicírculo alrededor de la base. Algunos blandían palos mientras otros arrojaban piedras a algo que tenían acorralado contra la pared. Al principio Lyra creyó que era otro niño, pero el horrible y agudo lamento que oyó no podía ser humano. Además, los muchachos también proferían chillidos, de miedo y odio.

Will se acercó a ellos y agarró por la espalda al primero que encontró. Era un chico de aproximadamente su edad, que llevaba una camiseta de rayas. Cuando se volvió, Lyra reparó en el fiero cerco blanco que rodeaba sus pupilas. Al advertir que ocurría algo, los otros niños se detuvieron para mirar. Angelica y su hermanito también se encontraban allí, con piedras en la mano, y sus ojos, como los de los demás, despedían un intenso brillo bajo la luz de la luna.

Se hizo el silencio, interrumpido sólo por los gemidos. Will y Lyra vieron por fin de dónde procedían: se trataba de un gato atigrado que permanecía encogido junto a la pared de la torre, con un desgarrón en la oreja y la cola doblada.

Era el mismo que Will había visto en Sunderland Avenue, aquel que se parecía tanto a *Moxie* y gracias al cual había descubierto la ventana.

En cuanto lo vio, soltó al muchacho que había agarrado. Éste cayó al suelo y se levantó de inmediato hecho una furia, pero los demás lo contuvieron. Will se arrodilló junto al animal.

Tomó en brazos al felino, que se refugió contra su pecho, y al ver que se volvía de esa guisa hacia los niños Lyra acarició por un instante la disparatada idea de que por fin había aparecido su daimonion.

—¿Por qué atacabais a este gato? —preguntó.

Los muchachos no respondieron. Temblaban, intimidados por la rabia de Will, apretando los palos y las piedras, incapaces de hablar.

Al poco Angelica hizo oír su voz:

—¡Vosotros no sois de aquí! ¡No sois de Ci'gazze! Desconocíais lo de los espantos y tampoco sabéis lo de los gatos. ¡No sois como nosotros!

El chico de la camiseta de rayas a quien Will había derribado ardía en deseos de abalanzarse sobre él y, de no haber tenido el gato en brazos, la habría emprendido a puñetazos, mordiscos y patadas con Will, que por su parte se hubiera enzarzado con gusto en una pelea contra él, pues entre los dos existía una corriente de odio eléctrico que sólo la violencia podía liberar. Sin embargo el muchacho tenía miedo del gato.

—¿De dónde sois? —preguntó con tono desdeñoso.

—Eso no importa. Si os asusta este gato lo mantendré alejado de vosotros. Si lo consideráis un animal de mal agüero, a nosotros nos traerá suerte. Y ahora dejadnos pasar.

Por un momento Will temió que el odio de los niños prevaleciera sobre el miedo, y se preparaba para depositar al gato en el suelo y luchar.

De pronto se oyó detrás de los muchachos un estruendoso gruñido, y al volverse éstos vieron a Lyra de pie, con la mano apoyada en el lomo de un gran leopardo que enseñaba los dientes en actitud amenazadora. Hasta Will, que reconoció a Pantalaimon, se asustó un instante. El efecto que causó en los pequeños fue espectacular: huyeron en el acto. En cuestión de segundos la plaza quedó vacía.

Antes de alejarse de allí, Lyra dirigió la mirada a lo alto de la torre, alertada por un gruñido de Pantalaimon, y captó la breve imagen de alguien asomado en las almenas, no un niño, sino un joven de cabello rizado.

Media hora después se hallaban en el piso superior del café. Will había encontrado una lata de leche condensada, y el gato la había consumido con ávidos lengüetazos antes de pasar a lamerse las heridas.

Movido por la curiosidad, Pantalaimon adoptó la foma de gato, y al principio el verdadero erizó el pelo con recelo, hasta que advirtió que, fuera lo que fuese, Pantalaimon no era un verdadero gato ni representaba ningún peligro, por lo que a partir de ese momento lo ignoró por completo.

Lyra observaba con fascinación cómo Will cuidaba al felino. Los únicos animales con que ella había tenido algún contacto en su mundo (aparte de los osos acorazados) eran bestias de carga o cumplían algún cometido práctico: la función de los gatos que había en el Jordan College consistía en mantener el edificio libre de ratones, no servir de mascotas.

—Me parece que tiene la cola rota —comentó Will—. No sé qué hay que hacer. Quizá se cure por sí sola. Le pondré miel en la oreja. Una vez leí que es antiséptica...

Los niños se ensuciaron un poco al aplicársela al gato, pero al menos la miel mantuvo ocupado a éste, que se lamía para quitársela, y así se limpiaba con más profundidad la herida.

—¿Estás seguro de que es el mismo gato que viste? —preguntó Lyra.

—Sí. Además, si en este mundo temen tanto a los gatos, es lógico que no haya ninguno. Probablemente no encontró la manera de volver.

—Estaban fuera de sí —opinó Lyra—. Lo habrían matado. Nunca había visto a unos niños comportarse así.

—Yo sí —replicó Will con expresión sombría.

Era evidente que no quería hablar del tema, y Lyra sabía que más valía no presionarlo. Tampoco consultaría el aletiómetro para averiguar qué le había sucedido. Como estaba muy·cansada, se acostó pronto y quedó dormida de inmediato.

Un rato después, cuando el gato dormía ya, Will fue a sentarse al balcón llevando consigo una taza de café y el estuche de cuero verde. La luz que le llegaba de la ventana era suficiente para leer. El estuche no contenía muchos papeles. Tal como preveía, se trataba de cartas, escritas en tinta negra sobre papel de correo aéreo. Aquellos signos los había trazado la mano del hombre que tanto deseaba encontrar; deslizó los dedos sobre las letras una y otra vez y luego se llevó las páginas al rostro, tratando de aproximarse a la esencia de su padre. Después comenzó a leer:

Fairbanks (Alaska)
Martes, 19 de junio de 1985

Querida Elaine:
Por aquí todo se desarrolla con la habitual mezcla de eficacia y caos. Todos los aprovisionamientos están aquí pero el físico, uno de esos tontos geniales llamado Nelson, no había realizado ninguna gestión para el traslado de sus dichosos globos por las montañas, de forma que ahora estamos de brazos cruzados a la espera de que solucione el asunto. De todos modos gracias a eso he tenido oportunidad de hablar con un tipo que conocí la última vez, un minero llamado Jake Petersen. Fui a buscarlo a un mugriento bar, donde los parroquianos veían un partido de béisbol en la tele, y le pregunté por la anomalía. Se negó a comentar el tema en el local y me llevó a su casa, donde con la ayuda de una botella de Jack Daniels habló largo y tendido: él no la había visto, pero había conocido a un esquimal que sí la vio, y aseguraba que era una puerta de entrada al mundo del espíritu. En su tribu la conocían desde hacía siglos, y en la fase de iniciación los curanderos debían atravesarla y regresar con una especie de trofeo, aunque algunos jamás volvían. El caso es que el viejo Jake tenía un mapa de la zona y marcó en él el sitio donde su amigo había afirmado se encontraba. (Lo anoto por si acaso aquí: está a 69º 02'11" N, 157º 12'19" O, en un malecón de Lookout Ridge, a un par o tres de kilómetros del río Colville.) Después charlamos de otra leyen-

da del Ártico, la del barco noruego que lleva sesenta años navegando a la deriva, y otras cuestiones por el estilo. Los arqueólogos del equipo, unos tipos estupendos, ansiosos por ponerse manos a la obra, han de contener su impaciencia con Nelson y sus globos. Ninguno ha oído hablar de la anomalía, y creo que no seré yo quien los saque de su ignorancia.

Recibid un abrazo y todo mi amor los dos.

Johnny

Umiat de (Alaska)
Sábado, 22 de junio de 1985

Querida Elaine:

Olvida lo que te expliqué del físico Nelson. No es un tonto genial ni por asomo, y si no me equivoco en realidad busca la anomalía. Aunque parezca increíble, la parada en Fairbanks la orquestó él a propósito. Como sabía que el resto del equipo no se avendría a esperar a menos que existiera una razón de fuerza mayor como la falta de transporte, mandó anular la petición de vehículos que se habían encargado. Yo me enteré por casualidad y me disponía a pedirle explicaciones cuando lo oí hablar por radio con alguien; describía la anomalía con pelos y señales, con la salvedad de que desconocía su localización. Más tarde lo invité a una copa e interpreté el papel del soldado fanfarrón, de viejo zorro del Ártico que ha visto más cosas que nadie en la frontera del cielo y la tierra; fingí que le tomaba el pelo criticando las limitaciones de la ciencia («apuesto a que carece de explicación para lo del Abominable Hombre de las Nieves», etc.). Lo observé con gran atención todo el rato y de repente solté lo de la anomalía («una leyenda esquimal de una puerta invisible de entrada al mundo espiritual, que está cerca de Lookout Ridge, precisamente adonde nos dirigimos, qué coincidencia»). Quedó perplejo. Sabía muy bien a qué me refería. Simulando que no me daba cuenta, abordé el tema de la brujería, le conté lo del leopardo del Zaire. Así pues, espero que me tomara por un militar zoquete y supersticioso. En todo caso no me cabe duda, Elaine, de que él también la busca. No sé si me conviene revelárselo. Tendré que averiguar qué se propone.

Recibid todo mi amor los dos.

Johnny

Querida Elaine:

Durante un tiempo no podré enviar más cartas por correo. Ésta es la última ciudad por la que pasamos antes de ponernos en camino hacia las montañas de la cordillera Brooks. Los arqueólogos arden en deseos de subir allá. Uno está convencido de que encontrará pruebas de presencia humana mucho más temprana de lo que nadie sospecha. Cuando le pregunté qué variación de fechas preveía y por qué estaba tan seguro, me habló de una escultura en marfil de narval que había encontrado en una excavación anterior y a la que la prueba del Carbono 14 había atribuido una antigüedad increíble, más allá de los límites establecidos hasta entonces... anómala, de hecho. No sería extraño que hubiera llegado de otro mundo, a través de mi anomalía. A propósito de la anomalía, el físico Nelson y yo nos hemos hecho amigotes: él me sigue la corriente, deja caer indirectas para darme a entender que sabe que yo sé que él sabe... y yo continúo interpretando el papel de mayor Parry, un tipo duro y fanfarrón que pasa un período de crisis, aunque es cosa de poca importancia, ¿eh?... Está buscándola, no me cabe duda. En primer lugar, pese a que es un académico con todas las de la ley, financia su proyecto el Ministerio de Defensa. Me he enterado porque conozco los códigos que utilizan. En segundo lugar, sus globos para observaciones meteorológicas no son tales, ya que en la barquilla descubrí un traje antirradiación; estoy seguro, porque no es el primero que veo. Esto me huele muy raro, cariño. Me ceñiré a mi plan inicial: conducir a los arqueólogos a su emplazamiento y luego partir solo unos días en busca de la anomalía. Y si me topo con Nelson en la zona de Lookout Ridge, improvisaré sobre la marcha.

He tenido una suerte fantástica. He conocido al amigo esquimal de Jake Petersen, Matt Kigalik. Jake me explicó dónde podía encontrarlo pero no me atreví a hacerme muchas ilusiones al respecto. Me contó que los soviéticos también habían estado buscando la anomalía, que él había descubierto ese mismo año a un hombre por esas montañas y lo había observado a escondidas durante un par de días al intuir qué le había llevado allí, y no se equivocaba. Luego resultó que el hombre era ruso, un espía; no me dijo nada más, pero me dio la impresión de que se lo había cargado. A mí, en cambio, me describió la anomalía. Es como un agujero en el aire, una especie de ventana. Si se mira por ella se ve otro mundo, aunque no resulta fácil localizarlo porque esa parte del otro mundo tiene el mismo aspecto que éste, con rocas, musgo y elementos parecidos. Se encuentra en la orilla norte de un riachuelo, a unos cincuenta pasos al oeste de una roca alargada con forma de oso erguido, y la posición que me facilitó Jake no es del todo correcta... es más bien 12" N que 11.

Deséame suerte, cariño. Cuando vuelva te traeré un trofeo del mundo del espíritu. Te quiero. Da un beso al niño de mi parte.

Johnny

Will sentía la cabeza a punto de estallar.

Su padre describía lo que él había encontrado debajo de los olmos. Él también había descubierto una ventana... ¡hasta había empleado la misma palabra para referirse a ella! Interpretó ese dato como una señal de que se hallaba sobre la pista correcta. Y aquellos individuos buscaban esa información... Se trataba, por consiguiente, de algo peligroso.

Will tenía un año cuando su padre escribió aquella carta. Seis años después se produjo aquella escena en el supermercado que le había llevado a comprender que su madre corría un grave riesgo y que debía protegerla; después, en el transcurso de los meses llegó a la conclusión de que el peligro residía en su mente y, por tanto, debía protegerla aún más.

Y de pronto se enteraba de que aquel peligro no era producto de su imaginación. Realmente alguien la perseguía, alguien que deseaba apoderarse de esas cartas, conocer esos datos. Sin embargo, él ignoraba qué significaban.

Will se alegraba de compartir con su padre algo tan importante; porque John Parry y su hijo Will habían descubierto, cada uno por su lado, aquel fenómeno tan extraordinario. Cuando por fin se reunieran hablarían de ello, y su padre se enorgullecería de que Will hubiera seguido sus pasos.

La noche estaba silenciosa y el mar en calma. Will dobló las cartas y se quedó dormido.

6

SERES LUMINOSOS

Grrumman? —dijo el barbudo comerciante de pieles—. ¿De la Academia de Berlín? Un tipo temerario. Lo conocí hace cinco años por la región norte de los Urales. Lo creía muerto.

Sam Cansino, un viejo conocido de Lee Scoresby y tejano como él, estaba sentado a la barra del bar del hotel Samirsky, donde se respiraba un aire denso cargado de olor a nafta y a humo. Apuró de un trago el vaso de vodka helada y corrió con el codo el plato de pescado en escabeche y pan negro hacia Lee, que tomó un bocado e hizo un gesto con la cabeza para animarlo a seguir.

—Cayó en una trampa que había tendido ese estúpido de Yakovlev —prosiguió el comerciante de pieles— y se abrió la carne de la pierna hasta el hueso. En lugar de recurrir a los medicamentos normales, se empeñó en aplicarse eso que utilizan los osos, el musgo de la sangre, que en realidad no es un musgo, sino un liquen; bueno, pues estaba tumbado en un trineo y tan pronto aullaba de dolor como se dedicaba a dar instrucciones a sus hombres, que realizaban observaciones de estrellas. Debían tomar muy bien las medidas, porque de lo contrario les lanzaba una sarta de pullas, con la lengua tan áspera que tenía, peor que un alambre espinoso. Un hombre delgado, fuerte, enérgico, con una curiosidad inacabable. ¿Sabías que era tártaro de adopción?

—¿No me digas? —intervino Lee, volviendo a llenar de vodka el vaso de Sam.

Su daimonion Hester permanecía agazapado junto a su codo

en la barra, con los ojos entornados como de costumbre y las orejas aplanadas sobre el lomo.

Lee había llegado esa tarde, arrastrado hasta Nova Zembla por el viento que habían invocado las brujas, y tan pronto como hubo almacenado su equipo se había dirigido al hotel Samirsky, situado cerca de la conservera de pescado, lugar de encuentro de los ociosos de la región ártica, que acudían allí para intercambiar noticias, buscar empleo o dejarse recados. Lee Scoresby había pasado varios días allí en varias ocasiones, esperando un contrato, un pasajero o un viento favorable, de modo que a nadie tenía por qué extrañarle su presencia.

Además, con los espectaculares cambios que se presentían en el mundo que los rodeaba, era natural que la gente se reuniera para hablar. No había día en que no llegaran noticias: el río Yeniséi no estaba helado, algo insólito en esa época del año; una parte del océano se había desecado, dejando al descubierto unas extrañas y uniformes formaciones rocosas en el fondo marino; un calamar de treinta metros de largo había atacado a tres pescadores en su barca y los había despedazado...

Y la niebla seguía expandiéndose desde el norte, densa, fría y, de tanto en tanto, bañada con la más extraña luz que imaginarse cabe, y dentro de ella se atisbaban unas grandes formas y se oían voces misteriosas.

Entre una cosa y otra aquél era un mal momento para trabajar, y por eso el bar del hotel Samirsky estaba lleno.

—¿Grumman, ha dicho? —preguntó el individuo sentado junto a ellos en la barra, un hombre mayor vestido con la indumentaria típica de los cazadores de focas, cuyo daimonion, un ratón campestre, asomaba con aire solemne por un bolsillo—. Era tártaro, sí señor. Yo estaba presente cuando se unió a esa tribu y vi cómo le perforaban el cráneo. Tenía otro nombre también... un nombre tártaro; me vendrá a la cabeza en cuestión de un minuto.

—Ah, caramba, qué curioso —comentó Lee Scoresby—. Permítame que le invite a una copa, amigo. Me interesa saber más cosas de ese hombre. ¿A qué tribu se incorporó?

—Los yeniséi pakhtars. Viven al pie de las montañas Semyonov, cerca de donde confluyen el Yeniséi y el... ahora no recuerdo cómo se llama... un río que baja de las montañas. En el embarcadero hay una roca del tamaño de una casa.

—Ah, sí —repuso Lee—. Ya me acuerdo. He pasado volando

por allí. ¿De modo que a Grumman le perforaron el cráneo? ¿Por qué?

—Era un chamán —respondió el viejo cazador de focas—. Me parece que los de la tribu lo reconocieron como chamán antes de adoptarlo. El ritual de la trepanación es algo digno de ver. Dura dos noches y un día. Perforan frotando con un palo, como si encendieran fuego.

—Vaya, eso explica la obediencia ciega de sus hombres —dedujo Sam Cansino—. Aunque era el hatajo de canallas más salvajes que he visto, acataban sus órdenes sin rechistar, como niños acobardados. Yo pensaba que se debía a su maldición, pero si creían que era un chamán se entiende mejor. Ese hombre tenía una curiosidad tan tenaz como las mandíbulas de un lobo, ¿saben? No soltaba la presa por nada. Me forzó a contarle todo lo que sabía sobre el terreno de los alrededores y las costumbres de los glotones y los zorros. Y eso que sufría dolores a causa de la condenada trampa de Yakovlev; cuando tenía la pierna abierta de esa forma, apuntaba los efectos de ese musgo de la sangre, se tomaba la temperatura, observaba cómo se formaba la cicatriz, anotaba comentarios sobre todo cuanto le ocurría... Qué hombre más raro. Una bruja lo quiso por amante, pero él la rechazó.

—¿De veras? —replicó Lee con asombro, evocando la belleza de Serafina Pekkala.

—No debió hacerlo —sentenció el cazador de focas—. Si una bruja te ofrece su amor, debes aceptarlo. Si no, te sobrevendrán toda clase de desgracias. Es como tener que elegir entre una bendición o una maldición. Hay que escoger entre una u otra, no hay más remedio.

—Quizá tenía un motivo —apuntó Lee.

—Pues debía de ser de peso, o sencillamente era un insensato.

—Era un testarudo —afirmó Sam Cansino.

—Tal vez guardaba fidelidad a otra mujer —aventuró Lee—. Yo he oído algo más sobre él; que conocía el paradero de algún objeto mágico, no sé bien qué, capaz de proteger a quien lo posee. ¿Saben ustedes algo al respecto?

—Sí —contestó el cazador de focas—. Él no lo tenía, pero sabía dónde estaba. Un hombre intentó obligarlo a que se lo dijera, pero Grumman lo mató.

—Y lo de su daimonion también era curioso —comentó Sam Cansino—. Era una rapaz, una especie de águila negra con la cabeza y el pecho blancos; no he visto ningún ejemplar como ése, e ignoro cómo se llama.

—Era un pigargo —intervino el camarero—. Hablan de Stan Grumman, ¿verdad? Su daimonion era un pigargo, una águila pescadora.

—¿Qué fue de él? —preguntó Lee Scoresby.

—Oh, se vio envuelto en las guerras de los skraeling allá por las tierras de Bering —respondió el cazador de focas—. La última noticia que tuve de él fue que lo habían matado de un tiro.

—Pues yo oí que lo habían decapitado —señaló Lee Scoresby.

—No, los dos están equivocados —terció el camarero—, y yo lo sé de buena fuente, porque me lo contó un esquimal inuit que estaba con él. Al parecer estaban acampados en algún sitio de Sajalín cuando se produjo una avalancha. Grumman quedó enterrado bajo un centenar de toneladas de roca. Ese inuit fue testigo.

—Lo que no entiendo —dijo Lee Scoresby, al tiempo que pasaba la botella a los demás— es a qué se dedicaba. ¿Realizaba prospecciones de combustible en las rocas? ¿O era un militar? ¿O acaso se ocupaba más bien de cuestiones filosóficas? Has mencionado unas mediciones, Sam. ¿De qué eran?

—Medían la luz de las estrellas y de la aurora boreal. Le apasionaba la aurora, aunque sospecho que aún le interesaban más las ruinas, las cosas antiguas.

—Sé dónde podrían informarle mejor —afirmó el cazador de focas—. En lo alto de la montaña hay un observatorio que pertenece a la Academia Imperial Moscovita. Allá le contarán lo que desee. Me consta que visitó ese lugar más de una vez.

—¿Y por qué te interesa tanto, Lee? —inquirió Sam Cansino.

—Me debe dinero —repuso Lee Scoresby.

Aquella explicación resultó tan satisfactoria que atajó cualquier posible pregunta al respecto, y la conversación derivó hacia el tema del que no cesaban de hablar todos: los catastróficos cambios que se producían alrededor y que nadie podía ver.

—Los pescadores —comentó el cazador de focas— comentan que es posible llegar navegando hasta ese nuevo mundo.

—¿Es que existe un nuevo mundo? —preguntó Lee.

—En cuanto se despeje esta maldita niebla lo veremos perfectamente —aseguró con optimismo el cazador de focas—. Cuando apareció, yo estaba a bordo de mi kayak y por casualidad miraba hacia el norte. Nunca olvidaré lo que vi. En lugar de curvarse en el horizonte, la tierra continuaba indefinidamente. Yo no la veía acabar, y hasta donde me alcanzaba la vista, había tierra y mar, montañas, puertos, árboles verdes y campos de maíz; una extensión infinita que se perdía en el cielo. Créanme si les digo que sólo por aquella visión merecía haber pasado cincuenta años de duro trabajo. Habría remado por ese calmado mar del cielo sin pensármelo dos veces, pero entonces la niebla lo tapó todo...

—Nunca había visto una niebla igual —refunfuñó Sam Cansino—. Seguro que dura un mes, por lo menos. Pero tú vas listo si quieres que Stanislaus Grumman te devuelva el dinero, Lee, porque está muerto.

—¡Ah! ¡Ya lo tengo! —exclamó el cazador de focas—. Acabo de recordar el nombre tártaro con que lo llamaban durante la perforación. Era algo así como Jopari.

—¿Jopari? Nunca lo había oído —admitió Lee—. Quizá sea un nombre nipón. Bueno, si quiero recuperar mi dinero, podría tratar de localizar a los herederos o cesionarios. Tal vez la Academia de Berlín se encargue de saldar la deuda. Preguntaré en el observatorio si tienen una dirección a la que pueda solicitar el pago.

Lee necesitaba un trineo con perros y un conductor para llegar al observatorio. Si bien no resultaba fácil conseguirlos, superó el escollo gracias a su poder de persuasión, o más bien al de su dinero. De este modo, tras un prolongado regateo, contrató los servicios de un viejo tártaro de la región del Ob.

El conductor, por suerte, no dependía de la brújula, pues de lo contrario habría arrostrado serias dificultades. Se orientaba por otros medios, por ejemplo, su daimonion, una zorra ártica que husmeaba el camino acomodada en el trineo. Lee, que siempre llevaba consigo la brújula, ya se había percatado de que el campo magnético de la tierra estaba tan alterado como todo lo demás.

—Esto ocurrir antes, este desarreglo —declaró el viejo tártaro cuando se detuvieron para preparar café.

—¿Lo de abrirse el cielo? ¿Ocurrió antes?

—Muchos miles de generaciones antes. Mi pueblo recuerda. Hacer mucho, mucho tiempo.

—¿Y qué sucedió?

—El cielo abrirse y los espíritus desplazarse entre este y ese mundo. Todas las tierras se mueven. El hielo fundirse y después helarse otra vez. Los espíritus cerrar el agujero al cabo de un tiempo. Sellarlo. Pero los brujos decir que el cielo ser delgado allí, detrás de las luces del norte.

—¿Qué pasará, Umaq?

—Lo mismo que otra vez. Todo volver a quedar igual, pero antes haber grandes problemas, gran guerra. Guerra espiritual.

El conductor no le explicó nada más.

Pronto reanudaron la marcha, avanzando despacio por lomas y hondonadas, entre las que de vez en cuando distinguían, a través de la pálida niebla, el borroso perfil de algún peñasco, hasta que el anciano anunció:

—Observatorio allá arriba. Ahora usted ir a pie. Demasiadas curvas para trineo en camino. Si querer volver, yo esperar aquí.

—Sí, Umaq, quiero volver. Enciende un fuego y descansa un rato, amigo. Tardaré unas tres o cuatro horas.

Lee Scoresby partió, con Hester refugiada en su pecho, bajo la chaqueta, y después de media hora de escarpado ascenso, un grupo de edificios surgió de repente encima de él, como si una gigantesca mano los hubiera posado allí. El efecto se debió a una momentánea dispersión de la niebla, que enseguida volvió a espesarse. Lee vislumbró la gran cúpula del observatorio principal, otra más pequeña a cierta distancia, y entre ambas las dependencias administrativas y áreas de vivienda. De las ventanas no salía luz alguna, puesto que se hallaban permanentemente escudadas a fin de no enturbiar la oscuridad necesaria para los telescopios.

A los pocos minutos de su llegada, Lee charlaba con varios astrónomos ansiosos por escuchar las noticias que pudiera transmitirles, y su ansiedad no era poca, teniendo en cuenta que no hay filósofo natural más frustrado que un astrónomo rodeado de niebla. Después de contarles todo cuanto había visto, preguntó por Stanislaus Grumman. Los astrónomos, que llevaban varias semanas sin recibir visitas, no se hicieron de rogar para hablar.

—¿Grumman? Sí, le diré algo al respecto —respondió el director—. Era inglés, a pesar de su apellido. Recuerdo que...

—Imposible —disintió el subdirector—. Era miembro de la Academia Imperial Alemana. Yo lo conocí en Berlín, y estaba seguro de que era alemán.

—No, era inglés. En todo caso, dominaba a la perfección el idioma inglés —afirmó el director—. Aunque no negaré que pertenecía a la Academia de Berlín. Era geólogo...

—No, no, se equivoca —intervino otro astrónomo—. Aunque realizaba observaciones en la tierra, no era geólogo. Una vez mantuve una larga conversación con él y de sus palabras deduje que podría definirse como un paleoarqueólogo.

Eran cinco astrónomos, sentados en torno a una mesa de la estancia que hacía las veces de sala de estar, comedor, bar, salón de recreo y local para cualquier otra actividad en general. Dos de ellos eran moscovitas, uno, polaco, otro yoruba y el último skraeling. Lee Scoresby advirtió que aquella reducida comunidad se alegraba de recibir un visitante, aunque sólo fuera porque propiciaba nuevos temas de conversación. El último en hablar había sido el polaco, y fue el yoruba quien replicó:

—¿Qué es eso de paleoarqueólogo? Los arqueólogos estudian lo antiguo, de modo que no hay necesidad de añadir un prefijo que significa «antiguo».

—Es que su campo de investigación se centraba en un período mucho más antiguo de lo que es habitual en la arqueología —arguyó el polaco—. Buscaba restos de civilizaciones que datan de veinte y treinta mil años atrás.

—¡Bobadas! —declaró el director—. ¡Una patraña como una casa! Debió de tomarle el pelo. ¿Civilizaciones de treinta mil años de antigüedad? ¡Ja! ¿Dónde están las pruebas?

—Bajo el hielo —respondió el polaco—. Ahí reside la clave del asunto. Según Grumman, el campo magnético de la tierra experimentó marcadas variaciones en el pasado y, por otra parte, el eje de la tierra llegó de hecho a desplazarse, de tal forma que algunas zonas templadas quedaron cubiertas de hielo.

—¿Cómo? —inquirió el yoruba.

—Uf, él había elaborado una compleja teoría al respecto. La cuestión era que toda prueba de civilizaciones tempranas que hubieran existido quedó enterrada mucho tiempo antes bajo el hielo. Él afirmaba tener unos fotogramas de unas formaciones rocosas extraordinarias...

—¡Caramba! ¿Nada más que eso? —se mofó el director.

—Yo no apoyo su teoría, sólo cuento lo que sé —señaló el polaco.

—¿Cuánto hacía que conocían a Grumman, caballeros? —preguntó Lee Scoresby.

—A ver, déjeme pensar —dijo el director—. Han transcurrido siete años desde la primera vez que lo vi.

—Un par de años antes, más o menos, se forjó una reputación con un informe sobre el polo magnético —explicó el yoruba—. Surgió como de la nada, ya que nadie lo conocía hasta entonces como estudiante ni se sabía de su labor anterior...

Siguieron charlando un rato, aportando recuerdos y sugerencias en torno a los derroteros que hubiera podido tomar la trayectoria de Grumman, aun cuando la mayoría de ellos lo creían muerto. Mientras el polaco se ausentaba para preparar más café, Hester, el daimonion liebre, advirtió discretamente a Lee:

—Fíjate en el skraeling.

El skraeling apenas había hablado. Alertado por Hester, Lee, que lo había considerado una persona de tendencia taciturna, aprovechó la siguiente pausa en la conversación para mirar con disimulo a su daimonion, un búho níveo, y se percató de que éste lo observaba con fijeza y un intenso brillo en los amarillentos ojos. Bueno, los búhos ofrecían ese aspecto y se caracterizaban por mirar con fijeza, pensó Lee; en todo caso Hester estaba en lo cierto. El daimonion dejaba entrever una hostilidad y suspicacia que no se traslucían en la cara de su humano.

A continuación Lee reparó en otro detalle: el skraeling llevaba un anillo con el símbolo de la Iglesia en relieve. De pronto comprendió el motivo de su silencio. Según tenía entendido, todos los centros de investigación filosófica debían incluir entre su personal a un representante del Magisterio, el cual actuaba como censor e impedía la difusión de cualquier descubrimiento herético. Entonces Lee recordó algo que había oído decir a Lyra, y preguntó a bocajarro:

—Y díganme, caballeros, ¿no sabrán si Grumman indagó alguna vez el tema del Polvo?

En el cargado ambiente de la habitación se instaló un tenso silencio y todos los presentes centraron la atención en el skraeling, si bien ninguno lo miró directamente. Convencido de que Hester permanecería inescrutable, con los ojos entornados y las orejas aplanadas sobre el lomo, Lee adoptó una alegre expresión de inocencia mientras observaba a los presentes.

Finalmente detuvo la mirada en el skraeling y añadió:

—Disculpe, ¿he preguntado algo sobre lo que pesa alguna prohibición?

—¿Dónde oyó mencionar esta cuestión, señor Scoresby? —inquirió a su vez el skraeling.

—Aludió a ello un pasajero que llevé en mi globo hace un tiempo —contestó sin inmutarse Lee—. No comentó de qué se trataba, pero por la manera en que hablaban del tema me pareció un asunto que podía despertar el interés del doctor Grumman. Supuse que era una especie de fenómeno celeste, como la aurora. De todas formas, quedé desconcertado, porque siendo aeronauta conozco bastante bien los cielos y nunca me he topado con esa cosa. ¿En qué consiste exactamente?

—En un fenómeno celeste, como bien ha apuntado usted —explicó el skraeling—. Carece de toda repercusión práctica.

En aquel momento Lee decidió que era hora de marcharse; no había averiguado nada y no quería hacer esperar a Umaq. Así pues, tras dejar a los astrónomos en su observatorio envuelto por la niebla, emprendió la marcha por el sendero, guiado por su daimonion, que veía mejor por tener los ojos más próximos al suelo.

Cuando llevaban tan sólo diez minutos de camino, algo pasó volando junto a su cabeza en la niebla y se precipitó sobre Hester. Era el búho daimonion del skraeling.

Hester, que había intuido el ataque, se había pegado al suelo a tiempo de evitar las garras del ave. Hester podía hacerle frente, ya que también poseía unas afiladas zarpas, fuerza y valentía. Suponiendo que el skraeling no andaría lejos, Lee desenfundó el revólver.

—Detrás de ti, Lee —lo avisó Hester.

Lee se volvió como una centella y se agachó al tiempo que sobre su hombro pasaba silbando una flecha.

Disparó en el acto. El skraeling se desplomó gimiendo, con la bala alojada en una pierna. Al cabo de un momento el daimonion búho descendió en espiral para posarse con movimientos torpes y desmayados a su lado, medio tendido en la nieve, esforzándose por plegar las alas.

Lee Scoresby levantó el arma y apuntó a la cabeza del hombre.

—Y ahora me explicará, insensato, a qué ha venido esto. ¿No comprende que todos corremos los mismos peligros ahora que se han producido estos trastornos en el cielo?

—Es demasiado tarde —declaró el skraeling.

—¿Demasiado tarde para qué?

—Demasiado tarde para parar. Ya he mandado un ave mensajera. El Magisterio se enterará de sus pesquisas y se alegrará al saber lo de Grumman...

—¿A qué se refiere con «lo de Grumman»?

—A que otras personas lo buscan. Eso confirma lo que sospechábamos, y también que otros conocen lo del Polvo. Usted es un enemigo de la Iglesia, Lee Scoresby. Por sus obras los conoceréis. Por sus preguntas veréis la serpiente que les roe el corazón...

El búho emitía un quedo ulular y batía espasmódicamente las alas. Sus brillantes ojos amarillos se tornaban opacos a causa del dolor. La nieve se teñía de rojo en torno al skraeling: aun en aquella brumosa penumbra Lee advirtió que estaba a punto de morir.

—La bala le habrá dañado una arteria —dijo—. Me arrancaré la manga para colocarle un torniquete.

—¡No! —rechazó con aspereza el skraeling—. ¡Moriré gustoso! ¡Me concederán la palma de los mártires, y usted no me privará de ella!

—Muérase entonces si es lo que quiere. Dígame sólo si...

Se interrumpió al observar que, con un tétrico y leve estremecimiento, el búho daimonion desaparecía. El skraeling había entregado el alma. Lee había visto una vez una pintura donde se representaba a un santo de la Iglesia que sufría el ataque de unos asesinos. Mientras éstos se ensañaban con su cuerpo moribundo, el daimonion del santo ascendía al cielo conducido por unos querubines que le ofrecían una rama de palmera, el símbolo del martirio. El rostro del skraeling había adoptado la misma expresión de arrobo que el santo del cuadro. Lee se apartó del cadáver, mientras Hester hacía chasquear la lengua.

—Debimos suponer que mandaría un mensaje —dijo—. Quítale el anillo.

—¿Para qué diablos lo queremos? —preguntó Lee—. No somos ladrones, que yo sepa.

—No, somos renegados —replicó el daimonion—, no por elección propia, sino por culpa de la maldad de este hombre. En cuanto la Iglesia se entere de esto, estaremos acabados, de modo que mientras tanto aprovecharemos para sacar el mayor partido posible. Quítale el anillo y guárdatelo, venga. Quizá nos sirva de algo.

Lee reconoció que tenía razón, de manera que arrebató el anillo al muerto. Escrutando la oscuridad, vislumbró que el camino estaba bordeado por un rocoso despeñadero, hasta el que rodó el cadáver. La caída se prolongó mucho tiempo antes de que sonara el ruido del impacto. A Lee nunca le había agradado la violencia, y detestaba matar, pese a que ya se había visto obligado a hacerlo tres veces.

—No tiene sentido pensar en eso —observó Hester—. No nos ha dejado alternativa, y no hemos disparado con intención de matar. Demonios, Lee, él quería morir. Esa gente no está en sus cabales.

—Sí, seguramente tienes razón —concedió al tiempo que enfundaba la pistola.

Al pie del sendero encontraron al conductor del trineo, con los perros enganchados, listos para partir.

—Me gustaría preguntarte algo, Umaq —dijo Lee mientras emprendían la marcha hacia la conservera de pescado—. ¿Has oído hablar de un hombre llamado Grumman?

—Oh, sí —respondió el conductor—. Todo el mundo conocer a doctor Grumman.

—¿Sabías que tenía un nombre tártaro?

—No tártaro. ¿Jopari, querer decir? No tártaro.

—¿Qué fue de él? ¿Está muerto?

—A esta pregunta no poder responder porque no saber.

—Comprendo. ¿A quién puedo preguntar entonces?

—Mejor preguntar a su tribu. Mejor preguntar a los yeniséi.

—Su tribu... ¿Te refieres a la gente que lo inició? ¿A los que le perforaron el cráneo?

—Sí. Mejor preguntar a ellos. Quizás estar muerto o quizá no. Quizá no estar ni vivo ni muerto.

—¿Cómo es posible que no esté ni vivo ni muerto?

—En el mundo del espíritu. Quizás en mundo del espíritu. Yo ya decir demasiado. Ahora callar.

Y así lo hizo.

Tan pronto como llegaron a la conservera, Lee se dirigió a los muelles en busca de un barco que lo llevara a la desembocadura del Yeniséi.

Entretanto, las brujas proseguían también con su búsqueda. La reina latviana Ruta Skadi viajó junto a Serafina Pekkala y su grupo durante muchos días y muchas noches, a través de la niebla y los torbellinos, sobrevolando regiones devastadas por inundaciones o desplazamientos de tierras. Se hallaban en un mundo desconocido para todas, con extraños vientos, raros olores, grandes aves inidentificables que las atacaban tan pronto como las veían y sólo desistían al toparse con una lluvia de flechas. Además, cuando descendían a tierra para descansar, ni siquiera reconocían las plantas.

De todas formas, algunas eran comestibles, había unas criaturas similares a los conejos que servían para preparar una sabrosa comida, y no escaseaba el agua. Aquél habría sido un buen territorio para vivir, de no haber sido por las espectrales formas que se desplazaban como la bruma sobre los prados y se concentraban cerca de los riachuelos y las hondonadas donde se remansaba el agua. Según la fuerza de la luz apenas si se discernían, reducidas a un matiz de variable intensidad, a una rítmica evanescencia, como velos de transparencia que girasen frente a un espejo. Las brujas, que nunca habían visto nada similar, sintieron un recelo inmediato hacia ellas.

—¿Crees que tienen vida, Serafina Pekkala? —preguntó Ruta Skadi mientras volaban a gran distancia del suelo, por encima de una de aquellas aglomeraciones, situada en el linde de un terreno arbolado.

—Vivas o muertas, rebosan maldad —contestó Serafina—. Desde aquí lo percibo. Hasta saber qué clase de arma hace mella en ellas, preferiría no acercarme más.

Por suerte para las brujas, aquellas fantasmagóricas criaturas parecían ancladas a la tierra, sin capacidad para volar. Antes de terminar el día presenciaron de lo que eran capaces.

Ocurrió en la confluencia de un río y un polvoriento camino, junto a un puente de piedra, al lado de un pequeño soto. El sol del atardecer, al derramar sus rayos oblicuos, pintaba de un intenso verdor los prados y teñía de oro las motas de polvo del aire; entre esa magnífica luz las brujas divisaron una comitiva de viajeros que se dirigían al puente, unos a pie, otros en carro y un par de ellos montados a caballo. No habían reparado en las brujas, pues no tenían motivos para levantar la vista, pero como eran las primeras personas que aquéllas veían en ese mundo, Serafina ya se disponía a descender para hablar con ellos cuando se oyó un grito de alarma.

El grito procedía del jinete que encabezaba el grupo. El hombre señalaba los árboles, y las brujas, siguiendo con la mirada la dirección a que apuntaba, vieron esparcirse sobre la hierba un rosario de aquellas espectrales formas, que se desplazaban sin traba aparente hacia las personas, su presa.

Los viajeros se desperdigaron. Serafina observó con asombro cómo el jinete que iba en vanguardia volvía grupas de inmediato y se alejaba al galope, abandonando a su suerte a sus acompañantes. El segundo jinete no tardó en imitar su ejemplo, huyendo a toda prisa en otra dirección.

—Volad más bajo y observad, hermanas —indicó Serafina a sus compañeras—. Pero no intervengáis hasta que yo lo ordene.

Advirtieron que en la caravana viajaban también niños, unos en carro y otros a pie. Era evidente que los niños no veían a los fantasmas y éstos, por su parte, no demostraban el menor interés por ellos: su objetivo eran los adultos. Una vieja sentada en un carro sostenía a dos pequeños en su regazo, y Ruta Skadi se escandalizó por su cobardía, ya que intentaba esconderse tras ellos y cuando se le aproximó un espectro, los adelantó ante sí, como si los ofreciera para salvar su propia vida.

Los niños se zafaron de la anciana, saltaron del vehículo y se unieron a los demás chiquillos, que corrían despavoridos sin rumbo fijo o bien permanecían inmóviles, abrazados entre sí, mientras las criaturas atacaban a los adultos. La vieja del carro pronto quedó envuelta por una transparente y hormigueante masa que se alimentaba, afanosa, de un modo que, aunque invisible, inspiró una profunda repugnancia a Ruta Skadi. El mismo destino sufrieron todos los mayores del grupo, a excepción de los dos que habían huido a caballo.

Fascinada y horrorizada, Serafina Pekkala descendió un poco más. Vio a un hombre que trataba de vadear el río con su hijo a cuestas, hasta que un fantasma los alcanzó y mientras el niño se aferraba a la espalda del padre, llorando, éste aflojó el paso y se detuvo, paralizado e indefenso, con el agua hasta la cintura.

¿Qué le ocurría? Serafina sobrevolaba el río a escasa distancia, contemplando con horror la escena. Los viajeros de su propio mundo le habían relatado la leyenda del vampiro, y eso le evocó la visión de aquel ser que devoraba algo indefinible, algún atributo del hombre, su alma, o su daimonion tal vez; porque no cabía duda de que en ese mundo los daimonions se hallaban en el interior de las personas, no fuera. Los brazos del hombre perdieron fuerza bajo los muslos del pequeño, que cayó tras él al agua. En vano quiso cogerle la mano, gritando y llorando, pero su padre se limitó a volver despacio la cabeza para mirar con absoluta indiferencia a su hijo, que se hundía a su lado.

Serafina ya no pudo aguantar más. Bajó en picado para sacar al niño del agua.

—¡Cuidado, hermana! —la avisó Ruta Skadi de pronto—. A tu espalda...

Serafina sintió por un instante un horrible embotamiento en el borde del corazón y tendió la mano hacia Ruta Skadi, que tiró de ella para alejarla del peligro. Mientras se elevaban con el niño, que se sujetaba con los dedos como tenazas a la cintura de Serafina, chillando, ésta vio la criatura que había dejado atrás, como una nube de vapor que se arremolinaba veloz en el agua, en busca de la presa perdida. Ruta lanzó una flecha en el centro de aquella forma, sin obtener ningún resultado.

Serafina depositó al chiquillo en la orilla del río y, tras cerciorarse de que no corría peligro, se reunió en las alturas con sus compañeras. La pequeña comitiva había interrumpido de manera definitiva su viaje; los caballos pastaban o meneaban la cabeza para espantar moscas, los niños gritaban u observaban en silencio cuanto les rodeaba, cogidos de la mano, y los adultos se mantenían inmóviles, con los ojos abiertos; algunos estaban de pie, aunque la mayoría se había sentado, y todos transmitían una terrible sensación de quietud. Cuando los últimos fantasmas se hubieron marchado, saciados por fin, Serafina se posó delante de una mujer sentada en el suelo; era fuerte, de aspecto saludable, mejillas sonrosadas y lustroso pelo rubio.

—¿Señora? —la llamó Serafina sin obtener respuesta—. ¿Me oye? ¿Me ve?

La zarandeó por los hombros, y entonces, con un inmenso esfuerzo, la mujer desplazó la vista hacia ella. Apenas pareció darse cuenta de algo. Tenía la mirada perdida y, cuando Serafina le pellizcó el brazo, sólo bajó un instante la vista para volver a fijarla en el vacío.

Las otras brujas avanzaban entre los carros desperdigados, observando con consternación a las víctimas. Los niños, mientras tanto, se habían concentrado en un pequeño montículo y observaban a las brujas con temor, cuchicheando.

—El jinete está mirando —anunció una bruja, señalando un punto donde el camino discurría por un collado.

El hombre que se había dado a la fuga había refrenado el caballo y se cubría los ojos con una mano para observar lo que ocurría.

—Hablaremos con él —propuso Serafina alzando el vuelo.

Pese a su comportamiento ante los fantasmas, aquel hombre no era un cobarde. En cuanto vio a las brujas acercarse, se descolgó el fusil del hombro y espoleó la montura para salir a su encuentro a campo abierto, donde dispondría de más libertad para moverse y disparar. Serafina Pekkala, en cambio, tomó tierra con suavidad y situó su arco al frente antes de depositarlo en el suelo ante sí.

Aunque en aquel mundo no utilizaran aquel gesto, resultaba imposible no comprender su significado. El desconocido bajó su arma y aguardó, observando primero a Serafina, luego a sus compañeras y, por último, a los daimonions, que volaban en círculo. Mujeres, jóvenes y feroces, vestidas con jirones de seda negra, que volaban montadas en ramas de pino... en su mundo no existía nada igual. Si bien aquella novedad le inspiró recelo, no perdió la calma. Serafina, que se había acercado más, percibió pena y fortaleza en su rostro, y le costó conciliar esas emociones con el recuerdo de su huida mientras sus compañeros perecían.

—¿Quién sois? —preguntó.

—Me llamo Serafina Pekkala. Soy la reina de las brujas del lago Enara, situado en otro mundo. ¿Cómo se llama usted?

—Joachim Lorenz. ¿Brujas? ¿Tienen trato con el diablo pues?

—Si así fuera, ¿nos consideraría sus enemigas?

El hombre reflexionó un momento y luego situó el fusil en perpendicular a las piernas.

—En otro momento quizá sí —respondió—, pero los tiempos han cambiado. ¿Por qué han venido a este mundo?

—Porque los tiempos han cambiado. ¿Qué son esas criaturas que han atacado a su grupo?

—Los espantos... —contestó con gran asombro, encogiéndose de hombros—. ¿No conocen a los espantos?

—No existen en nuestro mundo. Cuando le vimos huir, no sabíamos qué pensar. Sin embargo, ahora lo comprendo.

—No hay modo de defenderse de ellos —explicó Joachim Lorenz—. Sólo los niños se libran de sus acciones. La ley ordena que en cada comitiva de viajeros vayan un hombre y una mujer a caballo y que huyan en cuanto aparezcan, pues de lo contrario los niños no tendrían quien cuidara de ellos. Corren malos tiempos... las ciudades están atestadas de espantos, cuando antes sólo había una docena en cada población.

Ruta Skadi, que miraba en derredor, observó que el otro jinete retrocedía en dirección a los carros y comprobó que era, en efecto, una mujer. Los chiquillos echaron a correr hacia ella.

—¿Y qué buscan ustedes? —inquirió Joachim Lorenz—. No me ha respondido antes. No habrían venido aquí sin motivo. Contésteme ahora.

—Buscamos a una niña de nuestro mundo —explicó Serafina—. Se llama Lyra Belacqua, y también responde al nombre de Lyra Lenguadeplata. Ignoramos dónde puede estar, en un mundo tan extenso. ¿No habrán visto a una niña extraña, que va sola?

—No. Pero la otra noche vimos ángeles, que volaban hacia el Polo.

—¿Ángeles?

—Varias tropas, armados y resplandecientes. En los últimos

años se han visto pocos, aunque en los tiempos de mi abuelo pasaban a menudo por este mundo, o al menos eso aseguraba él.

Se cubrió los ojos con la mano y miró hacia los carros desperdigados y los supervivientes. La mujer había desmontado ya y consolaba a algunos niños.

—Si acampamos con ustedes esta noche —propuso Serafina— y hacemos guardia por si se presentan los espantos, ¿nos contará más cosas de este mundo y de esos ángeles que vieron?

—Desde luego. Vengan conmigo.

Las brujas los ayudaron a conducir los carros por el puente para alejarlos de los árboles de donde habían salido los espantos. Los adultos que habían sufrido su ataque debían quedarse allí, por más doloroso que resultase ver cómo los niños se aferraban a su madre, que ya no reaccionaba, o tiraban de la manga de su padre, que permanecía mudo, con la mirada extraviada y fría. Los más pequeños no entendían por qué tenían que separarse de sus progenitores, mientras que los mayores, algunos de los cuales ya habían perdido a los suyos y habían presenciado ya escenas similares, guardaban silencio con expresión desolada. Serafina tomó en brazos al chiquillo que había caído al río, y éste siguió llamando a voz en grito a su papá, alzando el brazo por encima del hombro de la bruja hacia la silenciosa figura que continuaba, inmóvil e indiferente, en medio del agua. Serafina sintió la humedad de las lágrimas del niño en su piel.

La mujer montada a caballo, que vestía unos calzones de tosca lona y cabalgaba como un hombre, no dirigió la palabra a las brujas. Con semblante sombrío, animaba a los chiquillos a avanzar con palabras severas, sin dejarse ablandar por su llanto. El sol del crepúsculo bañaba el ambiente de una dorada luz bajo la cual todo se veía nítido, libre de deslumbramiento, y los rostros de los niños, el hombre y la mujer parecían también inmortales, fuertes y hermosos.

Más tarde, junto a las relucientes brasas de un fuego rodeado de piedras, bajo las grandes colinas envueltas en calma, Joachim Lorenz relató a Serafina y Ruta Skadi la historia de su mundo.

Antaño éste había sido feliz, aseguró. Las ciudades eran elegantes y espaciosas; los campos, bien cuidados, daban abundantes cosechas. Los barcos mercantes abarrotaban en su ir y venir los azules océanos y los pescadores sacaban del agua redes repletas de bacalao y atún, lubina y salmonete; los bosques rebosaban de caza y ningún niño padecía hambre. En los patios y plazas de las grandes ciudades, los embajadores de Brasil y Benín, Eirelandia y Corea se mezclaban con los vendedores de tabaco, con los comediantes de Bérgamo y con las pitonisas. Por la noche, los enamorados se reunían a hurtadillas bajo las rosaledas o en jardines iluminados, y el aire impregnado del perfume de jazmín vibraba con los acordes de las mandolinas.

Las brujas escuchaban con sumo interés aquella descripción de un mundo tan semejante al suyo y a la vez tan diferente.

—Pero luego todo se torció —prosiguió el hombre—. Hace trescientos años, todo se echó a perder. Algunas personas culparon de ello a la Corporación de Filósofos de la Torre degli Angeli, la Torre de los Ángeles, que se encuentra en la ciudad que acabamos de abandonar. Otros afirman que fue un castigo que se nos impuso por un terrible pecado, aunque existen discrepancias respecto a cuál fue ese pecado. El caso es que de repente aparecieron los espantos, que desde entonces nos acosan. Puesto que han visto ustedes cómo actúan, no les costará comprender qué significa vivir en un mundo donde hay espantos. ¿Cómo vamos a prosperar, si no podemos fiarnos de que nada siga su curso normal? En cualquier momento un padre puede caer víctima de ellos, y entonces su negocio se va a pique y todos sus empleados y agentes se quedan sin empleo. ¿Y cómo pueden confiar los enamorados en que sean duraderos sus juramentos? Nuestro mundo perdió toda confianza y toda virtud con la llegada de los espantos.

—¿Quiénes son esos filósofos? —preguntó Serafina—. ¿Dónde dice que está esa torre?

—En la ciudad de donde venimos, Citàgazze. La ciudad de las urracas. ¿Saben por qué la llaman así? Pues porque las urracas roban, y a eso mismo nos dedicamos nosotros ahora. No creamos nada, no construimos nada desde hace siglos; sólo nos cabe hurtar lo que producen en otros mundos. Oh, sí, sabemos de la existencia de otros mundos. Esos filósofos de la Torre degli Angeli descubrieron cuanto necesitábamos conocer al respecto. Tienen un conjuro que, cuando se pronuncia, permite la entrada por una puerta invisible que comunica con otro mundo. Algunos opinan que no es un conjuro sino una llave capaz de abrir incluso aquello donde no hay cerradura. ¿Quién sabe? El caso es que por esa brecha penetraron los espantos, y los filósofos aún la utilizan, según tengo entendido. Van a otros mundos, donde roban cuanto encuentran para traerlo aquí;

oro y joyas, por descontado, pero también otras cosas, como ideas, o sacos de cereales, o lápices. De ahí procede toda nuestra riqueza —concluyó con amargura—, de las fechorías de la Corporación.

—¿Por qué no atacan los espantos a los niños? —inquirió Ruta Skadi.

—Ése es el mayor misterio de todos. En la inocencia de la infancia existe algún poder que repele a los espantos de la indiferencia. Pero eso no es todo. Los niños ni siquiera los ven, aunque ignoramos por qué. Como comprenderán, abundan los huérfanos de padres que han sucumbido a los espantos; se juntan en bandas recorren el país, y a veces los adultos contratan sus servicios para que les consigan comida y provisiones en una zona plagada de espantos, mientras que otras se limitan a vagar sin rumbo, sustentándose de lo que encuentran.

»Así es nuestro mundo. Durante un tiempo logramos vivir con esta maldición, no crean. Son auténticos parásitos: no matan a su huésped, aunque le chupan casi toda la vida. De todas formas, existía una especie de equilibrio hasta hace poco, hasta que se desató la gran tormenta. No se recuerda otra igual; por el estruendo se habría dicho que el mundo reventaba y se partía.

»Y luego sobrevino una niebla que duró muchos días y cubrió todas las partes del mundo de que yo tengo conocimiento, de tal modo que resultaba imposible viajar. Cuando se despejó, las ciudades se hallaban plagadas de espantos, que se concentraban en ellas por centenares, por miles. Por eso huimos a las montañas o por mar, pero ahora no hay escapatoria posible. Ustedes mismas lo han visto.

»Ahora les toca hablar a ustedes. Cuéntenme cómo es su mundo y por qué lo han abandonado para venir a éste.

Serafina le explicó sin tapujos cuanto sabía, convencida de que era un hombre honrado y no había necesidad de ocultarle nada. Él escuchó con atención, meneando la cabeza con asombro, y cuando la bruja hubo terminado, dijo:

—Ya les he comentado que muchos atribuyen a nuestros filósofos el poder de abrir el paso a otros mundos. Pues bien, algunos creen que de vez en cuando dejan una entrada abierta, por descuido. No me extrañaría que algún que otro viajero de otros mundos encontrara el camino para llegar al nuestro. Los ángeles, por ejemplo, pasan por aquí.

—¿Ángeles? —repitió Serafina—. Ya los ha mencionado antes. Nosotras no hemos oído hablar nunca de ellos. ¿Qué son?

—¿Quiere saber qué son los ángeles? —inquirió a su vez Joachim Lorenz—. Muy bien. Se denominan a sí mismos *bene elim*, según me han explicado. Algunos los llaman «Vigilantes». No son seres de carne y hueso como nosotros, sino entes espirituales, o quizá su carne sea más delicada que la nuestra, más liviana y clara, lo ignoro. El caso es que no son como nosotros. Su misión consiste en llevar mensajes procedentes del cielo. A veces los vemos volar, de paso sólo por este mundo, relucientes como luciérnagas, allá en lo alto. En las noches de calma se oye incluso el batir de sus alas. Tienen intereses distintos de los nuestros, aunque antaño solían bajar a tierra, trataban con las personas y hasta procreaban con nosotros, a decir de algunos.

»Cuando apareció la niebla, después de la gran tormenta, yo me encontraba en las montañas situadas detrás de la ciudad de Sant'Elia, de regreso a casa. Me refugié en una cabaña de pastores que había al lado de una fuente, junto a un bosque de abedules, y toda la noche oí voces por encima de mí entre la niebla, gritos de alarma y furia, así como movimientos de alas, más cercanos de lo que los había escuchado nunca. Hacia el amanecer percibí los ruidos de una escaramuza, silbidos de flechas y entrechocar de espadas. No me atreví a salir para mirar, pese a la curiosidad, porque tenía miedo. Estaba aterrorizado, lo reconozco. Cuando vi el cielo más despejado, aun en la niebla, me aventuré a mirar fuera y vi una gran figura que yacía herida junto a la fuente. Tuve la impresión de que miraba algo que no tenía derecho a ver, algo sagrado. Desvié la vista, y cuando volví a mirar ya había desaparecido.

»Nunca he estado tan cerca de un ángel como esa vez. Sin embargo, como he explicado antes, la otra noche los vimos volar muy alto entre las estrellas, hacia el Polo, como una flota de poderosos barcos con las velas izadas... Algo está ocurriendo, y aquí abajo ignoramos de qué se trata. Tal vez se avecine una guerra. Una vez estalló una guerra en el cielo, hace miles y miles de años, pero desconozco en qué acabó. No sería imposible que se produjera otra. Si sucediera, la devastación sería tremenda, y no me atrevo a imaginar las consecuencias que tendría para nosotros...

»No obstante, cabe la posibilidad —continuó, incorporándose para atizar el fuego— de que el desenlace no sea tan malo como yo temo. Quizás una contienda en el cielo barriera a los espantos de este mundo para devolverlos al pozo de donde salieron. ¡Eso sería una bendición! ¡Qué contentos y felices viviríamos, libres de esa horrorosa plaga!

Pese a sus palabras, Joachim Lorenz no ofrecía precisamente una expresión esperanzada mientras contemplaba las llamas. La luz danzaba en su rostro, que no presentó la más mínima alteración, manteniendo el mismo aire sombrío y triste.

—Ha dicho, señor, que esos ángeles se dirigían al Polo —intervino Ruta Skadi—. ¿Conoce el motivo? ¿Acaso el cielo está allí?

—No sabría decirle. No soy un hombre culto, como habrán advertido. Lo cierto es que afirman que en el norte de nuestro mundo se halla la morada de los espíritus. Si los ángeles desearan reunirse, acudirían allí, y si pensaran emprender un ataque contra el cielo, me atrevería a decir que antes construirían allí sus fortalezas.

Alzó la mirada, y las brujas lo imitaron. Las estrellas de aquel mundo eran idénticas a las del suyo: la Vía Láctea destacaba, brillante, en la cúpula del firmamento, y la oscuridad quedaba salpicada por innumerables puntos de luz estelar, de fulgor comparable casi al de la luna...

—Señor, ¿ha oído hablar alguna vez del Polvo? —inquirió Serafina.

—¿Polvo? Supongo que no se referirá al polvo de los caminos. No; nunca he oído hablar de él en otro sentido. Mire... ahora pasa una tropa de ángeles...

Señaló hacia la constelación de Ofiuco y las brujas observaron que, en efecto, algo se movía allí. Se trataba de una minúscula concentración de seres luminosos, que, lejos de desplazarse de forma errática, surcaban el aire con la misma determinación que una bandada de gansos o cisnes.

Ruta Skadi se puso en pie.

—Hermana, es hora de que me separe de vosotras —anunció a Serafina—. Voy a hablar con esos ángeles para tratar de averiguar qué son. Si van al encuentro de lord Asriel, me uniré a ellos y, si no, continuaré buscando por mi cuenta. Gracias por vuestra compañía, y que os vaya bien.

Se dieron un beso, y Ruta Skadi se apresuró a montar en su rama de nube pino y alzó el vuelo. Su daimonion Sergi, un azor, surgió de la oscuridad para situarse a su lado.

—¿Subiremos mucho? —preguntó.

—A la misma altura que esos seres luminosos que se divisan en Ofiuco. Avanzan muy deprisa, Sergi. ¡Hay que alcanzarlos!

La bruja y su daimonion se elevaron por el aire, más veloces que centellas. El viento silbaba entre las ramificaciones de la nube pino y hacía flotar los negros cabellos de Ruta. No se volvió para mirar la pequeña hoguera rodeada de tinieblas, ni a los niños dormidos ni a sus compañeras. Aquella parte de su viaje había concluido, y por otro lado las resplandecientes criaturas todavía se veían muy pequeñas y no podía apartar la vista ni un instante si no quería correr el riesgo de perderlas entre aquella gran franja tachonada de estrellas.

Por eso continuó volando con la mirada fija en los ángeles, y a medida que se acercaba los vislumbraba con mayor claridad.

Su fulgor no era como el que desprende algo al arder, sino similar, aunque resultara paradójico de noche, al de los cuerpos sobre los que incide la luz del sol. Eran como los humanos, pero con alas y mucho más altos, y puesto que iban desnudos la bruja distinguió tres varones y dos hembras. En la espalda, tan musculosa como el pecho, les nacían las alas a la altura de los omóplatos. Ruta Skadi permaneció tras ellos un rato, observando, calibrando su fuerza por si tenía que enfrentarse a ellos. No iban armados, pero la facilidad con que volaban indicaba que tal vez la superarían en velocidad llegado el caso.

Reparando el arco por precaución, aceleró la marcha y cuando estuvo a su lado los llamó:

—¡Ángeles! ¡Parad y escuchadme! ¡Soy la bruja Ruta Skadi y quiero hablar con vosotros!

Los ángeles se volvieron y plegaron sus grandes alas para detenerse. A continuación situaron los cuerpos en posición vertical, manteniéndose en el aire con un leve aleteo. Ruta Skadi se vio rodeada por cinco enormes formas que refulgían entre la oscuridad, alumbradas por un invisible sol.

La bruja paseó la mirada de uno a otro, sentada en su rama con orgullo, sin miedo, aun cuando el corazón le latía con fuerza por la extrañeza de la situación, y su daimonion acudió a refugiarse en la calidez de su cuerpo.

Cada uno de aquellos seres era distinto, de eso no cabía duda, y pese a ello tenían más en común entre sí que con cualquier humano que ella hubiera visto. Lo que compartían era un oscilante y veloz entramado de inteligencia y sentimiento que parecía impregnarlos a todos de manera simultánea. Si bien eran ellos quienes iban desnudos, Ruta Skadi se sintió desnuda bajo sus miradas, por la extraordinaria capacidad de penetración y hondura que expresaban.

No obstante, ella no se avergonzaba de lo que era, de modo que les sostuvo la mirada con la cabeza bien alta.

—Conque sois ángeles —dijo—, o vigilantes, o *bene elim*. ¿Adónde vais?

—A donde alguien nos llama.

La bruja no estaba segura de quién había respondido. Podía haber sido cualquiera o incluso todos a la vez.

—¿Quién os llama? —preguntó.

—Un hombre.

—¿Lord Asriel?

—Tal vez.

—¿Por qué acudís a su llamada?

—Porque así lo deseamos.

—Entonces podéis guiarme hasta él —les ordenó.

Ruta Skadi tenía cuatrocientos dieciséis años y toda la altivez y conocimientos propios de una reina bruja adulta. Aunque poseía más sabiduría de la que podría acumular cualquier ser humano en su corta vida, no se percataba de cuán infantil aparecía junto a aquellos vetustos seres. Tampoco sospechaba que la conciencia de esas criaturas alcanzaba a sondear más allá de ella, cual filamentosos tentáculos, hasta los más remotos entresijos de mundos cuya existencia ella ni siquiera había soñado; ni que los veía con forma de humanos sólo porque eso esperaban ver sus ojos. De haberlos percibido con su auténtica apariencia, habrían semejado más arquitecturas que organismos, una suerte de gigantescas estructuras compuestas de inteligencia y sentimiento.

Con todo, ellos no esperaban otra cosa: la bruja era muy joven.

De inmediato volvieron a agitar las alas y se alejaron a toda prisa. Ruta Skadi los siguió, surcando las turbulencias que dejaban en el aire, saboreando la velocidad y la potencia que imprimían a su vuelo.

Volaron toda la noche. Las estrellas giraron alrededor de ellos y se apagaron cuando el alba apareció por el este. El mundo cobró fulgor mientras asomaba el sol, y a partir de ese momento se desplazaron por un cielo azul, fresco y despejado, empapado de dulzura y humedad.

Con la luz del día los ángeles eran menos visibles, aunque nadie habría dejado de captar su extraño aspecto. La luz que veía en ellos Ruta Skadi no se correspondía con la del sol que entonces ascendía por el horizonte, sino que tenía otro origen.

Continuaron volando incansables, horas y horas, y ella seguía incansable su ritmo. Se sentía poseída por un intenso gozo, convencida de que podía mandar a aquellas presencias inmortales. Le producían regocijo su sangre y su carne, la tosca corteza de pino cuyo contacto notaba en la piel, el palpitar de su corazón y la vida en todos sus sentidos, y el hambre que experimentaba entonces, la dulce presencia de su daimonion azor, la tierra que se extendía allá abajo y todos los seres vivos, tanto animales como plantas; se henchía de alegría al pensar que estaba hecha de la misma sustancia que ellos y que cuando muriera su cuerpo alimentaría otras vidas, al igual que ella se había nutrido de otros seres, y también la llenaba de contento la perspectiva de ver de nuevo a lord Asriel.

Anocheció, y los ángeles siguieron volando. De pronto, el aire cambió, ni a mejor ni a peor, simplemente varió. Entonces Ruta Skadi comprendió que habían pasado a otro mundo, aunque ignoraba cómo había ocurrido.

—¡Ángeles! —llamó—. ¿Cómo hemos abandonado el mundo en el que os encontré? ¿Dónde estaba la frontera?

—En el aire hay unas puertas invisibles que comunican con otros mundos —le respondieron—. Nosotros las percibimos, pero tú no.

Ruta Skadi no veía la puerta invisible, en efecto, pero tampoco le hacía falta: las brujas se orientaban mejor aún que los pájaros. Se fijó en los tres escarpados picos que sobrevolaban y memorizó al detalle su configuración; así podría encontrarlos en caso de necesidad, creyeran lo que creyeran los ángeles.

Siguieron avanzando, y al cabo de un rato la bruja oyó una voz de ángel:

—Lord Asriel se encuentra en este mundo, y ahí está la fortaleza que construye...

Habían aminorado la velocidad y planeaban en círculo como las águilas. Ruta Skadi dirigió la vista a donde apuntaba un ángel. El primer anuncio del día añadía un tenue matiz de resplador por levante, aunque sobre el negro aterciopelado del firmamento las estrellas aún conservaban todo su fulgor. Y en todos los confines del mundo, donde la luz se intensificaba por momentos, una gran cordillera erguía sus picos: aceradas lanzas de oscura roca, colosales bloques desgajados y dentadas crestas amontonados en desorden cual restos de una catástrofe universal.

En el punto más elevado, que resaltaron al incidir sobre él los primeros rayos de sol, se alzaba una estructura regular, una enorme fortaleza cuyas almenas estaban formadas por bloques de basalto de una sola pieza, de una altura equiparable a la de media colina, que se prolongaban en un perímetro casi inconmesurable.

Bajo aquellos colosales muros ardían fuegos y fraguas que lanzaban columnas de humo a la penumbra del amanecer, y desde muchos kilómetros de distancia llegaban al oído de Ruta Skadi el ruido de los martilleos y los embates de grandes molinos. Y en todos los puntos cardinales divisaba más ángeles que volaban hacia allí, y no sólo ángeles, sino máquinas también: aparatos con alas de acero que se desplazaban con la suavidad de los albatros, casetas de vidrio colgadas de unas alas como de libélula que oscilaban sin cesar, estruendosos zepelines que emitían un bordoneo a la manera de gigantescos abejorros... Todos se dirigían a la fortificación que construía lord Asriel en las montañas del confín del mundo.

—¿Lord Asriel está ahí? —preguntó.

—Sí —confirmaron los ángeles.

—Entonces nos reuniremos con él. Vosotros me serviréis de guardia de honor.

Los ángeles desplegaron obedientemente las alas y descendieron hacia la rutilante fortaleza, precedidos por la bruja, que ya había emprendido el vuelo con impaciencia.

7

EL ROLLS ROYCE

*L*yra vio al despertar que la mañana era cálida y tranquila, como si en aquella ciudad no existiera más estación que aquel sosegado verano. Se levantó de la cama y, ya en la planta baja, oyó unas voces infantiles procedentes del mar y decidió averiguar qué hacían.

En el soleado puerto, tres niños y una niña pedaleaban con entusiasmo en un par de patines, aproximándose a toda velocidad a las escaleras. Al ver a Lyra redujeron la marcha un momento, pero enseguida volvieron a concentrarse en la carrera. Los ganadores chocaron con tal brusquedad contra los escalones que uno cayó al agua y, cuando intentó subir al otro patín, lo hizo volcar, de modo que todos acabaron salpicándose con alborozo, como si el miedo de la noche anterior no hubiera sido real. Aquellos chiquillos eran más pequeños que los que había visto en la plaza de la torre, observó Lyra antes de reunirse con ellos en el agua, seguida de Pantalaimon, que se había transformado en un reluciente pececillo plateado. A Lyra le costaba poco trabar conversación con otros niños, y éstos enseguida formaron un corro alrededor de ella, sentados en la cálida piedra, con la ropa chorreante, mientras el sol se las secaba. El pobre Pantalaimon tuvo que volver a meterse en el bolsillo y adoptar la forma de rana para adaptarse a la fría humedad del algodón.

—¿Qué vais a hacer con ese gato?

—¿De verdad podéis quitarle el mal fario?

—¿De dónde sois?

—Y a tu amigo, ¿no le dan miedo los espantos?

—Will no teme nada —aseguró Lyra—. Y yo tampoco. ¿Por qué os asustan los gatos?

—¿No sabes qué pasa con los gatos? —preguntó con incredulidad el chiquillo de más edad—. Tienen el demonio dentro, y por eso hay que matar a todos los que se crucen en tu camino. Si te muerden te traspasan el demonio. ¿Y qué hacías con ese gran leopardo?

Lyra cayó en la cuenta de que se refería al Pantalaimon de la noche anterior y meneó la cabeza con aire de inocencia.

—Debiste de soñarlo —contestó—. Las cosas se ven diferentes con la luz de la luna. En el lugar de donde venimos Will y yo no hay espantos, de modo que no sabemos casi nada de ellos.

—Si no los ves, estás a salvo —explicó un niño—. Si los ves, sabes que te vencerán. Eso decía mi papá, y después le pasó a él. La otra vez los había esquivado.

—¿Y están aquí, alrededor de nosotros?

—Sí —corroboró la niña. Tendió una mano y cerró el puño en el aire—. ¡He atrapado a uno! —exclamó alegremente.

—Ellos no pueden hacernos daño —señaló otro niño—, y nosotros tampoco a ellos.

—¿Y siempre ha habido espantos en este mundo? —preguntó Lyra.

—Sí —contestó un chiquillo.

—No —lo contradijo otro—. Aparecieron hace mucho tiempo, más de cien años.

—Vinieron por culpa de la Corporación —declaró el tercero.

—¿Por culpa de qué? —inquirió Lyra.

—¡Eso es mentira! —exclamó la niña—. Mi abuelita dijo que habían venido porque la gente era mala y Dios los envió para castigarnos.

—Tu abuela no sabe nada de nada —replicó un muchacho—. Tu abuela tiene barba, como una cabra.

—¿Qué es la Corporación? —insistió Lyra.

—Ya conoces la Torre degli Angeli —respondió un niño—, ya sabes, la de la plaza. Pues pertenece a la Corporación y dentro hay un sitio secreto. Los hombres de la Corporación son unos sabios con conocimientos de filosofía, alquimia, de todo. Y fueron ellos los que dejaron entrar a los espantos.

—No es cierto —disintió otro chico—. Los espantos vinieron de las estrellas.

—¡Sí lo es! Voy a explicar qué pasó: hace cientos de años un hombre de la Corporación se dedicó a partir un metal... plomo, para convertirlo en oro. Lo cortó muchas veces, en trozos cada vez más pequeños, hasta que no pudo continuar, pues no había nada más pequeño que eso. Era tan minúsculo que ni se veía siquiera. Sin embargo, también partió ese trozo, y dentro del pedacito más insignificante estaban todos los espantos, tan apretados y bien doblados que no ocupaban espacio. En cuanto lo cortó, ¡zas!, salieron corriendo y se quedaron aquí. Eso contaba mi padre.

—¿Hay algún miembro de la Corporación en la torre ahora? —preguntó Lyra.

—¡No! Huyeron como los demás —contestó la niña.

—En la torre no hay nadie. Ese sitio está encantado —afirmó un chiquillo—. Por eso el gato salió de allí. Nosotros no pensamos entrar. No, ningún niño entra allí, porque nos da miedo.

—A los de la Corporación no les da miedo entrar —señaló otro.

—Ellos conocen una magia especial, o algo así. Son unos avariciosos, que viven a costa de los pobres —replicó la niña—. Los pobres realizan todo el trabajo, y los de la Corporación viven allí sin hacer nada.

—¿No hay nadie en la torre? —insistió Lyra—. ¿Ninguna persona mayor?

—¡No hay una persona mayor en toda la ciudad!

—No se atreverían, claro.

Sin embargo, ella había visto a un joven allá arriba, estaba segura. Además, aquellos niños hablaban de una manera especial, como expertos mentirosos. Lyra, que enseguida reconocía a los embusteros, estaba convencida de que no decían toda la verdad.

De repente recordó que el pequeño Paolo había mencionado que tenía un hermano mayor, Tullio, que estaba también en la ciudad, y Angelica lo había obligado a callar... ¿Sería su hermano el joven que había visto?

Se despidió de los niños, que se apresuraron a remolcar los patines para dejarlos en la playa, y se dirigió a la casa para preparar café y ver si se había despertado Will. Éste seguía dormido, con el gato enroscado a sus pies. Lyra estaba impaciente por reunirse de nuevo con la licenciada, de modo que escribió una nota que colocó junto a la cama y, con la mochila a la espalda, salió en busca de la ventana.

La ruta que tomó la condujo a la plazuela por la que habían pasado la noche anterior. Observó que la luz del sol destacaba las borrosas esculturas de la fachada de la antigua torre, junto a la puerta: unas figuras antropomorfas con alas plegadas, cuyas facciones, aun erosionadas por siglos de intemperie, expresaban poder, compasión y fuerza intelectual.

—Ángeles —dijo Pantalaimon, posado en su hombro con la apariencia de un grillo.

—O espantos quizá —replicó Lyra.

—¡No! Los niños han dicho que esto era algo de *angeli* —argumentó—. Apuesto a que significa «ángeles».

—¿Entramos?

Observaron la gran puerta de roble, con sus magníficas bisagras negras. Estaba entornada, y sólo les separaba de ella media docena de gastados escalones. Nada les impedía entrar, salvo su propio miedo.

Lyra subió de puntillas por las escaleras y se asomó por el resquicio. Únicamente alcanzó a ver una sala con losas de piedra, y sólo en parte, porque Pantalaimon batía las alas sobre su hombro, con la misma ansiedad que había evidenciado cuando perpetraron aquella diablura con los cráneos de la cripta del Jordan College; desde entonces ella se mostraba más prudente. Ese sitio le daba mala espina. Bajó por las escaleras y se encaminó a la soleada avenida bordeada de palmeras. Después de cerciorarse de que no miraba nadie, atravesó la ventana y salió al Oxford de Will.

Cuarenta minutos más tarde se encontraba de nuevo en la Facultad de Física, discutiendo con el bedel, aunque esta vez tenía un triunfo en la mano.

—Pregunte a la doctora Malone, si quiere —lo invitó con actitud dócil—. No tiene más que preguntarle. Ella se lo dirá.

El bedel se volvió hacia el teléfono y Lyra observó con cierta compasión cómo pulsaba los botones y empezaba a hablar. No disponía de una garita decente para sentarse dentro, como correspondía a un college de Oxford, sino sólo de ese gran mostrador de madera, como si aquello fuera un comercio.

—De acuerdo —accedió el conserje, volviéndose—. Dice que subas. Pero cuidado, no se te ocurra ir a otro sitio.

—No lo haré, tranquilo —aseguró con la recatada actitud de una niña obediente.

En lo alto de las escaleras se llevó una buena sorpresa, porque al pasar al lado de una puerta con un símbolo indicativo de mujer, ésta se abrió y por ella asomó la doctora Malone, que la invitó por señas a entrar.

Acudió a su encuentro, desconcertada. Aquello no era el laboratorio, sino un lavabo, y la doctora Malone estaba muy nerviosa.

—Lyra, en el laboratorio hay unas personas, inspectores de policía o algo así. Saben que viniste a verme ayer. Ignoro qué pretenden pero esto no me gusta nada... ¿Qué está pasando?

—¿Cómo se han enterado de que vine a verla?

—¡No lo sé! No conocen tu nombre, pero era fácil deducir que se referían a ti...

—Ah. Bueno, les mentiré. Será sencillo.

—Pero ¿qué ocurre?

—¿Doctora Malone? —llamó una voz femenina desde el pasillo—. ¿Ha visto a la niña?

—Sí —respondió la doctora Malone—. Le enseñaba dónde está el lavabo...

No había necesidad de ponerse tan nerviosa, pensó Lyra, pero quizás ella no estaba acostumbrada al peligro.

La mujer del pasillo, joven y muy bien vestida, dedicó una sonrisa a Lyra cuando ésta salió, pero su mirada reflejaba severidad y suspicacia.

—Hola —saludó—. Tú eres Lyra, ¿verdad?

—Sí. ¿Cómo se llama usted?

—Soy la sargento Clifford. Ven, entra.

Lyra consideró que aquella joven demostraba gran desfachatez al comportarse como si aquél fuera su laboratorio, pero asintió con fingida docilidad. En ese momento la asaltó el primer asomo de remordimiento. No debía estar allí, el aletiómetro quería que hiciera otra cosa. Permaneció, dubitativa, en el umbral de la puerta.

En la sala había un tipo alto y fornido de cejas blancas. Lyra, que conocía bien el aspecto de los licenciados, dedujo que ni el hombre ni la mujer pertenecían al mundo académico.

—Entra, Lyra —volvió a animarla la sargento Clifford—. No pasa nada. Éste es el inspector Walters.

—Hola, Lyra —dijo el hombre—. La doctora Malone me ha contado muchas cosas de ti. Me gustaría hacerte unas preguntas, si no te importa.

—¿Qué clase de preguntas? —inquirió.

—No son difíciles —aseguró, muy sonriente, el individuo—. Ven a sentarte aquí, Lyra.

Le aproximó una silla, en la que Lyra tomó asiento con recelo, al tiempo que oía cerrarse la puerta. La doctora Malone permaneció de pie cerca. Pantalaimon se agitaba en su forma de grillo dentro del bolsillo de Lyra, que, al notarlo bajo la tela, temió que su temblor fuera perceptible por los demás, de modo que le pidió con el pensamiento que dejara de moverse.

—¿De dónde eres, Lyra? —preguntó el inspector Walters.

Si respondía «de Oxford», lo comprobarían de inmediato. Sin embargo, tampoco podía contestar que procedía de otro mundo, pues esas personas eran peligrosas y querrían averiguar más cosas en cuanto se lo hubiera dicho. Entonces se acordó de la única población que conocía de ese mundo aparte de Oxford: la ciudad de origen de Will.

—Winchester —dijo.

—Has estado en la guerra, ¿eh, Lyra? —comentó el inspector—. ¿Cómo te has hecho esos morados? Tienes uno en la mejilla y otro en la pierna. ¿Te ha pegado alguien?

—No —respondió Lyra.

—¿Vas al colegio, Lyra?

—Sí. A veces —añadió.

—¿No tendrías que estar en el colegio ahora?

Lyra guardó silencio, invadida por un creciente desasosiego. Miró a la doctora Malone y percibió tensión e inquietud en su expresión.

—He venido aquí para ver a la doctora Malone —explicó.

—¿Estás pasando unos días en Oxford, Lyra? ¿Y dónde te alojas?

—Con una gente —contestó—, unos amigos.

—¿Cuál es su dirección?

—No me la sé de memoria. Aunque no me acuerdo del nombre de la calle, la encuentro sin problemas.

—¿Quiénes son esa gente?

—Unos amigos de mi padre.

—Comprendo. ¿Cómo localizaste a la doctora Malone?

—Porque mi padre es físico y la conoce.

Lyra tuvo la sensación de que el interrogatorio ya no era tan comprometido y, más tranquila, comenzó a mentir con mayor fluidez.

—Y ella te enseñó el experimento en el que estaba trabajando, ¿verdad?

—Sí. La máquina con la pantalla... Sí, todo eso.

—Te interesa esa clase de cosas, ¿no? ¿La ciencia y todo eso?

—Sí. La física sobre todo.

—¿Piensas dedicarte a la ciencia de mayor?

Esa pregunta merecía una mirada inexpresiva, que fue la que adoptó Lyra. El hombre no se dejó desconcertar y con sus ojos clarísimos miró un instante a la joven, para volver a centrarse de nuevo en Lyra.

—¿Te sorprendió lo que te enseñó la doctora Malone?

—Hombre, un poco, pero yo ya me esperaba algo así.

—¿Por tu padre?

—Sí. Porque él trabaja en algo parecido.

—¿Tú lo entiendes?

—Algo.

—Así pues, tu padre investiga la materia oscura.

—Sí.

—¿Ha llegado tan lejos en sus descubrimientos como la doctora Malone?

—No de la misma manera. Consigue mejores resultados en algunos aspectos, pero no tiene una máquina de ésas, con palabras en la pantalla.

—¿Se aloja también Will en casa de tus amigos?

—Sí, él... —Se interrumpió de repente, consciente de que acababa de cometer un terrible error.

También se percató la pareja, y se pusieron en pie en el acto para detener a la niña, que ya echaba a correr, pero la doctora Malone les estorbaba el paso, y la sargento tropezó y cayó, obstruyendo el avance del inspector. Lyra tuvo así tiempo de salir como una bala, cerrar de un portazo y dirigirse a toda prisa hacia las escaleras.

Por una puerta aparecieron dos hombres con bata blanca, contra los que chocó. De pronto Pantalaimon se transformó en un cuervo que con sus chillidos y batir de alas los sobresaltó tanto que retrocedieron, lo que permitió a Lyra zafarse de sus manos y bajar como una exhalación por el último tramo de escaleras para llegar al vestíbulo en el instante en que el bedel colgaba el auricular del teléfono y empezaba a caminar pesadamente detrás del mostrador, exclamando:

—¡Eh, tú! ¡Quieta ahí! ¡Detente!

La trampa por la que debía salir se hallaba en el otro extremo. De todas formas la chiquilla ya se encontraba frente a la puerta giratoria antes de que el hombre llegara a ella.

Entonces se abrieron las puertas del ascensor, de donde salió corriendo el individuo del pelo claro.

¡Y la puerta no giraba! Pantalaimon la avisó con un agudo grito: ¡estaba empujando en dirección contraria!

Con una exclamación de miedo cambió de compartimiento y dejó caer todo su escaso peso contra el cristal, rogando que girara, y éste se movió por fin cuando el bedel se disponía a atraparla. Éste se convirtió en un obstáculo para el individuo rubio, gracias a lo cual Lyra logró salir a la calle antes que ellos.

Cruzó la calzada, sin prestar atención a los coches, haciendo caso omiso de los frenazos y chirridos de neumáticos; enfiló un callejón flanqueado de altos edificios y salió a otra calle. Aunque era de doble dirección, esquivó con habilidad los vehículos, mientras el hombre del pelo claro proseguía implacable la persecución... ¡Aquel tipo daba miedo!

Entró en un jardín, saltó una valla, se introdujo por entre unos arbustos... siempre siguiendo las instrucciones de Pantalaimon, que, con la forma de un vencejo, sobrevolaba el terreno. Se mantuvo agazapada detrás de una carbonera, y el hombre siguió corriendo; oía sus pasos, pero no sus jadeos. Era tan rápido, tan resistente...

—Retrocede... Vuelve a la calle —le indicó Pantalaimon.

Tras salir de su escondrijo, atravesó corriendo el jardín, cruzó la verja que daba a la espaciosa vía llamada Banbury Road y de nuevo sorteó los coches entre los chirridos de neumáticos. Continuó corriendo por Norham Gardens, una calle tranquila bordeada de árboles y casas victorianas, en los aledaños de un parque.

Se detuvo para recuperar el aliento. Delante de un jardín había un alto seto de alheña y, entre éste y una cerca baja, un exiguo espacio donde se refugió.

—¡Nos ha ayudado! —exclamó Pantalaimon—. La doctora Malone se ha puesto en medio. Está con nosotros, no con ellos.

—Oh, Pan —se lamentó Lyra—, no tenía que haber dicho eso de Will. Debí tener más cuidado...

—No debías haber venido —sentenció con severidad el daimonion.

—Lo sé. Eso también...

No tuvo tiempo de seguir reprendiéndose, porque Pantalaimon se aproximó a su hombro y, transformado en grillo, se introdujo en su bolsillo, al tiempo que le advertía:

—Mirá... ahí atrás...

Se puso en pie, dispuesta a echar a correr, y vio un amplio coche de color azul oscuro que se deslizaba silenciosamente por la calzada a su lado. Cuando se preparaba para alejarse a toda prisa, se bajó la ventanilla trasera del vehículo y por ella asomó una cara conocida.

—Lizzie —dijo el anciano del museo—. Qué placer volver a verte. ¿Quieres que te lleve a algún sitio?

A continuación abrió la portezuela y se desplazó para dejarle sitio en el asiento.

Pese a sentir el pellizco de advertencia que le propinaba Pantalaimon a través de la tela de la blusa, Lyra subió de inmediato al automóvil, agarrando la mochila, y el anciano se inclinó sobre ella para cerrar la portezuela.

—Parece que tienes prisa —observó—. ¿Adónde quieres ir?

—A Summertown, por favor —respondió.

El chófer llevaba una gorra de visera. El vehículo, que desprendía una sensación general de lisura, suavidad, potencia, y en cuyo reducido espacio se concentraba con fuerza el olor de la colonia del viejo, reemprendió la marcha sin producir el menor ruido.

—¿Qué me cuentas, Lizzie? —preguntó el anciano—. ¿Has averiguado algo más sobre esos cráneos?

—Sí —contestó, volviéndose para mirar por la ventanilla posterior.

No vio ni rastro del individuo rubio. ¡Lo había despistado! Ahora jamás la encontraría, estando como estaba en ese lujoso coche en compañía de un hombre rico, pensó con una sensación de triunfo.

—Yo también he realizado algunas indagaciones —explicó el anciano—. Un antropólogo amigo mío me ha comentado que tienen varios más en la colección, aparte de los que están expuestos. Algunos son muy antiguos. Del Neanderthal, ¿sabes?

—Sí, eso me han dicho a mí también —asintió Lyra, aunque no sabía de qué hablaba.

—¿Y cómo está tu amigo?

—¿Qué amigo? —inquirió Lyra, alarmada. ¿También había hablado de Will a aquel hombre?

—El amigo en cuya casa te alojas. ¿O era una amiga?

—Ah, sí, una amiga. Está muy bien, gracias.

—¿Y a qué se dedica? ¿Es arqueóloga?

—Oh... Es física. Estudia la materia oscura —respondió Lyra, todavía un tanto nerviosa.

En aquel mundo decir mentiras resultaba más difícil de lo que había pensado. Además, había otra cosa que la inquietaba: ese anciano le sonaba de algo, le evocaba un lejano recuerdo que no conseguía identificar.

—¿La materia oscura? —repitió él—. ¡Qué fascinante! Esta mañana he leído algo sobre eso en el *Times*. ¡El universo está repleto de esa misteriosa sustancia, y nadie sabe qué es! Seguro que tu amiga está a punto de detectarla, ¿verdad?

—Sí. Sabe mucho del tema.

—¿Y qué harás tú cuando seas mayor, Lizzie? ¿Te decantarás por la física también?

—Tal vez —contestó Lyra—. Depende.

El chófer tosió discretamente y redujo la velocidad.

—Mira, ya estamos en Summertown —observó el anciano—. ¿Dónde quieres que te dejemos?

—Oh, después de esas tiendas. Iré andando desde allí. Gracias.

—Gire a la izquierda y pare en South Parade, en la acera de la derecha, si es tan amable, Allan —ordenó el anciano.

—Muy bien, señor —dijo el chófer.

Un minuto después el automóvil se detenía silenciosamente delante de una biblioteca pública. El viejo abrió la portezuela de su lado, de modo que Lyra tuvo que sortear sus rodillas para salir. Aunque había mucho espacio, le resultó embarazoso, porque no quería rozarlo, por muy amable que fuera.

—No te dejes la mochila —le advirtió, tendiéndosela.

—Gracias.

—Espero que volvamos a vernos, Lizzie —se despidió el hombre—. Da recuerdos a tu amiga.

—Adiós —dijo ella.

Permaneció en la acera, y no se encaminó hacia los olmos hasta que el coche hubo doblado la esquina. Tenía un presentimiento con respecto al hombre del pelo claro y quería consultar con el aletiómetro.

Will releía las cartas de su padre sentado en la terraza. Con los distantes gritos de los niños que se zambullían en el puerto como ruido de fondo, repasaba las líneas de claros trazos que surcaban las delgadas hojas de papel de correo aéreo, tratando de imaginar al hombre que había escrito aquello, leyendo una y otra vez la referencia al niño, a él.

Oyó los pasos de Lyra, que se acercaba a la carrera, y guardó las cartas en el bolsillo. Luego se puso en pie, y casi de inmediato apareció Lyra, desencajada, en compañía de Pantalaimon, que en forma de gato montés enseñaba los dientes, demasiado alterado para esconderse. Ella, que raras veces lloraba, estaba sollozando de rabia; con el corazón desbocado y las mandíbulas apretadas, se precipitó hacia su amigo y se aferró a sus brazos.

—¡Mátalo! ¡Mátalo! —exclamaba—. ¡Quiero verlo muerto! Ojalá estuviera aquí Iorek... Ay, Will, me he portado mal, perdona...

—¿Cómo? ¿Qué pasa?

—Ese viejo... no es más que un vulgar ladrón. ¡Me lo ha robado, Will! ¡Me ha robado el aletiómetro! Ese viejo apestoso tan bien vestido, con un criado que conduce el coche... Ah, he cometido tantas estupideces esta mañana... Ah, ay...

Lloraba con tal sentimiento que Will pensó que los corazones se rompían de veras, y que el de ella estaba partiéndose en ese momento, puesto que la niña cayó al suelo chillando, presa de espasmódicos estremecimientos, mientras Pantalaimon, convertido en lobo, lanzaba a su lado amargos y apenados aullidos.

A lo lejos, los niños dejaron de jugar en el agua y se volvieron para mirar. Will se sentó junto a Lyra y la zarandeó por los hombros.

—¡Basta! ¡Para de llorar! —le ordenó—. Cuéntamelo todo desde el principio. ¿Qué viejo? ¿Qué ha ocurrido?

—Te vas a enfadar tanto... Te prometí que no te delataría, te lo prometí, y voy y...

Se entregó de nuevo al llanto mientras Pantalaimon se transformaba en un cachorrillo desmañado que mantenía las orejas y la cola gachas, en actitud de sumisa humillación. Entonces, comprendiendo que Lyra había hecho algo de lo que se avergonzaba tanto que era incapaz de explicárselo, Will interrogó al daimonion.

—¿Qué ha pasado? Dímelo.

—Hemos visitado a la licenciada —refirió Pantalaimon—, y había otras personas allí, un hombre y una mujer, que nos han tendido una trampa. Nos han interrogado y después han preguntado por ti, y sin darnos cuenta hemos admitido que te conocíamos. Luego hemos escapado corriendo...

Cubriéndose el rostro con las manos, Lyra daba cabezazos contra el suelo. Agitado, Pantalaimon cambiaba de forma una y otra vez: de perro a pájaro, de pájaro a gato, de gato a blanquísimo armiño.

—¿Qué aspecto tenía el hombre? —preguntó Will.

—Era alto —contestó Lyra—, muy fuerte, y tenía los ojos claros...

—¿Te ha visto entrar por la ventana?

—No, pero...

—Bueno, entonces no sabrá dónde estamos.

—¿Y el aletiómetro qué? —vociferó ella, incorporándose al instante, con el rostro petrificado por la emoción, como una máscara griega.

—Sí —dijo Will—. Cuéntame esa parte.

Entre sollozos y rechinar de dientes le detalló lo ocurrido: el anciano que la había visto usar el aletiómetro en el museo el día anterior había detenido el coche a su lado y ella había subido para escapar del hombre rubio; después el automóvil había estacionado junto a una acera de tal modo que ella tuviera que pasar por encima de él para salir, momento que el viejo había aprovechado para quitarle el aletiómetro mientras le tendía la mochila...

Will percibía su desconsuelo, pero no comprendía por qué se sentía tan culpable, hasta que ella declaró:

—He hecho algo muy malo. Tendrás que perdonarme, Will. El aletiómetro me aconsejó que dejara de investigar sobre el Polvo y te echara una mano. Debía haberte ayudado a buscar a tu padre. Y podría haberlo hecho, podría haberte llevado hasta donde esté. Pero le desobedecí. Hice lo que me apetecía y no debí...

Will, que la había visto utilizar el instrumento, sabía que siempre respondía la verdad. Dio media vuelta, y Lyra le tomó por la muñeca, pero él se zafó y se alejó hacia el borde del agua. Los niños volvían a jugar en el puerto. Lyra corrió tras él.

—Will, lo siento... —se disculpó.

—¿Y de qué sirve? Me tiene sin cuidado que lo sientas o no. El caso es que lo has hecho.

—¡Will, hemos de ayudarnos el uno al otro, porque no hay nadie más!

—No entiendo cómo.

—Yo tampoco, pero...

Se interrumpió de repente, con los ojos destellantes, volvió corriendo a la terraza, donde había dejado la mochila, y comenzó a rebuscar frenéticamente en su interior.

—¡Sé quién es! ¡Y dónde vive! ¡Mira! —exclamó, sosteniendo una pequeña tarjeta blanca—. ¡Me la dio en el museo! ¡Podemos ir a su casa para recuperarlo!

Will tomó la tarjeta y leyó:

Sir Charles Latrom, CBE
Limefield House
Old Headington
Oxford

—Tiene el título de sir —observó—. Como es un aristócrata, la gente le creerá a él, no a nosotros. Además, ¿qué quieres que haga? ¿Que lo denuncie a la policía? ¡La policía me persigue! O si no me buscaban ayer, seguro que lo harán a partir de este momento. Y si lo denuncias tú, como ahora ya saben que me conoces, estaríamos perdidos.

—Podríamos ir a su casa para robarlo. Sé dónde está Headintong, porque en mi Oxford también existe. Está a menos de una hora de camino.

—Eres idiota.

—Iorek Byrnison iría ahora mismo y le arrancaría la cabeza de cuajo. Ojalá estuviera aquí. Él...

Se interrumpió de pronto al ver la mirada que le clavaba Will. Se quedó tan acobardada como cuando el oso acorazado la miraba de ese modo, porque en los ojos de Will, a pesar de su juventud, se percibía algo muy similar a lo que reflejaban los de Iorek.

—Jamás había oído una estupidez semejante —espetó el chico—. ¿Crees que puedes ir a su casa, entrar y robarlo como si tal cosa? Deberías pensar un poco, utilizar más el cerebro. Seguro que tiene toda clase de alarmas y dispositivos de seguridad. Si es rico, habrá instalado timbres que se disparan, cerraduras especiales y luces de rayos infrarrojos que se accionan de forma automática...

—Nunca había oído hablar de esas cosas —reconoció Lyra—. En mi mundo no existen. ¿Cómo podía yo saberlo, Will?

—Bien, pues entonces reflexiona sobre esto: ese tipo lo habrá escondido en cualquier rincón de su casa; ¿cuánto tiempo tendría que pasar un ladrón dentro revolviendo en todos los armarios, cajones y escondrijos? Los hombres que entraron en la mía la registraron durante horas y no encontraron lo que buscaban, y apuesto a que su casa es mucho mayor que la nuestra. Y con toda probabilidad también tendrá una caja fuerte. O sea, aunque consiguiéramos entrar, no lo encontraríamos antes de que llegara la policía.

Lyra bajó la cabeza; Will tenía toda la razón.

—¿Qué vamos a hacer entonces? —preguntó.

Will no respondió. De todas formas, era consciente de que

Lyra contaba con él; estaba ligado a ella tanto si le gustaba como si no.

Se encaminó hacia el borde del agua, regresó a la terraza y de nuevo volvió a la orilla del mar, al tiempo que juntaba y separaba las manos, intentando hallar una solución, pero no se le ocurría nada.

—No queda más remedio que ir a verlo a su casa —dijo por fin—. De nada serviría pedir ayuda a tu licenciada si ya ha hablado con ella la policía; seguro que los cree a ellos. Si entramos en su casa, veremos al menos dónde están las habitaciones principales.

Sin añadir palabra se dirigió a la casa y guardó las cartas debajo de la almohada, en la habitación donde dormía. De ese modo, si los atrapaban, les resultaría imposible encontrarlas.

Lyra aguardaba en la terraza, con Pantalaimon encaramado a su hombro en forma de gorrión.

—Lo recuperaremos, ya lo verás —auguró, más animada que antes—. Lo presiento.

Sin que Will hiciera ningún comentario, se pusieron en camino hacia la ventana.

Tardaron una hora y media en llegar a Headington a pie. Lyra encabezaba la marcha, evitando el centro de la ciudad, y Will vigilaba mirando en derredor, muy callado. Lyra encontraba todo aquello mucho más duro que las vicisitudes vividas en el Ártico, de camino a Bolvangar, pues entonces los giptanos y Iorek Byrnison estaban con ella, y aun cuando la tundra encerraba múltiples peligros, en aquellos parajes se identificaban a simple vista. Aquí, en cambio, en esa ciudad que era la suya y a la vez no lo era, el peligro podía adoptar un aspecto afable y la traición presentarse aderezada con sonrisas y perfumes. Por otro lado, aunque no fueran a matarla ni a separarla de Pantalaimon, la habían despojado de su única guía. Sin el aletiómetro, era... una simple niña, perdida y desamparada.

Limefield House lucía el cálido color de la miel, y una enredadera cubría la mitad de la fachada. Se elevaba en medio de un cuidado jardín, con un conjunto de arbustos a un lado y un camino de grava que conducía a la puerta principal. El Rolls Royce estaba aparcado delante de un espacioso garaje. Todo cuanto Will veía reflejaba riqueza y poder, el tipo de superioridad informal que algunos ingleses de clase alta consideraban un privilegio natural. Había algo allí que le crispaba, y no supo el motivo hasta que de pronto recordó una ocasión en que, siendo muy niño, su madre lo llevó a una casa semejante a aquélla. Ambos vestían sus mejores ropas, él debía portarse muy bien, y una pareja de ancianos había hecho llorar a su madre, que seguía llorando cuando se marcharon.

Lyra, que se percató de su respiración alterada y sus puños apretados, tuvo el buen juicio de no preguntarle el motivo; no era asunto suyo.

—Bien —dijo Will, tomando aire—. No perdemos nada por intentarlo.

Echó a andar por el camino de grava, seguido de Lyra. Ambos se sentían muy expuestos.

La puerta disponía de un antiguo tirador de campanilla, como los del mundo de Lyra, y Will no atinó a localizarlo hasta que ella se lo enseñó. Cuando lo hicieron sonar, la campanilla se oyó a cierta distancia, más allá del vestíbulo.

Les abrió el criado que conducía el coche, con el mismo uniforme pero sin la gorra. Primero miró a Will, luego a Lyra, y entonces su expresión cambió ligeramente.

—Queremos ver a sir Charles Latrom —anunció Will.

Adelantó la mandíbula, adoptando la misma actitud decidida de que había hecho gala la noche anterior frente a los niños que atacaban al gato junto a la torre. El criado asintió con la cabeza.

—Esperad aquí —indicó—. Avisaré a sir Charles.

A continuación cerró la puerta. Era de roble macizo y tenía dos recias cerraduras y dos cerrojos, arriba y abajo; Will pensó que, de todos modos, ningún ladrón sería tan insensato como para intentar forzarla. En la fachada había además una voluminosa alarma, y en todas las esquinas, unos grandes focos; ningún caco se atrevería a acercarse, y muchos menos a entrar.

Antes de abrirse la puerta sonaron unos rítmicos pasos. Will observó la cara de un hombre que poseía tanto que aún quería más, y le desconcertó advertir en ella una calma y entereza absolutas, ajenas a toda culpa o sentimiento de vergüenza.

Intuyendo la creciente impaciencia y enojo de Lyra, Will se apresuró a tomar la palabra.

—Discúlpeme, pero Lyra cree que cuando subió a su coche antes, se dejó algo por error.

—¿Lyra? No conozco a ninguna Lyra. Qué nombre más raro. Sí conozco a una niña llamada Lizzie. ¿Y quién eres tú?

—Soy su hermano, Mark —contestó Will, maldiciéndose por aquel descuido.

—Comprendo. Hola, Lizzie, o Lyra. Será mejor que paséis.

Se apartó hacia un lado, y Will y Lyra avanzaron con cierta vacilación, pues no esperaban aquella invitación. La entrada, en penumbra, olía a cera de abeja y flores. Todas las superficies estaban limpias y pulidas, y en una vitrina de caoba se exponían unas exquisitas piezas de porcelana. Will reparó en la presencia del criado al fondo, como si aguardara órdenes.

—Venid a mi estudio —indicó sir Charles al tiempo que abría otra puerta del vestíbulo.

Por más que se comportaba de forma educada, casi acogedora, Will percibió algo en sus modales que le puso en guardia. El espacioso estudio presentaba el mismo aspecto confortable que los salones donde se reunían a fumar los hombres, acomodados en sillones de piel. Parecía lleno de estanterías de libros, cuadros, trofeos de caza... Había tres o cuatro vitrinas con instrumentos científicos antiguos, como microscopios de bronce, telescopios forrados de piel verde, sextantes y brújulas; aquello explicaba su interés por el aletiómetro.

—Usted me ha robado... —comenzó a acusarlo Lyra con furia.

Will la acalló con una mirada y repitió:

—Lyra cree que se dejó algo en su coche. Hemos venido para recuperarlo.

—¿Te refieres a este objeto? —preguntó el anciano, extrayendo de un cajón un bulto envuelto en terciopelo negro.

Lyra se levantó en el acto, mientras el hombre, sin prestarle la menor atención, retiraba la tela para dejar al descubierto el dorado esplendor del aletiómetro, posado en la palma de su mano.

—¡Sí! —exclamó Lyra, extendiendo el brazo para cogerlo.

El viejo cerró la mano. El escritorio era ancho y Lyra no llegaba hasta el otro lado. Con impotencia lo vio volverse, colocar el aletiómetro en una vitrina y cerrarla con una llave que se guardó en el bolsillo del chaleco.

—Si no es tuyo, Lizzie —dijo—. O Lyra, si así te llamas.

—¡Es mío! ¡Es mi aletiómetro!

El viejo meneó la cabeza con actitud pesarosa, como si le entristeciera tener que hacerle un reproche, aunque fuera por su propio bien.

—Me parece que existen muchas dudas a ese respecto —señaló.

—¡Es suyo! —terció Will—. ¡Es cierto! ¡Me lo enseñó! ¡Sé que es suyo!

—Pues yo opino que debería demostrarlo —replicó el anciano—. Yo no necesito demostrar nada porque lo tengo en mi poder, de manera que se da por supuesto que me pertenece, al igual que las otras piezas de mi colección. Debo decir, Lyra, que me ha sorprendido descubrir que eres una mentirosa...

—¡Yo no soy mentirosa! —vociferó Lyra.

—Oh, sí. Me dijiste que te llamabas Lizzie y ahora me entero de que no es cierto. Francamente, dudo de que consigas convencer a alguien de que esa valiosa pieza te pertenece. Si quieres, avisaremos a la policía.

Volvió la cabeza para llamar al criado.

—No, espere... —se apresuró a intervenir Will.

De pronto Lyra rodeó corriendo el escritorio y Pantalaimon apareció en sus brazos en forma de un gato montés, que comenzó a lanzar bufidos y gruñidos al anciano. Sir Charles parpadeó con asombro, pero no se arredró.

—Usted no sabe siquiera qué robó —le espetó, furibunda, Lyra—. Sencillamente me vio usarlo y se le ocurrió quitármelo. Usted... usted es peor que mi madre, que al menos conoce su importancia. ¡Usted lo guardará en una urna y nada más! ¡Se merecería morir! Si puedo, me ocuparé de que alguien lo mate. No es digno de seguir viviendo. Es...

Se interrumpió, incapaz de seguir hablando, y le escupió a la cara con rabia.

Will permanecía en su asiento, mirando alrededor, memorizando la disposición de todos los objetos.

Sin perder la calma, sir Charles sacó un pañuelo de seda y se limpió.

—¿Acaso eres incapaz de controlar tus actos? —dijo—. Anda, mocosa, siéntate.

Lyra se arrojó al sofá mientras las lágrimas rodaban por sus mejillas. Con la recia cola de gato erguida, Pantalaimon se quedó de pie en su regazo y fulminó al viejo con la mirada.

Will guardaba silencio, desconcertado. Sir Charles podría haberlos echado hacía rato. ¿A qué jugaba ese hombre?

Entonces vio algo tan extraño que pensó que era fruto de su imaginación. Por la manga de la americana de lino de sir Charles, más allá del inmaculado puño blanco de la camisa, asomó la cabeza verde esmeralda de una serpiente. Sin dejar de agitar su negra lengua, movió la escamosa cabeza para enfocar con sus negros ojos orlados de oro a Lyra, luego a Will y de nuevo a la niña. Ésta estaba demasiado ofuscada para percatarse de ello, y Will vislumbró al animal sólo un instante antes de que se escondiera bajo la manga del viejo. El muchacho se quedó estupefacto.

Sir Charles se arrellanó en el sillón contiguo a la ventana y se arregló con parsimonia la raya de los pantalones.

—Opino que deberíais escucharme en lugar de comportaros de forma tan atolondrada —dijo—. No tenéis otra opción. El instrumento se encuentra en mi poder y así seguirá. Como coleccionista, deseo tenerlo. Podéis escupir, patalear y gritar cuanto queráis, pero en el tiempo que tardéis en convencer a alguien de que os escuche, yo habré reunido un montón de documentos que demostrarán que lo compré. Me resultará fácil. Y después os será imposible recuperarlo.

Los niños pemanecieron callados. El viejo aún no había acabado. La perplejidad aminoraba el ritmo de los latidos del corazón de Lyra.

—No obstante —prosiguió—, hay un objeto que deseo aún más. Y puesto que no puedo apoderarme de él por mi cuenta, estoy dispuesto a cerrar un trato con vosotros. Si me lo traéis, os devolveré el... ¿cómo dices que se llama?

—Aletiómetro —respondió con voz ronca Lyra.

—Aletiómetro. Qué interesante. *Aletheia*, verdad... esos emblemas, sí, ya lo entiendo.

—¿Qué quiere? —preguntó Will—. ¿Y dónde está?

—En un sitio adonde yo no puedo ir, pero vosotros sí. Me consta que habéis encontrado una puerta en algún sitio. Supongo que debe de estar cerca de Summertown, donde dejé a Lizzie, o Lyra, esta mañana, y sospecho que esa puerta permite el acceso a otro mundo, donde no hay personas mayores. ¿Me equivoco? ¿No? Pues bien, el hombre que la abrió tiene una daga. Se esconde en ese otro mundo y tiene un miedo atroz. No le faltan motivos, desde luego. Si los cálculos no me fallan, se oculta en una antigua torre que tiene unos ángeles esculpidos en torno a la puerta; la Torre degli Angeli.

»Así pues, debéis ir allí. Quiero esa daga, y no me importa cómo lo consigáis. Si me la traéis os entregaré el aletiómetro. Lamentaré perderlo, pero soy hombre de palabra.

8

LA TORRE DE LOS ÁNGELES

Quién es ese hombre que tiene la daga? —inquirió Will poco después, cuando se dirigían a Oxford en el Rolls Royce.

Sir Charles estaba sentado en el asiento delantero, medio vuelto, y Will y Lyra viajaban detrás con Pantalaimon, que, convertido en ratón y más calmado ya, permanecía entre las manos de la niña.

—Alguien que no tiene más derecho sobre ella que yo sobre el aletiómetro —contestó sir Charles—. Por desgracia para todos, el aletiómetro se encuentra en mi poder, y la daga en el suyo.

—¿Cómo sabe usted que existe otro mundo?

—Yo sé muchas cosas que vosotros ignoráis. ¿Qué os creíais? Soy mucho más viejo y estoy considerablemente mejor informado. Existen varias puertas de comunicación entre ese mundo y éste; quienes conocen su paradero se trasladan sin dificultad de uno a otro. En Cittàgazze hay una corporación de eruditos, por así decirlo, que se desplazaban a voluntad.

—¡Usted no es de este mundo! —exclamó Lyra de repente—. Es del otro, ¿verdad?

Una vez más sintió aquel peculiar hormigueo en la memoria. Estaba casi segura de haber visto antes a aquel hombre.

—No, no —negó el viejo.

—Si hemos de quitar la daga a ese hombre, necesitamos más información sobre él. No nos la dará así como así, supongo.

—Desde luego que no. Es lo único que mantiene a raya a los espantos. No será tarea fácil, por supuesto.

—¿Los espantos tienen miedo de la daga?

—Un miedo extremo.

—¿Por qué atacan sólo a los mayores?

—No necesitáis saber eso ahora. Carece de relevancia. Lyra —añadió sir Charles, volviéndose hacia ella—, háblame de tu extraordinario amigo.

Se refería a Pantalaimon. Al oír la petición, Will cayó en la cuenta de que la serpiente que había visto salir de la manga del anciano también era un daimonion, y que sir Charles debía provenir del mundo de Lyra. Preguntaba por Pantalaimon con el fin de despistarlos, lo que significaba que no se había percatado de que Will había visto su propio daimonion.

Lyra estrechó a Pantalaimon contra su pecho, y éste se transformó en una negra rata, que enroscó la cola en torno a la muñeca de la niña mientras dirigía una furibunda mirada a sir Charles con los ojos inyectados en sangre.

—En principio no tendría por qué verlo —afirmó Lyra—. Es mi daimonion. La gente de este mundo ignora que tiene daimonions. El suyo es uno de esos escarabajos que se alimentan de estiércol.

—Si los faraones de Egipto se sentían complacidos de que se les representara con un escarabajo, yo también lo considero un honor —replicó—. Vaya, tú eres de un tercer mundo. Qué interesante. ¿De allí procede también el aletiómetro, o acaso lo robaste en el curso de tus viajes?

—Me lo regalaron —respondió Lyra con ira—. Me lo dio el rector del Jordan College de mi Oxford. Me pertenece, y usted ni siquiera sabría qué hacer con él, viejo estúpido y apestoso. No lograría leerlo ni aunque pasaran cien años. Para usted no es más que un juguete. En cambio Will y yo lo necesitamos. Lo recuperaremos, se lo seguro.

—Ya lo veremos —puntualizó sir Charles—. Aquí es donde te bajaste antes. ¿Os queréis apear?

—No —contestó Will, que había visto un coche de policía en esa calle—. Usted no puede ir a Ci'gazze a causa de los espantos, de manera que no importa que se entere de dónde está la ventana. Llévenos más al norte, hacia Ring Road.

—Como gustéis —repuso sir Charles. El automóvil siguió avanzando—. Cuando consigáis la daga, si es que la conseguís, marcad mi número y Allan vendrá a recogeros.

Permanecieron en silencio hasta que el coche se detuvo. Mientras salían del vehículo, sir Charles bajó la ventanilla y comentó a Will:

—Por cierto, si no lográis apoderaros de la daga, no vale la pena que volváis. Si os presentáis en mi casa sin ella, llamaré a la policía. Sospecho que acudirá de inmediato cuando les diga tu verdadero nombre. Es William Parry, ¿verdad? Sí, lo suponía. El periódico de hoy publicaba una foto tuya.

A continuación el coche se alejó. Will había quedado sin habla.

—No te preocupes —trató de tranquilizarlo Lyra—, no se lo dirá a nadie. Ya lo habría hecho si tuviera intención. Anda, vamos.

Diez minutos más tarde se encontraban en la plazuela de la Torre de los Ángeles. Will había explicado a Lyra lo del daimonion serpiente, y ella se había detenido en medio de la calle, atormentada por el atisbo de un recuerdo. ¿Quién era ese viejo? ¿Dónde lo había visto? No había forma; por más que lo intentaba, no lograba recordar.

—No he querido comentar a sir Charles que anoche vi un hombre allá arriba —confesó Lyra—. Se asomó mientras los niños armaban alboroto...

—¿Qué aspecto tenía?

—Tenía el pelo rizado y era joven, muy joven. Sólo lo vi un momento allí, en las almenas. Pensé que tal vez era... ¿Te acuerdas de Angelica y Paolo? A él se le escapó que tenían un hermano mayor, que también había venido a la ciudad, y Angelica lo obligó a callar, como si fuera un secreto. Pues bien, pensé que quizás era él. Tal vez él también busca la daga. Y apuesto a que todos los niños lo saben. Yo creo que por eso han vuelto aquí.

—Mmm —murmuró Will, alzando la vista—. Quizá.

Lyra rememoró lo que habían explicado los niños aquella mañana: que ningún chiquillo entraría a la torre porque les daba miedo. Evocó asimismo la sensación de inquietud que se había adueñado de ella al asomarse con Pantalaimon por el resquicio de la puerta antes de abandonar la ciudad. Tal vez por esa razón necesitaban un adulto para entrar allí. Su daimonion revoloteaba en torno a su cabeza, con las alas de polilla iluminadas por el intenso brillo del sol, murmurando con ansiedad.

—Chist —le mandó callar ella. En un susurro añadió—: No tenemos alternativa, Pan. Ha sido por nuestra culpa. Ésta es la única manera de recuperarlo.

Will se desplazó a la derecha, bordeando la pared de la torre. De la esquina partía un estrecho callejón adoquinado que Will enfiló, mirando hacia arriba para formarse una idea de las dimensiones del edificio. Lyra, que lo seguía, se detuvo bajo una ventana del segundo piso.

—¿Puedes subir allí para mirar? —preguntó a Pantalaimon.

El daimonion se transformó de inmediato en un gorrión que alzó el vuelo. A duras penas consiguió alcanzar la ventana; Lyra sofocó un grito al verlo posarse y respiró con dificultad mientras Pantalaimon permanecía en el alféizar. Cuando descendió dejó escapar un suspiro y aspiró profundas bocanadas de aire, como quien ha estado a punto de ahogarse. Will la observaba con perplejidad.

—Es muy duro cuando tu daimonion se aleja —le explicó la niña—. Duele.

—Lo siento. ¿Has visto algo? —preguntó.

—Escaleras —informó Pantalaimon— y habitaciones oscuras. De la pared colgaban lanzas y escudos, como en los museos. Y he visto al hombre. Estaba... bailando.

—¿Bailando?

—Se desplazaba de un lado a otro moviendo la mano. O quizás estuviera peleando con alguien. No lo he visto bien porque se encontraba al otro lado de una puerta.

—¿Peleando contra un espanto? —apuntó Lyra.

Como resultaba imposible despejar aquel interrogante, siguieron avanzando. Detrás de la torre un alto muro de piedra erizado de cristales rotos cercaba un pequeño jardín con una fuente rodeada de arriates. Pantalaimon alzó el vuelo para inspeccionar. Después recorrieron otro callejón que desembocaba en la plaza. Las ventanas de la torre eran estrechas y hondas, como ojos entornados.

—Tendremos que entrar por la puerta —concluyó Will.

Subió por los escalones y empujó la puerta, cuyos goznes chirriaron al tiempo que la luz del sol penetraba en el interior del edificio. Avanzó un par de pasos y, al no ver a nadie, siguió adelante. Lyra lo seguía, casi pegada a él. El suelo era de losas desgastadas por siglos de roce, y el aire, frío.

Will se fijó en unas escaleras que descendían y bajando unos peldaños descubrió que daban a una amplia sala de techo bajo donde había un gran horno apagado, con las paredes ennegrecidas por el humo. Como no había nadie allí, regresó al vestíbulo, donde Lyra le reclamó silencio cruzándose los labios con un dedo.

—Lo oigo —susurró mirando hacia arriba—. Habla solo, me parece.

Will aguzó el oído y percibió un quedo murmullo, casi un canturreo, interrumpido de vez en cuando por una áspera risotada o un breve grito de rabia. Parecía la voz de un loco.

Will tensó las mandíbulas y se encaminó hacia la escalera. Era muy ancha, con los peldaños tan gastados como las losas del suelo, de madera de roble ennegrecida, demasiado recia para producir algún crujido. A medida que ascendían aumentaba la penumbra, pues la única luz provenía de la angosta ventana que había en cada rellano. Subieron un piso y, tras detenerse para escuchar, continuaron hasta el siguiente, donde además de la voz del hombre oyeron unos rítmicos pasos. El ruido procedía de la habitación situada al otro lado del descansillo, que tenía la puerta entornada.

Will se acercó de puntillas y la abrió unos centímetros más para mirar.

Era una vasta estancia en cuyo techo se acumulaban las telarañas. Las paredes estaban cubiertas de estanterías llenas de libros con las cubiertas resquebrajadas y medio desprendidas, o bien deformadas por la humedad. Algunos volúmenes se hallaban fuera de los estantes, abiertos en el suelo o sobre las amplias y polvorientas mesas, y otros yacían sobre el piso de cualquier manera.

En el centro de la habitación había un joven, que, en efecto, como había explicado Pantalaimon, bailaba, o al menos esa impresión daba. De espaldas a la pared, deslizaba los pies hacia un lado y luego hacia el otro, mientras movía la mano derecha ante sí como si apartara un obstáculo invisible. En ella sostenía un cuchillo de aspecto normal, con una hoja de unos veinte centímetros de longitud, que desplazaba hacia delante, después hacia un lado y por último de arriba abajo, como si tantease en el aire.

Hizo ademán de volverse y Will retrocedió. Tras indicar a Lyra con una seña que lo siguiera, reanudó el ascenso hasta la otra planta.

—¿Qué hace? —preguntó ella en un susurro.

Will describió lo que había visto.

—Debe de estar loco —dedujo Lyra—. ¿Es delgado, con el pelo rizado?

—Sí. Es pelirrojo, como Angelica. Desde luego, tiene toda la pinta de un loco. Creo que esto es más extraño de lo que sir Charles dijo. Investigaremos arriba antes de hablar con ese chico.

Lyra dejó que Will la precediera. Enseguida llegaron al piso superior, mucho más luminoso, porque sólo una serie de escalones pintados de blanco lo separaba del techo, o mejor dicho, de la estructura de madera y vidrio semejante a un pequeño invernadero que coronaba el edificio. Aun desde el pie de las escaleras notaban el calor que absorbía.

De pronto oyeron un gemido proveniente de arriba.

Se sobresaltaron, pues estaban convencidos de que sólo había una persona en la torre. Pantalaimon se asustó tanto que se transformó en el acto de gato en pájaro y se refugió volando en el pecho de Lyra. En ese instante Will y su amiga se percataron de que se habían cogido de la mano y se soltaron.

—Será mejor que averigüemos de qué se trata —les susurró Will—. Yo iré primero.

—Tendría que ir yo delante —observó ella—, puesto que ha sido por mi culpa.

—Precisamente por eso debes obedecerme.

Lyra se mordió el labio con resignación.

Will ascendió por los peldaños, adentrándose en la cegadora luz del sol que se derramaba a través del cristal. Hacía tanto calor como en un invernadero, y le costaba respirar. Localizó una manija y, tras accionarla, se apresuró a salir, levantando la mano para protegerse los ojos del sol.

Se encontró en una cubierta de plomo, rodeada por el parapeto almenado. La superficie acristalada se hallaba en el centro y alrededor de ella las planchas metálicas descendían en suave pendiente hacia un canalón, con agujeros cuadrados que traspasaban la piedra para eliminar el agua de la lluvia.

Sobre el tejado yacía un anciano de pelo blanco, que presentaba contusiones y morados en la cara y tenía un ojo cerrado. Al acercarse más advirtieron que tenía las manos atadas a la espalda.

Al oírlos, el hombre volvió a gemir e intentó girarse para protegerse el rostro.

—No tema —murmuró Will—, no vamos a hacerle daño. ¿Le ha hecho esto el individuo del cuchillo?

El anciano lanzó un gruñido.

—Le quitaremos la cuerda. No la ha apretado mucho...

El nudo, realizado de forma inexperta y precipitada, cedió fácilmente. Ayudaron al viejo a levantarse y lo condujeron hacia la sombra del parapeto.

—¿Quién es? —le preguntó Will—. Pensábamos que sólo había una persona aquí.

—Giacomo Paradisi —murmuró el anciano entre su dentadura mellada—. Yo soy el portador, el único que existe. Ese joven me la robó. Siempre hay insensatos que se arriesgan de ese modo para apoderarse de la daga, pero éste está desesperado. Va a matarme...

—No lo hará —le aseguró Lyra—. ¿Qué es eso del portador? ¿Qué significa?

—Yo guardo la daga sutil en nombre de la Corporación. ¿Dónde se ha metido?

—Está abajo —respondió Will—. Hemos subido sin que se diera cuenta. Estaba moviendo la daga en el aire...

—Intentando abrir una brecha. No lo conseguirá. Cuando...

—Cuidado —avisó Lyra.

Will se volvió y observó que el joven ascendía hacia la cubierta de cristal. No los había visto aún, pero no había ningún lugar donde esconderse. Cuando se irguieron, advirtió el movimiento y se volvió hacia ellos al instante.

Pantalaimon se transformó en un oso, que adoptó una amenazadora actitud plantado sobre sus patas traseras. Lyra era la única que sabía que no conseguiría amedrentar a ese individuo. Éste lo miró con asombro un segundo, y Will percibió que no le producía impresión alguna. Estaba loco, no cabía duda. Tenía la pelirroja cabellera enmarañada, la barbilla surcada por un reguero de saliva y los ojos desorbitados.

Para colmo empuñaba la daga, y ellos no disponían de ningún arma.

Will se alejó del anciano y avanzó agachado por el tejado de plomo, listo para arremeter o esquivar.

El joven se encaminó hacia él, blandiendo la daga a diestro y siniestro. Siguió acercándose, implacable, obligándolo a retroceder hasta que lo acorraló en una esquina.

Lyra se aproximó al hombre por la espalda, avanzando a gatas con la cuerda en una mano. De pronto Will se precipitó hacia delante, como había hecho para defenderse del individuo que había irrumpido en su casa, y con igual resultado: su contrincante se echó hacia atrás y, tambaleándose, tropezó con Lyra para caer estrepitosamente al suelo. Todo ocurrió demasiado deprisa para que Will pudiera sentir miedo. Sí tuvo tiempo, en cambio, de advertir que la daga saltaba de la mano del demente y su punta se hundía en el plomo como si éste fuera mantequilla. Quedó clavada hasta la empuñadura.

El joven se revolvió y tendió la mano para cogerla, pero Will se abalanzó sobre su espalda y lo agarró por el pelo. Había aprendido a luchar en el colegio; se le habían presentado numerosas ocasiones de practicar desde que los otros niños intuyeron que algo raro le ocurría a su madre. A raíz de ello había descubierto que el objetivo de una pelea no consistía en demostrar un buen estilo, sino en obligar a rendirse al enemigo, para lo cual había que infligirle más daño del que éste causaba. Había comprendido, asimismo, que era preciso tener la voluntad de ocasionar mal y constatado que, a la hora de la verdad, pocas personas la mantenían; pero él sí la poseía.

Así pues, no se trataba de una experiencia novedosa, aunque nunca había luchado contra un hombre casi adulto armado con un cuchillo. Por tanto, debía impedir que lo recuperara. Hundió los dedos en la espesa y húmeda mata de pelo y tiró con todas sus fuerzas. El joven profirió un gruñido y se colocó de lado, mientras Will seguía atormentándolo, arrancándole un alarido de dolor y rabia. De pronto se incorporó y, al echarse con brusquedad hacia atrás, aplastó a su agresor contra el parapeto. Will quedó sin aliento y por el efecto del golpe disminuyó la presión de sus dedos, de tal modo que su adversario logró liberarse.

Will cayó de rodillas en el canalón. Le costaba respirar, pero no podía permanecer allí, de manera que se levantó trabajosamente y mientras trataba de conservar el equilibrio, se le coló un pie por un agujero del desagüe. Por un segundo pensó horrorizado que no había nada tras él y arañó con desesperación la caliente superficie de plomo. Sin embargo no cayó; su pierna izquierda colgaba en el aire, pero el resto de su cuerpo estaba a salvo.

Colocó el pie sobre el tejado y se puso en pie. El hombre asió la empuñadura de la daga, y cuando se disponía a desclavarla Lyra se abalanzó sobre él por la espalda y comenzó a prodigarle arañazos, patadas y mordiscos con la fiereza de un gato montés. Cuando trató de agarrarlo por el cabello, el individuo la apartó de un empellón y se apoderó del arma.

Lyra había caído a un lado; Pantalaimon permanecía junto a ella en forma de gato montés, lanzando bufidos con el pelo erizado. Will miró al joven a la cara y tuvo la certeza de que era el hermano de Angelica y un hombre muy peligroso. No apartaba la vista de Will mientras empuñaba la daga. Sin embargo, éste no estaba indefenso.

Había cogido la cuerda cuando Lyra la dejó caer y se envolvió con ella la mano izquierda para protegerla de posibles cortes. Se desplazó un poco de tal forma que el sol diera de cara a su contrincante y consiguió un fabuloso efecto, porque, además, los reflejos del tragaluz le deslumbraron.

Will se plantó de un salto a la izquierda del joven, que sostenía la daga en la mano derecha y le propinó un fuerte puntapié en la rodilla. Había calculado bien la distancia, y el golpe fue certero. El individuo se desplomó con un ruidoso gruñido y, tras levantarse, se alejó con movimientos desmañados.

Will lo siguió y comenzó a asestarle puñetazos y patadas mientras el demente retrocedía hacia la estructura de cristal. Si conseguía llevarlo hasta la escalera...

Aquella vez la caída fue más aparatosa y la mano que empuñaba la daga chocó contra el plomo, a los pies de Will. Éste le dio un tremendo pisotón que aplastó los dedos entre la empuñadura y el plomo y tras ajustarse la envoltura de cuerda en la mano le propinó otro. Su adversario soltó el arma con un alarido, y Will se apresuró a alejarla con el pie. Después de describir varios círculos sobre el tejado; la daga fue a parar al canalón, al lado de un orificio de desagüe. A Will se le había aflojado de nuevo la cuerda en la mano, y observó en el suelo y en sus zapatos numerosas salpicaduras de sangre de origen desconocido. Su contrincante trataba de levantarse...

—¡Cuidado! —exclamó Lyra.

Aprovechando que el hombre se esforzaba por mantener el equilibrio, Will se abalanzó sobre él. El tipo cayó de espaldas sobre el cristal, que se hizo añicos de inmediato, y la frágil armazón de madera también se rompió. Se desplomó al lado de la escalera y quiso agarrarse al marco de la puerta, pero éste ya no tenía donde sostenerse y cedió. El individuo siguió cayendo bajo una lluvia de vidrios rotos.

Will se dirigió como una flecha al canalón para recoger la daga, y allí acabó la pelea. El joven, lleno de cortes y magulladuras, subió por los escalones y, al ver a Will empuñar el arma, lo miró con inquina antes de dar media vuelta y marcharse.

—Ay —exclamó Will, sentándose—. Ay.

Había resultado herido y no se había percatado siquiera. Dejó caer el cuchillo y se llevó la mano izquierda al pecho. La maraña de cuerda estaba empapada de sangre, y cuando la retiró...

—¡Tus dedos! —musitó Lyra—. Oh, Will...

El meñique y el anular se desprendieron junto con la soga.

Sintió que se mareaba. La sangre manaba con profusión de los muñones, y sus pantalones y zapatos estaban ya manchados. Recostó la espalda y cerró los ojos un momento. El dolor no resultaba especialmente intenso, pensó con sorpresa: era como una profunda pulsión, persistente y martilleante, distinta del crudo fogonazo que se experimenta al sufrir un corte superficial.

Jamás se había encontrado tan débil. Dedujo que se había dormido unos minutos. Lyra le hacía algo en el brazo. Al incorporarse para mirarse la mano aumentó su aturdimiento. El anciano se hallaba cerca, pero Will no veía qué hacía. Entretanto Lyra no paraba de hablarle:

—Si al menos tuviéramos un poco de musgo de la sangre, ese que utilizan los osos... te aliviaría, Will, de verdad... Mira, te ceñiré este trozo de cuerda al brazo para detener la hemorragia, porque no puedo rodear el sitio donde tenías los dedos... no queda nada dónde atar... no te muevas...

La dejó hacer y miró en derredor, buscando los dedos. Ahí estaban, curvados, cual un par de comillas ortográficas, encima del plomo. Will se echó a reír.

—Eh, basta de risas —lo atajó Lyra—. Ahora debes levantarte. El señor Paradisi tiene un medicamento, un ungüento o no sé qué. Tienes que bajar. El joven se ha marchado. Lo hemos visto salir corriendo por la puerta. Le has vencido. Vamos, Will, vamos...

Con ruegos y exigencias lo animó a descender por las escaleras. Se abrieron camino entre los vidrios rotos y la madera astillada hasta llegar a una fresca y reducida habitación del rellano. En las paredes había anaqueles con botellas, jarros, tarros, morteros y balanzas de laboratorio, y debajo de la sucia ventana, una pila de piedra, donde el anciano trasvasó algo con mano trémula de una botella grande a otra más pequeña.

—Siéntate y bebe esto —indicó a Will al tiempo que le tendía un vaso que había llenado con un líquido oscuro.

El muchacho obedeció. El primer trago le provocó un intenso ardor en la garganta. Lyra le cogió el vaso de la mano para impedir que cayera al suelo.

—Bébelo todo —ordenó el viejo.

—¿Qué es?

—Licor de ciruela. Bebe.

Will tomó otro sorbo con cautela. Ahora comenzaba a notar un fuerte dolor en la mano.

—¿Podrá curarlo? —preguntó Lyra con tono de desesperación.

—Oh, sí, tenemos medicinas para todo. Tú, niña, abre el cajón de esa mesa y trae una venda.

Will vio la daga encima de la mesa que había en el centro de la habitación, y cuando se disponía a cogerla el anciano se le acercó cojeando, con un cuenco de agua en las manos.

—Bebe otra vez —ordenó.

Will apretó el vaso y cerró los ojos mientras el hombre le aplicaba algo en la mano. Sintió un escozor terrible, luego el áspero contacto de una toalla en la muñeca y algo que le limpiaba la herida con más suavidad. Después notó un frescor momentáneo, al que sucedió de nuevo el dolor.

—Este ungüento es muy valioso —comentó el anciano— y difícil de conseguir. Excelente para las heridas.

Se refería al contenido de un polvoriento y baqueteado tubo de una vulgar pomada antiséptica, una de tantas que Will habría encontrado en cualquier farmacia de su mundo. El anciano lo manipulaba, sin embargo, como si se tratara de mirra. El muchacho apartó la mirada.

Mientras el viejo curaba a Will, Lyra reparó en que Pantalaimon le indicaba por señas que acudiera a su lado. Convertido en cernícalo, estaba encaramado en el marco de la ventana y había advertido movimiento abajo. La niña se asomó y reconoció a Angelica, que corría hacia su hermano mayor, Tullio, que, de espaldas a la pared del otro lado del callejón, agitaba los brazos como si quisiera espantar una bandada de murciélagos que se precipitaran hacia su cara. Después dio media vuelta y comenzó a palpar las piedras de la pared, a observarlas con gran atención, a contarlas, a recorrer con el dedo sus cantos, con la cabeza hundida entre los hombros como si alguien lo atacara por detrás.

Angelica estaba desesperada, al igual que el pequeño Paolo. Le tiraban de los brazos tratando de alejarlo de lo que lo atormentaba.

Lyra sintió un escalofrío al comprender qué ocurría: los espantos atacaban al joven. Angelica lo sabía, aunque no los veía, y el pequeño Paolo gritaba y lanzaba golpes al aire en un vano intento por ahuyentarlos. Tullio estaba perdido sin remisión. Sus movimientos se tornaron cada vez más torpes, hasta que se quedó inmóvil. Angelica continuó a su lado, zarandeándolo, pero no había forma de despertarlo. Paolo lo llamaba una y otra vez, como si con ello fuera posible recuperarlo.

De pronto Angelica pareció intuir que alguien la observaba y levantó la vista. Por un instante las miradas de las dos niñas se cruzaron. Lyra sintió una sacudida, como si Angelica le hubiera propinado un golpe, por el intenso odio que destilaban sus ojos. Paolo también miró hacia arriba.

—¡Os mataremos! —exclamó con su vocecilla infantil—. ¡Vosotros tenéis la culpa de lo que le ha pasado a Tullio! ¡Os vamos a matar!

Los dos niños se volvieron y se alejaron corriendo de su hermano paralizado, mientras Lyra, abrumada por el miedo y los remordimientos, cerraba la ventana. Will y Giacomo Paradisi no habían oído nada. Éste aplicaba más ungüento a las heridas, y Lyra trató de olvidar lo que acababa de ver para centrarse en su amigo.

—Tiene que ceñirle algo al brazo —aconsejó— para detener la hemorragia. Si no, seguirá sangrando.

—Sí, sí; ya lo sé —replicó el anciano con tristeza.

Will desvió la vista mientras le colocaban una venda y apuró, sorbo a sorbo, todo el licor de ciruela. Al final se sentía aliviado y embotado, pese a que la mano le dolía mucho.

—Bien —dijo Giacomo Paradisi—, aquí tienes la daga. Tómala, es tuya.

—No la quiero —rehusó Will.

—No tienes opción —le advirtió el anciano—. Ahora eres tú el portador.

—¿No ha dicho antes que era usted el portador? —preguntó Lyra.

—Mi tiempo ha tocado a su fin —declaró—. La daga sabe cuándo debe dejar una mano para instalarse en otra, y yo sé cómo lo da a entender. ¿No me creéis? ¡Mirad! —Levantó la mano izquierda. Le faltaban el meñique y el anular como a Will—. Sí, yo también —añadió—. Luché y perdí los mismos dedos. Me quedó la marca del portador, aunque lo ignoraba.

Lyra tomó asiento, estupefacta. Will se asió a la polvorienta mesa con la mano ilesa, tratando de sobreponerse y recobrar el habla.

—Pero si yo... si nosotros hemos venido sólo porque... Un hombre robó a Lyra; quería la daga, y nos dijo que si se la llevábamos, nos...

—Conozco a ese hombre. Es un embustero, un tramposo. No os entregará nada, os lo aseguro. Desea la daga, y en cuanto la consiga os traicionará. Él nunca será el portador. Te pertenece a ti.

Con una profunda renuencia, Will se volvió hacia el arma y se la acercó para examinarla. Era una daga de apariencia normal, con una hoja de doble filo de un metal mate de unos veinte centímetros de largo, una corta guarnición en forma de cruz del mismo material y una empuñadura de palo de rosa. Al observarla con más atención, se fijó que en ésta había incrustados unos alambres dorados que formaban un dibujo que no reconoció hasta que hizo girar el arma. Entonces vio un ángel con las alas plegadas y, en el otro lado, otro con las alas levantadas. Los alambres, al sobresalir levemente de la madera, tornaban la empuñadura menos resbaladiza, y cuando la tomó en la mano la notó ligera, poderosa. También advirtió que la hoja no era en realidad mate. Debajo de la superficie del metal parecía vivir un torbellino de turbios colores: púrpuras como los de los cardenales, azules como los del mar, pardos como los de la tierra, verdes intensos como los de las hojas protegidas por un espeso follaje, grises como las sombras que se acumulan en la fosa de una tumba cuando cae la noche sobre un cementerio solitario... si de algo podía decirse que tenía color de sombra, ese objeto era la hoja de la daga sutil.

No obstante, se apreciaba una clara diferencia entre ambos filos. Uno era de un claro y reluciente acero, que se confundía con aquellos sutiles matices sombríos, y presentaba una agudeza sin parangón. Se veía tan acerado que Will desvió instintivamente la mirada. El otro era igual de aguzado, pero ofrecía una tonalidad plateada.

—¡Yo he visto antes este color! —exclamó Lyra, que observaba por encima del hombro de Will—. Es idéntico al de la guillotina con la que pensaban separarme de Pan... ¡Es el mismo!

—Este filo —explicó Giacomo Paradisi, tocando el acero con el mango de una cuchara— corta cualquier material existente en el mundo. Mirad.

Presionó la cuchara de plata contra la hoja. Will, que empuñaba la daga, apenas si notó una levísima resistencia antes de que la punta del mango de la cuchara cayera sobre la mesa.

—El otro filo —prosiguió el anciano— es aún más sutil. Permite cortar una abertura por la que se accede a otros mundos. Pruébala. Tú eres el portador y has de aprender a manejarla. Yo soy el único que puede enseñarte y me queda poco tiempo. Levántante y escucha.

—Yo no quiero...

Giacomo Paradisi le interrumpió al tiempo que meneaba la cabeza con impaciencia.

—¡Silencio! No quieres, no quieres... ¡No tienes elección! Préstame atención, porque el tiempo apremia. Ahora adelanta la daga... así. Tienes que cortar no sólo con la hoja, sino con el pensamiento. Debes desplazar la mente hasta la misma punta de la hoja. Concéntrate, chico. Canaliza la mente. No te preocupes por tus heridas; sanarán. Piensa sólo en la punta de la daga; es ahí donde te hallas. Ahora siente a la par con ella, sin forzar nada. Estás buscando una brecha tan pequeña que jamás la localizarías con los ojos, pero la punta de la daga la encontrará, si sitúas la mente en ella. Tienta el aire hasta que notes una diminuta discontinuidad en el mundo...

Will lo intentaba, pero sentía un zumbido en la cabeza y unas horribles palpitaciones en la mano izquierda. De repente evocó la imagen de sus dos dedos, posados en el tejado, y luego se acordó de su madre, su pobre madre... ¿Qué diría ella? ¿Cómo lo consolaría? ¿Cómo podría él consolarla alguna vez? Depositó el arma sobre la mesa, se agachó protegiéndose la mano mutilada y rompió a llorar. Eran demasiadas las penalidades que tenía que arrostrar. Con el pecho agitado por los sollozos, pensó en su pobre, desdichada y asustada madre, a la que había abandonado... La había dejado sola...

Estaba desolado. De pronto notó algo muy extraño y, tras enjugarse los ojos con la muñeca, vio que Pantalaimon había apoyado la cabeza sobre su rodilla. El daimonion, un perro lobo en ese momento, lo observó con una enternecedora mirada de pesar y luego le lamió la herida hasta que de nuevo recostó la cabeza sobre su rodilla.

Will ignoraba el tabú del mundo de Lyra, que prohibía que una persona tuviera el menor contacto físico con el daimonion de otra, y si no había tocado antes a Pantalaimon, había sido por educación. De hecho, Lyra había quedado estupefacta. Su daimonion, que había actuado por iniciativa propia, se transformó entonces en una minúscula polilla y se posó en su hombro. El anciano observaba la escena con interés, sin incredulidad. Había visto daimonions en otras ocasiones; había viajado también a otros mundos.

La acción de Pantalaimon había surtido efecto: Will tragó saliva y se levantó al tiempo que se enjugaba las lágrimas.

—De acuerdo, volveré a probar —declaró—. Indíqueme qué debo hacer.

Aquella vez obligó a su mente a obedecer las instrucciones de Giacomo Paradisi, con los dientes apretados, temblando y sudando a causa del esfuerzo. Lyra estaba impaciente por intervenir, porque conocía aquel proceso, al igual que la doctora Malone, y también el tal poeta Keats, y los tres sabían que la tensión resultaba contraproducente. De todas maneras se contuvo.

—Para —indicó con suavidad el anciano—. Relájate. No presiones. Se trata de una daga sutil, no de una pesada espada. Aprietas demasiado la mano. Debes aflojar los dedos. Deja que tu mente descienda por sí sola a la muñeca y pase luego a la empuñadura y después a la hoja, sin prisa, tranquilamente, sin forzar las cosas. Después sigue hasta la punta, donde el filo es más aguzado. Conviértete en la punta de la daga. Hazlo ahora mismo. Ve allí y siéntelo; luego vuelve.

Will lo intentó de nuevo. Lyra advirtió la tensión de su cuerpo, la presión de su mandíbula, y acto seguido percibió una autoridad que las superaba, con un efecto balsámico y relajante. La autoridad procedía de Will... o de su daimonion, quizá. ¡Cómo debía de acusar la ausencia de un daimonion! ¡Qué gran soledad debía de provocar no tenerlo! No era de extrañar que hubiera llorado, y Pantalaimon había obrado bien al consolarlo, aunque a ella le hubiera sorprendido tanto. Tendió la mano hacia su amado daimonion, que, en forma de armiño, subió con mansedumbre a su regazo.

Juntos observaron cómo Will dejaba de temblar. Si bien su concentración no había disminuido, seguía otra pauta, y la daga también presentaba un aspecto distinto. Quizá se debiera a aquellos turbios colores de la hoja, o a la naturalidad con que se adaptaba a la mano de Will; el caso era que los tenues movimientos que ahora efectuaba la punta no parecían erráticos, sino dotados de un propósito. Tanteó hacia un lado y, tras girar la daga, hacia el otro, siempre con el filo plateado por delante. Entonces dio la impresión de que había encontrado un leve obstáculo en medio del aire.

—¿Qué es esto? ¿Es lo que buscaba? —preguntó Will con voz ronca.

—Sí. No fuerces el proceso. Ahora vuelve, regresa a ti.

Lyra imaginó el alma de Will retrocediendo por la hoja hasta su mano, y luego por el brazo hasta su corazón. Entonces el niño enderezó el cuerpo y dejó caer la mano, parpadeando.

—He notado algo —comentó a Giacomo Paradisi—. La hoja se deslizaba por el aire y entonces he sentido...

—Estupendo. Ahora repítelo. Esta vez, cuando lo notes, adelanta la daga. Efectúa un corte. No vaciles, no te sorprendas, no sueltes la daga.

Will respiró hondo un par de veces, al tiempo que se colocaba la mano izquierda bajo el otro brazo, antes de proseguir. Estaba decidido a continuar adelante, y en cuestión de segundos empuñó de nuevo la daga.

En esta ocasión resultó más sencillo. Como ya lo había palpado una vez, sabía qué debía buscar, y tardó menos de un minuto en localizar aquel curioso y leve obstáculo. Era como buscar con gran delicadeza el espacio intermedio entre una puntada y la siguiente con un escalpelo. Tanteó, apartó la hoja, volvió a palpar para asegurarse y por último, siguiendo las indicaciones del anciano, efectuó un corte lateral con el filo plateado.

Por fortuna Giacomo Paradisi le había advertido que no se sorprendiera. Se esforzó por mantener asida la daga antes de depositarla en la mesa y dar rienda suelta a su estupefacción. Lyra ya se había puesto en pie, muda de asombro, porque en medio de aquella polvorienta y reducida habitación había aparecido una ventana idéntica a la que había debajo de los olmos: un boquete en el aire a través del cual se veía otro mundo.

Y puesto que se encontraban en la parte alta de la torre, el agujero se abría a varios metros del suelo en la zona norte de Oxford, concretamente sobre un cementerio, dominando la panorámica de la ciudad. No muy lejos se divisaban los olmos, además de casas, otros árboles, carreteras y, en la lejanía, las torres y pináculos del centro.

Si no hubieran visto antes otra ventana, habrían pensado que se trataba de una especie de ilusión óptica, aunque lo habría desmentido el hecho de que por ella entraba el aire que portaba el olor de los gases de los tubos de escape, algo inexistente en el mundo de Cittàgazze. Pantalaimon se transformó en cisne y la atravesó volando. Dio unas vueltas disfrutando del aire libre y cazó un insecto antes de regresar para posarse de nuevo en el hombro de Lyra.

Giacomo Paradisi observaba con una curiosa sonrisa impregnada de tristeza.

—Ahora que dominas la apertura, debes aprender a cerrarla —sentenció.

Lyra retrocedió para dejar espacio a Will, y el anciano se situó al lado del muchacho.

—Para eso necesitarás los dedos —explicó—. Con una mano basta. Busca a tientas el borde, como has hecho antes con la daga. No lo encontrarás si no desplazas tu alma a la punta de los dedos. Tantea con suma delicadeza hasta localizar el borde. Entonces debes unirlo apretando, con un pellizco. Prueba.

Will temblaba. No lograba recuperar el equilibrio mental que necesitaba, y su frustración iba en aumento. Lyra se percató de ello.

—Escucha, Will —dijo al tiempo que le tomaba del brazo derecho—, siéntate y yo te indicaré cómo debes hacerlo. Descansa un momento, porque te duele la mano y el dolor te desconcentra; es lógico. Dentro de poco te sentirás mejor.

El anciano levantó las manos para protestar, pero enseguida cambió de parecer y tomó asiento encogiéndose de hombros.

—¿Qué hago mal? —preguntó Will a su amiga.

Estaba manchado de sangre, tembloroso y desencajado. Tenía los nervios crispados; tensaba la mandíbula, movía continuamente un pie y respiraba de manera rápida y superficial.

—Es tu herida —aseguró la niña—. Lo haces muy bien, pero la mano no te deja concentrarte. No sé si existe alguna forma de remediarlo, salvo que procures dejarlo de lado...

—¿A qué te refieres?

—Pues a que intentas hacer dos cosas con la mente al mismo tiempo: acallar el dolor y cerrar esa ventana. Recuerdo una vez en que traté de leer el aletiómetro mientras estaba asustada... quizá fuera porque ya estaba acostumbrada a él, no lo sé, el caso es que aun estando asustada conseguí leerlo. Lo que hay que hacer es relajar la mente y decir sí, duele, ya lo sé. No te esfuerces por olvidar que te duele.

Will cerró los ojos un instante, y su respiración se apaciguó.

—De acuerdo. Probaré así.

Aquella vez resultó más fácil. Tanteó en busca del borde, lo encontró enseguida y actuó como le había indicado Giacomo Paradisi: juntó con un pellizco las orillas. Era la cosa más sencilla del mundo. Experimentó un breve sentimiento de exaltación y de inmediato la ventana desapareció. Se había cerrado la abertura al otro mundo.

El viejo le entregó una funda de cuero, reforzada con duro cuerno en la parte posterior, con hebillas para mantener la daga sujeta, pues de lo contrario con el más mínimo movimiento lateral la hoja atravesaría el más recio cuero. Will la envainó y la aseguró lo mejor que pudo.

—Éste debería ser un acto solemne —comentó Giacomo Paradisi—. Si dispusiéramos de días y semanas, comenzaría a relatarte la historia de la daga sutil, de la Corporación de la Torre degli Angeli y de la lamentable evolución de este corrupto e insensato mundo. Los espantos acudieron aquí por nuestra culpa, porque mis predecesores, alquimistas, filósofos, eruditos, indagaban en la naturaleza más profunda de las cosas, movidos por la curiosidad de conocer los lazos que mantenían juntas las minúsculas partículas de materia. ¿Sabéis qué quiero decir con un lazo? ¿Un vínculo, algo que une?

»Pues bien, ésta era una ciudad dedicada al comercio, de mercaderes y banqueros. Creíamos saber qué eran los lazos. Pensábamos que eran algo negociable, algo susceptible de ser comprado, vendido, intercambiado y apropiado... Sin embargo, nos equivocábamos. Los deshicimos, y con ello dejamos entrar a los espantos.

—¿De dónde provienen los espantos? ¿Por qué quedó abierta la ventana debajo de esos árboles, por la que pasamos nosotros? ¿Hay más en el mundo?

—La procedencia de los espantos constituye un enigma; provienen de otro mundo, de las tinieblas del espacio, ¿quién lo sabe? Lo importante es que están aquí y que nos han destruido. Preguntas si existen otras ventanas en este mundo... Sí, algunas más, porque a veces un portador de la daga obra a la ligera y, por precipitación o descuido, ni siquiera se molesta en cerrarla. La ventana que atravesasteis vosotros, la que está debajo de los olmos... bien, yo la dejé abierta en un momento de necedad imperdonable. Ese hombre de que hablabais... planeé tentarlo a venir aquí para que lo atacaran los espantos, pero me temo que es demasiado listo para caer en una trampa como ésa. Ambiciona la daga. No permitáis que se apodere de ella, por favor.

Will y Lyra intercambiaron una mirada.

—Bueno —concluyó el anciano, tendiendo las manos—, sólo me cabe entregarte la daga y enseñarte a utilizarla, como ya he hecho, y explicarte las normas de la Corporación, antes de su decadencia. Primera, no abrir nunca sin cerrar después. Segunda, no permitir jamás que otro utilice la daga; ésa es función exclusiva del portador. Tercera, no emplearla nunca con un propósito vil. Cuarta, mantenerla en secreto. Si existían otras normas, las he olvidado, y si las he olvidado es porque no son importantes. Tú tienes la daga, de modo que eres el portador. No debería poseerla un niño, pero nuestro mundo se desmorona, y la marca del portador es inconfundible. Ni siquiera sé cómo te llamas. Ahora marchaos. Yo moriré muy pronto; sé dónde encontrar veneno y no pienso esperar a que vengan los espantos, lo que harán en cuanto se aleje la daga. Marchaos.

—Pero, señor Paradisi... —habló Lyra.

—No hay tiempo —la atajó el anciano—. Habéis venido aquí con un objetivo, que, aunque tal vez vosotros ignoréis, los ángeles que os han traído aquí sí conocen. Eres valiente y tu amiga es lista, y tienes la daga. Marchaos.

—¿No pensará envenenarse de verdad? —inquirió Lyra con angustia.

—Vamos —dijo Will.

—¿Y qué ha querido decir con eso de los ángeles? —siguió preguntando Lyra.

—Vamos —insistió Will, tirándole del brazo—. Tenemos que irnos. Gracias, señor Paradisi.

Tendió la mano derecha, sucia de sangre y polvo, y el viejo se la estrechó con suavidad. También dio un apretón a Lyra y se despidió con un gesto de Pantalaimon, que le correspondió bajando su cabeza de armiño.

Will asió la empuñadura de la daga, que sobresalía de la funda de cuero, al tiempo que salía de la habitación, seguido de Lyra, y comenzó a bajar por las oscuras y amplias escaleras. Fuera, en la plazoleta, el sol calentaba con fuerza en medio de un tremendo silencio. Lyra miró en derredor con extrema cautela y no vio a nadie en la calle. Decidió no preocupar a Will contándole la escena que había presenciado, pues ya tenía bastantes quebraderos de cabeza. Lo condujo en dirección opuesta a la calle donde había visto a los niños, donde aún seguía el desdichado Tullio, inmóvil como un muerto.

—Qué pena... —se lamentó Lyra, volviendo la cabeza hacia la plaza—. Es horrible pensar que... tenía los dientes rotos, el pobre, y casi no veía por un ojo... Ahora tomará un veneno y morirá, y a mí me da...

Estaba a punto de llorar.

—Tranquila —interrumpió Will—. No sufrirá. Será como si se quedara dormido. Él mismo ha dicho que era preferible a los espantos.

—Oh, ¿qué vamos a hacer, Will? —inquirió la niña—. ¿Qué vamos a hacer? Tú estás herido, y ese pobre viejo... Detesto este sitio con toda mi alma. Me gustaría quemarlo hasta que no quedara nada. ¿Qué vamos a hacer?

—Bien, no tenemos alternativa —contestó él—. Tenemos que recuperar el aletiómetro, de modo que habrá que robarlo.

9

EL ROBO

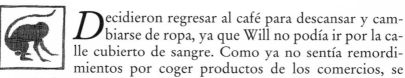

*D*ecidieron regresar al café para descansar y cambiarse de ropa, ya que Will no podía ir por la calle cubierto de sangre. Como ya no sentía remordimientos por coger productos de los comercios, se apropió de una muda completa, pantalones, camisa y zapatos, que Lyra, muy servicial, cargó hasta el local sin dejar de mirar alrededor por si aparecían los otros niños.

Lyra puso agua a hervir mientras Will subía al cuarto de baño para asearse. Si bien el dolor persistía, monótono e implacable, los cortes eran al menos limpios, y habiendo visto de qué era capaz la daga, estaba seguro de que no había cortes más limpios que aquéllos. Sin embargo, no cesaba de manar sangre por los muñones. Al observarlos sintió náuseas y se le aceleraron los latidos del corazón, lo que contribuyó a aumentar aún más la hemorragia. Sentado en el borde de la bañera, cerró los ojos y respiró hondo varias veces.

Ya más calmado, se lavó y se secó con unas toallas, que enseguida quedaron manchadas de sangre. A continuación se vistió, procurando que no ocurriera lo mismo con la ropa.

—Tendrás que volver a ponerme una venda —pidió a Lyra—. Aprieta tanto como puedas, a ver si deja de sangrar.

La niña desgarró una sábana y rodeó varias veces la herida con la tela, presionándola cuanto le fue posible. Will apretaba las mandíbulas, tratando de tolerar el dolor, pero no pudo evitar que le cayeran unas lágrimas. Se las enjugó sin pronunciar palabra, y Lyra no hizo ningún comentario.

—Gracias —dijo él cuando la niña hubo terminado—. Quiero pedirte un favor. Me gustaría que me guardases en la mochila unas cartas, por si no pudiéramos volver aquí. Puedes leerlas si te apetece.

Sacó el estuche de cuero verde y le entregó las hojas de papel de correo aéreo.

—No las leeré a menos que...

—No me importa. De lo contrario, no te lo hubiera dicho.

Lyra dobló las cartas, y Will se tendió en la cama, apartó al gato y quedó dormido.

Mucho más tarde, esa noche, Will y Lyra se hallaban agazapados en el sendero que discurría entre los arbustos del jardín de sir Charles. En el lado de Cittàgazze, se encontraban en un cuidado parque presidido por una villa de estilo neoclásico cuyas blancas paredes relucían bajo la luz de la luna. Habían tardado mucho en llegar a la casa de sir Charles, ya que habían tenido que desviarse del camino en varias ocasiones, en Cittàgazze sobre todo, y detenerse a menudo para cotejar su posición con respecto al mundo de Will por medio de ventanas que luego había que cerrar.

A corta distancia detrás de ellos se encontraba el gato atigrado. Había dormido desde que lo rescataron de la lapidación y ahora que estaba despierto se negaba a separarse de ellos, como si creyera que a su lado no correría peligro. Will, que distaba mucho de compartir tal opinión, ya tenía bastantes preocupaciones, de modo que se desentendió del animal. Cada vez se sentía más familiarizado con la daga, más seguro en su manejo; pero el dolor que le provocaba la herida se había intensificado, y la venda limpia que le había puesto Lyra después de dormir estaba ya empapada.

En las proximidades de la blanca villa abrió con la hoja una ventana en el aire, por la que salieron al silencioso sendero de Headington con intención de decidir la mejor manera de acceder al estudio donde sir Charles había guardado el aletiómetro. Dos focos iluminaban el jardín, hacia el que proyectaban también su luz las ventanas de la fachada principal, aunque no las del estudio, que permanecían oscuras, y sólo la luna alumbraba ese lado de la casa.

El sendero, flanqueado por abundantes árboles, desembocaba en una carretera en el extremo opuesto y carecía de farolas. Cualquier ladrón podría introducirse entre los arbustos sin ser visto y pasar al jardín. El único obstáculo era la recia verja de barrotes de hierro, que doblaban la altura de Will y acababan en puntiagudos remates. Con todo, no representaba ningún escollo para la daga sutil.

—Aguanta este barrote mientras lo corto —susurró Will—. Sosténlo para que no caiga.

Ayudado de este modo por Lyra, segó cuatro barras, que ella depositó sobre el césped, y por ese espacio penetraron en el jardín.

—Voy a abrir una puerta a Ci'gazze aquí —anunció Will tras observar detenidamente la pared lateral de la casa recubierta por una enredadera y la ventana del estudio, al otro lado de la primorosa franja de césped—. La dejaré abierta y en Ci'gazze me desplazaré hasta donde calcule que queda el estudio y desde allí pasaré por otra entrada a este mundo. Después cogeré el aletiómetro de esa especie de vitrina, cerraré esa puerta y volveré a ésta. Tú quédate en este mundo y vigila. En cuanto me oigas llamarte, vuelve a Ci'gazze por esta ventana, y luego yo la cerraré. ¿De acuerdo?

—Sí —convino en un susurro Lyra—. Pan y yo vigilaremos.

El daimonion, convertido en una pequeña ave rapaz leonada, casi invisible en la oscuridad, permanecía atento, con sus enormes y pálidos ojos, al menor movimiento.

Empuñando la daga, Will tanteó el aire con delicados toques durante aproximadamente un minuto, hasta encontrar un punto idóneo. Entonces abrió una ventana de comunicación con el parque bañado por la luz de la luna de Ci'gazze y luego calibró cuántos pasos debía dar en ese mundo para llegar al estudio y en qué dirección.

Acto seguido, sin añadir palabra, avanzó un paso y desapareció.

Lyra se agachó, mientras Pantalaimon, posado en una rama, volvía la cabeza a uno y otro lado, en silencio. A sus oídos llegaban el ruido del tráfico de Headington, las pisadas amortiguadas de alguien que caminaba por la carretera en la que desembocaba el sendero, e incluso el deambular de los más livianos insectos entre las ramitas y las hojas del suelo.

Transcurrió un par de minutos. ¿Dónde estaría Will? Lyra se esforzó por ver algo más allá de la ventana del estudio, pero sólo percibió un oscuro cuadrado dividido por un parteluz y rodeado por la enredadera. Esa misma mañana, sir Charles se había sentado junto a ella, había cruzado las piernas y se había arreglado la raya del pantalón. ¿Dónde estaba la vitrina en relación a la ventana? ¿Conseguiría Will entrar sin alertar a nadie de la casa?

De pronto Pantalaimon emitió un quedo sonido y en ese mismo instante oyó otro ruido procedente de su izquierda, cerca de la entrada principal. Si bien no veía la fachada desde su posición, reparó en una luz que barría los árboles y un áspero crujido. Lo producían unos neumáticos que se deslizaban sobre la gravilla. No había percibido el ruido del motor.

Miró hacia Pantalaimon, que ya se había adelantado con sigilo. Enseguida regresó y se posó en su puño.

—Sir Charles está de vuelta —musitó—. Y viene con alguien.

De nuevo alzó el vuelo y esa vez Lyra lo siguió, caminando de puntillas sobre la blanda tierra. Avanzó agachada detrás de los arbustos y después se detuvo para mirar por fin entre las hojas de un laurel.

El Rolls Royce había estacionado delante de la mansión, y el chófer lo rodeó para abrir la puerta del acompañante. Sir Charles, desde fuera, ofrecía sonriente el brazo a la mujer que se apeaba. Cuando ésta hubo bajado, a Lyra le dio un vuelco el corazón; la invitada de sir Charles era su madre, la señora Coulter.

Will andaba por el césped de Cittàgazze, contando los pasos. Procuraba tener presente la situación del estudio respecto a la villa, que se alzaba cerca, blanquísima, rodeada de columnas y un jardín con estatuas y una fuente. Will no dejaba de pensar que constituía una presa fácil frente a un posible ataque en aquel terreno despejado, bañado por la luz de la luna.

Cuando consideró que se encontraba en la zona idónea, se detuvo y con la daga vovió a palpar el aire. Aquellas diminutas e invisibles brechas podían hallarse en cualquier lugar, pero no seguidas, pues de lo contrario con cualquier movimiento de la hoja se habría creado una ventana.

Primero efectuó una pequeña abertura, del tamaño de su mano, para mirar. En el otro lado no había más que oscuridad. Como no veía nada, cerró aquel boquete, dio un giro de noventa grados y practicó otro. En aquella ocasión topó con una tela... el grueso terciopelo verde de las cortinas del estudio. Pero ¿dónde estaban éstas con respecto a la vitrina? Cerró el nuevo orificio, modificó la posición y volvió a probar. El tiempo pasaba.

A la tercera tentativa obtuvo mejor resultado: logró ver la totalidad del estudio gracias a la apagada luz que penetraba desde el vestíbulo por la puerta abierta. Vislumbró el escritorio, el sofá, ¡y la vitrina! Del costado de un microscopio de latón brotaba un tenue destello. No había nadie en la habitación, y en la casa reinaba el silencio. Las condiciones no podían ser más favorables.

Tras calcular la distancia, cerró esa ventana y, después de avanzar dos pasos, levantó de nuevo la daga. Si sus estimaciones eran acertadas, abriría un boquete en el sitio más adecuado para romper el vidrio del mueble y apoderarse del aletiómetro tendiendo sólo la mano.

Dispuso la ventana a la altura correcta. El vidrio de la vitrina se hallaba a unos centímetros. Aproximó la cara y examinó aquel estante, de arriba abajo.

El aletiómetro no estaba allí.

Al principio pensó que se había equivocado de armario, pues había cuatro en la estancia —los había contado esa mañana y había memorizado su situación—, altos, transparentes, con armazón de madera oscura y estantes forrados de terciopelo, destinados a exhibir valiosos objetos de porcelana, oro o marfil. ¿Se habría equivocado de posición al abrir la ventana? No obstante, en el anaquel superior se encontraba el voluminoso instrumento con círculos de latón en que se había fijado, y en el del medio, donde sir Charles había colocado el aletiómetro, había un espacio vacío. Ésa era la vitrina, no cabía duda, pero el aletiómetro no se encontraba donde debía estar.

Will dio un paso y respiró hondo.

Tendría que entrar en el estudio para investigar, ya que si no reunía más pistas corría el peligro de pasarse toda la noche abriendo ventanas sin resultado alguno. Cerró la que había creado delante de la vitrina, practicó un boquete para inspeccionar el resto de la habitación y, cuando la hubo observado con detenimiento, lo selló y efectuó otro mayor detrás del sofá, por donde podría escabullirse con rapidez en caso necesario.

Como consecuencia de los movimientos de la mano la venda se le había aflojado. Tras enrollarla y remeter la punta lo mejor que pudo, se adentró en el estudio de sir Charles y permaneció unos minutos agazapado detrás del sofá, con el oído aguzado, empuñando la daga con la mano derecha.

Al no percibir ningún sonido, se levantó despacio y miró en derredor. La puerta del vestíbulo, entornada, le proporcionaba luz suficiente. Las vitrinas, las estanterías de libros, los cuadros... todo se hallaba en su sitio, tal como lo había visto por la mañana.

Comenzó a caminar sobre la mullida moqueta y examinó una

por una las vitrinas. No encontró el aletiómetro en su interior, y tampoco entre los libros y papeles apilados en el escritorio, ni en la repisa donde reposaban las tarjetas de invitación a estrenos y recepciones, ni en el alféizar de la ventana, ni en la mesa octogonal situada detrás de la puerta.

Volvió sobre sus pasos hasta el escritorio, con la intención de registrar los cajones, aun cuando estaba convencido de que resultaría inútil. Se disponía a hacerlo cuando oyó el ruido de unos neumáticos sobre la gravilla del sendero. El silencio era tan absoluto que casi sospechó que era fruto de su imaginación; de todos modos se mantuvo inmóvil como una piedra, con el oído aguzado. El crujido había cesado.

Después percibió el sonido de la puerta principal al abrirse.

Retornó de inmediato al sofá y se agachó detrás, junto a la ventana que comunicaba con el césped de Cittàgazze. Casi al instante detectó unas pisadas en ese otro mundo, que avanzaban deprisa sobre la hierba: era Lyra, que corría hacia a él. Se apresuró a reclamarle silencio cruzándose con un dedo los labios, con lo que la niña aflojó el paso, consciente de que se había enterado del regreso de sir Charles.

—No lo tengo —le informó con un susurro cuando ella se situó a su lado—. No estaba allí. Seguramente lo lleva encima. Nos quedaremos aquí para averiguar si vuelve a guardarlo en la vitrina.

—¡No! ¡Es peor! —murmuró Lyra, presa del pánico—. Ella está con él... la señora Coulter... mi madre... No sé cómo ha llegado aquí, pero si me ve, estoy perdida, Will, puedo considerarme muerta... ¡Y me he acordado de quién es él! ¡Recuerdo dónde lo vi! ¡Se llama lord Boreal, Will! ¡Lo vi en aquella fiesta en casa de la señora Coulter, cuando me escapé! Seguro que él sabía quién era yo desde el primer momento...

—Chist. No te quedes aquí si piensas armar alboroto.

Lyra consiguió dominarse y, después de tragar saliva, negó con la cabeza.

—Perdona. Quiero quedarme contigo para oír qué dicen.

—Silencio ahora...

Había oído voces procedentes del vestíbulo. Los dos niños se hallaban tan cerca que podían tocarse, él en su mundo y ella en el de Cittàgazze. Al ver que le colgaba la venda, Lyra le indicó por señas que le tendiera la mano para apretársela, y él obedeció, mientras permanecía agachado, con la cabeza ladeada para escuchar mejor.

Se encendió una luz en la habitación. Luego oyó que sir Charles hablaba con un criado y le ordenaba que se retirase antes de entrar en el estudio y cerrar la puerta tras de sí.

—¿Te apetece una copa de tokay? —inquirió.

—Qué amable ofrecimiento, Carlo —contestó una voz femenina, dulce y grave—. Hace años que no lo pruebo.

—Siéntate en esa butaca, junto a la chimenea.

Sonó un tenue gorgoteo del vino al ser escanciado, seguido de un tintineo al chocar la botella con el borde de la copa y un «gracias». Sir Charles tomó asiento en el sofá, tras el cual se ocultaba Will.

—A tu salud, Marisa —brindó antes de beber—. Y ahora, dime qué quieres.

—Quiero saber de dónde sacaste el aletiómetro.

—¿Por qué?

—Porque Lyra lo tenía, y quiero encontrarla.

—Pues no lo comprendo. Es una repelente mocosa.

—Te recuerdo que es mi hija.

—Entonces es aún más repelente, porque debió de resistirse a tu encantador influjo con todo conocimiento. Nadie conseguiría hacerlo sin proponérselo de manera consciente.

—¿Dónde está?

—Te prometo que te lo diré, si antes me explicas tú algo.

—Si puedo —puntualizó ella con un tono que a Will se le antojó de posible amenaza. Tenía una voz embriagadora: balsámica, dulce, musical y también juvenil. Deseó verla, pues Lyra nunca la había descrito, y el rostro de la persona que poseía aquella voz tenía que ser extraordinario—. ¿Qué te interesa saber?

—¿Qué se trae entre manos Asriel?

Se produjo un momento de silencio, como si la mujer meditara su respuesta. Will se volvió hacia Lyra, que, con el rostro desencajado por el miedo, se mordía el labio para no hablar, tan atenta como él a la conversación.

—De acuerdo, te lo contaré —aceptó por fin la señora Coulter—. Lord Asriel está reuniendo un ejército con el fin de reemprender la guerra que se libró en el cielo hace tantísimos siglos.

—Un propósito muy medieval. De todas formas, parece que dispone de algunas técnicas muy modernas. ¿Qué le ha hecho al polo magnético?

—Encontró la manera de abrir una brecha en la barrera que separa nuestro mundo de otros, lo que causó profundas alteraciones en el campo magnético de la tierra, que seguramente tienen repercusiones en este mundo también... Pero ¿cómo te has enterado tú de eso? Creo que te ha llegado el turno de responder a algunas preguntas. ¿Qué es este mundo? ¿Y cómo me has traído aquí?

—Es uno más de los millones de mundos que existen. Hay aberturas entre ellos, aunque no resulta fácil localizarlas. Conozco unas doce, pero han variado de posición, lo que sin duda obedece a la acción de Asriel. Por lo visto ahora es posible pasar directamente de este mundo al nuestro, y con toda probabilidad a otros muchos. Antes uno de ellos cumplía la función de encrucijada, puesto que todas las puertas daban a él. Así pues, ya supondrás qué grata sorpresa me he llevado al verte hoy después de cruzar allá y cuánto me alegro de haber podido traerte aquí sin el riesgo de atravesar Cittàgazze.

—¿Cittàgazze? ¿Qué es?

—La encrucijada; un mundo que me interesa sobremanera, mi querida Marisa, pero que por el momento entraña demasiado peligro para que tú y yo lo visitemos.

—¿Por qué resulta peligroso?

—Lo es para los adultos, pero no para los niños.

—¿Cómo? Debes informarme bien de eso, Carlo —ordenó la mujer con una vehemente impaciencia que Will no dejó de notar—. ¡Ahí radica el meollo de todo, en esta diferencia entre niños y adultos! ¡En ella reside todo el misterio del Polvo! Por eso debo encontrar a la niña. Y las brujas le han puesto un nombre especial... Estuve a punto de sonsacárselo a una, pero murió demasiado pronto. He de localizar a la niña, ya que de algún modo posee la respuesta y necesito averiguarla como sea.

—Y así será. Este instrumento la traerá hasta mí, pierde cuidado. En cuanto me haya entregado lo que quiero, podrás quedártela. Cambiando de tema, Marisa, háblame de ese cuerpo de guardia tan curioso que tienes. Nunca había visto soldados como ésos. ¿Quiénes son?

—Hombres, sencillamente, pero... les han practicado la intercisión. Al carecer de daimonions, no tienen miedo ni imaginación ni voluntad propia, de manera que luchan hasta que los despedazan.

—Sin daimonions... Qué interesante. Se me ocurre que podríamos llevar a cabo un experimento, si no te importa prescindir de alguno. Me gustaría comprobar si los atacan los espantos. Si resultan inmunes a ellos, podríamos viajar a Cittàgazze después de todo.

—¿Espantos? ¿Qué es eso?

—Te lo explicaré más tarde, querida. Te adelantaré que son ellos los que impiden que los adultos vayan a ese mundo. Polvo, niños, espantos, daimonions, intercisiones... Sí, es muy posible que funcione. Toma un poco más de vino.

—Quiero saberlo absolutamente todo —exigió ella mientras sonaba otro gorgoteo de vino—, no lo olvides. Y ahora dime: ¿qué haces en este mundo? ¿Es aquí adonde vienes cuando nosotros te creemos en el Brasil o en las Indias?

—Hace mucho encontré la manera de llegar aquí. Era un secreto demasiado fabuloso para revelarlo a nadie, ni aun a ti, Marisa. Me he instalado muy bien aquí, como habrás observado. Siendo miembro del Consejo de Estado allá, me costó poco detectar dónde se concentraba el poder aquí.

»De hecho trabajé de espía, aunque nunca conté a mis superiores todo cuanto sabía. Los servicios secretos de este mundo estuvieron inquietos durante años por la Unión Soviética, lo que nosotros llamamos Moscovia. Si bien esa amenaza ha disminuido, aún existen puestos de espionaje y máquinas que se usan en ese sentido, y yo mantengo contacto con quienes controlan a los agentes.

»Últimamente he oído hablar de una profunda alteración en el campo magnético de la tierra, que ha alarmado sobremanera a los servicios de seguridad. Todas las naciones que realizan investigaciones en el campo de la física fundamental —lo que nosotros llamamos teología experimental— instan a sus científicos a averiguar qué está ocurriendo, porque saben que algo está ocurriendo, y sospechan que guarda relación con otros mundos.

»En realidad disponen de pocos indicios al respecto. Hay algunas investigaciones en curso centradas en el Polvo. Sí, aquí también lo conocen. En esta misma ciudad un equipo trabaja en el tema. Y eso no es todo; un hombre desapareció unos diez o doce años atrás, en el norte, y los servicios de seguridad creen que poseía cierta información que necesitan con urgencia, concretamente, la ubicación de una puerta de comunicación entre los mundos, como la que tú has utilizado antes. La que él encontró es la única de que tienen conocimiento, porque ya supondrás que no he revelado nada de lo que sé. Cuando se iniciaron estas alteraciones, emprendieron la búsqueda de ese hombre.

»Como es lógico, Marisa, siento una curiosidad personal, unas ganas enormes de ampliar mis conocimientos.

Will permanecía paralizado; el corazón le latía con tal fuerza que temió que lo oyeran. ¡Sir Charles se refería a su padre! ¡Por fin se enteraba de quiénes eran esos hombres y qué perseguían!

Aparte de a las voces de sir Charles y la mujer, Will se mantenía atento a algo más; una sombra que se movía por el suelo, o cuando menos por la parte que él divisaba, entre el extremo del sofá y las patas de la pequeña mesa octogonal. No pertenecía ni a sir Charles ni a la mujer, que permanecían quietos, mientras la sombra se desplazaba con una rapidez que causaba gran inquietud a Will. La lámpara de pie contigua a la chimenea, la única fuente de luz en el estudio, proyectaba una sombra clara y definida, que nunca se detenía el tiempo suficiente para que Will distinguiera de qué se trataba.

Entonces sucedieron dos hechos de interés; el primero, que sir Charles mencionó el aletiómetro.

—Por ejemplo —continuó el anciano—, este instrumento me produce curiosidad. ¿Por qué no me explicas cómo funciona?

Acto seguido lo colocó sobre la mesa octogonal situada en la punta del sofá. Will lo veía perfectamente, ya que casi se hallaba al alcance de su mano.

El otro suceso destacable fue que la sombra se detuvo por fin. La criatura que la originaba debía de haberse posado en el respaldo de la butaca de la señora Coulter, porque la luz que incidía sobre ella proyectaba claramente su silueta en la pared. En el mismo instante en que se paró, Will cayó en la cuenta de que era el daimonion de la mujer: un mono que movía sin cesar la cabeza con afán escrutador.

Will advirtió que a Lyra se le cortaba la respiración a su espalda al ver el aletiómetro.

—Regresa a la otra ventana —le indicó en un susurro, volviendo la cabeza— y entra en el jardín. Recoge algunas piedras y arrójalas al estudio para distraerles un momento, mientras yo me apodero del aletiómetro. Después ve corriendo a la otra ventana y espérame.

Lyra asintió en silencio y se alejó a toda prisa por el césped. Will se centró de nuevo en la conversación.

—... el rector del Jordan College es un necio —declaraba la mujer—. No entiendo cómo se le ocurrió dárselo, cuando se necesitan varios años de exhaustivo estudio para comenzar a interpretarlo. Y ahora te toca a ti facilitarme cierta información, Carlo. ¿Cómo lo encontraste? ¿Dónde está la niña?

—La vi usar el instrumento en un museo de la ciudad. La reconocí al instante, claro está, porque había coincidido con ella en esa fiesta que ofreciste hace tiempo, y deduje que había encontrado una puerta de comunicación. Después comprendí que podía aprovecharlo en mi propio beneficio, de modo que cuando volví a toparme con ella se lo robé.

—Hablas con suma franqueza.

—No hay necesidad de andarse con rodeos; los dos somos mayores.

—¿Y dónde está la niña ahora? ¿Cómo reaccionó al enterarse de que se lo habías quitado?

—Vino a verme. Se precisa valor para hacer eso, supongo.

—De valor anda sobrada. ¿Y qué piensas hacer con el aletiómetro? ¿Qué beneficio te reportará?

—Le dije que se lo devolvería, con la condición de que me trajera algo... algo de lo que me resulta imposible apoderarme personalmente.

—¿De qué se trata?

—No sé si...

En ese momento la primera piedra impactó en la ventana del estudio y penetró en él con un agradable ruido de vidrios rotos. Al instante la sombra del mono abandonó el respaldo de la silla mientras los dos adultos proferían una exclamación de asombro. Luego sonó otro golpe, y otro más, tras el cual Will notó que el sofá se movía al ponerse en pie sir Charles.

Will se adelantó, tomó el aletiómetro de la mesa y, tras guardárselo en el bolsillo, atravesó como una exhalación la ventana. Tan pronto como sus pies hollaron el césped de Cittàgazze, buscó en el aire aquellos esquivos bordes y trató de calmarse con pausadas aspiraciones, sin dejar de pensar que a tan sólo unos centímetros de distancia acechaba un terrible peligro.

Entonces sonó un chillido, ni humano ni animal, y no le cupo duda de que había salido de la garganta de aquel repulsivo mono. Si bien para entonces ya había cerrado buena parte de la ventana, aún quedaba una reducida brecha a la altura de su pecho... De repente se echó hacia atrás de un salto, porque por ella asomó una pequeña mano cubierta de amarillenta pelambre, rematada con negras uñas, seguida de una cara: una cara espantosa. El mono dorado enseñaba los dientes y miraba con fiereza, irradiando tal maldad que Will la acusó casi como si lo atravesara a la manera de una lanza.

Enseguida el animal se coló por el boquete, y el final de Will habría llegado si éste, que aún empuñaba la daga, no la hubiera blandido a diestro y siniestro ante la cara del mono... o más bien donde habría estado ésta de no haberse retirado a tiempo el animal. De ese modo Will ganó el tiempo necesario para tomar los bordes de la ventana y juntarlos.

Su mundo había desaparecido. Se encontraba solo en el parque de Cittàgazze, jadeando, tembloroso y asustado.

Ahora debía rescatar a Lyra. Se desplazó a toda prisa a la primera ventana, la que daba al conjunto de arbustos, y se asomó. Las oscuras hojas de los laureles y el acebo le impedían ver, de manera que las apartó con las manos para divisar la casa, donde las aristas del cristal roto de la ventana del estudio se destacaban bajo la luz de la luna.

Mientras observaba, vio que el mono daba saltos por la esquina de la mansión, luego corría por el césped con la velocidad de un gato, y enseguida distinguió a sir Charles y la mujer, que seguían al animal a corta distancia. El primero empuñaba una pistola. Will quedó embelesado con la hermosura de la señora Coulter, el embrujo de sus grandes ojos oscuros, el donaire de su cuerpo liviano y delgado. Cuando ella chasqueó los dedos, su daimonion se detuvo en el acto y saltó a sus brazos, y Will comprendió que la mujer de dulce semblante y el malvado mono constituían un solo ser.

Pero ¿dónde estaba Lyra?

Los adultos inspeccionaban el jardín. La mujer dejó el mono en el suelo, y éste comenzó a inclinarse ora hacia un lado, ora hacia otro, como si olisqueara en busca de un rastro. Reinaba un silencio absoluto. Si Lyra se encontraba entre los arbustos, no tendría forma de moverse sin provocar un ruido que la delataría de inmediato.

Sir Charles manipuló la pistola, lo que produjo un chasquido apagado; había retirado el seguro. Luego se asomó entre el follaje y por un instante Will tuvo la impresión de que lo miraba, pero por fortuna no pareció reparar en su presencia.

Después tanto sir Charles como la mujer se volvieron hacia la izquierda, pues el mono había oído algo. En un abrir y cerrar de ojos el daimonion se precipitó hacia donde debía de hallarse Lyra; no tardaría en descubrirla...

Y en ese momento el gato atigrado surgió de entre los arbustos, lanzando bufidos.

El mono, al oírlo, se volvió en medio de un brinco de estupefacción; con todo su asombro no era tan grande como el de Will. El daimonion aterrizó en el suelo, de cara al gato, que lo esperaba con el lomo arqueado, la cola erecta, retándolo con furiosos bufidos, y el mono se abalanzó sobre él. El felino se irguió al tiempo que le propinaba unos veloces zarpazos. En ese instante Lyra apareció al lado de Will y cruzó tambaleándose la ventana en compañía de Pantalaimon. El gato lanzó un maullido, al que siguió un alarido del mono cuando el felino le arañó en la cara; entonces aquél se batió en retirada y saltó a los brazos de la señora Coulter, mientras el gato desaparecía bajo los arbustos de su propio mundo.

Al otro lado de la ventana, Will volvió a tantear el aire hasta localizar sus casi intangibles bordes y se apresuró a unirlos. Por el menguante boquete penetraba aún el sonido de unos pasos que producían un crujir de ramas...

Al poco restaba sólo un agujero del tamaño de la mano de Will, que no tardó en sellar. El mundo quedó en silencio. El muchacho se hincó de rodillas en la húmeda hierba y sacó con movimientos torpes el aletiómetro.

—Toma —dijo a Lyra.

Una vez que se lo hubo entregado enfundó con manos trémulas la daga. Después se tumbó, presa de un temblor que agitaba todo su cuerpo, y notó que la luna lo bañaba con su luz plateada y que Lyra le retiraba la venda para volver a colocársela con delicadeza.

—Gracias, Will —oyó que decía—, por lo que acabas de hacer, por todo...

—Espero que no le pase nada al gato —murmuró él—. Es como mi *Moxie*. Seguro que ha regresado a su casa, a su mundo. Ahora estará a salvo.

—Por un segundo he pensado que era tu daimonion. En todo caso, se ha comportado como lo haría un buen daimonion. Nosotros lo salvamos y él nos ha devuelto el favor. Vamos, Will, no te quedes ahí tumbado, que la hierba está mojada y cogerás frío. Iremos a esa casa tan grande de ahí. Seguro que hay camas, comida y de todo. Vamos, te cambiaré la venda, preparé café, cocinaré una tortilla o lo que te apetezca y luego dormiremos un rato... Ahora, con el aletiómetro, estaremos protegidos, ya lo verás. A partir de este momento me dedicaré sólo a ayudarte a buscar a tu padre, te lo prometo.

Lo ayudó a levantarse, y con paso lento, atravesaron el jardín en dirección a la gran mansión blanca que brillaba bajo la luz de la luna.

10

EL CHAMÁN

 L ee Scoresby desembarcó en el puerto de la desembocadura del río Yeniséi y halló la población sumida en el caos. Los pescadores trataban de vender sus escasas capturas de especies desconocidas a las fábricas de conservas; los patronos de barcos estaban indignados con las tarifas portuarias, que las autoridades habían aumentado con el fin de compensar las pérdidas provocadas por las inundaciones, y los cazadores y tramperos acudían en masa a la ciudad, ya que el rápido deshielo que se producía en los bosques y el cambio de conducta de los animales les impedían trabajar.

Resultaría difícil desplazarse por tierra hacia el interior, no cabía duda. Si en condiciones normales la carretera era una simple pista de tierra congelada, después de que el casquete polar se fundiera se habría convertido en un lodazal.

Por este motivo Lee guardó su globo y sus pertenencias en un almacén y con su menguante capital en oro alquiló un barco con motor de gas y compró varios tanques de combustible, así como algunas provisiones, con el propósito de remontar el crecido cauce del río.

Al principio navegó con lentitud, pues además del obstáculo que representaba la fuerza de la corriente, las aguas estaban atestadas de toda suerte de detritos: troncos de árboles, maleza, animales ahogados y hasta el cadáver de un hombre. Debía pilotar con suma prudencia y mantener a toda revolución el pequeño motor para lograr algún avance.

Su destino era el pueblo de la tribu de Grumman. Si bien para orientarse contaba sólo con el recuerdo que le había quedado después de sobrevolar la zona unos años atrás, éste permanecía intacto y por ello le costó poco elegir el cauce indicado entre los diversos y caudalosos ramales, pese a que algunas riberas habían desaparecido engullidas por el agua fangosa de la crecida. La temperatura había causado una proliferación de insectos, y una nube de mosquitos impedía distinguir bien los contornos de las cosas. Lee consiguió defenderse de aquella plaga untándose la cara y las manos con ungüento de estramonio y fumando sin parar varios apestosos puros.

Hester, por su parte, permanecía taciturna en la proa, con las largas orejas pegadas al flaco lomo y los ojos entornados. Lee estaba acostumbrado a su silencio, y ella al de él. No hablaban si no tenían necesidad.

La mañana del tercer día, Lee se desvió hacia un pequeño arroyo que nacía en una cordillera de montañas bajas que, aunque deberían haber estado cubiertas por una gruesa capa de nieve, presentaban anchas franjas de color pardo mezcladas con el blanco. Al poco el riachuelo discurría entre pinos bajos y píceas, y unos kilómetros más adelante llegaron junto a una gran roca redondeada, alta como una casa, donde Lee amarró la barca.

—Había un embarcadero aquí —comentó a Hester—. ¿Te acuerdas de que el viejo cazador de focas de Nova Zembla nos habló de él? Pues ahora debe de estar unos dos metros bajo el agua.

—Confío en que tuvieran el buen juicio de construir el pueblo en un sitio elevado —declaró el daimonion al tiempo que saltaba a tierra.

Al cabo de media hora Lee dejó su mochila en el suelo, junto a la casa de madera del jefe del pueblo, y se volvió para saludar a la pequeña multitud que se había congregado. Tras realizar el gesto que indicaba amistad en el norte, depositó el fusil a sus pies.

Un viejo tártaro siberiano, cuyos ojos apenas si se distinguían entre un cerco de arrugas, dejó su arco junto al fusil. Después de que su daimonion, un glotón, moviera el hocico a modo de saludo dirigido a Hester, que respondió agitando una oreja, el jefe tomó la palabra.

Lee le contestó y así iniciaron un rápido intercambio de palabras en media docena de lenguas hasta que encontraron una que les permitía conversar.

—Presento mis respetos a usted y su tribu —dijo Lee—. He

traído un poco de hierba de fumar, que, aun siendo poca cosa, me honraría poder ofrecerle.

El jefe movió la cabeza en señal de agradecimiento, y una de sus esposas acudió para recibir el paquete que Lee sacó de la mochila.

—Busco a un hombre llamado Grumman —explicó Lee—. He oído que era miembro adoptivo de su tribu. Quizás ahora tenga otro nombre, pero es un europeo.

—Ah —dijo el jefe—, estábamos esperándole.

El resto de los lugareños, reunidos en el fangoso espacio que se abría en medio de las casas, del que subían vaharadas de humedad que enturbiaban el aire iluminado por el sol, no comprendieron las palabras, pero advirtieron la satisfacción del jefe. La satisfacción y el alivio, según captó Lee que pensaba Hester.

El jefe asintió con la cabeza varias veces.

—Estábamos esperándole —repitió—. Ha venido para llevar al doctor Grumman al otro mundo.

Lee arqueó las cejas, el único gesto que delató su extrañeza.

—En efecto, señor. ¿Está aquí?

—Acompáñeme —le indicó el jefe.

Los allí presentes les franquearon el paso con actitud respetuosa. Al comprender el desagrado que producía a Hester tener que transitar por aquel sucio barro, Lee la tomó en brazos y, tras colgarse la mochila, siguió al jefe por un sendero flanqueado de alerces que conducía a una cabaña situada a cierta distancia del poblado, en un claro del bosque.

El jefe se detuvo ante la vivienda, construida con pieles sostenidas por una armazón de madera y decorada con colmillos de jabalíes, así como cornamentas de alce y reno, que no constituían meros trofeos de caza, puesto que estaban colgados junto con flores secas y ramas de pino cuidadosamente trenzadas, como si cumplieran alguna función ritual.

—Debe hablarle con respeto —le recomendó el jefe en voz baja—. Es un chamán, y tiene el corazón enfermo.

Lee notó un escalofrío en la columna, y Hester se puso rígida en sus brazos, al percatarse de que alguien los observaba desde hacía rato. Entre las flores secas y las ramas de pino se destacaba un refulgente ojo amarillo. Era de un daimonion que, mientras Lee miraba, tomó con delicadeza un haz de pino con su poderoso pico y lo corrió hacia un lado como si de una cortina se tratara.

El jefe llamó en su propio idioma al hombre, dirigiéndose a él con el nombre que había mencionado el viejo cazador de focas: Jopari. Un momento después se abrió la puerta.

En el umbral apareció un individuo demacrado, vestido con pieles, de brillantes ojos, cabello negro entreverado de canas y una prominente mandíbula. Llevaba posado en el puño su daimonion, un pigargo de intensa mirada.

Tras efectuar tres reverencias, el jefe se retiró, de modo que Lee quedó a solas con el chamán-académico que había ido a buscar.

—Doctor Grumman, me llamo Lee Scoresby. Soy de Tejas, y aeronauta de profesión. Si me permite sentarme y charlar un rato, le explicaré qué me ha traído aquí. Usted es el doctor Stanislaus Grumman, de la Academia de Berlín, ¿me equivoco?

—No —contestó el chamán—. Y usted es de Tejas, dice. Los vientos lo han alejado mucho de su tierra de origen, señor Scoresby.

—Actualmente soplan unos extraños vientos, señor.

—En efecto. El sol calienta bastante, creo. Hay un banco en la cabaña. Si me ayuda a traerlo, charlaremos sentados aquí fuera, con esta agradable luz. Tengo café, si le apetece.

—Es muy amable —agradeció Lee.

Acarreó el banco solo mientras Grumman servía en dos tazas de hojalata un humeante líquido que retiró del hornillo. Lee había advertido que no tenía acento alemán, sino británico, concretamente de Inglaterra. El director del observatorio estaba en lo cierto.

En cuanto tomaron asiento, Lee inició su relato, mientras Hester yacía impasible a su lado y el gran daimonion pigargo miraba al sol. Primero refirió su encuentro en Trollesund con John Faa, señor de los giptanos, y después expuso cómo habían reclutado a Iorek Byrnison, el oso, y rescatado a Lyra y los otros niños al culminar su viaje a Bolvangar, para acabar comentándole lo que Lyra y Serafina Pekkala le habían contado mientras volaban en el globo hacia Svalbard.

—Verá, doctor Grumman, tal como lo describió la niña, me dio la impresión de que lord Asriel se limitó a agitar esa cabeza cercenada que se conserva en hielo ante los licenciados, quienes se asustaron tanto que se negaron a observarla con mayor detenimiento. Eso me hizo sospechar que usted estaba vivo. Además, es evidente que posee usted un conocimiento muy amplio en este asunto. Por toda la zona costera del Ártico he oído hablar de usted. Unos cuentan que se hizo perforar el cráneo, otros que su objeto de estudio abarca tanto las excavaciones en el fondo del océano como la observación de las luces del norte, algunos aseguran que apareció de forma repentina, como salido de la nada, unos diez o doce años atrás. Si bien todas estas conjeturas despertaron mi interés, he acudido aquí guiado por algo más que la simple curiosidad, doctor Grumman. Me preocupa la niña. Opino que ella es importante, y las brujas también lo creen. Si usted sabe algo sobre ella y sobre lo que está ocurriendo, me gustaría que me lo explicara. Como ya he mencionado, estoy convencido de que usted posee ese conocimiento y por eso estoy aquí.

»Si no he entendido mal, el jefe del pueblo ha dicho que yo he venido aquí para llevarlo a usted a otro mundo. ¿Lo he oído bien? ¿Ha dicho eso? Y otra pregunta, si me permite: ¿qué es ese nombre con el que le ha llamado?, ¿una especie de nombre tribal o de título por su condición de mago?

—El que ha utilizado es mi verdadero nombre, John Parry —contestó Grumman con una breve sonrisa—. Y sí, ha venido para llevarme al otro mundo. En cuanto a lo que lo ha traído aquí, supongo que convendrá conmigo en que ha sido esto.

Entonces abrió la mano. En su palma había algo que Lee vio, pero cuya presencia allí no acertaba a comprender. Se trataba de un anillo de plata y turquesa, de factura propia de la tribu navaja. De inmediato lo reconoció; era la sortija de su madre. Conocía su peso, la lisura de la piedra, el pliegue adicional de metal que había añadido el orfebre en la esquina donde la gema estaba astillada, y sabía que esa esquina mellada había perdido con el tiempo toda aspereza, porque él la había acariciado numerosas veces hacía muchos, muchos años, en su infancia, entre las tierras pobladas de matas de salvia de su tierra natal.

Se puso en pie de manera inconsciente. Hester temblaba, erguida, con las orejas tiesas. El pigargo se había colocado sin que Lee lo advirtiera entre él y Grumman, para proteger a éste, por más que el aeronauta no tenía intención de atacar. Estaba confuso; se sentía de nuevo como un niño.

—¿De dónde lo ha sacado? —preguntó con voz trémula, atenazada por la emoción.

—Quédeselo —le ofreció Grumman, o Parry—. Ya ha cumplido su función al atraerle hasta aquí. Yo no lo necesitaré más.

—Pero ¿cómo...? —Lee se interrumpió para tomar la amada joya de la mano de Grumman—. No entiendo cómo... ¿Cómo llegó a su poder? Yo llevaba cuarenta años sin verlo.

—Soy un chamán y puedo hacer cosas que escapan a su capacidad de comprensión. Siéntese, señor Scoresby, y cálmese. Le explicaré lo que necesita saber.

Lee volvió a tomar asiento, sin dejar de recorrer con los dedos el contorno del anillo.

—Estoy desconcertado —reconoció—. Creo que necesito oír todo cuanto pueda explicarme.

—Entonces empezaré —concedió Grumman—. Yo me apellido, como le he comentado, Parry, y no nací en este mundo. Lord Asriel no es la primera persona que viaja entre mundos distintos, aunque sí es el primero que ha abierto una vía de comunicación de forma tan espectacular. En mi mundo fui soldado y después explorador. Hace doce años acompañé una expedición a un lugar de mi mundo que se corresponde con la tierra de Bering de aquí. A mis compañeros les guiaban otros propósitos, pero a mí me interesaba encontrar algo cuya existencia sólo atestiguaban viejas leyendas: un desgarrón en la tela del mundo, un agujero que había aparecido entre nuestro universo y otro. Pues bien, algunos de mis colegas se perdieron. Mientras los buscábamos, yo y dos personas más atravesamos ese boquete, esa puerta, sin siquiera percatarnos, y salimos de nuestro mundo. Al principio no nos dimos cuenta de lo que había ocurrido. Seguimos caminando hasta llegar a una ciudad y entonces comprendimos que nos encontrábamos en un mundo distinto.

»El caso es que por más que lo intentamos, no conseguimos localizar esa primera puerta. La habíamos traspasado en medio de una ventisca, y usted, que es un viejo lobo del Ártico, ya sabe lo que eso significa.

»Así pues, no tuvimos más remedio que quedarnos en ese nuevo mundo. Pronto descubrimos que era un sitio peligroso, habitado por una extraña clase de fantasma o aparición, algo mortífero e implacable. Mis dos compañeros murieron pronto, víctimas de los espantos, que es como llaman a esas criaturas.

»Como consecuencia de ello, comencé a aborrecer ese mundo y estaba impaciente por abandonarlo. La vía de retorno al mío me estaba vedada para siempre, pero existían otras puertas de comunicación con otros mundos y tras buscar cierto tiempo encontré la que daba a éste.

»Me trasladé aquí. A raíz de ello descubrí una maravilla insólita para mí, señor Scoresby, pues los mundos presentan grandes diferencias, y en éste vi por primera vez a mi daimonion. Sí, no conocía la existencia de Sayan Kötör hasta que entré en su mundo. La gente de aquí no concibe que haya mundos donde los daimonions son una callada voz de la mente, nada más. Se figurará la sorpresa que me llevé al enterarme de que esa parte de mi naturaleza era un hermoso ser femenino con forma de ave.

»Así pues, con Sayan Kötör a mi lado, comencé a recorrer sin rumbo fijo las tierras del norte y los habitantes del Ártico me explicaron muchas cosas, al igual que mis buenos amigos de este pueblo. Lo que ellos me contaron de este mundo me sirvió para llenar algunas lagunas de los conocimientos que había adquirido en el mío, de tal forma que empecé a desentrañar muchos misterios.

»Me trasladé a Berlín con el nombre de Grumman y guardé en secreto mi verdadero origen. Presenté una tesis en la Academia, que defendí en un debate, de acuerdo con el método que allí se sigue. Como estaba mejor informado que los académicos, me admitieron como un miembro más sin ningún impedimento.

»Con esos nuevos méritos, comencé a trabajar en este mundo, donde me encontraba, por lo general, bastante a gusto. Añoraba algunas cosas de mi mundo, claro está. ¿Está usted casado, señor Scoresby? ¿No? Yo sí. Quería mucho a mi esposa, y a mi hijo, mi único hijo, que aún no había cumplido un año cuando salí de manera involuntaria de mi mundo. Les extrañaba muchísimo, pero aunque hubiera buscado mil años no habría dado con la manera de regresar. Estábamos separados para siempre.

»Me enfrasqué en mi trabajo. Indagué otras formas de conocimiento; me inicié en el culto que culmina en la trepanación y me convertí en chamán. He realizado algunos descubrimientos útiles; por ejemplo, he desarrollado un procedimiento para preparar un ungüento con musgo de la sangre, que conserva todas las virtudes de la planta recién recolectada.

»Ahora conozco muy bien este mundo, señor Scoresby. Sé, por ejemplo, bastantes cosas acerca del Polvo. Deduzco por su expresión que no es la primera vez que oye ese término. A sus teólogos les aterroriza esta cuestión, pero son ellos quienes me inspiran miedo a mí. Estoy al corriente de las acciones de lord Asriel y qué le mueve. Precisamente por esa razón lo he hecho venir aquí. Deseo ayudar a lord Asriel, porque la labor que ha emprendido es la más grandiosa de toda la historia de la humanidad, la más grandiosa en treinta y cinco mil años de historia, señor Scoresby.

»Es poco lo que yo puedo hacer. Padezco de una enfermedad de corazón que nadie en este mundo sabe curar. Quizás aún pueda realizar un gran esfuerzo, lo ignoro. En cualquier caso yo sé algo que lord Asriel desconoce, algo que debe saber para coronar con éxito su empresa.

»Verá, ese mundo atormentado por los espantos que se alimentaban de la conciencia humana me intrigó tanto que decidí indagar qué eran y cómo se habían generado. En mi condición de chamán, poseo la capacidad de averiguar cosas mediante el espíritu sin necesidad de desplazarme físicamente, de modo que pasé mucho tiempo en trance, explorando ese mundo. Descubrí que siglos atrás sus filósofos crearon una herramienta que acarrearía su propia perdición; un instrumento al que denominaron «la daga sutil». Tenía muchos poderes, más de los que ellos sospecharon al darle forma, muchísimos más de los que se conocen aun hoy en día, y de algún modo, al emplearla, abrieron la vía de entrada de los espantos a su mundo.

»Pues bien, yo sé de qué es capaz la daga sutil. Conozco su paradero y la forma de reconocer a aquel que debe utilizarla, así como qué papel debe desempeñar esa persona en la causa de lord Asriel. Confío en que estará a la altura de su tarea. Por eso le he atraído hasta aquí, para que me lleve al norte y, desde allí, al mundo que ha abierto lord Asriel, donde espero encontrar al portador de la daga sutil.

»Se trata de un mundo peligroso, téngalo presente. Esos espantos son peores que cuanto haya visto en su mundo o en el mío. Tendremos que obrar con prudencia y valor. Yo no regresaré, y si usted quiere volver a ver su tierra natal, necesitará toda su valentía, su pericia y mucha suerte.

»Éste es su cometido, señor Scoresby. Para eso ha estado buscándome.

El chamán guardó silencio, con el semblante pálido, cubierto de una tenue película de sudor.

—Ésta es la idea más descabellada que he oído en toda mi vida —replicó Lee.

Se levantó presa de una profunda agitación y comenzó a pasear de arriba abajo, mientras Hester lo observaba sin pestañear desde el banco. Grumman lo miraba con los ojos entornados, y su daimonion, posado en su rodilla, vigilaba con recelo a Lee.

—¿Quiere dinero? —le preguntó Grumman al cabo de unos minutos—. Puedo entregarle cierta cantidad. No me resultará difícil conseguirlo.

—No he venido aquí en busca de oro, maldita sea —espetó con

tono acalorado Lee—. He venido... He venido para averiguar si estaba vivo, tal como yo sospechaba. Pues bien, mi curiosidad ha quedado satisfecha en ese sentido.

—Me alegra oírlo.

—Además, el asunto puede enfocarse desde otro punto de vista —agregó Lee, que acto seguido refirió a Grumman lo ocurrido en el consejo que las brujas habían celebrado en el lago Enara y la resolución que habían adoptado—. Es esa niña, Lyra, ¿sabe? —dijo a modo de conclusión—. Por ella decidí colaborar con las brujas en un principio. Usted asegura que me atrajo aquí con ese anillo navajo. Quizá sea así. En cualquier caso, yo sólo sé que vine porque pensaba que así ayudaría a Lyra. Nunca he conocido a una niña que pueda comparársele. Si tuviera una hija, me conformaría con que fuese la mitad de fuerte, valiente y buena que ella. Había oído decir que usted conocía el paradero de un objeto que confiere protección a quien lo posee. Y por lo que ha explicado, deduzco que se trata de esa daga sutil.

»Así pues, exijo que me la entregue a cambio de trasladarlo al otro mundo, doctor Grumman: no quiero oro, sino la daga sutil, y no para mí, sino para Lyra. Tiene que jurarme que la pondrá bajo la protección de ese objeto, y luego lo llevaré a donde me pida.

—De acuerdo, señor Scoresby —aceptó el chamán, que lo había escuchado con suma atención—. ¿Se fía de mi juramento?

—¿Por qué va a jurar?

—Por lo que usted quiera.

—Jure —dijo Lee tras unos segundos de reflexión— por lo que le hizo rechazar el amor de la bruja. Supongo que es lo más importante para usted.

—Supone bien, señor Scoresby —confirmó Grumman, con los ojos muy abiertos por la sorpresa—. Juraré con gusto por eso. Le doy mi palabra de que me aseguraré de que la pequeña Lyra Belacqua quede bajo la protección de la daga sutil. Sin embargo, debo hacerle una advertencia: el portador de esa daga tiene una misión que cumplir, y es posible que ésta entrañe un peligro aún mayor para la niña.

—Es posible —acordó Lee con suma seriedad—, pero quiero que la chiquilla disfrute de las escasas probabilidades de seguridad que existen.

—Tiene mi palabra. Y ahora debo trasladarme al nuevo mundo, y usted debe llevarme.

—¿Y el viento? No ha estado tan enfermo como para no darse cuenta de qué tiempo hace, ¿verdad?

—Deje que yo me ocupe del viento.

Lee asintió. Después, sentado de nuevo en el banco, acarició sin descanso el anillo de turquesa mientras Grumman introducía los pocos efectos que necesitaba en una bolsa de piel de ciervo. Cuando terminó, los dos enfilaron el sendero del bosque en dirección al pueblo.

El jefe pronunció una especie de discurso y acto seguido los lugareños se acercaron de uno en uno a Grumman para tocarle la mano, murmurar unas palabras y recibir a cambio lo que parecía una bendición. Lee entretanto observaba el cielo, despejado por el sur: una fresca y perfumada brisa agitaba las ramas más finas y las copas de los pinos. Hacia el norte la niebla seguía suspendida sobre el caudaloso río, pero por primera vez en muchos días se percibía un atisbo de que pudiera disiparse.

Encaramado a la roca al lado de la cual se levantaba antes el embarcadero, cargó la mochila de Grumman en la barca y llenó el pequeño motor, que puso en marcha de inmediato. Después de soltar amarras, con el chamán instalado en la proa, la embarcación comenzó a deslizarse con la corriente, dejando atrás los árboles hasta desembocar en el río principal. Rodeada de espuma, avanzaba a tal velocidad que Lee temió por la seguridad de Hester, que permanecía agazapada muy cerca de la borda. De todos modos, la liebre era una avezada viajera, y él lo sabía; ¿por qué diablos estaba tan nervioso?

En la localidad portuaria situada en la desembocadura se encontraron con que todos los hoteles, casas de huéspedes y habitaciones de viviendas particulares estaban ocupados por soldados. No se trataba de soldados cualesquiera, sino que pertenecían a la Guardia Imperial de Moscovia, el ejército entrenado con mayor ferocidad y mejor equipado del mundo, totalmente comprometido en la defensa del poder del Magisterio.

Lee tenía previsto pernoctar allí antes de partir con el globo, ya que Grumman necesitaba descansar, pero resultaba imposible hallar hospedaje.

—¿Qué pasa? —preguntó al barquero cuando le devolvió el bote alquilado.

—No lo sabemos. El regimiento llegó ayer y requisó todo el

alojamiento, todas las provisiones y todas las embarcaciones de la ciudad. También se habrían quedado con esta barca si usted no se la hubiera llevado.

—¿Sabe adónde van?

—Al norte —respondió el barquero—. Estallará una gran guerra, eso es seguro, una guerra como no se ha visto otra igual.

—¿Al norte, a ese nuevo mundo?

—Exacto. Y hay más tropas en camino... Esto es sólo la avanzadilla. En cuestión de una semana no quedará una hogaza de pan ni una botella de licor aquí. Me hizo un favor al llevarse esta barca, porque ahora el precio se ha doblado...

No era conveniente detenerse a descansar, ni aunque encontraran donde hospedarse. Preocupado por su globo, Lee se dirigió sin tardanza al almacén donde lo había dejado. Grumman caminaba a su lado sin rezagarse. Pese a su aspecto enfermizo, demostraba resistencia.

El encargado del almacén, que contaba unas piezas de recambio de motor que estaba requisando el sargento de la Guardia, apenas levantó la vista del bloc.

—¿El globo? Lástima, lo requisaron ayer —informó—. Ya sabe cómo son estas cosas. No pude negarme.

Hester agitó las orejas, y Lee captó su mensaje.

—¿Ha entregado ya el globo? —preguntó.

—Vendrán a llevárselo esta tarde.

—No se lo llevarán —afirmó Lee—, porque yo tengo una autoridad que está por encima de la de la Guardia.

Acto seguido enseñó el anillo que había quitado del dedo al skraeling muerto en Nova Zembla. No bien vio el símbolo de la Iglesia, el sargento dejó lo que lo ocupaba junto al encargado para saludar, sin poder evitar que el asombro se trasluciera en su expresión.

—Va a entregarnos el globo ahora mismo —exigió Lee—, y ya puede ordenar a varios hombres que empiecen a llenarlo. No pienso esperar ni un minuto. Aparte del combustible, hay que equiparlo con comida, agua y lastre.

El encargado miró al sargento y, al ver que éste se encogía de hombros, se apresuró a cumplir lo que le pedían. Lee y Grumman salieron al muelle, donde se encontraban los depósitos de gas, para supervisar la operación y hablar a solas.

—¿De dónde ha sacado ese anillo? —preguntó Grumman.

—Del dedo de un muerto. Resulta arriesgado usarlo, pero no

se me ocurría otra forma de recuperar el globo. ¿Cree que ese sargento ha sospechado algo?

—Desde luego. Pero como hombre disciplinado no pondrá en tela de juicio lo que atañe a la Iglesia. En el caso improbable de que informe del incidente, ya estaremos lejos cuando reaccionen. Bien, le he prometido que tendría viento, señor Scoresby; espero que le guste.

El cielo estaba azul y el sol lucía con fuerza. Hacia el norte, los bancos de niebla persistían como una cadena montañosa surgida del mar, pero la brisa los hacía retroceder deprisa, y Lee sintió impaciencia por volver a volar.

Mientras el globo se llenaba y comenzaba a hincharse superando la altura del techo del almacén, Lee observó la barquilla y dispuso con especial cuidado todo su equipo. ¿Quién sabía qué turbulencias podían encontrar en ese otro mundo? También colocó con gran esmero los instrumentos, incluso la brújula, cuya aguja realizaba inútiles oscilaciones en la esfera. Finalmente ató una veintena de sacos de arena que cumplirían la función de lastre.

Cuando la bolsa de gas estaba ya llena, inclinada hacia el norte por una potente brisa, y todo el aparato pugnaba por elevarse tensando las recias cuerdas que lo mantenían anclado al suelo, Lee pagó al encargado con el oro que aún le quedaba y ayudó a Grumman a subir a la barquilla. Después se volvió hacia los operarios que sujetaban las cuerdas para ordenar que las soltaran.

Antes de que pudieran obedecer, del callejón contiguo al almacén llegó un contundente retumbar de pasos a la carrera y una autoritaria exclamación:

—¡Alto!

Los hombres que manipulaban las cuerdas se detuvieron, unos mirando hacia el callejón, y otros hacia Lee.

—¡Soltadlas! —repitió éste con aspereza.

Dos de ellos obedecieron, y el globo se elevó con una sacudida, pero los otros dos estaban pendientes de los recién llegados, una tropa de soldados que en ese instante doblaba a paso ligero la esquina del edificio. Los dos hombres todavía mantenían las cuerdas enroscadas en torno a los postes, lo que provocaba unos peligrosos zangoloteos en el globo. Lee se agarró a la barandilla, a la que se habían asido ya Grumman y su daimonion.

—¡Soltadlas de una vez, estúpidos, que comienza a subir! —vociferó.

La fuerza de flotación de la bolsa de gas era, en efecto, excesiva para aquellos dos individuos, que no habrían podido retener el globo ni aun halando el cabo. Uno dejó su cuerda, que se desenroscó por sí sola del poste; el otro, al sentir que se le escapaba la suya, se aferró instintivamente a ella en lugar de soltarla. A Lee, que había presenciado una escena como aquélla en cierta ocasión, le producía espanto tener que ver otra. El daimonion del pobre hombre, un recio perro esquimal, lanzó un aullido de miedo y dolor cuando el globo se alejó con un impulso hacia el cielo. Al cabo de cinco inacabables segundos todo había terminado; falto ya de fuerzas, el operario cayó, moribundo, al agua.

Los soldados los apuntaban ya con sus fusiles. Una ráfaga de balas pasó silbando junto a la barquilla y una impactó en la barandilla. Lee notó la sacudida, pero el proyectil no causó ningún desperfecto. Cuando descargaron la segunda andanada, el globo estaba casi fuera de tiro, ascendiendo a toda velocidad por el azul del cielo, cada vez más alejado de la costa. Lee sintió que se le aligeraba el corazón. En una ocasión había comentado a Serafina Pekkala que no le procuraba placer volar, que se trataba sólo de un trabajo, pero mentía. Subir como una centella, con un viento favorable a la espalda y un nuevo mundo por delante, ¿qué podía haber mejor que aquello en esta vida?

Cuando soltó la barandilla vio que Hester estaba agazapada en su rincón habitual, con los ojos entornados. Desde tierra, a gran distancia ya, dispararon otra fútil andanada de balas. La ciudad se empequeñecía a toda prisa y la amplia curva de la desembocadura del río refulgía bajo los rayos del sol.

—Bien, doctor Grumman —comentó—, no sé usted, pero yo me siento mejor en el aire. Lástima que ese pobre hombre no haya soltado la cuerda. Tan poco que cuesta, y si no se hace en el acto uno está perdido sin remedio.

—Gracias, señor Scoresby —dijo el chamán—. Ha sabido salir airoso de la situación. Ahora podemos volar tranquilamente, sin más. Me vendrán bien esas pieles; aún se nota frío el aire.

11

EL MIRADOR

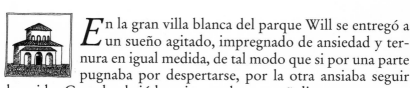En la gran villa blanca del parque Will se entregó a un sueño agitado, impregnado de ansiedad y ternura en igual medida, de tal modo que si por una parte pugnaba por despertarse, por la otra ansiaba seguir dormido. Cuando abrió los ojos estaba tan soñoliento que apenas si podía moverse. Cuando por fin logró incorporarse descubrió que se le había soltado la venda y que su cama estaba teñida de rojo.

Se levantó con esfuerzo del lecho y se encaminó hacia la cocina en medio del silencio de la gran casona, entre la brillante luz que enturbiaba el sol al hacer visibles las motas de polvo del aire. Con paso vacilante, tuvo que recorrer un buen trecho, dado que, al igual que Lyra, había dormido en las habitaciones situadas debajo del desván, destinadas a la servidumbre, pues a ninguno de los dos le habían gustado aquellas majestuosas camas con dosel.

—Will... —dijo al verlo la niña, con voz de preocupación, mientras acudía para ayudarlo a sentarse.

Se sentía mareado. Probablemente había perdido mucha sangre; bueno, no probablemente, seguro, pues así lo demostraba su ropa. Y las heridas continuaban sangrando.

—Estaba preparando café —informó Lyra—. ¿Quieres una taza o prefieres que antes te ponga otra venda? Como tú prefieras. En el armario frío hay huevos, pero no he encontrado judías cocidas.

—Ésta no es la clase de casa donde se comen judías en lata. Ponme primero la venda. ¿Sale agua caliente del grifo? Quiero lavarme. No soporto estar cubierto con esta...

Mientras ella abría el grifo del agua caliente, Will se desnudó hasta quedar en calzoncillos. Estaba demasiado débil y embotado para experimentar vergüenza, pero Lyra sí sintió turbación, por lo que decidió salir de la cocina. El muchacho se lavó lo mejor que pudo y luego se secó con unos paños limpios que había colgados junto a la estufa.

Lyra regresó con ropa que había encontrado: una camisa, unos pantalones de lona y un cinturón. Después de que se hubiera vestido, la niña rasgó a tiras un trapo y le cubrió las heridas. Le preocupaba sobremanera que la sangre no dejara de manar; además, el resto de la mano aparecía hinchado y enrojecido. No obstante, como él no decía nada, se guardó de hacer ningún comentario.

Luego sirvió el café y tostó unas pocas rebanadas de pan reseco que se llevaron a la espléndida sala principal, desde la cual se divisaba toda la ciudad. Después de desayunar, Will se sintió un poco mejor.

—Más vale que consultes al aletiómetro qué debemos hacer a continuación —propuso—. ¿Le has preguntado ya algo?

—No —contestó ella—. A partir de ahora me limitaré a cumplir tus órdenes. Pensé en preguntarle anoche, pero al final no lo hice. Y no lo haré si no me lo pides tú.

—Pues entonces consúltale ahora mismo —la animó—. Nos acechan tantos peligros aquí como en mi mundo. En primer lugar está el hermano de Angelica, y si...

Dejó la frase sin concluir porque Lyra había empezado a hablar, aunque enseguida se interrumpió. Después recuperó el dominio de sí y declaró:

—Will, ayer ocurrió algo que no te conté. Debí hacerlo, pero sucedieron tantas cosas... Perdona...

A continuación le refirió cuanto había visto desde la ventana de la torre mientras Giacomo Paradisi le curaba la herida: el acoso que había sufrido Tullio, la mirada de odio que le había lanzado Angelica y la amenaza de Paolo.

—¿Te acuerdas —prosiguió— de la primera vez que hablamos con ella? Su hermanito comentó algo que tenía que ver con lo que hacían todos. Dijo: «Va a...», y ella le interrumpió. Le dio una bofetada, ¿lo recuerdas? Seguro que quería explicar que Tullio intentaría apoderarse de la daga y que por eso habían venido todos los niños, porque si se apoderaban de ella, podrían hacer cualquier cosa, incluso crecer sin tener miedo por los espantos.

—¿Cómo reaccionó él cuando lo atacaban? —preguntó Will.

Lyra advirtió con sorpresa que se había inclinado hacia ella y la miraba con intensidad, urgiéndola a responder.

—Pues... —Hizo una pausa para tratar de recordar—. Empezó a contar las piedras de la pared. Las tocaba..., pero no pudo continuar. Daba la impresión de que había perdido el interés y se detuvo. Luego quedó completamente inmóvil. ¿Por qué lo preguntas? —añadió.

—Porque... Creo que es posible que esos espantos provengan de mi mundo. Si provocan esa clase de comportamiento en la gente, no me extrañaría que así fuera. Si la primera ventana que abrieron los de la Corporación comunicaba con mi mundo, tal vez los espantos entraran por ella.

—¡Pero si no hay espantos en tu mundo! Tú no conocías su existencia, ¿verdad?

—Quizá no los llamen espantos. Quizás allí los llamemos de otra manera.

Aunque no acababa de entenderlo, Lyra optó por dejar aquella cuestión al observar que Will tenía las mejillas encendidas y la mirada destellante.

—Sea como sea —continuó, dándole la espalda—, el caso es que Angelica me vio en la ventana, y ahora que sabe que tenemos la daga, se lo contará a los demás. Nos echará la culpa de que los espantos atacaran a su hermano. Lo siento, Will, tenía que habértelo explicado antes, pero había tantas cosas...

—Bueno —replicó Will—, no creo que eso hubiera cambiado nada. Tullio estaba torturando a ese viejo, y en cuanto hubiera aprendido a usar la daga nos habría matado a los dos si nos hubiéramos dejado. Teníamos que defendernos.

—De todas formas, me siento mal, Will. Al fin y al cabo, era su hermano, y apuesto a que nosotros en su lugar también habríamos querido apoderarnos del arma.

—Sí —reconoció él—, pero no podemos volver atrás y alterar lo que pasó. Teníamos que conseguir la daga para recuperar el aletiómetro, y si hubiéramos podido obtenerla sin luchar, no habríamos peleado.

—Sí, es cierto —admitió Lyra.

Como en Iorek Byrnison, Lyra reconocía en Will a un luchador nato y por ello estaba dispuesta a darle la razón cuando afirmaba que resultaba más conveniente no presentar batalla, porque sabía que no era una cuestión de cobardía, sino de estrategia. En ese momento, más sosegado ya, el muchacho tenía la vista perdida en actitud reflexiva.

—Probablemente es más importante pensar ahora en sir Charles y en lo que harán él o la señora Coulter —señaló—. Quizá si ella tiene ese cuerpo de guardia especial del que hablaban, esos soldados a los que les han amputado los daimonions, entonces tal vez sir Charles dé en el clavo y los espantos no les ataquen. ¿Sabes lo que opino yo? Que los espantos devoran a los daimonions de las personas.

—Pero los niños también tienen daimonions, y no los atacan. No puede ser eso.

—Entonces debe de ser la diferencia que existe entre los daimonions de los niños y los de los mayores —apuntó Will—. Hay una diferencia, ¿no? Me comentaste que los daimonions de los mayores no cambian de forma. Tiene que ser algo relacionado con eso. Si esos soldados carecen de daimonions, quizá sea lo mismo que...

—¡Sí! —exclamó Lyra—. Podría ser. De todas formas, a ella no le darían miedo los espantos. No la asusta nada. Y es tan lista, Will, y tan despiadada y cruel que apostaría cualquier cosa a que lograría dominarlos. Les daría órdenes, como hace con las personas, y los espantos no tendrían más remedio que obedecerla, seguro. Lord Boreal es fuerte y astuto, pero acabará cediendo ante ella. Oh, Will, me está entrando miedo otra vez sólo de pensar en lo que ella es capaz de hacer... Voy a consultar al aletiómetro. Menos mal que lo hemos recuperado. —Retiró el terciopelo y acarició con cariño el macizo oro—. Le preguntaré por tu padre —anunció— y cómo podemos encontrarlo. Mira, coloco las manecillas encaradas a...

—No. Pregunta primero por mi madre. Quiero saber si está bien.

Lyra asintió e hizo girar las manecillas antes de situar el aletiómetro en su regazo. A continuación se colocó unos mechones de cabello detrás de las orejas y se concentró ante el aparato. Will observó la fina aguja, que se movía por la esfera, oscilaba aceleradamente y se detenía de pronto para volver a ponerse en marcha de inmediato a toda velocidad, como una golondrina que caza insectos. Contempló los ojos de Lyra, tan azules, intensos y llenos de comprensión.

Al cabo de unos minutos ella parpadeó y alzó la vista.

—Tu madre no corre peligro —dictaminó—. Esa amiga que la

cuida se porta muy bien con ella. Nadie conoce su paradero, y la amiga no la delatará.

Will, que no tenía conciencia de hasta dónde alcanzaba su preocupación, se relajó al oír aquella noticia, y con el alivio de la tensión sintió con mayor agudeza el dolor de la herida.

—Gracias. Bueno, ahora pregunta por mi padre...

De repente sonó un grito fuera.

Miraron hacia la ventana y en la franja de árboles de la zona baja del parque, delante de las primeras casas de la ciudad, repararon en algo que se movía. Pantalaimon, transformado en lince, se asomó por la puerta.

—Son los niños —informó.

Will y Lyra se pusieron en pie. Los chiquillos salían de entre los árboles, de uno en uno. Debían de ser unos cuarenta o cincuenta y muchos blandían palos. Los capitaneaba el chico de la camiseta de rayas, que no llevaba precisamente un palo, sino una pistola.

—Ahí está Angelica —susurró Lyra, señalándola.

La muchacha caminaba junto al cabecilla y lo apremiaba tirándole de la manga. Detrás de ellos el pequeño Paolo chillaba de excitación, como los demás niños, que además agitaban los puños. Dos de ellos cargaban pesados fusiles. Will había visto en su mundo a otros niños poseídos por esa ansia de violencia, pero nunca formando un grupo tan numeroso ni pertrechados con armas de fuego.

—¡Vosotros matasteis a mi hermano y robasteis la daga! —oyó que decía Angelica en medio el griterío general—. ¡Asesinos! ¡Por vuestra culpa lo atacaron los espantos! ¡Vosotros lo matasteis y nosotros os mataremos a vosotros! ¡No escaparéis! ¡Os mataremos como vosotros lo matasteis a él!

—¡Will, podrías abrir una ventana con la daga! —propuso con inquietud Lyra al tiempo que le hundía los dedos en el brazo ileso—. Podríamos desaparecer fácilmente...

—Sí, ¿y adónde saldríamos? A Oxford, a pocos metros de la casa de sir Charles, en plena luz del día, seguramente en una calle ancha delante de un autobús. No puedo practicar un corte en cualquier parte sin cerciorarme antes de que no existe peligro... Primero he de comprobar dónde estamos, y me llevaría demasiado tiempo. Hay un bosque detrás de esta casa. Si conseguimos escabullirnos entre los árboles, los despistaríamos.

—¡Debí matarla ayer! —exclamó furiosa Lyra, mirando por la ventana—. Es tan mala como su hermano. Quisiera...

—Cállate ya y vámonos —la interrumpió Will.

Comprobó que llevaba la daga prendida en el cinturón mientras Lyra se cargaba al hombro la pequeña mochila con el aletiómetro y las cartas del padre de Will. Atravesaron a todo correr la inmensa sala, el pasillo, la cocina y la trascocina, hasta salir a un patio adoquinado. Una verja daba acceso a un huerto, donde crecían verduras y hierbas aromáticas dispuestas en bancales.

El linde del bosque quedaba a unos cien metros y para llegar a él había que subir por una pendiente rala, donde no había ni arbustos para cobijarse. A la izquierda, más próximo que los árboles, se erguía en un montículo un pequeño edificio circular semejante a un templo, coronado por una galería abierta desde la que se dominaba una panorámica de toda la ciudad.

—Corramos —apremió Will, aunque habría preferido acostarse y cerrar los ojos.

Con Pantalaimon volando delante para vigilar, avanzaron a toda prisa por la hierba, alta y seca. Enseguida Will se vio obligado a aminorar la marcha al sentirse mareado.

Lyra se volvió para mirar a los niños, que no los habían visto aún; seguían en la parte delantera de la casa. Tardarían un rato en registrar todas las habitaciones...

De pronto Pantalaimon emitió un gorjeo de alarma al observar que en una ventana del segundo piso de la villa había un chiquillo que señalaba hacia ellos. Entonces oyeron un grito.

—Vamos, Will, vamos —lo animó Lyra.

Le tiró del brazo derecho para ayudarlo, y Will intentó acelerar el paso, pero las fuerzas no le respondían. Sólo podía caminar.

—No conseguiremos llegar a los árboles —concluyó—. Están demasiado lejos. Tendremos que ir a esa especie de templo. Si cerramos la puerta quizá los mantendremos a raya el tiempo suficiente para abrir una ventana...

Pantalaimon se adelantó como una bala y Lyra lo llamó entre jadeos para exigirle que se detuviese. Entonces Will casi advirtió el lazo que unía a ambos, que hacía reaccionar a la niña a la menor tensión que le infligía el daimonion. Avanzaba a trompicones sobre la espesa hierba mientras Lyra se alejaba corriendo para inspeccionar, regresaba luego para ayudarlo y de nuevo se iba, hasta que por fin llegaron a la franja empedrada que rodeaba el templo.

La puerta del pequeño pórtico no estaba cerrada con llave, de modo que sin más preámbulo entraron en una peculiar estancia circular cuyas paredes estaban adornadas con varias estatuas de diosas dispuestas en hornacinas. Del centro exacto de la sala partía una escalera metálica de caracol que se prolongaba a través de una abertura practicada en el techo. Como no había llave con que asegurar la puerta, subieron precipitadamente por los peldaños y salieron al piso superior, de suelo de madera, que albergaba un mirador, un sitio idóneo para salir a tomar el aire y contemplar la ciudad, pues carecía de ventanas y paredes, y sólo sostenía el techo una serie de arcos, en cuya parte inferior había antepechos para apoyarse y, bajo éstos, un tejadillo que descendía con una suave inclinación hasta el canalón.

Observaron que tras ellos se extendía el bosque, cercano y tentador; a sus pies, se hallaba la villa, y más allá, el parque, que precedía a los tejados de tonos pardos rojizos de la ciudad, entre los que destacaba, a la izquierda, la torre de los Ángeles. Sobre sus almenas grises planeaban unos cuervos carroñeros, y Will sintió náuseas al comprender el motivo de su presencia.

Sin embargo, no había tiempo que perder en panorámicas; primero debían habérselas con los niños, que subían a la carrera hacia el templo, profiriendo gritos de rabia y excitación. El cabecilla aflojó el paso y, tras levantar la pistola, disparó dos o tres tiros en dirección al templo. Sus compañeros seguían avanzando mientras vociferaban:

—¡Ladrones!

—¡Asesinos!

—¡Os mataremos!

—¡Tenéis nuestra daga!

—¡Vosotros no sois de aquí!

—¡Vais a morir!

Will no les prestó atención. Había desenfundado ya la daga, con la que se apresuró a crear una pequeña ventana para ver dónde estaban... Retrocedió en el acto al observarlo. Lyra se asomó también y, como él, se apartó decepcionada. Se encontraban a unos quince metros del suelo, sobre una calle atestada de circulación.

—Claro —dedujo con amargura Will—, hemos subido una pendiente... No hay forma de salir. Tendremos que contenerlos como sea.

Al cabo de unos segundos los primeros niños entraban en tropel. Sus gritos, al resonar entre las paredes del edificio, cobraron mayor ferocidad. De pronto se oyó una detonación, y luego otra más; los chillidos adquirieron un matiz distinto y enseguida las escaleras comenzaron a temblar, lo que indicaba que ya habían iniciado el ascenso.

Mientras Lyra se acurrucaba, paralizada, junto a la pared, Will, que aún empuñaba la daga, llegó con dificultad hasta la abertura del suelo y, boca abajo, rebanó con ella el primer peldaño como si fuera papel. Privada de sostén, la escalera comenzó a doblarse bajo el peso de los niños apelotonados encima, hasta que se desplomó con estrépito. Siguieron más alaridos y muestras de confusión, y de nuevo la pistola vomitó una bala. Esta vez, sin embargo, el disparo fue accidental, al parecer, ya que alguien había resultado herido, pues el grito que sonó fue de dolor.

Will miró abajo y vio un amasijo de cuerpos que se retorcían, cubiertos de yeso, polvo y sangre. No se percibían como individuos diferenciados, sino que conformaban una masa, como la marea, e igual que ésta se elevaron enfurecidos a sus pies, dando saltos, tendiendo la mano, amenazando y escupiendo, incapaces de alcanzarlo.

Entonces alguien los llamó desde la puerta. Los que se hallaban en condiciones de moverse se dirigieron en manada hacia ella, mientras sus compañeros quedaban atrapados bajo las escaleras de hierro o se esforzaban aturdidos por levantarse del suelo sembrado de escombros.

Will no tardó en averiguar por qué habían salido corriendo. Oyó un ruido procedente del tejadillo que circundaba las arcadas y, al asomarse por la barandilla, vio el primer par de manos aferradas a la primera línea de tejas para auparse; alguien empujaba desde abajo. Después surgieron una cabeza y otro par de manos, y apoyados sobre las espaldas y hombros de sus compañeros, los niños fueron trepando hasta el tejado. Las ondulaciones de éste les dificultaban, no obstante, el avance, y por eso los primeros se desplazaban a gatas, sin desviar ni un segundo su ardiente mirada del rostro de Will. Lyra había acudido a su lado, y Pantalaimon, convertido en leopardo, apoyaba las patas sobre el antepecho con el fin de intimidar a la avanzadilla.

—¡Muerte! ¡Muerte! ¡Muerte! —exclamó alguien y después los demás lo corearon, elevando cada vez más la voz, marcando el ritmo con taconazos y golpes en las tejas.

No se atrevían a acercarse más, amedrentados por el daimonion. De pronto se partió una teja y el chiquillo que estaba encima resbaló y cayó. Otro muchacho cogió la pieza desprendida y la arrojó a Lyra.

La niña se apartó hacia un lado y el proyectil de barro se estrelló contra la columna, a su lado; una lluvia de añicos cayó sobre Lyra. Will, que ya se había fijado en la barandilla de metal que rodeaba la abertura central del suelo, procedió a cortar dos piezas de una longitud similar a una espada y entregó una a Lyra. Luego echó hacia atrás la suya para tomar impulso y la descargó de costado sobre la primera cabeza que apareció ante él. El niño se desplomó en el acto, y enseguida lo relevó otro asaltante. Era Angelica, que, con el semblante pálido y la mirada enfebrecida enmarcada por su cabello pelirrojo, se encaramó al antepecho. Lyra la empujó con violencia con el tubo de hierro y la obligó a retroceder.

Will también se afanaba por contener el asalto. Con la daga enfundada, utilizaba el trozo de barandilla para golpear a sus enemigos, y si bien varios niños retrocedieron, otros ocuparon de inmediato su lugar, impulsados por una incensante marea que ascendía desde el suelo.

Entonces apareció el niño de la camiseta de rayas, aunque sin la pistola; tal vez la había perdido o se habían quedado sin balas. Clavó en Will una mirada de inquina que éste le devolvió. Ambos tuvieron la certeza de lo inevitable: iban a enzarzarse en una pelea a muerte.

—Acércate —lo invitó Will, ansioso por trabar combate—, ven de una vez...

Un segundo más y se iniciaría el duelo.

Pero de pronto ocurrió algo extrañísimo: un gran ganso gris descendió en picado con las alas desplegadas, emitiendo tan estruendosos graznidos que hasta los niños del tejado abandonaron un momento su frenesí para volverse a mirar.

—¡Kaisa! —exclamó con regocijo Lyra. Era, en efecto, el daimonion de Serafina Pekkala.

El ganso gris lanzó un penetrante graznido que se expandió en el aire, y pasó volando en círculo a tan sólo un centímetro del chico de la camiseta de rayas. Éste retrocedió espantado y bajó rápidamente del tejadillo. Los demás comenzaron a chillar alarmados al ver que en el cielo había algo más: diminutas formas negras que surcaban el espacio azul; al reparar en ellas Lyra comenzó a gritar llena de alborozo.

—¡Serafina Pekkala! ¡Aquí! ¡Socorro! ¡Estamos aquí! En el templo...

Con un ruidoso silbido una docena de flechas atravesó el aire, seguida de otra y luego otra más, en tan cortos intervalos de tiempo que casi cayeron a la vez en el tejado de la galería, provocando un contundente estrépito, como si fueran martillazos. Los niños notaron con estupefacción que la agresividad se disipaba al momento, sustituida por un horrible miedo ¿qué eran esas mujeres vestidas de negro que se precipitaban volando hacia ellos ? ¿Cómo era posible tal prodigio? ¿Serían fantasmas? ¿Eran acaso una nueva clase de espantos?

Entre gimoteos y lloros saltaron del tejado. Algunos cayeron mal y se alejaron cojeando, otros rodaron por la pendiente en su afán por huir; ya no eran una turba, sino un montón de chiquillos temerosos y avergonzados. Un minuto después de la aparición del ganso gris, el último niño se marchó del templo y a partir de entonces sólo se oyó el paso del aire entre las ramas de las brujas que descendían en círculo.

Will las miraba maravillado, mudo de perplejidad, en tanto que Lyra no cesaba de brincar.

—¡Serafina Pekkala! ¿Cómo nos habéis encontrado? ¡Gracias, gracias! ¡Iban a matarnos! Bajad...

Serafina y sus acompañantes negaron con la cabeza y cobraron de nuevo altura antes de volver a planear en círculo. El daimonion ganso trazó un arco y, encarado hacia el tejado, abatió sus grandes alas para reducir velocidad y posarse en las tejas, bajo el antepecho.

—Saludos, Lyra —dijo—. Serafina Pekkala no puede tomar tierra, y tampoco las demás. Este sitio está lleno de espantos. Hay como mínimo un centenar alrededor del edificio y más flotando sobre la hierba. ¿Es que no los veis?

—¡No! ¡Nosotros no los vemos!

—Ya hemos perdido una bruja por su causa, y no debemos arriesgarnos más. ¿Podéis bajar de este edificio?

—Si saltamos del tejado como han hecho los otros. Pero ¿cómo nos habéis encontrado? ¿Y dónde...?

—Basta de preguntas. Todavía quedan problemas por resolver, y de gran magnitud. Bajad como podáis y dirigíos a los árboles.

Sortearon el antepecho y descendieron de costado entre las tejas rotas hasta el canalón. No era excesiva la altura y abajo había una suave pendiente con mullida hierba. Primero saltó Lyra y luego Will, que procuró protegerse la mano, pues volvía a sangrarle y dolerle con renovada furia. La venda, que se le había desenroscado, colgaba suelta tras él, y cuando se sentó para intentar recomponerla el ganso gris se posó a su lado.

—Lyra, ¿quién es éste? —preguntó Kaisa.

—Es Will. Vendrá con nosotros...

—¿Por qué os evitan los espantos? —preguntó el ganso gris, dirigiéndose directamente a Will.

—No lo sé —contestó éste, que a aquellas alturas apenas se sorprendía por nada—. Nosotros no los vemos. ¡Un momento! —Se puso en pie, impulsado por una idea—. ¿Dónde están ahora? —inquirió—. ¿Dónde está el más cercano?

—A diez pasos, un poco más abajo —le informó el daimonion—. Es evidente que no quieren aproximarse más.

Will desenfundó la daga, mirando en la dirección que le habían indicado, y oyó que el daimonion emitía una exclamación de asombro. Sin embargo, no pudo llevar a cabo lo que se proponía, porque en ese momento aterrizó una bruja a su lado. No le asombró tanto el hecho de que volase como su pasmoso donaire, la fría y hechizadora intensidad de su mirada y sus pálidos brazos y piernas, tan lozanos y a un tiempo tan distantes de una auténtica juventud.

—¿Te llamas Will? —preguntó.

—Sí, pero...

—¿Por qué te temen los espantos?

—Por la daga. ¿Dónde está el más cercano? ¡Dígamelo! ¡Quiero matarlo!

Lyra acudió corriendo, sin dar tiempo a responder a la bruja.

—¡Serafina Pekkala! —exclamó al tiempo que se arrojaba a sus brazos con tal vehemencia que la bruja soltó una ruidosa carcajada antes de darle un beso en la frente—. Oh, Serafina, ¿de dónde habéis salido de esa forma? Estábamos... esos niños... eran niños, ¿eh?, y nos iban a matar... ¿Los has visto? Creíamos que íbamos a morir, y... ¡Ay, qué contenta estoy de que hayas venido! ¡Pensé que no volvería a verte más!

Serafina Pekkala miró por encima de la cabeza el sitio donde se apelotonaban los espantos a una prudente distancia y luego desvió la vista hacia Will.

—Ahora escuchad —dijo—, hay una cueva en estos bosques, no lejos de aquí. Subid por la ladera y, al llegar a lo alto de la loma, continuad a la izquierda. Podríamos transportar a Lyra un rato, pero tú eres demasiado grande, de modo que tendréis que ir a pie. Los espantos no nos seguirán, porque a nosotras no nos ven cuando volamos y a vosotros os temen. Nos reuniremos allí. Queda a media hora de camino.

Tras estas recomendaciones volvió a elevarse. Will se protegió los ojos con la mano para observar cómo ella y las demás andrajosas y a un tiempo elegantes figuras trazaban una curva en el aire y se alejaban como flechas sobre los árboles.

—¡Oh, Will, ahora estaremos a salvo! ¡Todo se resolverá ahora que Serafina Pekkala está aquí! —exclamó Lyra—. Nunca pensé que volvería a verla... Ha llegado en el momento justo, ¿eh? Como la otra vez, en Bolvangar...

Parloteando alegremente, como si hubiera olvidado por completo el combate, comenzó a subir por la pendiente en dirección al bosque. Will la siguió en silencio, con la mano apoyada en el pecho, tratando de no pensar en el doloroso martilleo de la herida, por la que perdía un poco más de sangre con cada palpitación.

No tardaron media hora, sino tres cuartos, porque Will tuvo que pararse varias veces para descansar. Cuando llegaron a la cueva encontraron un fuego, un conejo ensartado encima y un pequeño puchero de hierro cuyo contenido removía Serafina Pekkala.

—Deja que te vea la herida —indicó sin más preámbulo a Will, que le tendió la mano con cierta turbación.

Pantalaimon, entonces un gato, observó con curiosidad. Will en cambio desvió la mirada, pues no le gustaba ver su mano mutilada, la ausencia de los dedos.

Las brujas hablaron con voz queda entre sí y luego Serafina Pekkala preguntó:

—¿Qué arma causó esta herida?

Will tomó la daga y se la ofreció en silencio. Las compañeras de la bruja la miraron con asombro y recelo, pues nunca habían visto una hoja como aquélla, con un filo tan extraordinario.

—Entonces necesitará algo más que hierbas para sanar. Será preciso un conjuro —declaró Serafina Pekkala—. Vamos a preparar uno. Estará listo cuando salga la luna. Mientras tanto, duerme un rato.

Le tendió una pequeña taza de cuerno que contenía una pócima caliente de sabor amargo suavizado con miel. Después de beberla Will se tendió y quedó sumido en un profundo sueño. La bruja lo cubrió con hojas antes de volverse hacia Lyra, que todavía roía el conejo.

—Y ahora, Lyra, explícame quién es este chico, qué sabes de este mundo y sobre esa daga que lleva.

Lyra respiró hondo y procedió a contárselo.

12

LENGUAJE EN PANTALLA

*E*xplícamelo otra vez —pidió el doctor Oliver Payne, en el pequeño laboratorio con vistas al parque—, porque o no te he entendido o lo que dices es un puro disparate. ¿Una niña de otro mundo?

—Eso afirmó ella. Sí, sé que parece absurdo, pero escúchame, Oliver, por favor —rogó la doctora Mary Malone—. Sabía qué son las Sombras; ella las llama Polvo, pero es lo mismo. Son nuestras partículas de Sombra. Y te repito que cuando se conectó con los electrodos a la Cueva, vi el espectáculo más magnífico que he contemplado jamás en la pantalla: dibujos, símbolos... Traía un instrumento, una especie de brújula de oro, con diversos símbolos en el borde, y aseguró que podía leerlo de la misma manera. Y conocía el estado mental necesario, de una manera íntima, experimentada.

Era media mañana. La doctora Malone, la licenciada de Lyra, tenía los ojos enrojecidos por la falta de sueño, y su colega, que acababa de regresar de Génova, estaba impaciente por escuchar más cosas, a pesar del escepticismo y la preocupación que suscitaban en él tales explicaciones.

—El caso es que estableció comunicación con ellas, Oliver. Son conscientes y tienen capacidad para reaccionar ante los estímulos. ¿Te acuerdas de esos cráneos? Pues la niña me contó que algunos cráneos del museo Pitt-Rivers..., que con esa especie de brújula suya había averiguado que son mucho más antiguos de lo que se informa en el museo y que había Sombras...

—Un momento, vayamos por partes. ¿Qué estás diciendo?

¿Que ha confirmado lo que sospechábamos o que ha aportado algo nuevo?

—Ambas cosas... no lo sé. Supón que algo ocurrió hace treinta o cuarenta mil años. Anteriormente ya había partículas de Sombra en el mundo, pues su presencia se remonta al Big Bang, pero no había forma física de amplificar sus efectos en nuestro nivel, el nivel antrópico, el nivel del hombre. Y luego sucedió algo, no me figuro qué, algo que en todo caso implicó una evolución. Y a cuento de eso viene lo de los cráneos, ¿recuerdas? ¿Nada de Sombras antes de esas fechas, y en abundancia después? Y sobre los cráneos que cotejó en el museo con esa brújula o lo que sea, la niña dijo lo mismo. Mi hipótesis es que en ese período el cerebro humano se convirtió en el vehículo ideal de ese proceso de amplificación. De repente nos transformamos en seres dotados de conciencia.

El doctor Payne decantó su taza de plástico para apurar el café que quedaba en ella.

—¿Y por qué tuvo que ocurrir precisamente en ese período? —inquirió—. ¿Por qué de manera repentina hace treinta y cinco mil años?

—Oh, ¿quién lo sabe? Nosotros no somos paleontólogos. Lo ignoro, Oliver, me limito a hacer conjeturas. ¿No crees que al menos es posible?

—¿Y ese policía? Háblame de él.

—Se llamaba Walters —contestó la doctora Malone después de restregarse los ojos—. Dijo que era de la Sección Especial. Creía que ese departamento se dedicaba a las cuestiones políticas.

—Terrorismo, subversión, espionaje... todo eso. Continúa. ¿Qué quería? ¿Por qué vino aquí?

—Por la niña. Dijo que buscaba a un chico de aproximadamente su edad, no me explicó por qué, y que lo habían visto en compañía de la niña que estuvo aquí. Sin embargo, sospecho que había algo más, Oliver. El agente estaba al corriente de la investigación, incluso preguntó...

La doctora se interrumpió al sonar el teléfono y se encogió de hombros mientras su compañero atendía la llamada. Después de hablar un momento, Oliver colgó el auricular.

—Tenemos una visita —anunció.

—¿Quién?

—No me suena de nada el nombre... sir no sé qué. Escucha, Mary, yo quedo fuera del proyecto.

—Conque te ofrecieron el trabajo.

—Sí. Tengo que aceptarlo. Debes comprenderlo.

—Bien, entonces es el final.

El doctor Payne abrió los brazos en un gesto de impotencia.

—Si he de serte sincero... No encuentro ningún sentido a todo eso que acabas de contarme. Niños venidos de otro mundo, Sombras fósiles... Es demasiado disparatado. Me niego a involucrarme en eso. Debo proteger mi carrera, Mary.

—¿Y los cráneos cuya antigüedad comprobaste? ¿Y las Sombras que rodeaban esa estatuilla de marfil?

El doctor meneó la cabeza al tiempo que se volvía de espaldas, y antes de que tuviera tiempo de responder sonó un golpe en la puerta. Se dirigió a abrirla casi con alivio.

—Buenos días —saludó sir Charles—. ¿Doctor Payne? ¿Doctora Malone? Me llamo Charles Latrom. Han sido muy amables al recibirme sin haber concertado una cita previa.

—Pase —lo invitó la doctora Malone con un punto de desconcierto—. Sir Charles, creo que ha dicho Oliver. ¿En qué podemos servirle?

—Tal vez sea yo quien pueda serles de utilidad —matizó—. Tengo entendido que están esperando los resultados de su solicitud de financiación.

—¿Cómo lo sabe? —inquirió el doctor Payne.

—Yo trabajaba para la administración, concretamente como asesor en materia científica. Todavía mantengo contactos con ese mundo, y me enteré... ¿Puedo sentarme?

—Oh, sí, haga el favor —lo animó la doctora Malone ofreciéndole una silla, en la que el hombre se acomodó como si se dispusiera a presidir una reunión.

—Gracias. Me enteré por un amigo... cuyo nombre prefiero no mencionar porque el Acta de Secretos Oficiales prevé toda clase de pequeñeces e indiscreciones... El caso es que me enteré de que estaban examinando su solicitud, y lo que me comentó me intrigó tanto que debo confesar que le pedí que me dejara ver su trabajo. Sé que no me correspondía a mí hacerlo, aunque dado que aún actúo como una especie de asesor oficioso, me valí de eso como excusa. Y encontré fascinante lo que leí.

—¿Quiere decir que piensa que nos renovarán la asignación? —preguntó la doctora Malone, inclinándose en actitud anhelante.

—Por desgracia, no. Debo serles franco. No parece que vayan a concedérsela.

La doctora Malone dejó caer los hombros con abatimiento.

—¿Para qué ha venido aquí entonces? —preguntó el doctor Payne, que observaba al anciano con prudente curiosidad.

—Pues, verán, todavía no han tomado una decisión definitiva. Las perspectivas no son buenas, sinceramente, porque no se muestran favorables a seguir financiando esta clase de investigaciones. De todas formas, tal vez si tuvieran a alguien que intercediera por ustedes, cambiarían de opinión.

—¿Un abogado? ¿Se refiere a usted? No creía que funcionara así —declaró la doctora Malone, levantándose de su asiento—. Pensaba que sometían las solicitudes a varias rondas de meticuloso examen y...

—Así es en teoría, desde luego —corroboró sir Charles—, pero también sirve de ayuda saber cómo funcionan en la práctica estas comisiones, y conocer a sus miembros. Bien, me tienen a su disposición. Siento un vivo interés por su trabajo, que considero podría ser de gran valor y no debería interrumpirse. ¿Me aceptarían como representante oficioso de su causa?

—Hombre... ¡Oh, sí! —contestó la doctora Malone, con el alivio del náufrago al que acaban de arrojar un salvavidas—. ¡Por supuesto que sí! Gracias... pero ¿de veras cree que su intervención será decisiva? No pretendo dar a entender que... No sé qué digo. ¡Sí, sí nos interesa!

—¿Y qué tendríamos que hacer nosotros a cambio? —preguntó el doctor Payne.

La doctora Malone lo miró con sorpresa. ¿No acababa de anunciar que había aceptado el empleo en Ginebra? Parecía, con todo, que comprendía mejor a sir Charles que ella, pues entre ambos se había establecido un nexo de complicidad.

—Me alegra comprobar que me ha entendido —declaró el anciano—. No anda desencaminado. Me resultaría especialmente grato que imprimieran una dirección concreta a su investigación. Si llegáramos a un acuerdo, quizá podría incluso conseguir una financiación complementaria de algún otro organismo.

—Un momento, un momento —intervino la doctora Malone—. El carácter de esta investigación nos corresponde decidirlo a nosotros. Estoy dispuesta a aceptar que se cuestionen los resultados, pero no que se imponga la dirección que debemos seguir. Como usted comprenderá...

Sir Charles alzó las manos en un gesto de pesar y se puso en pie. Oliver Payne se levantó también con cierto nerviosismo.

—No, por favor, sir Charles —le pidió—. Estoy seguro de que

la doctora Malone escuchará su propuesta. Mary, no hay nada malo en escuchar, por el amor de Dios. Además, podría tener una repercusión trascendental.

—Pensaba que te marchabas a Ginebra —replicó ella.

—¿Ginebra? —preguntó sir Charles—. Un sitio excelente. Hay muchas salidas allí, y mucho dinero también. No quisiera que por mí renunciara a una buena oportunidad.

—No, no; aún no está decidido —se apresuró a aclarar el doctor Payne—. Aún quedan muchos puntos por concretar... todo está bastante en el aire. Sir Charles, tome asiento, por favor. ¿Quiere que le traiga un café?

—Sería muy amable de su parte —agradeció sir Charles antes de volver a instalarse en su silla, con el aire de un gato satisfecho.

La doctora Malone lo observó con atención por primera vez y vio un hombre que frisaba en los setenta años, próspero, lleno de confianza, bien vestido, acostumbrado a la mejor calidad en todo, habituado a moverse en círculos de gente influyente y susurrar confidencias a los oídos de personas importantes. Oliver estaba en lo cierto: quería algo. Y no obtendrían su apoyo si no se lo concedían.

La doctora Malone cruzó los brazos mientras el doctor Payne le ofrecía una taza.

—Disculpe que sea un tanto primitivo...

—Oh, no, en absoluto. ¿Continúo pues con lo que les decía?

—Sí, tenga la bondad —contestó el doctor Payne.

—Bien, si no me equivoco ustedes han realizado algunos fascinantes descubrimientos en el campo de la conciencia. Sí, ya sé que todavía no han publicado nada al respecto y que en apariencia queda muy alejado del tema inicial de su investigación. De todas formas las noticias vuelan, y yo estoy especialmente interesado en eso. Me complacería mucho que, por ejemplo, concentraran sus pesquisas en la manipulación de la conciencia. Un segundo punto de estudio sería la hipótesis de la existencia de múltiples mundos... Everett, ¿recuerdan?, 1957 más o menos. Creo que están sobre la pista de algo que podría suponer un avance considerable de esa teoría. Además esa área de investigación podría atraer incluso financiación del Departamento de Defensa, que como tal vez sepan cuenta con abundantes recursos aun hoy en día y, por otra parte, no está sujeto a esos fatigosos procesos de solicitudes.

»No esperen que revele cómo ha llegado esto a mi conocimiento —prosiguió, conteniendo a la vez con un gesto la inminente pregunta que se adivinaba en labios de la doctora Malone—. Ya he mencionado antes el Acta de Secretos Oficiales, que, aun siendo un tedioso texto legislativo, no conviene tomar a broma. El caso es que confío en que se produzcan ciertos avances en el tema de los mundos múltiples. Creo que ustedes son las personas indicadas para hacerlo. El tercer punto guarda relación con cierto individuo, una niña.

Hizo una pausa para tomar un sorbo de café. La doctora Malone había quedado sin habla, estaba pálida y se sentía un tanto aturdida.

—Por diversos motivos —continuó sir Charles—, mantengo contacto con los servicios de espionaje. Están interesados en una niña que tiene en su poder un raro aparato, un instrumento científico antiguo, sin duda robado, que debería encontrarse en manos más seguras que las suyas. La acompaña un chaval de aproximadamente su misma edad, unos doce años, al que busca la policía en relación con un asesinato. Cabe discutir, desde luego, si un niño de esa edad es capaz de asesinar a alguien, pero es seguro que mató a alguien.

»Es posible que usted, doctora Malone, haya tenido contacto con uno de estos dos niños. Asimismo es posible que esté dispuesta a explicar a la policía lo que sabe, pero haría un servicio muy superior contándomelo a mí en privado. Yo puedo conseguir que las autoridades más adecuadas se ocupen de ello con eficiencia y rapidez, sin intromisiones de los medios de comunicación sensacionalistas. Sé que el inspector Walters se entrevistó con usted ayer, y que acudió la niña... Sé de qué hablo, como habrá advertido. Si, por ejemplo, volviera a verla y no me lo dijera, también me enteraría. Haría bien en reflexionar sobre eso y poner en orden los recuerdos de lo que le explicó e hizo cuando estuvo aquí. Se trata de un asunto que concierne a la seguridad nacional, compréndalo.

»Bien, esto es todo. Aquí tienen mi tarjeta por si desean ponerse en contacto conmigo. Yo en su lugar no me demoraría demasiado, porque, como ya saben, la comisión de recursos se reúne mañana. Pueden localizarme en este número a cualquier hora.

Entregó una tarjeta a Oliver Payne y, al ver que la doctora Malone seguía de brazos cruzados, dejó otra encima del banco. El doctor Payne fue a abrirle la puerta. Sir Charles se colocó su sombrero de Panamá, le dio un ligero golpecito y, tras dispensar una radiante sonrisa a los profesores, salió de la habitación.

—¿Estás loca, Mary? —exclamó el doctor Payne en cuanto el

anciano se hubo marchado—. ¿A qué ha venido ese comportamiento?

—¿Y aún lo preguntas? ¿No te habrás dejado engatusar por ese viejo?

—¡No se pueden rechazar ofertas como ésta! ¿Quieres que este proyecto siga adelante o no?

—No ha sido una oferta —replicó con vehemencia—, sino un ultimátum; haced lo que que yo os digo, u os quedaréis sin nada. Además, Oliver, ¿es que no ves adónde quería ir a parar con todas esas amenazas e insinuaciones, pretendidamente veladas, acerca de la seguridad nacional?

—Lo que ocurre es que veo la situación con más claridad que tú. Si tú declinas, no cerrarán este departamento y se acabó. Lo trasladarán a otro lugar. Si están tan interesados como asegura, querrán que las investigaciones prosigan, pero con las condiciones que ellos dicten.

—Pero sus condiciones serían... ¿Qué quieres, que busquemos financiación en el Departamento de Defensa? Seguro que querrían descubrir nuevas formas de matar a la gente. Y ya has oído lo que ha dicho sobre la conciencia, que quiere manipularla, ni más ni menos. Me niego a participar en este plan, Oliver.

—De todas formas lo llevarán a cabo y tú perderás tu trabajo. Si te quedas, podrías influir para que la investigación tome un rumbo más positivo. ¡Continuarías interviniendo en ella!

—¿Y a ti por qué te interesa tanto, eh? ¿No estaba decidido lo de Ginebra?

—No del todo —reconoció el doctor Payne—. Aún no hay nada firmado. Esto representaría un cambio radical, y no me gustaría dejarlo ahora que parece que estamos por el buen camino...

—¿Qué quieres decir?

—No quiero decir...

—Estás insinuando algo. ¿Qué?

—Pues... —Empezó a pasearse por el laboratorio meneando la cabeza—. Pues que si tú no te pones en contacto con él, lo haré yo —confesó finalmente.

—Ah, comprendo —dijo la doctora tras un breve silencio.

—Mary, yo tengo que pensar en...

—Sí, claro.

—No es eso...

—No, no.

—No lo entiendes...

—Sí lo entiendo. Es muy simple. Si prometes cumplir sus instrucciones, te concederán la beca, yo me marcharé y tú me relevarás como director. No es difícil de entender. Dispondrías de un presupuesto más cuantioso, de un montón de máquinas nuevas, de media docena de licenciados a tus órdenes. No es mala idea. Adelante, Oliver, hazlo, yo me retiro. Esto apesta.

—Tú no has...

Se interrumpió al ver la expresión del rostro de la doctora Malone, quien se quitó la bata blanca, la colgó detrás de la puerta y, tras guardar unos pocos papeles en el bolso, salió sin decir palabra. En cuanto se hubo marchado, Oliver cogió la tarjeta de sir Charles y descolgó el auricular del teléfono.

Unas horas más tarde, poco antes de la medianoche, la doctora Malone aparcó el coche ante el edificio de ciencias y entró en él por una puerta lateral. Cuando doblaba una esquina para subir por las escaleras, apareció por otro pasillo un hombre que le produjo tal sobresalto que a punto estuvo de dejar caer el maletín al suelo. El individuo vestía de uniforme.

—¿Adónde va? —le preguntó.

Le interceptaba el paso con su recio cuerpo, y ella apenas le distinguía los ojos bajo la visera de la gorra.

—A mi laboratorio. Trabajo aquí. ¿Quién es usted? —preguntó entre temerosa y enojada.

—De seguridad. ¿Tiene algún documento de identidad?

—¿De seguridad? Salí del edificio a las tres de la tarde y sólo había un bedel, como de costumbre. Me corresponde a mí pedir que se identifique. ¿Quién lo ha puesto aquí? ¿Y por qué?

—Aquí tiene mi carné —repuso el hombre, mostrándole una tarjeta con tal rapidez que le resultó imposible leer los datos—. ¿Me enseña el suyo?

La doctora advirtió que llevaba un teléfono móvil colgado de la cintura. ¿O era una pistola? No, aquello era producto de su paranoia. Por otra parte, no había contestado a sus preguntas, pero si insistía, suscitaría sospechas en aquel tipo, y lo importante era llegar al laboratorio. Cálmalo como si se tratara de un perro, pensó mientras revolvía en el bolso hasta encontrar la cartera.

—¿Le sirve esto? —preguntó tendiéndole la tarjeta que utilizaba para accionar la barrera del aparcamiento.

El hombre le echó una ojeada.

—¿Qué hace aquí a estas horas de la noche? —preguntó a continuación.

—Estoy realizando un experimento y debo revisar los ordenadores cada ciertas horas.

Parecía que el tipo intentaba encontrar un motivo para prohibirle el paso, o quizá simplemente se regodeaba ejerciendo su poder. Por fin asintió con la cabeza y se hizo a un lado. La doctora le sonrió al pasar, pero él mantuvo impasible la expresión.

Cuando llegó al laboratorio todavía temblaba. La única «seguridad» de que había gozado hasta entonces aquel edificio consistía en la que brindaban una cerradura en la puerta y un anciano bedel, y no se le escapaba a qué se debía aquella novedad. De aquello se deducía que disponía de poco tiempo: tendría que cumplir su propósito sin demora, porque una vez que se enteraran de lo que se proponía, no tendría oportunidad de volver a entrar.

Cerró la puerta con llave y bajó las persianas. Accionó el detector, sacó un disquete del bolsillo y lo introdujo en el ordenador que controlaba la Cueva. Al cabo de un minuto comenzaba a manipular los números aparecidos en la pantalla, valiéndose a partes iguales de la lógica, de la intuición y del programa en cuya elaboración había invertido toda la tarde en su casa; la complejidad de la tarea que tenía entre manos exigía toda su concentración.

Finalmente se apartó el cabello de la frente, se aplicó los electrodos a la cabeza y flexionó los dedos antes de comenzar a teclear con una curiosa sensación de inseguridad.

```
Hola. No sé bien qué estoy
haciendo. Quizás esto sea
un disparate.
```

Las palabras se colocaron por sí solas a la izquierda de la pantalla, lo que le deparó la primera sorpresa. No utilizaba ningún procesador de textos —de hecho estaba prescindiendo de buena parte del sistema operativo—, y la configuración que había adquirido aquella sucesión de palabras no se debía a su intervención. Notó que se le erizaba el vello y tomó conciencia de la totalidad del edificio en que se encontraba, de los pasillos oscuros, de las máquinas en reposo, de los diversos experimentos que seguían automáticamente su curso, mediante ordenadores que analizaban pruebas y anotaban resultados, del aire acondicionado que controlaba y ajustaba la temperatura y la humedad, de todos los conductos, tuberías y cables que constituían las arterias y los nervios del inmueble y que estaban despiertos, alerta... casi conscientes, de hecho.

Volvió a probar.

> Intento hacer con palabras
> lo que ya he hecho antes
> con un estado mental
> determinado, pero...

Antes de que terminara la frase el cursor comenzó a desplazarse a toda velocidad en el lado derecho de la pantalla y escribió:

> Formule una pregunta.

Casi al instante experimentó la sensación de que se adentraba en un espacio inexistente. Todo su ser sufrió una sacudida. Tardó un momento en recobrar la calma suficiente para volver a probar. Cuando lo hizo, las respuestas aparecieron a la derecha de la pantalla antes incluso de que ella acabara las preguntas.

¿Sois sombras?	Sí.
¿Sois lo mismo que el polvo de Lyra?	Sí.
¿Es esto materia oscura?	Sí.
¿Es consciente la materia oscura?	Desde luego.
Lo que le he dicho a Oliver esta mañana, mi hipótesis sobre la evolución humana, ¿es...	Correcta. Pero tiene que hacer más preguntas.

Se detuvo, respiró hondo, apartó la silla y flexionó los dedos. El corazón le latía deprisa. Todo cuanto estaba sucediendo era imposible: la educación recibida, su inteligencia, su conciencia de sí misma en tanto que profesional de la ciencia le gritaban al cerebro: ¡Esto es falso! ¡No es real! ¡Estás soñando! Sin embargo allí estaban, plasmadas en la pantalla, sus preguntas y las respuestas proporcionadas por otra conciencia.

Hizo acopio de fuerzas y volvió teclear. Una vez más las respuestas se materializaron al instante.

La conciencia que responde a estas preguntas no es humana, ¿verdad?	No. Pero los humanos nos conocen desde siempre.
¿Nos conocen? ¿Sois más de uno?	Somos incontables billones.
Pero ¿qué sois?	Ángeles.

Mary Malone quedó anonadada. Había recibido una educación católica y, tal como había descubierto Lyra, había sido monja.

Si bien ya había perdido la fe, sabía bastantes cosas sobre los ángeles. San Agustín había dicho: «Ángel es el nombre de su ministerio, no de su naturaleza. Si se busca el nombre de su naturaleza, éste es espíritu; si se busca el nombre de su ministerio, éste es ángel; por lo que son, espíritu, por lo que hacen, ángel.»

Temblorosa, presa de vértigo, volvió a pulsar las teclas:

¿Los ángeles son criaturas de materia oscura? ¿De polvo?	Estructuras. Complejificaciones. Sí.
¿Y la materia oscura es lo que se ha venido llamando espíritu?	Por lo que somos, espíritu; por lo que hacemos, materia. Materia y espíritu son una misma cosa.

Se estremeció al caer en la cuenta de que le habían leído el pensamiento.

¿Habéis intervenido en la evolución humana?	Sí.
¿Por qué?	Venganza.

Venganza... ¡Ah! ¡los
ángeles rebeldes! Después
de la guerra en el cielo...
Satán y el jardín del Edén...
pero no es cierto cierto, ¿no? ¿Es
eso lo que...? Pero ¿por qué?

Busque a la niña y al niño
no pierda más tiempo.
Debe interpretar el papel
de la serpiente.

Retiró las manos del teclado y se frotó los ojos. Las palabras seguían en la pantalla cuando volvió a mirarla.

¿Dónde

Vaya a una calle llamada
Sunderland Avenue y busque
una tienda de campaña.
Engañe al guardia y pase.
Lleve provisiones para un
largo viaje. Estará protegida.
Los espantos no la tocarán.

Pero si...

Antes de irse, destruya estos
datos.

No comprendo...
¿Por qué yo?
¿Qué es este viaje? ¿Y...

Se ha estado preparando
para esto toda su vida. Su
trabajo aquí ha terminado. Lo
último que debe hacer en este
mundo es impedir que los
enemigos asuman su control.
Destruya los datos. Hágalo
ahora mismo y váyase de
inmediato.

Mary Malone retrocedió con la silla y se puso en pie temblando. Se apretó las sienes y, al advertir que todavía llevaba los electrodos prendidos a la piel, se los quitó distraídamente. Podría haber puesto en tela de juicio lo que había hecho y lo que aún veía en la pantalla, pero desde hacía media hora se hallaba en un estado en el que habían quedado atrás toda duda y certeza a la vez. Había ocurrido algo que la había dejado galvanizada.

Desconectó el detector y el amplificador. Después de eludir todos los códigos de seguridad, formateó el disco duro del ordenador para borrar así toda la información y eliminó el interfaz de conexión entre el detector y el amplificador, contenido en una tarjeta especialmente adaptada, que colocó en el banco y aplastó con el tacón del zapato, a falta de otro objeto más contundente. A continuación desenchufó los cables que conectaban el campo electromagnético con el detector, localizó su esquema del circuito y le prendió fuego. ¿Podía hacer algo más? Aunque no podía remediar que Oliver Payne conociera el programa, el *hardware* especial con el que éste funcionaba había quedado fuera de juego.

Tras embutir unos pocos papeles en el ya abarrotado maletín, cogió el póster con los hexagramas del I Ching y lo guardó en el bolsillo. Después apagó la luz y salió.

El guardia de seguridad se encontraba al pie de las escaleras, hablando por teléfono. Al verla bajar, interrumpió la conversación y la acompañó en silencio hasta la puerta lateral. Luego se quedó mirando por el cristal mientras se alejaba con el coche.

Una hora y media después detuvo el vehículo en una calle próxima a Sunderland Avenue. Había tenido que consultar un plano de Oxford, porque no conocía aquella parte de la ciudad. Hasta ese momento había actuado con una excitación contenida, pero al salir del coche a aquellas horas de la noche y verse rodeada de oscuridad, frío y silencio, sintió que la asaltaba la aprensión. ¿Y si estaba soñando? ¿Y si todo aquello era una especie de broma pesada?

Bueno, era demasiado tarde para preocuparse por eso. Ya se había metido de lleno en aquella aventura. Levantó la mochila que tantas veces había utilizado en sus acampadas en Escocia y los Alpes, pensando que al menos sabía cómo sobrevivir en plena naturaleza; si las cosas se torcían hasta extremos indecibles, siempre podía huir, echarse al monte...

Ridículo.

De todas formas se cargó la mochila a la espalda y enfiló Banbury Road para recorrer a pie los escasos metros que la separaban de Sunderland Avenue, con la sensación de que estaba cometiendo la mayor tontería de su vida. Sin embargo, cuando al doblar la esquina vio aquellos peculiares olmos tan redondos que Will había descubierto, comprendió que al menos había algo de cierto en todo aquello. Al otro lado de la calle, debajo de los árboles, había una pequeña tienda cuadrada de nailon rojo y blanco, como las que montan los electricistas para protegerse de la lluvia mientras trabajan, y a escasa distancia, una furgoneta aparcada con cristales oscuros en las ventanillas.

Convenía obrar sin vacilación. Cruzó la calzada hacia la tienda. Cuando ya casi había llegado, se abrió la puerta trasera de la furgoneta y salió un policía. Se veía muy joven sin el casco puesto, y la farola situada bajo el denso follaje le iluminaba de pleno la cara.

—¿Puede decirme adónde va, señora? —preguntó.

—A la tienda.

—Me temo que no es posible, señora. Tengo órdenes de no dejar acercarse a nadie a ella.

—Perfecto —le felicitó la doctora—. Me alegra que hayan protegido el lugar. Pertenezco al Departamento de Ciencias Físicas... Sir Charles Latrom nos pidió que realizásemos una inspección preliminar de la que deberíamos informar antes de que lo examinen con más detalle. Es importante que se lleve a cabo ahora, aprovechando que hay poca gente en los alrededores... Seguro que usted comprende los motivos.

—Sí, claro —concedió el policía—. Pero ¿tiene algún documento que acredite su identidad?

—Oh, sí —contestó ella.

A continuación se descolgó la mochila para buscar la cartera. Entre los objetos que se había llevado del cajón del laboratorio se encontraba un carné de biblioteca caducado de Oliver Payne. Tras quince minutos de manipulación en la mesa de su cocina, y utilizando la fotografía de su pasaporte, había obtenido algo que consideró podía pasar por auténtico. El policía tomó el carné plastificado y lo observó con atención.

—Doctora Olive Payne —leyó—. ¿No conocerá por casualidad a una tal doctora Mary Malone?

—Oh, sí. Es colega mía.

—¿Sabe dónde está ahora?

—En su casa, durmiendo, si está en su sano juicio. ¿Por qué?

—Porque la han destituido de su cargo y no le está permitido el acceso aquí. De hecho tenemos órdenes de detenerla si lo intenta. Y al ver a una mujer, lógicamente he pensado que podría ser ella, ¿me entiende? Perdóneme, doctora Payne.

—Ah, comprendo —dijo Mary Malone.

El policía echó una nueva ojeada al carné.

—Bien, esto parece en orden —afirmó, devolviéndoselo. Luego añadió, nervioso, con ganas de hablar—: ¿Sabe qué hay debajo de esa tienda?

—Aún no he tenido ocasión de verlo —respondió ella—. Por eso estoy aquí.

—Sí, claro. Adelante pues, doctora Payne.

Se apartó hacia un lado para dejar que desatara los cordones de la entrada de la tienda, lo que ella hizo temiendo que reparara en el temblor de sus manos. Luego, con la mochila apretada contra el pecho, avanzó. «Engañe al guardia.» Bien, ya lo había hecho, pero no tenía ni idea de qué encontraría dentro de la tienda. Estaba preparada para toparse con alguna excavación arqueológica, un cadáver, un meteorito, pero jamás habría imaginado que hallaría un metro cuadrado destacado en medio del aire, ni la ciudad silenciosa y dormida a orillas del mar en la que se encontró al atravesarlo.

13

ÆSAHÆTTR

Cuando salió la luna, las brujas procedieron a realizar el hechizo para curar la herida de Will. Lo despertaron y le pidieron que dejara la daga en el suelo, de tal forma que el resplandor de las estrellas incidiera sobre ella. Lyra, sentada cerca, vertió unas hierbas en un puchero de agua hirviendo colocado sobre el fuego y, acompañada por el rítmico batir de palmas y pies y cantos de sus compañeras, Serafina se agachó junto a la daga y empezó a cantar con voz potente y aguda:

> *¡Pequeña daga! El hierro que te dio vida*
> *lo desgajaron de las entrañas de la madre tierra.*
> *Después encendieron un fuego para calentar el metal,*
> *lo hicieron llorar, sangrar y manar,*
> *a golpes de martillo lo templaron,*
> *sumergiéndolo en agua helada,*
> *calentándolo en la forja*
> *hasta poner al rojo vivo tu hoja.*
> *Luego te hicieron herir el agua*
> *de nuevo, muchas, muchas veces,*
> *hasta que el vapor formó una ardiente niebla*
> *y el agua clamó piedad.*
> *Y cuando partiste una sola sombra*
> *en treinta mil sombras distintas,*
> *supieron que estabas acabada,*
> *y te pusieron el nombre de sutil.*

Pero ¿qué has hecho, pequeña daga?
¡Has dejado abiertas las espuertas de la sangre!
Pequeña daga, tu madre te llama,
desde las entrañas de la tierra,
desde sus más profundas galerías y cavernas,
desde su secreto vientre de hierro.
¡Escucha!

Serafina volvió a marcar el ritmo con los pies y las manos, uniéndose a las otras brujas, y juntas profirieron un fiero alarido que desgarró el aire como una zarpa. Will, sentado en medio de ellas, sintió un escalofrío.

Acto seguido Serafina se volvió hacia el muchacho y le tomó la mano herida entre las suyas. Cuando reanudó su cántico, su voz sonó tan penetrante y afilada y fue tan intenso el brillo de sus ojos que Will estuvo a punto de retroceder. Permaneció, con todo, inmóvil, dejando que prosiguiera el hechizo.

¡Sangre! ¡Obedece! Da media vuelta,
Sé un lago y no un río.
Cuando aflores al aire,
¡deténte! Levanta una pared de coágulo,
levántala firme para contener la sangre.
Sangre, tu bóveda celeste es el cráneo,
tu sol son los ojos abiertos,
tu viento el aire que llega a los pulmones,
sangre, tu mundo es limitado. ¡Quédate en él!

Will creyó notar que todas las células de su cuerpo reaccionaban a ese mandato y se concentró, conminando a su sangre a escuchar y a obedecer.

La bruja le soltó la mano al tiempo que se volvía hacia el pequeño puchero del fuego, que producía un vapor acre y un ruidoso gorgoteo, y siguió cantando:

Corteza de roble, hilo de araña,
musgo del suelo, hierbas salinas...
formad tenaza, apretad,
contened, cerrad,
atrancad la puerta, echad la llave,
endureced la pared de sangre,
secad el agujero por donde mana.

A continuación tomó su propio cuchillo y cortó de arriba abajo un ejemplar joven de aliso, cuyo blanco tronco partido relució bajo la luz de la luna. Serafina lo untó con el humeante líquido y cerró la herida, juntándola de la raíz a la punta de tal modo que el arbolillo recuperó su integridad.

Will oyó que Lyra reprimía un grito y al volverse vio a otra bruja asir con mano firme una liebre. El animal jadeaba, con los ojos desorbitados, y daba furiosas patadas, pero las manos de la mujer lo sujetaban sin compasión; con una cogía las patas delanteras, y con la otra las de atrás, manteniendo al aterrorizado animal con el palpitante vientre hacia arriba.

Serafina hundió el cuchillo en él. Will sintió que arreciaba su sensación de mareo y Lyra tuvo que contener a Pantalaimon que, transformado en liebre por solidaridad, se debatía y forcejeaba en sus brazos. La liebre de verdad quedó inmóvil, con el pecho agitado y las entrañas relucientes al descubierto.

Serafina cogió un poco más de poción, roció con ella la herida y la cerró con los dedos, apretando el mojado pelo. La bruja que retenía al animal aflojó la presión y lo depositó con suavidad en el suelo, donde tras desperezarse se volvió para lamerse el lomo. Luego la liebre agitó las orejas y comenzó a mordisquear la hierba tan tranquila, como si estuviera sola. De pronto pareció percatarse del círculo de personas que la rodeaban y se alejó como una bala para adentrarse con veloces saltos en la oscuridad.

Sin dejar de apaciguar a Pantalaimon, Lyra lanzó una mirada a Will y advirtió que éste sabía qué significaba aquello: la medicina estaba lista. El muchacho tendió la mano y, mientras Serafina le embadurnaba con la hirviente decocción los muñones de los dedos, de donde no cesaba de manar la sangre, apartó la vista y respiró hondo varias veces, pero sin hacer ademán de retirar la mano.

Cuando la carne viva estuvo totalmente empapada, la bruja aplicó parte de las hierbas de la poción a las heridas y las ató con un jirón de seda.

Y eso fue todo; el hechizo había concluido.

Will durmió profundamente el resto de la noche. Como hacía frío, las brujas lo taparon con hojas, y Lyra durmió acurrucada junto a su espalda. Por la mañana Serafina volvió a curarle la herida, y él trató de deducir por su expresión si comenzaba a sanar, pero ella mantuvo impasible el semblante.

Después de comer, Serafina comunicó a los niños que las brujas habían acordado que, puesto que habían acudido a ese mundo para proteger a Lyra, ayudarían a ésta a llevar a cabo el cometido que sabía debía cumplir: conducir a Will hasta su padre.

Así pues, se pusieron en camino, y el viaje resultó tranquilo en general. Lyra consultó el aletiómetro antes de partir, con cautela, y se enteró de que debían dirigirse hacia las distantes montañas que se divisaban más allá de la extensa bahía. Como nunca habían subido hasta esa altura, coronaban la gran curva que formaba la costa y no habían visto el horizonte poblado de montañas. Durante el viaje, cuando llegaban a un claro o a sus pies se abría una pendiente, divisaban el mar despejado y las altas cumbres azules tras las cuales se hallaba su punto de destino; aún les quedaba un largo trecho por recorrer.

Apenas si hablaban. Lyra observaba absorta los seres vivos que habitaban el bosque, desde pájaros carpinteros hasta ardillas, además de verdes serpientes con dibujos de diamantes en el lomo. Will, por su parte, necesitaba todas sus energías para proseguir. Lyra y Pantalaimon además no paraban de discutir a propósito de él.

—Podríamos consultar el aletiómetro —propuso el daimonion cuando se desviaron del camino para comprobar hasta dónde podrían acercarse a un cervatillo que pastaba antes de que éste advirtiera su presencia—. No hemos prometido no hacerlo. Así nos enteraríamos de un montón de cosas que le beneficiarían. Lo haríamos por su bien, no por nosotros.

—No seas tonto —replicó Lyra—. Lo haríamos por nosotros, porque él no nos lo ha pedido. Eres un entremetido, Pan.

—No está mal para variar. Normalmente eres tú la entremetida y yo el que he de advertirte que no hagas ciertas cosas, como en aquel salón del Jordan. Yo no quería ir allí.

—Si no hubiéramos ido, Pan, ¿crees que todo esto hubiera ocurrido?

—No, porque el rector habría envenenado a lord Asriel y allí se habría acabado todo.

—Sí, seguramente... ¿Quién será el padre de Will? ¿Y por qué es importante?

—¡A eso me refería! ¡Podríamos averiguarlo en un momento!

—En otro tiempo lo habría hecho —reconoció con expresión reflexiva Lyra—, pero me parece que estoy cambiando, Pan.

—No, qué va.

—Tal vez tú no... Eh, Pan, cuando yo cambie, tú dejarás de cambiar. ¿Qué serás entonces?

—Una pulga, espero.

—No, en serio. ¿De verdad no sabes qué vas a ser?

—No, ni ganas.

—Estás enfadado porque no te hago caso.

El daimonion se convirtió en un cerdo y estuvo chillando, gruñendo y roncando hasta arrancarle unas carcajadas, tras lo cual se transformó en ardilla y comenzó a saltar entre las ramas a su lado.

—¿Quién crees tú que es su padre? —inquirió Pantalaimon—. ¿Crees que puede ser alguien a quien conocemos?

—Quizá sí. En todo caso tiene que ser alguien importante, casi tan importante como lord Asriel. Tiene que serlo por fuerza. Después de todo, nosotros sabemos que nuestra misión es importante.

—No lo sabemos —disintió Pantalaimon—. Lo creemos, pero no lo sabemos. Nosotros simplemente decidimos investigar la cuestión del Polvo por la muerte de Roger.

—¡Sí lo sabemos! —insistió con vehemencia Lyra, al tiempo que daba un enérgico taconazo—. Y también lo saben las brujas. ¡Han hecho todo este viaje sólo para protegerme y ayudarme! Y nosotros hemos de ayudar a Will a encontrar a su padre. Eso es importante. Tú lo sabes bien, pues de lo contrario no le hubieras lamido cuando se hirió. ¿Por qué hiciste eso, dime? No me pediste permiso siquiera. No podía creerlo cuando lo vi.

—Lo hice porque él no tiene daimonion y entonces lo necesitaba. Y si fueras la mitad de espabilada de lo que piensas, no habría hecho falta que te lo explicara.

—En el fondo ya lo sabía —aseguró la niña.

Se detuvieron al alcanzar a Will, que se había sentado en una roca al lado del camino.

—Will, ¿qué crees qué harán esos niños? —preguntó Lyra mientras Pantalaimon revoloteaba entre las ramas, convertido en papamoscas.

—No nos seguirán. Quedaron demasiado asustados con las brujas. Quizá volverán a vagar sin un propósito, como antes.

—Sí, quizá... Aunque cabe la posibilidad de que quieran apoderarse de la daga y nos persigan para arrebatárnosla.

—Pues que vengan. No pienso dársela. Al principio no la quería, pero después de haber descubierto que es capaz de matar a los espantos...

—Siempre me dio mala espina Angelica —aseguró con actitud virtuosa Lyra.

—No es cierto —la contradijo él.

—Bueno, tienes razón. Lo que ocurre es que al final llegué a detestar esa ciudad.

—En un primer momento a mí me pareció el cielo. No podía imaginar algo mejor. Sin embargo, estaba plagada de espantos, y ni siquiera lo sabíamos...

—Yo por mi parte no pienso fiarme más de los niños —afirmó Lyra—. Cuando estaba en Bolvangar pensaba que los niños eran distintos de los adultos. No los creía capaces de cometer crueldades, pero ya no estoy tan segura de eso. Nunca había visto a unos niños actuar de esa forma.

—Yo sí —admitió Will.

—¿Cuándo? ¿En tu mundo?

—Sí —comentó un tanto molesto. Como Lyra aguardaba callada, decidió continuar—: Era cuando mi madre pasaba una mala temporada. Ella y yo vivíamos solos, ¿sabes?, porque mi padre no estaba. De vez en cuando imaginaba cosas y actuaba de una forma que no tenía sentido, o al menos para mí. Tenía que hacer ciertas cosas porque si no se ponía muy nerviosa y entonces le asustaba todo, de modo que yo la ayudaba. Se imponía obligaciones como tocar todas las barandillas del parque, o contar las hojas de un arbusto, cosas por el estilo. En general se sentía mejor al cabo de poco tiempo, pero yo temía que alguien se enterara de lo que le pasaba, porque entonces se la llevarían; por eso la vigilaba y ocultaba sus actos. Nunca se lo comenté a nadie.

»Y una vez se asustó mientras yo estaba en el colegio, y no podía ayudarla. Salió a la calle sin darse cuenta de que iba medio vestida. Unos niños de mi escuela la encontraron y empezaron a...

Will tenía el rostro encendido. Sin poder evitarlo, comenzó a caminar de un lado a otro sin mirar a Lyra, con los ojos empañados en lágrimas. Con voz quebrada, prosiguió:

—Se pusieron a atormentarla, como hacían esos niños en la torre con el gato... La habían tomado por loca y querían hacerle daño, matarla incluso, no me extrañaría. Ella era diferente, y por eso la despreciaban. En fin, el caso es que la encontré y la llevé a casa. Al día siguiente, en el colegio, me peleé con el chico que hacía de cabecilla. Le rompí un brazo y me parece que también varios dientes, no lo sé. Tenía intención de pegarme con el resto, pero comprendí que no debía porque si no se enterarían los profesores y las autoridades, y entonces se entrevistarían con mi madre para presentarle quejas de mí, verían cómo estaba y se la llevarían. Por eso fingí que estaba arrepentido, aseguré a los profesores que no volvería a hacerlo y acepté que me castigaran. De ese modo la mantuve protegida, ¿lo entiendes? Nadie aparte de esos niños conocía el estado en que se encontraba mi madre, y ellos sabían qué les haría si decían algo; sabían que la próxima vez los mataría, que no me limitaría a hacerles daño. Al cabo de unos días ella se recuperó. Nadie se enteró de nada.

»A partir de entonces desconfié de los niños tanto como de los adultos; les atrae la maldad. Por eso no me sorprendió el comportamiento de esos chiquillos de Ci'gazze. De todas formas me alegré de que llegaran las brujas.

Volvió a sentarse de espaldas a Lyra y todavía rehuyéndole la mirada se frotó los ojos, simulando que no veía bien.

—Will, lo que has contado de tu madre... Y Tullio, cuando lo atacaron los espantos... Ayer dijiste que pensabas que los espantos provenían de tu mundo...

—Sí, porque no encuentro explicación a lo que le ocurría a mi madre. No está loca, por mucho que esos chicos lo creyeran y se burlaran de ella e intentaran hacerle daño. Lo raro era que le daban miedo cosas que yo no veía y que estaba convencida de que debía hacer cosas que parecían disparatadas. Yo no encontraba sentido a sus actos, pero ella sí. Lo de contar las hojas era parecido a lo que hizo Tullio ayer, cuando palpaba las piedras. Quizá de ese modo intentaba mantener a raya a los espantos. Tal vez si ignoraban lo que los asustaba y procuraban concentrarse en las piedras o en las hojas del arbusto, como si sólo ellos pudieran averiguar algo de verdadera importancia, estarían a salvo. No lo sé. Debe de ser algo así. Ella tenía motivos reales para estar asustada, pues de hecho esos hombres entraron en casa para robarnos, pero había algo más. Por eso pienso que quizás en mi mundo existen espantos, aunque no los veamos ni tengamos una palabra para designarlos. Me temo que están allí e intenten atacar una y otra vez a mi madre. Por ese motivo me alegré tanto ayer cuando el aletiómetro dijo que estaba bien.

Tenía la respiración acelerada y la mano derecha crispada en torno a la empuñadura de la daga, que reposaba en la funda. Pantalaimon se mantenía muy quieto.

—¿Cuándo supiste que tenías que buscar a tu padre? —preguntó Lyra al cabo de unos minutos.

—Hace mucho —contestó—. A menudo jugaba a que él había caído prisionero y yo lo ayudaba a escapar. Jugaba mucho rato solo, a veces días enteros. En otras ocasiones imaginaba que él estaba en una isla desierta y yo llegaba en barco para llevarlo a casa. Él sabría cómo actuar, y cómo tratar a mi madre sobre todo; ella mejoraría y él cuidaría de nosotros, de modo que yo no tendría más preocupaciones y me limitaría a ir al colegio, tendría amigos y un padre y una madre también. Siempre pensaba que cuando creciera buscaría a mi padre... Y mi madre solía decirme que yo tomaría su manto. Me lo decía para hacerme sentir bien. Yo no sabía qué significaba, pero se me antojaba algo importante.

—¿No tenías amigos?

—¿Cómo iba a tenerlos? —le replicó con verdadera perplejidad—. La gente lleva a sus amigos a casa y conocen a sus padres. A veces algún chico me invitaba a la suya y yo aceptaba, pero nunca podía devolverle la invitación. Por eso nunca tuve amigos de verdad. Me habría gustado... Tenía un gato —añadió—. Espero que esté bien. Ojalá alguien cuide de él...

—¿Y el hombre que mataste? —se atrevió a preguntar Lyra—. ¿Quién era?

—No lo sé. No me importa si lo maté; se lo merecía. Venía a casa con otro tipo y no paraban de agobiar a mi madre hasta que le entró otra vez el miedo y se puso peor que nunca. Querían que les contara todo lo que sabía de mi padre y no la dejaban en paz. No sé si eran policías. Al principio sospeché que eran una especie de mafiosos que creían que mi padre habría robado un banco y escondido el dinero. Sin embargo no querían dinero, sino unos papeles, unas cartas que había mandado mi padre. El día en que entraron en casa por la fuerza comprendí que mi madre estaría más segura en otro sitio. No podía pedir ayuda a la policía, ¿entiendes?, porque se habrían llevado a mi madre. No sabía qué hacer.

»Al final acudí a una señora vieja que me daba clases de piano. Fue la única persona que se me ocurrió. Le pedí que acogiera a mi madre en su casa. Me parece que cuidará bien de ella. Después volví a la mía para buscar las cartas; sabía dónde estaban guardadas, y cuando las cogí esos individuos entraron forzando la puerta. Era de noche, o de madrugada. Yo estaba escondido en lo alto de las escaleras y *Moxie*, mi gato, salió de la habitación. Yo no lo vi, y tampoco ese hombre. Cuando me lancé contra él tropezó con el gato y cayó por las escaleras, hasta abajo...

»Escapé corriendo. Eso fue lo que ocurrió. No quería matarlo, pero si lo hice no me arrepiento. Huí a Oxford y entonces encontré esa ventana. Precisamente la localicé porque vi a ese otro gato y me detuve para mirarlo. Fue él el que se fijó primero en la ventana. Si no hubiera visto a ese gato... y si *Moxie* no hubiera salido de la habitación en ese momento...

—Sí, fue una suerte —comentó Lyra—. Hace un momento Pan y yo nos preguntábamos qué habría pasado si no nos hubiéramos escondido en el armario de esa sala del Jordan y no hubiéramos visto al rector verter veneno en el vino. Entonces no hubiera pasado nada de esto tampoco...

Continuaron sentados en la piedra cubierta de musgo, en silencio bajo el sol que penetraba inclinado entre los grandes pinos, pensando en cuántas hechos casuales se habían confabulado para llevarlos a ese lugar. Cada uno de esos acontecimientos fortuitos podría haber dado a sus vidas un rumbo distinto. Quizás en otro mundo, otro Will no hubiera visto la ventana de Sunderland Avenue y hubiera seguido vagando, cansado y perdido, en dirección norte hasta que lo hubieran atrapado. Y en otro mundo otro Pantalaimon habría persuadido a otra Lyra de que no se quedara en el salón y otro lord Asriel habría sido envenenado, y otro Roger habría salvado la vida para jugar para siempre con Lyra en los tejados y callejuelas de otro Oxford inmutable.

Como Will había recuperado ya las fuerzas, se pusieron en camino juntos, envueltos por la quietud del inmenso bosque.

Siguieron andando el resto del día, realizando frecuentes paradas para descansar, mientras disminuía la espesura de los árboles y el terreno se volvía más rocoso. Lyra consultó el aletiómetro: «Continuad —le contestó—; ésta es la dirección correcta.» Al mediodía llegaron a un pueblo donde los espantos no parecían haber causado estragos; las cabras pastaban en la ladera de la colina, un limonar protegía con su sombra el suelo. Los chiquillos que jugaban en el riachuelo echaron a correr alarmados hacia sus madres al ver a la niña vestida con andrajos, al niño pálido con la camisa manchada de sangre y al elegante lebrel gris que los acompañaba.

A pesar de sus recelos, los adultos mostraron buena disposición a venderles un poco de pan, queso y fruta a cambio de una moneda de oro de Lyra. Si bien las brujas se mantenían fuera de la vista, tanto ella como Will sabían que acudirían en cuestión de segundos si los amenazara algún peligro. Después de que Lyra regateara una vez más, una anciana les vendió un par de pellejos de cabra y una estupenda camisa de lino, con la que Will sustituyó con gusto su mugrienta camiseta, después de lavarse en el helado riachuelo y secarse al calor del sol.

Tras ello reanudaron la marcha. El terreno se tornaba más abrupto; tenían que refugiarse a la sombra de los peñascos, pues ya no había árboles, y bajo las suelas de sus botas notaban el suelo recalentado por un sol cuya intensidad los deslumbraba. Su avance se volvió más lento a medida que se pronunciaba la pendiente y cuando el sol comenzó a ocultarse tras las crestas de las montañas, vieron un pequeño valle a sus pies y decidieron quedarse allí.

Bajaron con dificultad, sufriendo más de un resbalón, y después se abrieron paso entre la frondosa espesura de rododendros enanos, sobre cuyo brillante follaje verde oscuro salpicado de flores carmesíes sonaba un constante murmullo de abejas. Por fin llegaron a la hondonada que bordeaba el arroyo; allí, entre la hierba, que les llegaba hasta las rodillas, crecían en abundancia acianos, gencianas y cincoenramas.

Tras beber en el riachuelo, Will se tendió en el suelo. No podía permanecer despierto y tampoco conciliar el sueño; la cabeza le daba vueltas, lo percibía todo con un halo de extrañeza y en la mano sentía un punzante dolor.

Para colmo, la herida volvía a sangrarle.

Serafina la examinó, le aplicó más hierbas y le apretó aún más la tela de seda, mientras en su rostro se traslucía la preocupación. Will prefirió no preguntarle nada. ¿Para qué, si era evidente que el hechizo no había surtido efecto?

Cuando anocheció, advirtió que Lyra se tumbaba a su lado y enseguida captó un quedo ronroneo; el daimonion, transformado en gato, dormitaba con las patas dobladas a escasos centímetros de él.

—¿Pantalaimon?

—¿Sí? —susurró el daimonion abriendo los ojos. Lyra no se movió.

—Pan, ¿voy a morir?

—Las brujas no lo permitirán, y Lyra tampoco.

—Pero el hechizo no ha funcionado. No dejo de perder sangre. Ya no puede quedarme mucha. La herida sangra otra vez. Estoy asustado...

—Lyra no cree que lo estés.

—¿No?

—Te considera el guerrero más valiente que ha conocido, tan valiente como Iorek Byrnison.

—Entonces quizá será mejor que disimule el miedo —repuso Will. Guardó silencio un minuto y luego añadió—: Me parece que Lyra es más valiente que yo. Creo que es la mejor amiga que he tenido nunca.

—Ella opina lo mismo de ti —susurró el daimonion.

Will cerró los párpados.

Lyra permanecía quieta, pero tenía los ojos muy abiertos en medio de la oscuridad y el corazón le latía con fuerza.

Cuando Will recuperó la conciencia era noche cerrada y la mano le dolía más que nunca. Se incorporó con cuidado y observó que a unos pasos ardía una hoguera, donde Lyra trataba de tostar una rebanada de pan pinchada en un palo y un par de aves se asaban ensartadas en una rama. Mientras Will se acercaba a su amiga, Serafina Pekkala aterrizó con su nube pino.

—Will, come estas hojas antes de tomar otro alimento —le aconsejó.

Le tendió un puñado de hojas de leve sabor amargo, similar al de la salvia, que él masticó y engulló obedientemente. Aunque le dejaron un regusto áspero, enseguida se sintió más despierto y acusó menos el frío.

Comieron las aves asadas aliñadas con zumo de limón y las bayas que había recogido otra bruja. Después todas se reunieron alrededor del fuego para conversar en voz baja. Algunas habían volado a considerable altura y una había visto un globo suspendido encima del mar.

—¿El globo del señor Scoresby? —preguntó Lyra, incorporándose al instante.

—Viajaban dos hombres en él, pero estaba demasiado lejos para identificarlos. Comenzaba a formarse una tormenta a sus espaldas.

—¡Si viene el señor Scoresby, podremos volar, Will! —exclamó, dando palmas, Lyra—. ¡Ay, ojalá sea él! No me despedí del señor Scoresby, y se portó tan bien... Tengo ganas de volver a verlo.

La bruja Juta Kamainen escuchaba con sumo interés, con su petirrojo posado en el hombro, pues la mención de Lee Scoresby le había traído a la memoria la misión que éste se había impuesto. Juta era la bruja que había quedado prendada de Stanislaus Grumman y cuyo amor él había rechazado, la bruja que Serafina Pekkala había llevado a ese mundo para impedir que le diera muerte en el suyo.

Serafina tal vez habría reparado en la actitud de la mujer si algo no la hubiera distraído; levantó la mano y alzó la cabeza, al igual que todas las demás brujas. Will y Lyra percibieron, procedente del norte, el tenue grito de alguna ave nocturna. Sin embargo, no se trataba de un ave, como bien adivinaron en el acto sus compañeras de viaje, sino de un daimonion. Serafina Pekkala se puso en pie al tiempo que escrutaba el cielo.

—Creo que es Ruta Skadi —apuntó.

Las demás permanecieron en silencio, con las cabezas ladeadas, el oído aguzado.

De pronto sonó otro grito, más cercano, seguido de un tercero; entonces las brujas tomaron sus ramas y alzaron el vuelo. Sólo quedaron dos en tierra, que se mantuvieron cerca de Will y Lyra, con los arcos preparados para protegerlos.

En lo alto, en algún punto indeterminado de la oscuridad informe, se libraba un combate. En cuestión de segundos, los niños percibieron el susurro de las ramas, los silbidos de las flechas, gruñidos, gemidos y exclamaciones de dolor, rabia o exhortación.

A continuación, con un golpe tan repentino que no les dio tiempo a reaccionar, cayó del cielo una criatura, una bestia de piel correosa y pelambre deslustrada que Lyra identificó como un espectro de los acantilados o algo similar.

Aún dolorida por la caída, con una flecha clavada en el costado, se levantó a trompicones y arremetió contra Lyra. Las brujas no podían disparar, porque la niña se hallaba en su línea de tiro, pero Will actuó sin tardanza y con la daga cortó de un tajo la cabeza de la criatura, que rodó por el suelo. De sus pulmones surgió un borboteante suspiro antes de desplomarse, muerta.

Volvieron a mirar hacia el cielo, pues el combate se desarrollaba ahora más abajo y gracias a la luz de la fogata se veía un veloz torbellino de seda negra, pálidos brazos y piernas, verdes agujas de pino y costroso cuero gris pardusco. Will no acertaba a comprender cómo lograban mantener el equilibrio las brujas, con aquellos súbitos virajes, paradas en seco y vertiginosas acometidas, y además apuntar y disparar.

Junto al arroyo cayó otro espectro de acantilado, y luego otro, tras lo cual el resto huyó hacia el norte profiriendo agudos chillidos.

Un par de minutos después Serafina Pekkala se posaba en tierra junto con sus compañeras, a quienes se había sumado otra bruja muy hermosa, de mirada destellante y negra cabellera, que tenía las mejillas encendidas de furia.

Al reparar en el espectro decapitado, la recién llegada escupió.

—No es de nuestro mundo —dictaminó—, y tampoco de éste. Existen millares de estas repugnantes abominaciones que se reproducen como moscas... ¿Quién es esta niña? ¿No es Lyra? ¿Y este chaval?

Lyra le devolvió la mirada con rostro imperturbable, pese a que se le había acelerado el pulso, pues Ruta Skadi vivía con tanta intensidad que provocaba una sacudida en los nervios de quien se hallaba a su lado.

Después la bruja se volvió hacia Will, y éste sintió el mismo hormigueo de emoción, pero como Lyra se mantuvo impasible. Al ver la daga que aún empuñaba, Ruta Skadi dedujo lo que había hecho con ella y sonrió. Entonces Will la hincó en la tierra para limpiar la sangre de aquella repulsiva bestia y luego la enjuagó en el arroyo.

—Serafina Pekkala, estoy aprendiendo muchísimo —comentó entretanto Ruta Skadi—. He descubierto que lo que antes era inmutable ahora cambia, perece o pierde contenido. Estoy hambrienta...

Comió como un animal, despedazando con las manos los restos de las dos aves y metiéndose en la boca el pan a puñados, todo lo cual regaba con largos tragos de agua del arroyo. Mientras cenaba, varias brujas se llevaron el cadáver del espectro y avivaron el fuego antes de asumir el primer turno de guardia.

Las otras se sentaron cerca de Ruta Skadi para escuchar lo que ésta contaba. Les refirió lo ocurrido tras separarse de ellas con la intención de conocer a los ángeles y los pormenores de su viaje hacia la fortaleza de lord Asriel.

—Hermanas, es el mayor castillo que imaginar cabe... con murallas de basalto que apuntan hacia los cielos, anchos caminos en todas las direcciones por donde llegan cargamentos de pólvora, comida o armaduras. ¿Cómo ha logrado esto? En mi opinión debe de llevar mucho tiempo preparándolo, varias eras. Lo preparaba ya antes de que naciéramos nosotras, hermanas, a pesar de que él es mucho más joven. Si me preguntáis cómo es posible, debo reconocer que no encuentro explicación. Sencillamente no lo entiendo. Creo que él tiene autoridad sobre el tiempo y lo hace discurrir más deprisa o más despacio según su voluntad.

»El caso es que a esa fortaleza acudan guerreros de toda condición, venidos de todos los mundos. Hombres y mujeres, sí, además de espíritus combatientes, criaturas armadas como nunca había visto iguales... lagartos y gorilas, grandes aves con espolones venenosos, criaturas tan exóticas que desconozco sus nombres. Y hay brujas en otros mundos, hermanas, ¿lo sabíais? Hablé con brujas procedentes de un mundo parecido al nuestro y a la vez muy diferente, pues viven más años que los humanos de nuestro mundo y cuentan con varones en sus filas, brujos que vuelan como nosotras...

Las compañeras de Serafina Pekkala escuchaban el relato con admiración, temor e incredulidad. Serafina la creía, no obstante, y la urgió a continuar.

—¿Viste a lord Asriel, Ruta Skadi? ¿Y conseguiste acercarte a él?

—Sí, aunque no resultó fácil, porque vive en el centro de muchísimos círculos de actividad, todos los cuales dirige él. Me hice invisible y encontré la manera de llegar hasta su habitación más privada cuando se disponía a acostarse.

Todas las brujas adivinaron qué había sucedido a continuación, aunque Will y Lyra ni lo sospecharon. Así pues, Ruta Skadi prosiguió su narración sin necesidad de entrar en detalles.

—Entonces le pregunté por qué concentraba todas aquellas fuerzas y si era cierto lo que habíamos oído acerca del desafío dirigido a la Autoridad, y se echó a reír.

»"¿Acaso hablan de ello en Siberia?", preguntó. Le contesté que sí, y que también en Svalbard y en todas las regiones del norte... de nuestro norte. Le mencioné nuestro pacto y le expliqué que había decidido abandonar nuestro mundo con la intención de buscarlo.

»Nos invitó a sumarnos a él, hermanas, a sumarnos a su ejército para oponernos a la Autoridad. Lamenté profundamente no poder asegurar nuestra participación al instante; con gusto habría prestado mi clan para esa guerra. Él me demostró que era justo rebelarse, teniendo en cuenta lo que los agentes de la Autoridad habían hecho en su nombre... Me acordé de los niños de Bolvangar y de las otras terribles mutilaciones que he visto en nuestras regiones del sur, y él me habló de otras muchas crueldades espeluznantes cometidas en nombre de la Autoridad. Me explicó que en algunos mundos capturan a las brujas y las queman vivas, hermanas, lo que oís, brujas como nosotras...

»Lord Asriel me abrió los ojos. Me enseñó cosas que nunca había visto, crueldades y horrores perpetrados en nombre de la Autoridad con la finalidad de destruir los goces y la autenticidad de la vida.

»¡Ay, hermanas, cómo deseé unirme con todo mi clan a su causa! No obstante, sabía que antes debía consultaros y luego regresar a nuestro mundo para hablar con Ieva Kasku, Reina Miti y las otras reinas. Así pues, salí de su habitación oculta en la invisibilidad, monté en mi nube pino y me alejé volando. Había recorrido una escasa distancia cuando se levantó un terrible viento que me empujó hacia las cumbres, de forma que tuve que refugiarme en lo alto de un acantilado. Sabedora de la clase de criaturas que habitan esos parajes, me hice invisible otra vez y mientras permanecía en la oscuridad oí voces.

»Por lo visto había ido a parar al sitio donde tiene su nido el más viejo de todos los espectros de los acantilados. Estaba ciego, y otros lo alimentaban con una pestilente carroña que traían volando desde lejos. Aparte le pidieron consejo.

»"—Abuelo —le preguntaron—, ¿hasta dónde alcanzan sus recuerdos?

»"—A mucho, mucho tiempo atrás. Mucho antes de que aparecieran los humanos —respondió con voz débil y entrecortada.

»"—¿Es verdad que pronto se librará la mayor batalla de todos los tiempos, abuelo?

»"—Sí, hijos —confirmó—. Una batalla aún mayor que la última. Representará un magnífico banquete para nosotros. Serán días placenteros de abundancia para los espectros de todos los mundos.

»"—¿Y quién ganará, abuelo? ¿Derrotará lord Asriel a la Autoridad?

»"—El ejército de lord Asriel lo forman millones de combatientes —contestó el viejo espectro de acantilado— llegados de todos los mundos. Es un ejército más nutrido que el que se enfrentó la otra vez a la Autoridad y está mejor comandado. Las fuerzas de la Autoridad son cien veces más numerosas, claro, pero ésta está lastrada por la edad, por una vejez incluso mayor que la mía, hijos, y a sus tropas les pesan el miedo y la complacencia cuando no tienen miedo. Será una lucha equilibrada, pero tal vez lord Asriel consiga vencer, porque es apasionado y osado y cree en la justicia de su causa. Sin embargo le falta algo, hijos: no tiene a Æsahættr. Sin Æsahaettr, él y todas sus fuerzas se precipitarán a la derrota. ¡Y entonces nosotros nos cebaremos durante años, hijos míos!"

»Tras estas palabras comenzó a roer entre carcajadas el apestoso hueso que le habían llevado, mientras los demás lanzaban chillidos de alborozo. Como supondréis, permanecí atenta con la intención de averiguar algo más sobre ese Æsahættr, pero aparte del aullido del viento sólo oí a un joven espectro que preguntó: "Si lord Asriel necesita a Æsahættr, ¿por qué no lo llama?" A lo que el viejo espectro respondió: "¡Lord Asriel no sabe más acerca de Æsahættr que vosotros, hijos! ¡Ahí está la gracia! Es para mondarse de risa..."

»Cuando intenté acercarme más a esos asquerosos bichos para averiguar más, fallaron mis poderes, hermanas, y perdí la invisibilidad. Los jóvenes me vieron y rompieron a chillar, de modo que huí y regresé a este mundo por una puerta imperceptible que hay en el aire. Me siguió una bandada, y los últimos que quedan son esos muertos de ahí.

»No cabe duda, por tanto, de que lord Asriel nos necesita, hermanas. ¡Sea quien sea ese Æsahættr, lord Asriel nos necesita! Ojalá pudiera reunirme ahora mismo con lord Asriel y decirle: "No te preocupes, estamos en camino. Las brujas del norte te ayudaremos a ganar." Lleguemos a un acuerdo, Serafina Pekkala, y convoquemos un gran consejo de todas las brujas de todos los clanes, para ir a la guerra.

Serafina Pekkala miró a Will, quien tuvo la impresión de que le pedía permiso para algo, pero puesto que él no podía orientarla, volvió de nuevo la vista hacia Ruta Skadi.

—Nosotras no podemos —repuso Serafina—. Ahora nuestro cometido es ayudar a Lyra, y el suyo conducir a Will hasta su padre. Tú debes volver, estoy de acuerdo, pero nosotras debemos quedarnos con Lyra.

Ruta Skadi meneó la cabeza en un gesto de impaciencia.

—Bueno, si no hay más remedio... —aceptó.

Will se tendió, porque le dolía la herida, mucho más aún que cuando estaba reciente. Tenía toda la mano hinchada. Lyra se tumbó también, con Pantalaimon enroscado en el cuello, y contempló el fuego con los párpados entornados mientras oía soñolienta el murmullo de las brujas.

Ruta Skadi echó a andar junto al arroyo acompañada de Serafina Pekkala.

—Ay, Serafina Pekkala, deberías ver a lord Asriel —susurró la reina latviana—. Es el comandante más espléndido que ha existido jamás. En su cabeza guarda todos los detalles de sus fuerzas. ¡Qué osadía, declarar la guerra al creador! Pero ¿quién crees que será ese Æsahættr? ¿Cómo es posible que no lo hayamos oído mencionar? ¿Y cómo podemos exhortarlo para que se sume al bando de lord Asriel?

—Quizá no sea un hombre, hermana. Sabemos tan poco como los jóvenes espectros de ese acantilado. Tal vez el viejo abuelo se reía de su propia ignorancia. Por su sonido la palabra podría significar «destructor de dioses», ¿no lo sabías?

—¡Entonces podría referirse a nosotras, Serafina Pekkala! De ser así, piensa en lo mucho que reforzaría nuestra presencia sus ejércitos. ¡Ay, ansío dar muerte con mis flechas a esos desalmados de Bolvangar, de todos los Bolvangar de todos y cada uno de los mundos! Hermana, ¿por qué actúan así? ¡En todos los mundos los agentes de la Autoridad sacrifican niños a su cruel dios! ¿Por qué? ¿Por qué?

—Tienen miedo del Polvo —explicó Serafina Pekkala—, aunque ignoro en qué consiste eso.

—Y ese chico que has encontrado, ¿quién es? ¿De qué mundo proviene?

Serafina Pekkala le contó cuanto sabía de Will.

—No sé por qué es importante —dijo a modo de conclusión—, pero nosotras estamos al servicio de Lyra, y su instrumento indica que ése es su cometido. Además, hermana, hemos tratado en vano de curarle la herida. Probamos con el hechizo de la contención y no dio resultado. Quizá las hierbas de este mundo sean menos potentes que las del nuestro. Hace demasiado calor aquí para que crezca musgo de la sangre...

—Es un chico extraño —señaló Ruta Skadi—. Es la misma clase de persona que lord Asriel. ¿Le has mirado a los ojos?

—Si he de serte sincera, no me he atrevido —reconoció Serafina Pekkala.

Las dos reinas permanecieron un rato tranquilamente sentadas al lado del agua. Unas estrellas desaparecieron y otras las relevaron. Alguien de los que dormían lanzó un grito apagado; era Lyra, que soñaba. Las brujas oyeron el estruendo de un trueno y vieron el relámpago sobre el mar y la base de las montañas; por fortuna la tormenta quedaba muy lejos.

—La niña, Lyra, ¿qué función cumple? —inquirió Ruta Skadi—. ¿Es ésta? ¿Es importante porque puede conducir al niño hasta su padre? Hay algo más, ¿verdad?

—De momento ése es su cometido, pero en el futuro, habrá

mucho más, sí. Las brujas hemos afirmado que esa niña pondría fin al destino. Nosotras conocemos el nombre por el que la señora Coulter reconocería lo que la pequeña significa y sabemos además que esa mujer lo ignora. La bruja que torturó en el barco, cerca de Svalbard, estuvo a punto de revelarlo, pero Yambe-Akka llegó a tiempo.

»De todos modos ahora se me ocurre que tal vez Lyra sea eso de que oíste hablar, ese Æsahættr. Imagina que no fuéramos nosotras, las brujas, ni esos seres angélicos, sino esa niña dormida, el arma definitiva en la guerra contra la Autoridad. Si no, ¿cómo explicar la ansiedad de la señora Coulter por encontrarla?

—Esa mujer fue amante de lord Asriel —comentó Ruta Skadi—, y Lyra, por supuesto, es la hija de ambos... Serafina Pekkala, si yo hubiera tenido una hija con él, ¡qué bruja sería! ¡Una reina de reinas!

—Silencio, hermana. Escucha... ¿Qué es esa luz?

Se pusieron en pie, alarmadas porque algo había burlado su vigilancia, y observaron que del lugar de acampada surgía una luz que en nada se parecía a la del fuego.

Retrocedieron con sigilo, las flechas preparadas ya en los arcos, y de repente se detuvieron en seco.

Todas las brujas estaban dormidas sobre la hierba, al igual que Will y Lyra. Lo extraordinario era que en torno a los dos niños había unos doce ángeles, contemplándolos.

En aquel instante Serafina comprendió algo para lo cual las brujas no disponían siquiera de palabra: la idea del peregrinaje. Entendió por qué a aquellos seres no les importaba esperar durante miles de años y recorrer vastas distancias con el fin de disfrutar de la proximidad de algo importante y por qué aquella breve experiencia tendría una repercusión duradera en sus vidas. Aquello era lo que traslucían esas criaturas, esos hermosos peregrinos de rara luminiscencia que permanecían alrededor de aquella niña con la cara sucia y vestida con una falda de cuadros y el niño con la mano herida que fruncía el entrecejo mientras dormía.

En el cuello de Lyra se movió algo. Pantalaimon, en forma de blanquísimo armiño, abrió con somnolencia los ojos y miró en derredor sin asustarse. Más tarde, Lyra atribuiría a un sueño aquel recuerdo. Pantalaimon, que pareció aceptar aquella atención como un merecido homenaje a Lyra, volvió a arrellanarse y cerró los ojos.

Finalmente una de aquellas criaturas abrió las alas en toda su extensión. Las otras, pese a la corta distancia que mediaba entre ellas, la imitaron, y sus alas se interpenetraron sin resistencia, como la luz que atraviesa otra luz, hasta formar un radiante círculo ininterrumpido en torno a los niños dormidos sobre la hierba.

A continuación los ángeles alzaron el vuelo, uno tras otro, elevándose cual llamas al tiempo que aumentaban de tamaño hasta hacerse inmensos. Se alejaban, con todo, veloces como estrellas fugaces en dirección al norte.

Serafina y Ruta Skadi montaron en sus ramas de pino y echaron a volar tras ellos, sin conseguir alcanzarles.

—¿Eran como las criaturas que viste, Ruta Skadi? —preguntó Serafina mientras aflojaban la marcha, contemplando cómo empequeñecían en el horizonte aquellas rutilantes llamas.

—Mayores, creo recordar, pero de la misma especie. ¿Te has fijado en que no son de carne? Están formados sólo de luz. Deben de tener una percepción tan distinta de la nuestra... Serafina Pekkala, me marcho ahora mismo para congregar a todas las brujas de nuestro norte. Cuando volvamos a vernos, la guerra ya habrá comenzado. Que te vaya bien, querida.

Se abrazaron en el aire antes de que Ruta Skadi diera media vuelta y se alejara a toda velocidad rumbo hacia el sur.

Tras observarla un momento, Serafina se volvió para ver cómo se extinguía en la lejanía el último resplandor de los ángeles. No le inspiraban más que compasión aquellos grandes seres. ¡Era tanto lo que se perdían al no poder sentir la tierra bajo los pies, ni el viento en los cabellos, ni el hormigueo de la luz de las estrellas sobre la piel! Con tales pensamientos cortó una brizna de la rama de pino sobre la que volaba y aspiró el potente olor de la resina con ávido placer, antes de iniciar un lento descenso para reunirse con las figuras tendidas en la hierba.

14

EL BARRANCO DEL ÁLAMO

*L*ee Scoresby contempló el plácido océano que se extendía a su izquierda y se protegió los ojos para escrutar la verde orilla, intentando percibir alguna señal de presencia humana. Habían transcurrido un día y una noche desde que dejaron atrás el Yeniséi.

—¿Y esto es un nuevo mundo? —inquirió.

—Nuevo para quienes no han nacido en él —precisó Stanislaus Grumman—. Por lo demás, es tan antiguo como el mío o el suyo. La acción de Asriel ha trastocado todas las cosas, señor Scoresby, de una forma tan profunda que no tiene precedentes. Esas puertas y ventanas de las que le hablé se abren ahora en sitios imprevistos.

—Sea nuevo o viejo, este mundo es muy extraño —señaló Lee.

—Sí —admitió Stanislaus Grumman—. Es un mundo extraño, aunque sin duda hay quien se siente en casa aquí.

—Parece deshabitado —observó Lee.

—No lo está del todo. Más allá de ese promontorio encontrará una ciudad que antaño fue rica y poderosa. En ella viven aún los descendientes de los mercaderes y nobles que la construyeron, aunque en los últimos tres siglos ha sufrido una acusada decadencia.

Unos minutos más tarde, Lee divisó primero un faro, luego la curva de un rompeolas y después las torres, cúpulas y tejados rojizos de una bella ciudad dispuesta en torno a un puerto; en ella se alzaba un suntuoso edificio semejante a un palacio de ópera rodeado de espléndidos jardines, amplias avenidas con elegantes hoteles y estrechas calles donde los árboles en flor sombreaban con su ramaje los balcones.

Grumman estaba en lo cierto: vivía gente allí. Al aproximarse, Lee advirtió con asombro que eran niños. No se veía ni una sola persona adulta. Los chicos jugaban en la playa, entraban y salían correteando de los cafés, comían y bebían, llenaban sus cestos en el interior de las casas y las tiendas. Había un grupo de chiquillos enzarzados en una pelea, azuzados por una niña pelirroja, y mientras un pequeño se dedicaba a romper a pedradas todos los cristales de un edificio próximo. Aquello semejaba un patio de juegos de las dimensiones de una ciudad, sin la vigilancia de un profesor visible; era un mundo de niños.

Con todo éstos no eran los únicos seres presentes allí. Lee se frotó los ojos al principio con incredulidad, pero no cabía duda de lo que veía: unas columnas de niebla, o algo más tenue que la niebla, un espesamiento de aire... El lugar estaba repleto de aquellos entes indefinidos, que vagaban por las avenidas, penetraban en las casas y se apelotonaban en las plazas y patios. Los niños se movían entre ellos sin prestarles atención.

El desinterés no era empero recíproco. A medida que recorría la ciudad, Lee acumulaba más detalles sobre el comportamiento de esas formas. Observó que algunos muchachos atraían su atención y que incluso los seguían: se trataba de los mayores, los que, por lo que Lee advertía a través de su telescopio, estaban a punto de entrar en la adolescencia. Había uno, un chaval espigado de pelo negro, en torno al cual se arracimaban de tal forma aquellos transparentes seres que sus contornos parecían vibrar en el aire. Eran como moscas alrededor de la carne. El chico ignoraba que lo rodeaban, aunque de vez en cuando se frotaba los ojos o sacudía la cabeza como si quisiera clarificar su visión.

—¿Qué diablos son esas cosas? —preguntó Lee.

—La gente los llama espantos.

—¿Qué hacen exactamente?

—¿Ha oído hablar de los vampiros?

—Ah, sí, en los cuentos.

—Los espantos se alimentan de las personas al igual que los vampiros, pero mientras éstos succionan su sangre, aquéllos se nutren de su atención. Les atrae un interés por el mundo consciente e informado, opuesto a la inmadurez de los niños.

—Entonces son muy distintos de los demonios de Bolvangar.

—En absoluto. Tanto a la Junta de Oblación como a los espantos de la indiferencia les fascina esta verdad sobre los seres humanos: que la inocencia difiere de la experiencia. La Junta de Oblación siente miedo y odio por el Polvo y los espantos se alimentan de él; no obstante, ambos están obsesionados por él.

—Están apiñados alrededor de ese niño de allá abajo...

—Se está haciendo mayor. Pronto lo atacarán y luego su vida se convertirá en una miserable existencia vacía, poseída por la indiferencia. Está condenado.

—¡Por todos los santos del purgatorio! ¿No podemos rescatarlo?

—No, porque los espantos se apoderarían de nosotros de inmediato. Aquí arriba nunca nos tocarán; no tenemos más remedio que mirar y seguir volando, sin intervenir.

—¿Dónde están los adultos? No me dirá que en este mundo viven sólo niños.

—Esos niños son huérfanos de padres atacados por los espantos. En este mundo proliferan las bandas de chicos que vagan de un lado a otro, viviendo de lo que dejan los adultos al huir. Encuentran víveres en abundancia, como habrá observado. No pasan hambre. Por lo que se ve, esta ciudad ha sido invadida por una multitud de espantos, y los mayores se han refugiado en otros lugares. ¿Se ha fijado en que apenas hay embarcaciones en el puerto? Ningún peligro amenaza a los niños.

—Excepto a los mayores. Como ese pobre chico de allí...

—Señor Scoresby, así son las cosas en este mundo. Si quiere poner fin a la crueldad y a la injusticia debe proseguir el viaje conmigo. He de cumplir una misión.

—A mí me parece... —Lee se interrumpió, tratando de hallar las palabras adecuadas—. Me parece que el sitio adecuado para plantar cara a la crueldad es aquel donde uno la encuentra, del mismo modo que es buen sitio para prestar ayuda aquél donde uno se topa con alguien necesitado. ¿O acaso me equivoco, doctor Grumman? No soy más que un aeronauta ignorante; soy tan ignorante que cuando me dijeron que los chamanes tenían capacidad para volar, me lo creí. Y sin embargo me acompaña un chamán incapaz de volar.

—Hombre, sí puedo volar.

—¿Cómo?

El globo perdía altura y el terreno se elevaba. En su trayectoria se erguía una torre cuadrada de piedra, en la que Lee no pareció reparar.

—Como necesitaba volar —señaló Grumman—, lo hice venir a usted, y aquí me tiene, volando.

Aunque era consciente del peligro que corrían, se guardó de dar a entender que el aeronauta parecía no haberse percatado de él. Y justo a tiempo Lee Scoresby se inclinó sobre el lado de la barquilla y tiró de la cuerda de un saco de lastre, que cayó fuera, y el globo subió mansamente, esquivando la torre con un margen de unos dos metros. Una docena de cuervos echó a volar, lanzando graznidos alrededor de los dos hombres.

—Tiene razón, supongo —concedió Lee—. Es usted un tipo extraño, doctor Grumman. ¿Ha pasado alguna temporada con las brujas?

—Sí, y también con académicos, y con espíritus. En todas partes he encontrado necedad, pero entreveradas con ella había siempre vetas de sabiduría, muchas más, seguro, de las que yo alcancé a discernir. La vida es dura, señor Scoresby, pero aun así no dejamos de aferrarnos a ella.

—Y este viaje en el que estamos embarcados, ¿es necedad o sabiduría?

—La más pura sabiduría que yo conozco.

—Explíqueme otra vez qué se propone. Pretende localizar al portador de esa daga sutil, bueno, y luego ¿qué?

—Le revelaré cuál es su cometido.

—Que incluye proteger a Lyra —le recordó el aeronauta.

—Nos protegerá a todos.

Pronto dejaron atrás la ciudad. Lee consultó sus instrumentos. La brújula continuaba girando sin tino, pero el altímetro, que según sus cálculos funcionaba a la perfección, indicó que volaban a unos tres mil metros sobre la orilla del mar, en paralelo a la costa. Al atisbar que más adelante, entre la bruma, se alzaba una cadena de verdes colinas, Lee se felicitó por haber cargado suficientes sacos de lastre.

Cuando efectuaba su periódica observación del horizonte, se sobresaltó, al igual que Hester, que con las orejas erguidas volvió la cabeza hasta apoyarla en la cara del tejano. Éste la cogió y se la introdujo bajo la chaqueta antes de mirar de nuevo por el telescopio.

No; no se había equivocado. A lo lejos, por el sur (si correspondía al sur la dirección de la que ellos provenían), en la bruma flotaba otro globo. Si bien con la calima y la distancia resultaba imposible distinguir más detalles, estaba claro que era mayor y volaba más alto que el suyo.

Grumman también lo había vislumbrado.

—¿Enemigos, señor Scoresby? —inquirió, haciendo visera con la mano para observar en medio de aquella nacarada luz.

—Sin duda. No sé si perder lastre y elevarnos, para aprovechar el viento más rápido, o quedarnos abajo para pasar inadvertidos. Menos mal que ese aparato no es un zepelín, porque nos alcanzaría en pocas horas. ¡Qué burro soy! Cobraremos altura, porque si yo viajara en ese globo ya habría divisado éste, y apuesto a que tienen buena vista.

Depositó en el suelo a Hester antes de inclinarse para soltar tres sacos de lastre. El globo se elevó al instante, y Lee miró una vez más por el telescopio.

Enseguida tuvo la certeza de que los habían visto, pues entre la neblina advirtió un movimiento confuso que se concretó en una columna de humo que ascendió en diagonal desde el otro globo y a cierta altura produjo un rutilante estallido. El rojo resplandor duró un momento para quedar reducido a un jirón de humo gris, pero la señal fue tan clara como una almenara en plena noche.

—¿Podría invocar una brisa más viva, doctor Grumman? —preguntó Lee—. Me gustaría sobrevolar esas colinas al anochecer.

Se alejaban de la costa para adentrarse en una ancha bahía de cincuenta o sesenta kilómetros de largo, al fondo de la cual se extendían aquellas colinas que, al ganar altura, Lee identificó más bien como una auténtica cordillera de montañas.

Se volvió hacia Grumman, y lo encontró sumido en un trance. Con los ojos cerrados y la frente perlada de sudor, el chamán balanceaba el torso mientras de su garganta brotaba un rítmico gemido. Su daimonion, agarrado al borde de la barquilla, se hallaba en el mismo estado.

Tal vez se debiera al incremento de altura o al conjuro del chamán, pero lo cierto fue que Lee notó el azote de la brisa en su rostro. Al mirar la bolsa de gas, observó que había oscilado un par de grados en dirección a las montañas.

No obstante, la brisa que los hacía avanzar con mayor rapidez favorecía de igual modo al otro globo. No estaba más cerca, pero tampoco había aumentado la distancia que los separaba. Cuando Lee encaró hacia él el telescopio, divisó unas formas más pequeñas detrás, agrupadas; con cada minuto que pasaba se perfilaba mejor su imagen.

—Zepelines —anunció—. Bueno, no hay forma de esconderse por aquí.

Intentó calcular la distancia que existía entre ellos y los artefactos y cuánto faltaba para llegar a las montañas. Ahora se desplazaban a mayor velocidad, gracias a la brisa, que añadía remates de espuma a las crestas de las olas.

Grumman descansaba sentado en un rincón de la barquilla mientras su daimonion se acicalaba las plumas. Aunque tenía los ojos cerrados, Lee se percató de que estaba despierto.

—Le informaré de la situación, doctor Grumman. No quiero que me pillen en el aire esos zepelines. No cabe plantarles cara porque nos abatirían en un minuto. Tampoco quiero caer al agua, ni por propia voluntad ni por la fuerza. Podríamos mantenernos a flote un rato, pero nos atacarían con granadas.

»Por eso me propongo llegar a esas montañas y aterrizar allí. He visto un bosque donde podríamos ocultarnos un rato, o más tiempo si es preciso.

»Como habrá advertido, el sol va bajando. Quedan unas tres horas para la puesta, si no me equivoco. Es difícil precisarlo, pero calculo que para entonces esos zepelines habrán recorrido la mitad de la distancia que nos separa y nosotros habremos llegado al otro extremo de esa bahía.

»Deseo que le quede clara mi intención. Me dirigiré a esas montañas y luego tomaré tierra, porque la otra opción nos llevaría a la muerte. Seguro que ya han relacionado ese anillo que les enseñé con el skraeling que maté en Nova Zembla, y no nos persiguen con tanta insistencia para avisarnos que nos hemos dejado la cartera en el mostrador. Así pues, doctor Grumman, este vuelo terminará esta misma noche. ¿Ha aterrizado alguna vez en un globo?

—No —respondió el chamán—. Pero me fío de su pericia.

—Trataré de elevarme lo máximo posible sobre esa cadena. Se trata de encontrar el punto justo, porque cuanto más avancemos, más cerca nos seguirán. Si aterrizamos cuando se hallen demasiado próximos, verán adónde vamos, pero si descendemos demasiado pronto no tendremos el refugio de esos árboles. Sea como sea, no tardarán mucho en comenzar los disparos.

Grumman se pasaba impasible de una mano a otra un objeto mágico confeccionado con plumas y cuentas siguiendo una pauta repetitiva que, según interpretó Lee, debía de obedecer a algún propósito. El daimonion no apartaba la vista de los zepelines.

Transcurrieron dos horas. Lee masticó un puro sin encender y bebió café frío de un termo de hojalata. El sol descendió hasta situarse debajo de ellos, y Lee contempló cómo se asentaba la larga sombra del crepúsculo sobre la orilla de la bahía y la falda de las montañas en tanto que el globo y las cumbres seguían bañados de una dorada luz.

A sus espaldas, casi imperceptibles en el fulgor del ocaso, los diminutos puntos que formaban los zepelines aumentaban de tamaño. Ya habían adelantado al otro globo y se les distinguía a simple vista: eran cuatro y avanzaban de frente. En medio del inmenso silencio de la bahía se hizo audible el ruido de sus motores, leve pero claro, como el insistente zumbido de un mosquito.

Cuando aún les faltaban unos minutos para alcanzar la orilla que se extendía al pie de las montañas, Lee advirtió algo nuevo en el cielo detrás de los zepelines. Se había formado una imponente masa de nubarrones que se elevaban miles de metros sobre el resplandor que aún persistía allá arriba. ¿Cómo no había reparado antes en ella? Si se avecinaba una tormenta, debían tomar tierra cuanto antes.

De pronto apareció una oscura cortina de lluvia. Daba la impresión de que la tempestad perseguía a los zepelines como éstos perseguían el globo de Lee, pues se desplazaba hacia ellos desde el mar.

Cuando el sol acabó por desaparecer, de las nubes brotó un tremendo relámpago, seguido de un trueno tan violento que hizo temblar hasta la tela del globo de Lee y produjo un prolongado eco en las montañas.

Después otro rayo cayó sobre un zepelín. El gas ardió en un instante, y sobre las nubes purpúreas florecieron como pétalos las lenguas de fuego mientras el aparato perdía poco a poco altura hasta quedar flotando, envuelto en llamas, sobre el agua.

Lee dejó escapar el aliento que había estado conteniendo. Grumman se hallaba a su lado, aferrado con una mano al anillo de suspensión, mientras en su rostro se reflejaba un profundo agotamiento.

—¿Ha provocado usted esta tormenta? —preguntó Lee.

Grumman asintió en silencio.

El cielo había adquirido un colorido similar al de un tigre: unas franjas doradas se alternaban con otras de un negro amarronado, cuya disposición cambiaba a cada minuto, pues las primeras cedían rápidamente terreno a las segundas. Atrás, en el mar, el tono oscuro del agua se combinaba con la fosforescente espuma, mientras las últimas llamas del zepelín desaparecían cuando el aparato se hundió por fin.

Los tres artefactos restantes continuaban avanzando, manteniendo el rumbo aun zarandeados por el temporal. Alrededor se sucedían los relámpagos, y al observar que la tormenta se acercaba Lee comenzó a temer por el gas de su globo. Bastaría un solo rayo para incendiarlo, y dudaba que el chamán tuviera la capacidad de controlar con tanta precisión la tormenta como para evitar ese riesgo.

—Escuche, doctor Grumman. Actuaré como si no existieran esos zepelines por el momento para concentrarme en llegar sin percance a las montañas y tomar tierra. Quiero que se quede sentado, bien sujeto, y esté preparado para saltar cuando yo se lo indique. Le avisaré antes e intentaré que el aterrizaje sea lo más suave posible, pero en estas condiciones no cuenta tanto la pericia como la suerte.

—Confío en usted, señor Scoresby —afirmó el chamán.

Volvió a sentarse en un rincón de la barquilla mientras su daimonion se encaramaba al anillo de suspensión, clavando las garras en su recubrimiento de cuero.

El viento los zarandeaba con fuerza ahora y la gran bolsa de gas se hinchaba y agitaba a causa de las ráfagas. Las cuerdas crujían por la tensión, pero Lee, que no abrigaba ningún temor a que cedieran, a soltó más lastre y observó el altímetro con suma atención. En las tormentas, cuando bajaba con brusquedad la presión del aire, había que tener en cuenta ese descenso a la hora de efectuar una lectura altimétrica y contentarse a menudo con un precipitado cálculo. Lee así lo hizo antes de tirar el último saco de lastre. A partir de entonces contaría sólo con la válvula de gas para controlar el globo. No podía subir más; únicamente tenía la opción de descender.

Miró con los ojos entrecerrados el tempestuoso entorno y logró atisbar las oscuras siluetas de las montañas recortadas contra el tenebroso cielo. Desde abajo llegaba un rítmico estrépito, como el del choque del oleaje contra una rocosa playa, pero él supo que lo producían las rachas de viento al penetrar entre el follaje de los árboles, ¡tan lejos ya! Avanzaban más deprisa de lo que había pensado.

Así pues, no podía demorar por mucho tiempo el descenso. Lee era demasiado flemático para enfurecerse con el destino; su tendencia natural era enarcar una ceja y darle lacónicamente la bienvenida. Aun así no pudo evitar un amago de desesperación al comprender que lo único que convenía hacer —o sea, seguir vo-

lando delante de la tormenta y esperar a que ésta perdiera fuerza—
le estaba vetado porque era una forma segura de que su acompañante y él acabaran abatidos a tiros.

Recogió a Hester y, tras introducírsela debajo de la chaqueta,
subió la cremallera para mantenerla segura. Grumman seguía sentado, tranquilo, mientras su daimonion, aferrado con las garras al
borde de la barquilla, soportaba con el plumaje enhiesto los embates del viento.

—Voy a comenzar a bajar, doctor Grumman —anunció Lee a
gritos para hacerse oír por encima del viento—. Tendrá que ponerse en pie y estar preparado para saltar al instante. Agárrese al
anillo y levántese cuando le avise.

Grumman obedeció. Lee miró hacia abajo y luego al frente, varias veces, contrastando las sucesivas imágenes que le llegaban en-
turbiadas por la lluvia. Una súbita turbonada les había arrojado
unos goterones, contundentes como un puñado de grava. Fue tan
estruendoso su repiqueto sobre la bolsa de gas que, sumado al aullido del viento y al ruido de la maleza que se combaba cerca del
suelo, casi apagó el estrépito de los truenos.

—Allá vamos —exclamó Lee—. Buena tormenta ha formado,
chamán.

Tiró de la cuerda de la válvula de gas y la sujetó a una abraza-
dera para mantenerla abierta. A medida que se vaciaba de gas la
curva inferior de la bolsa menguó hasta quedar reducida a un pliegue, al cual siguió otro en la zona que componía una rotunda esfera hacía tan sólo un instante.

La barquilla sufría tan violentas sacudidas que costaba determinar si realmente estaban descendiendo, y las ráfagas eran tan re-
pentinas y tenaces que habrían podido verse impulsados un buen
trecho en sentido lateral sin advertirlo. Al cabo de un minuto Lee
notó un súbito obstáculo y dedujo que el ancla se había engancha-
do en una rama. Si bien fue algo breve, pues la rama debía de haber
cedido, aquello le sirvió de indicio para calcular la altura a que se
encontraban.

—Estamos a unos quince metros de los árboles... —exclamó.
El chamán asintió con la cabeza.

Después se produjo otro zarandeo, más violento, que arrojó a
los dos contra el borde de la barquilla. Lee, acostumbrado a aquello, recuperó el equilibrio al instante, pero la fuerza del embate pi-

lló por sorpresa a Grumman, que sin embargo no dejó de sujetarse al anillo de suspensión, y el aeronauta vio que recomponía la postura, preparado para saltar cuando fuera preciso.

Un momento después sufrieron la peor sacudida de todas, cuando el ancla se enganchó a una rama que soportó el tirón. La barquilla se ladeó en el acto para precipitarse al cabo de un segundo hacia las copas de los árboles, donde entre los trallazos de las empapadas hojas y los crujidos de las ramas partidas se posó en precaria inmovilidad.

—¿Sigue ahí, doctor Grumman? —preguntó Lee, pues resultaba imposible ver algo.

—Aquí sigo, señor Scoresby.

—Será mejor que no nos movamos hasta ver cuál es nuestra situación —aconsejó Lee.

El viento los zarandeaba con furia mientras la barquilla se aposentaba entre suaves bandazos sobre lo que la sostenía y empujaba hacia un lado la bolsa de gas, que hallándose ya casi vacía se hinchaba con las ráfagas como una vela. Lee consideró la posibilidad de soltarla, pero la desechó porque corría el riesgo de que, en lugar de alejarse volando, quedara prendida en las copas de los árboles, con lo que delataría su posición; más valía recogerla, si podían.

Cayó otro relámpago y al cabo de un segundo retumbó un trueno. Tenían la tormenta casi encima. El fogonazo permitió ver a Lee el tronco de un roble y la gran cicatriz blanca que había dejado en él la rama medio desgajada sobre la que reposaba la barquilla, cerca del punto por donde seguía unida al árbol.

—Arrojaré una cuerda y bajaré al suelo —anunció a voz en grito—. En cuanto nos encontremos en tierra, tomaremos la siguiente decisión.

—Yo descenderé después de usted, señor Scoresby —convino Grumman—. Mi daimonion asegura que estamos a doce metros del suelo.

Lee reparó entonces en el poderoso aleteo del águila daimonion, que acudió a posarse de nuevo en el borde de la cesta.

—¿Puede alejarse tanto de usted? —preguntó con extrañeza.

Enseguida se concentró en asegurar la cuerda, primero al anillo de suspensión, después a la rama, de tal modo que si se desprendía la barquilla la caída fuera corta.

Después, con Hester acurrucada en su pecho, arrojó el resto de la soga y bajó por ella hasta notar la solidez del suelo bajo los pies. Del tronco partían numerosas ramas; era un árbol imponente, un gigantesco roble al que Lee dio las gracias en voz baja mientras tiraba de la cuerda para avisar a Grumman que podía descender.

¿Se había sumado un nuevo ruido al estruendo? Sí, concluyó tras aguzar el oído, el motor de un zepelín, o tal vez varios. Era imposible precisar a qué altura o en qué dirección volaba, pero el sonido persistió durante cerca de un minuto antes de extinguirse.

—¿Lo ha oído? —preguntó Lee al chamán cuando éste se reunió con él.

—Sí. Ha ganado altura para adentrarse en las montañas, creo. Felicidades por el aterrizaje, señor Scoresby.

—Todavía no hemos acabado. Esa bolsa de gas debe estar debajo de las copas de los árboles antes del amanecer, porque de lo contrario cualquiera podría descubrir nuestra posición a kilómetros de distancia. ¿Está dispuesto a colaborar realizando una tarea manual, doctor Grumman?

—Sólo tiene que decirme de qué se trata.

—De acuerdo. Yo volveré a subir por la cuerda y le arrojaré algunas cosas, entre ellas, una tienda. Móntela mientras yo intento esconder el globo.

Trabajaron largo rato, y con algún peligro, cuando la rama sobre la que se apoyaba la barquilla cedió finalmente y Lee se precipitó con ella. Por fortuna no cayó al suelo, ya que la bolsa de gas se enganchó en el ramaje, donde quedó suspendida la cesta.

De hecho aquel descenso facilitó la maniobra, pues la parte inferior de la bolsa se deslizó hasta situarse debajo de las copas, y así, ayudado por los periódicos relámpagos, a base de tirones, hachazos y forcejeos, Lee consiguió arrastrar la totalidad del globo hasta el nivel de las ramas más bajas, donde nadie lo vería desde arriba.

El viento seguía azotando los árboles, pero la lluvia había perdido intensidad cuando el aeronauta decidió que no podía hacer nada más. Al bajar se encontró con que, además de levantar la tienda, el chamán había encendido un fuego en el que preparaba café.

—¿Lo ha hecho con magia? —preguntó Lee mientras entraba, entumecido y empapado, en la tienda, sosteniendo en la mano la taza que Grumman le había ofrecido.

—No, esto debe agradecérselo a los Boy Scouts —respondió Grumman—. ¿Hay Boy Scouts en su mundo? Estar preparado es la clave. De todas las maneras posibles de encender un fuego, la mejor consiste en utilizar cerillas secas. Nunca viajo sin ellas. Está muy bien nuestro campamento, ¿verdad, señor Scoresby?

—¿No ha vuelto a oír esos zepelines?

Grumman alzó una mano para pedirle silencio. Lee aguzó el oído y percibió el ruido de un motor, más audible ahora que la tormenta había amainando un poco.

—Han pasado dos veces —explicó Grumman—. No saben exactamente dónde estamos, pero sí que estamos por aquí.

Al cabo de un minuto, de la dirección hacia la que volaba el zepelín surgió un vacilante resplandor. Su potencia, menor que la luz de un relámpago, y su persistencia indicaron a Lee que procedía de un foco.

—Será mejor que apaguemos la hoguera, doctor Grumman —indicó—, por más que me pese. Creo que el ramaje es bastante espeso, pero nunca se sabe. Ahora, mojado o no, pienso dormir.

—Por la mañana ya se habrá secado —dictaminó el chamán.

Tomó ún puñado de tierra mojada para extinguir el fuego, y Lee se tumbó en la estrecha tienda y cerró los ojos.

Tuvo extraños e intensos sueños. En cierto momento despertó y creyó ver al chamán cruzado de piernas, envuelto en llamas, que rápidamente consumieron su carne hasta dejar tan sólo un esqueleto blanco, todavía sentado sobre un montón de relucientes brasas. Lee buscó a Hester con inquietud y la encontró dormida, lo que le sorprendió sobremanera, pues cuando él estaba despierto, también lo estaba ella. Por ello se conmovió al ver la tierna imagen de su lacónico daimonion, tan aficionado a los trallazos verbales, dormido e indefenso, y se acostó con desasosiego a su lado, despierto en su sueño, aunque en realidad dormido, para soñar que permanecía en vela largo rato.

Otro de sus sueños tuvo también por protagonista a Grumman. Lee creyó verlo agitando una especie de maraca con plumas mientras ordenaba a algo que lo obedeciera; ese algo resultó ser, tal como observó Lee con repugnancia, un espanto idéntico a los que habían divisado desde el globo. Era alto y casi invisible, y le inspiraba una repulsión tan visceral que estuvo a punto de despertarse presa de terror. Sin embargo Grumman lo dominaba sin arredrarse; tras escucharlo con atención, la criatura se elevó en el aire como una pompa de jabón hasta perderse más allá de los árboles.

Entonces sus sueños tomaron un nuevo derrotero, pues se encontró en la cabina de un zepelín, observando al piloto. De hecho estaba sentado en el asiento del copiloto. Mientras sobrevolaban el bosque, contemplaba el embravecido mar de hojas y ramas que el viento agitaba sin piedad. De pronto en la cabina apareció el espanto de antes.

Paralizado en su pesadilla, Lee presenció inmóvil y en silencio cómo el terror se apoderó del piloto al percatarse de lo que le sucedía. El espanto se había inclinado sobre él y presionaba lo que sería su cara contra la del hombre. Su daimonion, un pinzón, comenzó a revolotear con desesperación, tratando de alejarse, pero cayó medio desfallecido sobre el panel de mandos. El piloto se volvió para tender una mano hacia Lee, quien, incapaz de reaccionar, advirtió que la angustia que transmitían sus ojos era desgarradora; le estaban desposeyendo de algo real y vivo. Su daimonion agitó las alas débilmente y profirió un agudo grito de agonía.

Después se esfumó. El piloto, en cambio, seguía vivo. Tenía la mirada velada y fija, y la mano que había tendido cayó con pesadez a un costado. Estaba vivo y a la vez no lo estaba: existía con una indiferencia absoluta hacia todo.

A su lado, Lee observó con impotencia cómo el zepelín continuaba volando hacia unas escarpadas montañas. El piloto vio la mole en la ventanilla, pero nada suscitaba su interés. Presa del pánico, Lee pegó la espalda al asiento mientras el aparato seguía avanzando, y en el momento del choque exclamó:

—¡Hester!

Despertó empapado en sudor.

Se encontraba en la tienda, a salvo, y Hester le mordisqueaba la barbilla. El chamán estaba sentado con las piernas cruzadas, y Lee sintió un escalofrío al no ver a su daimonion águila junto a él. Aquel bosque era un mal sitio y sin duda estaba plagado de fantasmas.

Entonces reparó en la luz gracias a la cual veía al chamán, ya que el fuego se había apagado hacía mucho y en el bosque reinaba una intensa oscuridad. Al observar el distante fulgor que iluminaba los troncos de los árboles y el envés de las chorreantes hojas, adivinó su origen. Su sueño había sido real: el zepelín se había estrellado contra el flanco de la montaña.

—Jolines, Lee, tiemblas como una hoja de chopo. ¿Qué te pasa? —refunfuñó Hester, irguiendo sus largas orejas.

—¿No estás soñando tú también, Hester? —murmuró.

—Tú no estás soñando todo esto, Lee. De haber sabido que eras un vidente te habría curado de tales poderes hace rato. Y deja de temblar, ¿de acuerdo?

Lee se rascó la cabeza mientras la liebre agitaba las orejas.

Y sin transición alguna se halló flotando en el aire al lado del daimonion del chamán, Sayan Kötör, el pigargo. Estar junto al daimonion de otra persona y lejos del suyo propio le produjo un marcado sentimiento de culpa y un extraño placer. Los dos avanzaban, como si también él fuera un ave, a lomos de las turbulentas corrientes que ascendían por encima del bosque, y Lee escrutaba la oscuridad que lo rodeaba, bañada entonces por los pálidos destellos que enviaba la luna llena a través de los breves desgarrones que de vez en cuando aparecían en las nubes y que cubrían la espesura de un manto de plata.

El daimonion águila profirió un áspero grito al que respondieron desde abajo un millar de voces diferentes salidas de las gargantas de un millar de aves: el ulular de las lechuzas, el chillido de alarma de los pequeños gorriones, el gorjeo musical del ruiseñor. Al oír la llamada de Sayan Kötör, todos los pájaros del bosque, tanto los que estaban ocupados cazando al amparo de la noche como los que se habían retirado a dormir, acudieron volando por el tempestuoso aire.

Entonces Lee sintió que aquella parte de su naturaleza que compartía con las aves reaccionaba con gozo al mandato del águila reina y con la parte humana que aún conservaba experimentó un extrañísimo placer: el de rendir obediencia gustosa a un poder superior comprometido en una causa absolutamente justa. Mientras viraba y daba vueltas integrado en aquella imponente bandada, compuesta de cien especies distintas que giraban como un solo individuo sometidas a la magnética voluntad del águila, vislumbró recortada en la plateada masa de nubes la odiosa silueta de un zepelín.

Todos sabían qué debían hacer, de modo que se dirigieron en procesión hacia la nave. Ni los más rápidos consiguieron ganar a Sayan Kötör. En cuestión de un minuto el aparato quedó rodeado de toda suerte de pájaros, de pequeños reyezuelos y pinzones, de veloces vencejos, de silenciosos búhos... Todos buscaban un asidero en la seda impermeabilizada, que generalmente acababan agujereando para no resbalar.

Si bien evitaban el motor, algunos se vieron arrastrados hacia él y fueron despedazados por las hélices. La mayoría se limitó a posarse en el zepelín y los que llegaron después se agarraron a ellos, hasta cubrir no sólo la totalidad de la armazón cargada de hidrógeno, que ya se perdía por el sinfín de minúsculos orificios ocasionados por las garras de las aves, sino también las ventanas de la cabina, los montantes y cables, sin dejar ni un solo centímetro despejado.

El piloto nada pudo hacer. Bajo el peso de las aves el aparato comenzó a perder inexorablemente altura, hasta que apareció otra de aquellas peligrosas escarpaduras, oscura en medio de la noche y por supuesto imperceptible para los ocupantes del zepelín, que disparaban con furia sin apuntar a ninguna parte.

En el último momento Sayan Kötör emitió un chillido, y el estruendo del batir de las alas ahogó incluso el ruido del motor cuando todos los pájaros alzaron el vuelo. Así los hombres de la cabina dispusieron de cuatro o cinco segundos de horripilante lucidez antes de que el aparato se estrellara y estallara en llamas.

Fuego, calor, llamaradas... Lee volvió a despertar, acalorado como si hubiera permanecido tumbado bajo el sol del desierto.

Aún se oía el incesante goteo de las rezumantes hojas sobre la lona de la tienda, pero la tormenta había cesado. Por la tela se filtraba una pálida luz gris, y al incorporarse Lee observó a Hester, que pestañeaba a su lado, y al chamán envuelto en una manta, sumido en un sueño tan profundo que podría haberlo dado por muerto de no haber estado Sayan Kötör encaramado en una rama, a la intemperie.

Aparte del repiqueteo de las gotas se oían sólo los trinos de los pájaros del bosque. Como no identificó ruido de motores ni voces de enemigos, Lee consideró que no había peligro en encender un fuego y, cuando lo consiguió, no sin esfuerzo, preparó café.

—¿Y ahora qué, Hester? —preguntó.

—Depende. Había cuatro zepelines, y sólo ha destruido tres.

—¿Crees que hemos cumplido ya con nuestra obligación?

—No recuerdo que hubiera contrato alguno —contestó el daimonion agitando las orejas.

—No se trata de algo sujeto a contrato, sino de un deber moral.

—En lugar de divagar sobre cuestiones morales, Lee, deberíamos pensar en el zepelín que queda. Además, treinta o cuarenta hombres armados nospersiguen, y son soldados imperiales, nada menos. Primero ocúpate de la supervivencia y luego de la moral.

Tenía razón, por supuesto, de manera que mientras tomaba sorbos del hirviente café y fumaba un puro envuelto en la luz cada vez más potente del amanecer, se planteó qué haría él si estuviera al mando del zepelín que aún quedaba; retirarse y esperar a que se levantara el día, sin duda, y entonces elevarse a una altura desde la que se dominara el linde del bosque para descubrir a su presa cuando abandonara su cobijo.

El daimonion pigargo Sayan Kötör despertó y extendió sus grandes alas justo encima de donde se encontraba Lee. Hester alzó la vista y volvió la cabeza a ambos lados para mirar al impresionante daimonion con cada uno de sus ojos dorados. Unos minutos después el chamán salió de la tienda.

—Una noche movida —comentó Lee.

—Y movido será el día. Debemos abandonar el bosque de inmediato, señor Scoresby. Se proponen incendiarlo.

—¿Cómo? —preguntó Lee con incredulidad, señalando la empapada vegetación.

—Poseen un aparato que arroja una especie de nafta mezclada con potasa, que se incendia en contacto con el agua. El Ejército Imperial inventó esa sustancia para usarla en la guerra que mantuvieron contra los nipones. Si el bosque está mojado, prenderá aún con mayor rapidez.

—Lo ha visto, ¿verdad?

—Con la misma claridad con que usted vio lo que les ocurrió a los zepelines durante la noche. Coja lo que pueda llevar consigo y vayámonos ahora mismo.

Lee se frotó la barbilla. Los objetos más valiosos que poseía, es decir, los instrumentos del globo, eran también los más fáciles de transportar, de modo que fue a recogerlos de la barquilla y, tras introducirlos con cuidado en una mochila, se cercioró de que el fusil estaba cargado y seco. La barquilla, el aparejo y la bolsa de gas se quedaron donde estaban, enganchados y enmarañados entre el ramaje. A partir de ese momento ya no era un aeronauta, a menos que por algún azaroso milagro escapara con vida de aquella aventura y reuniera el dinero suficiente para comprar otro globo. En adelante tendría que desplazarse como un gusano, sobre la superficie de la tierra.

Notaron el olor del humo antes de percibir el ruido de las llamas, pues la brisa marina lo transportaba hacia tierra. Con todo, no tardó en oírse el ávido y crepitante rugir del fuego.

—¿Por qué no lo hicieron anoche? —preguntó Lee—. Podrían habernos achicharrado mientras dormíamos.

—Querrán atraparnos vivos, supongo —apuntó Grumman al

tiempo que arrancaba las hojas de una rama para utilizarla como bastón—. Están esperando para ver por dónde salimos del bosque.

Como para confirmar sus palabras, el ronroneo del zepelín se hizo audible aun por encima del ruido de las llamas y de la respiración fatigosa de los hombres, que jadeaban durante el penoso y precipitado ascenso entre las raíces, rocas y troncos caídos. Se detenían de vez en cuando para recuperar el aliento, y Sayan Kötör, que los seguía volando, bajaba regularmente para informarles de la distancia que los separaba del fuego. De todas formas no transcurrió mucho rato antes de que vieran el humo que surgía a sus espaldas y, más tarde, un deshilachado frente de llamas.

Los animales del bosque, ardillas, pájaros y jabalíes, los acompañaban en su huida, rodeándolos de un coro de chirridos y chillidos de toda clase. Los dos viajeros continuaban su esforzado avance hacia el ya cercano linde del bosque. Por fin lo alcanzaron acosados por las oleadas de calor que despedían las crepitantes cortinas de llamas que ya se encrespaban a casi veinte metros de altura. Los árboles ardían cual antorchas; la sabia de sus venas, al arder, los partía en pedazos; la resina de las coníferas prendía como la nafta, y las ramitas parecían cuajarse de repente de feroces flores anaranjadas.

Lee y Grumman ascendieron entre resuellos por la abrupta y pedregosa pendiente. La mitad del cielo estaba enturbiada por el humo y la calima del fuego, pero más arriba flotaba la achaparrada forma del único zepelín que quedaba... demasiado lejos, pensó esperanzado Lee, para que los vieran aun con prismáticos.

La ladera de la montaña se transformó en una infranqueable pared vertical. Sólo existía una forma de salir de la trampa en que se habían metido, y consistía en recorrer el estrecho desfiladero excavado por un río, ahora seco, en un pliegue de la roca.

Lee lo señaló, y Grumman asintió.

—Los dos hemos tenido la misma idea, señor Scoresby.

Su daimonion, que planeaba en círculo, plegó las alas y se precipitó describiendo espirales hacia la torrentera aprovechando una corriente. Los dos hombres prosiguieron el ascenso.

—Perdone si le parece una indiscreción la pregunta, pero nunca he conocido a nadie cuyo daimonion pudiera alejarse de ese modo excepto a las brujas, y usted no lo es. ¿Es algo que aprendió a hacer, o le vino dado de forma natural?

—A los seres humanos nada nos viene dado de forma natural —contestó Grumman—. Todo debemos aprenderlo. Sayan Kötör me comunica que el cañón conduce a un paso. Si llegamos antes de que nos descubran, lograremos escapar.

El águila volvió a descender en picado mientras los hombres continuaban subiendo. Como Hester prefería abrirse camino sola entre las rocas, Lee la seguía, sorteando las piedras sueltas y avanzando lo más deprisa posible sobre las grandes, acortando la distancia que los separaba de aquella grieta en el terreno.

Lee se sentía preocupado por Grumman, que estaba pálido y demacrado y respiraba con dificultad. Las actividades de la noche le habían mermado las energías. Lee prefería no plantearse cuánto podría resistir.

Cuando se hallaban casi en la entrada del barranco, en el extremo del cauce seco, el aeronauta percibió un cambio en el ruido que producía el zepelín.

—Nos han visto.

Aquello fue como recibir una sentencia de muerte. Hester, que nunca se desalentaba ni perdía pie, tropezó y se tambaleó. Apoyado en el palo que llevaba, Grumman se escudó los ojos para mirar hacia atrás y Lee lo imitó.

El zepelín descendía a gran velocidad en dirección a la pendiente que ellos acababan de dejar atrás. Estaba claro que sus perseguidores los querían vivos, pues habrían bastado unas ráfagas de metralla para liquidarlos en un segundo. El piloto situó con pericia la nave a escasa distancia del suelo, en el punto más alto de la pendiente al que podía acercarse sin riesgo, y de la puerta de la cabina comenzó a saltar un torrente de hombres vestidos con uniforme azul que, acompañados de sus daimonions lobo, acometieron sin dilación la subida.

Lee y Grumman se encontraban unos seiscientos metros más arriba, no lejos de la boca del barranco. Una vez que entraran en él, podrían mantener a raya a los soldados mientras les durara la munición. Por desgracia sólo disponían de un fusil.

—Es a mí a quien persiguen, señor Scoresby —señaló Grumman—, no a usted. Si me da el arma y se entrega, saldrá con vida de ésta. Estas tropas son disciplinadas y lo tratarán como a un prisionero de guerra.

—Sigamos —propuso Lee, desestimando el ofrecimiento—. Hay que llegar a la torrentera. Una vez allí, yo los contendré en la entrada mientras usted encuentra la forma de alcanzar la otra punta. No lo he traído hasta aquí para observar de brazos cruzados cómo lo capturan.

Los soldados ascendían a toda prisa, gracias al fresco impulso de quien está descansado y su buena forma física. El chamán asintió con la cabeza.

—No he tenido fuerza suficiente para abatir a los cuatro —se limitó a comentar, mientras corrían a refugiarse en la torrentera.

—Antes de irse dígame sólo una cosa —pidió Lee—, porque si no, no me quedaré tranquilo. No sé de qué lado estoy luchando ni me importa. Tan sólo me interesa saber si lo que voy a hacer ahora ayudará o perjudicará a la pequeña Lyra.

—La ayudará —aseguró Grumman.

—Recuerde su juramento.

—No lo olvidaré.

—Eso espero, porque, doctor Grumman, o John Parry, o como prefiera llamarse en el mundo en el que acabe instalándose, conviene que tenga presente que quiero a esa niña como si fuera hija mía. Si tuviera una hija de mi sangre, dudo de que la quisiera más que a ella. Y si incumple el juramento, lo que quiera que quede de mí perseguirá a lo que quede de usted, y se pasará el resto de la eternidad lamentando haber existido. Esto es para que se haga una idea de la importancia de esa promesa.

—Comprendo, y le doy mi palabra.

—Entonces no necesito saber más. Que le vaya bien.

El chamán le tendió la mano, que Lee estrechó, y dio media vuelta para iniciar el ascenso del barranco mientras el aeronauta miraba en derredor, tratando de decidir cuál sería el mejor lugar para repeler el ataque.

—Ese canto rodado grande no es adecuado, Lee —aconsejó Hester—. Desde allí no verías bien por el lado derecho y podrían embestirnos. Es mejor el pequeño.

En los oídos de Lee sonaba un estrépito que nada tenía que ver con el incendio del bosque ni con el laborioso ronroneo del zepelín, que entonces trataba de cobrar altura. Ese ruido guardaba relación con su infancia y con el Álamo. ¡Cuántas veces había escenificado con sus compañeros de juegos aquella heroica batalla, desempeñando por turnos los papeles de los daneses y los franceses! Su niñez regresaba a él, vengativa. Se quitó el anillo navajo de su madre y lo depositó sobre la roca, a su lado. En aquellas representaciones de la batalla del Álamo, Hester había sido a menudo un puma o un lobo, y una serpiente de cascabel en alguna ocasión, pero generalmente adoptaba la forma de un cenzontle. Ahora...

—Deja de soñar despierto y apunta bien —lo apremió el daimonion—. Esto no es un juego, Lee.

Sus perseguidores, que se habían desplegado en abanico, avanzaban más despacio, porque al igual que él preveían cuál sería el problema: tendrían que tomar el barranco, y un solo hombre armado con un fusil era capaz de contenerlos durante largo rato. Tras ellos, tal como advirtió Lee con sorpresa, el zepelín no acababa de cobrar altura. Quizás estuviera perdiendo fuerza de sustentación o tal vez anduviera escaso de combustible; o en cualquier caso, lo cierto fue que a Lee se le ocurrió una idea.

Corrigió su posición y la de su viejo Winchester y, cuando tuvo en el punto de mira la base del motor de babor, disparó. Sin detenerse, los soldados alzaron las cabezas al oír la detonación. Un segundo después el motor comenzó a rugir de repente y luego, de forma igualmente súbita, se interrumpió y enmudeció. El zepelín dio un bandazo hacia un lado. Aunque el otro motor todavía funcionaba, el aparato no podía despegar.

Los soldados se pararon y se pusieron a cubierto. Lee aprovechó la ocasión para contarlos: veinticinco. Él disponía de treinta balas.

Hester trepó hasta situarse junto a su hombro izquierdo.

—Yo vigilaré este lado —anunció.

Agazapada sobre el canto rodado, con las orejas aplastadas sobre el lomo, gracias a su color pardo grisáceo se confundía con la roca, y sólo resaltaban sus ojos. Hester no era precisamente una belleza; como liebre era flaca y feúcha, pero sus ojos poseían una maravillosa tonalidad avellana dorada, en la que se alternaban irisaciones de marrón oscuro y verde. Aquellos ojos contemplaban el último paisaje que verían: una cuesta yerma y pedregosa, y más allá un bosque incendiado; ni una brizna de hierba, ni una mota de verde donde posar la mirada.

—Están hablando —comentó con una leve agitación de las orejas—. Los oigo, pero no los entiendo.

—Ruso —dedujo Lee—. Apuesto a que deciden subir todos juntos a la carrera. De ese modo nos resultará difícil contenerlos.

—Apunta bien —recomendó el daimonion.

—Descuida. De todos modos no me gusta quitarle la vida a nadie, joder.

—Es la nuestra o la suya.

—No, es más que eso —afirmó—. Es la suya o la de Lyra. No entiendo cómo, pero nosotros estamos unidos a esa niña, y me alegro de que así sea.

—Hay un hombre a la izquierda a punto de disparar —avisó Hester.

Aún no había acabado la frase cuando sonó la detonación. La bala arrancó añicos de la roca a unos centímetros del daimonion antes de perderse silbando por el desfiladero. Aun así Hester permaneció inmóvil.

—Mejor, así se me quitan los remordimientos —declaró Lee, apuntando con el fusil.

Disparó contra el único trozo de tela azul que distinguía y acertó. Con un grito de sorpresa el soldado cayó de espaldas, muerto.

Ese tiro dio inicio a la refriega. En cuestión de un minuto los estallidos de los disparos, el gemido de las balas rebotadas resonaron por la ladera de la montaña y el alargado barranco. El olor a pólvora y a quemado que desprendían las rocas pulverizadas por las balas, simples variaciones del olor a madera carbonizada que provenía del bosque, acabaron por crear la impresión de que el mundo entero se había incendiado.

El canto rodado tras el cual se refugiaba Lee pronto estuvo lleno de arañazos y agujeros, y él acusaba el impacto de los proyectiles contra la piedra. En cierto momento vio que el pelo del lomo de Hester se ondulaba bajo una bala que pasó veloz; sin embargo el daimonion no se movió, y él tampoco dejó de disparar.

Durante aquel primer minuto la lucha fue encarnizada. Luego, en la pausa que siguió, Lee descubrió que estaba herido: en la roca, bajo su mejilla, había sangre y también estaban manchados de rojo su mano derecha y el cerrojo del fusil.

Hester se acercó para examinarlo.

—Nada grave —dictaminó—. Una bala te ha rozado la cabeza.

—¿Has contado cuántos han caído, Hester?

—No. Bastante ocupada estaba esquivando los tiros. Aprovecha la pausa para cargar el fusil, colega.

Se agachó tras la roca y tiró del cerrojo. Estaba caliente y no se accionaba a causa de la sangre medio seca que lo impregnaba. Lee lo lubricó escupiendo encima.

Después volvió a colocarse en su posición y aún no había aplicado el ojo a la mira cuando notó el disparo.

Sintió una especie de explosión en el hombro izquierdo. Permaneció aturdido unos segundos y cuando recobró la plenitud de percepción tenía el brazo izquierdo entumecido. Una gran reserva de dolor aguardaba para abalanzarse sobre él, pero aún no había reunido el valor para hacerlo. Con tales pensamientos Lee hizo acopio de fuerzas para apuntar el arma y volver a disparar.

Tras apoyar el fusil en el brazo muerto e inútil que un minuto antes estaba pletórico de vida, apuntó con imperturbable concentración: un tiro, dos, tres, todos certeros.

—¿Cómo vamos? —preguntó en un susurro.

—Buenos disparos —alabó Hester, muy cerca de su mejilla—. No pares. Allí, al lado de la roca negra...

Miró, apuntó y disparó. El individuo cayó al suelo.

—Maldita sea, son seres humanos igual que yo —se lamentó.

—¿Y qué? —replicó el daimonion—. De todas formas debes continuar.

—¿Tú crees que Grumman era sincero?

—Sí, claro. Allí hace falta otra bala, Lee.

Sonó un nuevo chasquido. Otro hombre se desplomó, y su daimonion se extinguió como la llama de una vela.

A continuación se produjo un prolongado silencio. Lee hurgó en el bolsillo y extrajo más munición. Mientras cargaba el arma sintió algo tan raro que casi se le paró el corazón: sintió la cara de Hester pegada a la suya, mojada de lágrimas.

—Lee, esto ha ocurrido por mi culpa —sollozó.

—¿Por qué?

—El skraeling. Yo te dije que le quitaras el anillo. Si no te lo hubieras llevado no nos encontraríamos en esta situación.

—¿Crees que se lo quité porque lo dijiste tú? Lo hice porque la bruja...

Se interrumpió porque lo sorprendió un proyectil, que le penetró en la pierna izquierda. Casi de inmediato otra bala volvió a arañarle la cabeza, donde le dejó un rojísimo surco de sangre.

—Se acerca el final, Hester —murmuró, procurando mantenerse erguido.

—¡La bruja, Lee! ¡Has mencionado a la bruja! ¿Te acuerdas?

Para entonces la pobre Hester estaba tendida, no agazapada en actitud tensa y vigilante como solía desde que era adulta, y sus hermosos ojos dorados perdían brillo.

—Siguen igual de hermosos —dijo Lee—. Oh, Hester, sí, la bruja. Me dio...

—Sí, la flor...

—Está en el bolsillo de la pechera. Cógela tú, Hester; yo no puedo moverme.

Tras un duro forcejeo, consiguió sacar la florecilla escarlata con sus fuertes dientes y la posó en la mano derecha de Lee, que con un gran esfuerzo la cerró y murmuró:

—¡Serafina Pekkala! Ayúdeme, se lo ruego...

Hester agonizaba.

—Hester, no te vayas antes que yo —susurró Lee.

—No soportaría estar lejos de ti ni un solo segundo —musitó el daimonion.

—¿Crees que vendrá la bruja?

—Seguro. Debimos llamarla antes.

—Hay un montón de cosas que debimos hacer.

—Tal vez...

Sonó otra detonación, y esa vez la bala se hundió en el torso de Lee, buscando el centro de su vida. No lo encontrará aquí, pensó; Hester es mi centro. Entonces atisbó una mancha azul y apuntó el fusil hacia ella.

—Ahí lo tienes —musitó Hester.

Le costó apretar el gatillo. A esas alturas todo le suponía un gran esfuerzo. Lo intentó tres veces hasta conseguirlo. El uniforme azul rodó por la pendiente.

Siguió otro prolongado silencio. El dolor estaba perdiéndole el respeto. Era como una manada de chacales que lo rodeaban, husmeando, estrechando cada vez más el cerco, y sabía que no lo dejarían hasta devorarlo por completo.

—Queda un hombre —musitó Hester—. Se dirige al zepelín.

Lee divisó la borrosa figura de un soldado de la Guardia Imperial que huía del escenario de la derrota de su compañía.

—No puedo dispararle por la espalda —arguyó Lee.

—Pero es una lástima morir sin disparar la última bala.

Lee apuntó al zepelín, que todavía rugía tratando de elevarse con un solo motor. El proyectil debía de estar al rojo vivo, o tal vez alguna corriente hubiera transportado desde el bosque un tizón candente, pues de pronto el gas estalló formando una bola de fuego, y la envoltura y la armazón de metal ascendieron un instante antes de iniciar una lenta y suave caída preñada de muerte.

De este modo el soldado que se daba a la fuga y los otros seis o siete que aún quedaban y no se habían atrevido a acercarse más al hombre que oponía resistencia en el barranco fueron engullidos por el fuego.

Mientras Lee miraba la bola de llamas y oía su crepitar, Hester comentó:

—Ya no queda ninguno, Lee.

—Esos pobres hombres no tenían por qué acabar así, y tampoco nosotros.

—Los hemos contenido. Hemos resistido. Estamos ayudando a Lyra.

A continuación pegó su menudo y orgulloso ser a la cara de Lee, y murieron los dos.

15

MUSGO DE LA SANGRE

*S*eguid —les indicaba el aletiómetro—. Seguid subiendo.

Por tanto, ellos continuaban subiendo. Las brujas sobrevolaban el terreno para descubrir las mejores rutas, porque pronto las laderas se tornaron abruptas y pedregosas. Cuando el sol ascendía hacia su cenit, los viajeros se hallaron en un irregular paraje, con resecos barrancos, despeñaderos y valles atestados de cantos rodados donde no crecía ni una sola hoja verde ni se oían más sonidos que los chirridos de los insectos.

Continuaron caminando, deteniéndose sólo para beber agua de los pellejos que habían comprado, sin apenas hablar. Pantalaimon voló encima de Lyra un rato y, cuando se cansó, se convirtió en un carnero de montaña que, ensoberbecido por su cornamenta, saltaba con agilidad entre las rocas mientras la niña avanzaba trabajosamente a su lado. Will andaba con humor sombrío, los ojos entornados frente al ardiente sol, insensible al dolor que arreciaba en su mano, hasta que por fin alcanzó un estado en que sólo le sentaba bien el movimiento, de tal modo que le producía mayor sufrimiento el reposo que aquella dura marcha. Desde que había fracasado el conjuro para contener la hemorragia, tenía la impresión de que las brujas lo miraban con temor, como si estuviera marcado por una maldición que desafiaba sus poderes.

Al llegar a un pequeño lago —un círculo de un intenso azul de apenas treinta metros de anchura entre las rojizas rocas—, hicieron un alto para beber, llenar los pellejos y remojarse los doloridos pies en las heladas aguas. Al cabo de unos minutos reanudaron camino y poco después, cuando el sol había alcanzado su punto culminante en altura y ardor, Serafina Pekkala bajó en picado para hablar con ellos.

—Debo dejaros un rato —les informó con agitación—. Lee Scoresby me necesita. No sé por qué, pero no me llamaría si no se encontrara en un apuro. Seguid adelante, ya os localizaré.

—¿El señor Scoresby? —se interesó Lyra, entre alegre y preocupada—. Pero ¿dónde...?

Sin embargo, Serafina ya había alzado el vuelo y enseguida se perdió en la distancia. De manera instintiva Lyra tendió la mano hacia el aletiómetro para preguntarle qué le ocurría a Lee Scoresby, pero se reprimió, porque había prometido que se limitaría a guiar a Will.

Entonces lo miró. Estaba sentado cerca, con la mano, que no dejaba de sangrar, sobre la rodilla y el rostro demudado.

—Will, ¿sabes por qué tienes que encontrar a tu padre?

—Siempre he sabido que tenía que encontrarlo. Mi madre decía que yo tomaría su manto. Es lo único que sé.

—¿Qué significa eso de «tomar su manto»? ¿Qué es un manto?

—Una tarea, supongo. Sospecho que se refería a que debía continuar su labor. Tiene sentido, digo yo.

Se enjugó el sudor de los ojos con la mano derecha. Lo que no acertaba a explicar era que añoraba a su padre como extraña su hogar un niño perdido. A él no se le habría ocurrido aquella comparación, puesto que su casa era el sitio donde mantenía protegida a su madre, no el lugar donde otros lo salvaguardaban a él. El caso era que habían transcurrido cinco años desde aquella mañana de sábado en que el supuesto juego de esconderse de los enemigos tomó un cariz desesperadamente real en el supermercado, un período de tiempo muy largo en su vida, y su corazón ansiaba oír: «Muy bien, muy bien, hijo. Nadie podía haberlo hecho mejor. Me enorgullezco de ti. Ven a descansar ahora.»

Apenas si era consciente de cuánto anhelaba oír esas palabras. Se trataba de algo incrustado en su manera de sentir. No pudo pues expresarlo a Lyra entonces, aunque ella lo advirtió en sus ojos. La niña vivía como una auténtica novedad aquella capacidad perceptiva. Constataba con sorpresa que, en lo que a Will se refería, estaba adquiriendo una especie de sexto sentido. Todo cuanto guardaba relación con él lo captaba con claridad e inmediatez.

Se lo habría comentado de no haberse posado entonces junto a ellos una bruja.

—He visto que nos siguen —anunció—. Aún están lejos, pero avanzan deprisa. ¿Queréis que me acerque para investigar?

—Sí —respondió Lyra—, pero vuela bajo y con prudencia para que no te vean.

Will y Lyra se pusieron de nuevo en pie para reemprender la fatigosa subida.

—He pasado frío muchas veces —explicó Lyra—, pero nunca tanto calor. ¿Hace este mismo calor en tu mundo?

—Donde yo vivía, no. Bueno, normalmente no. De todos modos el clima está cambiando. Ahora los veranos son más calurosos que antes. Dicen que las personas están alterando la atmósfera con productos químicos y que el tiempo se está trastocando.

—Sí, a veces pasa —acordó Lyra—. Y nosotros estamos en medio de la alteración.

Agobiado a su vez por el calor y la sed, Will optó por guardar silencio, y así continuaron sin resuello el ascenso. Pantalaimon, con la forma de un grillo, permanecía posado en el hombro de Lyra, demasiado cansado para saltar o volar. De vez en cuando las brujas avistaban un manantial cerca de las cumbres y bajaban para llenar los odres de los niños. Pronto habrían muerto sin agua y por donde transitaban resultaba imposible hallarla, porque todas las fuentes que afloraban no tardaban en quedar engullidas de nuevo entre las rocas.

De este modo seguían avanzando mientras se consumía la tarde.

La bruja que había retrocedido para averiguar quiénes los seguían se llamaba Lena Feldt. Voló bajo, de risco en risco, y cuando el sol al ponerse arrancó violentos tonos rojizos de las rocas, llegó al pequeño lago azul y encontró una tropa de soldados que instalaban un campamento.

Le bastó una simple ojeada para percatarse de algo que hubiera preferido no saber: aquellos soldados no tenían daimonions. Y no pertenecían al mundo de Will, ni al de Cittàgazze, donde la gente tenía los daimonions en su interior y conservaba una apariencia normal de vida. Esos hombres eran de su mundo, y verlos sin daimonion producía una indecible repugnancia y horror.

De una tienda situada junto al lago surgió la explicación. Lena Feldt vio a una atractiva mujer, una humana de corta vida, vestida con un traje caqui de caza, tan rebosante de vida como el mono dorado que empezó a trotar a su lado por la orilla del agua.

La bruja se escondió entre las rocas y observó cómo la señora Coulter hablaba con el oficial mientras los subordinados de éste montaban tiendas, encendían hogueras y ponían agua a hervir.

Lena Feldt, que había participado con Serafina Pekkala en el rescate de los niños de Bolvangar, sintió un deseo irrefrenable de matar a la señora Coulter en el acto, pero la fortuna debía de proteger a ésta, pues se hallaba demasiado lejos para que lograra hacer blanco en ella con un arco, y si se acercaba más la descubrirían. Por eso inició el encantamiento. Le costó diez minutos de honda concentración terminarlo.

Satisfecha por fin, Lena Feldt bajó por la rocosa pendiente hasta el lago, y mientras atravesaba el campamento un par de soldados que semejaban autómatas la observaron un instante, pero como les costaba demasiado retener lo que veían, desviaron la vista. La bruja se detuvo ante la tienda donde había entrado la señora Coulter y dispuso una flecha en el arco.

Prestó atención al murmullo de voces que se filtraba por la lona y luego se desplazó con cuidado hasta la entrada de la tienda, que permanecía abierta.

En su interior, la señora Coulter conversaba con un hombre a quien Lena Feldt nunca había visto; un individuo entrado en años, de cabello gris y aspecto de persona vigorosa, con un daimonion serpiente enroscado en la muñeca. Estaba sentado en una silla de lona junto a la mujer, que hablaba en voz baja, inclinada hacia él.

—Desde luego, Carlo. Te diré lo que quieras. ¿Qué te interesa saber?

—¿Cómo controlas a los espantos? —inquirió el hombre—. Yo no lo creía posible, pero lo cierto es que te siguen como perrillos... ¿Acaso les asusta tu guardia?

—Es muy sencillo. Saben que les proporcionaré más alimento si me dejan vivir que si me consumen. Puedo conducirlos a tantas víctimas como alcanzan a desear sus corazones de fantasmas. En cuanto me los describiste tuve la certeza de que podría dominarlos, y no me equivocaba. ¡Pensar que todo un mundo tiembla ante el poder de esos pálidos seres! Pero Carlo —susurró—, también puedo complacerte a ti, ya lo sabes. ¿No te gustaría que te complaciera aún más?

—Marisa —murmuró él—, ya me reporta placer suficiente tenerte cerca de mí...

—No; no es cierto, y tú lo sabes. Sabes que puedo brindarte un placer mayor.

Su daimonion acariciaba con sus negras manos callosas al daimonion serpiente. Poco a poco ésta se relajó y comenzó a reptar por el brazo del hombre en dirección al mono. La mujer tomó un sorbo de vino de la copa y se inclinó aún más hacia su acompañante.

—Ah —exclamó éste, al tiempo que el reptil resbalaba de su brazo y se dejaba caer en las manos del mono dorado.

El mono atrajo lentamente el reptil a su cara y le rozó con la mejilla la piel esmeralda. La serpiente sacó la negra lengua varias veces, ora a un lado ora al otro, y el hombre suspiró.

—Carlo, cuéntame por qué persigues al niño —susurró la señora Coulter, con voz tan dulce como la caricia del mono—. ¿Por qué deseas encontrarlo?

—Tiene algo que yo quiero. Ay, Marisa...

—¿De qué se trata, Carlo?

El hombre negó con la cabeza. Sin embargo, le costaba resistirse; su daimonion estaba amorosamente prendido al pecho del mono y se frotaba la cabeza contra su larga y lustrosa pelambre mientras el otro recorría con las manos su lisa piel.

Lena Feldt los observaba desde su invisibilidad, a sólo dos pasos de distancia, con el arco tenso y la flecha a punto. Podría haber disparado en menos de un segundo, y la señora Coulter habría muerto al instante, pero la bruja era curiosa, y por eso permaneció quieta, espiando en silencio.

Estaba tan absorta que se olvidó de mirar a su espalda. Al otro lado del pequeño lago azul parecía haber crecido un bosquecillo de fantasmagóricos árboles, un bosquecillo que de vez en cuando se agitaba con un temblor semejante a una intención consciente. No se componía de árboles, desde luego, y mientras Lena Feldt y su daimonion dedicaban toda su atención a la señora Coulter, una de las pálidas formas se desgajó de sus compañeras y se desplazó ingrávida sobre la gélida superficie del agua, sin provocar ni una sola ondulación, para detenerse a escasos centímetros de la roca sobre la que se hallaba el daimonion de Lena Feldt.

—Dímelo, Carlo —murmuraba la señora Coulter—. Podrías susurrarlo. Podrías hacer como si hablaras en sueños, ¿y quién te lo reprocharía? Dímelo, dime qué tiene el niño y por qué lo quieres. Yo podría conseguirlo y dártelo. ¿No te gustaría? Dímelo, Carlo. Yo no lo quiero. A mí me interesa la niña. ¿De qué se trata? Dímelo y será tuyo.

El hombre experimentó un leve estremecimiento y, con los ojos cerrados, se decidió a revelar su secreto.

—Es una daga. La daga sutil de Cittàgazze. ¿No has oído hablar de ella, Marisa? Algunos la llaman *teleutaia makhaira*, la última daga. Otros la llaman Æsahættr...

—¿Para qué sirve, Carlo? ¿Qué tiene de especial?

—Ah... Su filo todo lo corta... Ni siquiera quienes la forjaron sabían de qué era capaz. Nada ni nadie, ninguna materia, espíritu, ángel o aire, es invulnerable a ella. Es mía, Marisa, ¿lo entiendes?

—Por supuesto, Carlo. Te lo prometo. Acerca la copa; te serviré más vino.

Mientras el mono dorado prodigaba amorosas caricias a la serpiente esmeralda y sir Charles suspiraba de placer con los ojos cerrados, Lena Feldt observó que la señora Coulter vertía unas gotas de un pequeño frasco en la copa antes de llenarla de vino.

—Toma, querido —musitó—. Bebamos a nuestra salud.

Algo achispado ya, el hombre cogió la copa y tomó varios sorbos con avidez.

Después, sin previo aviso, la señora Coulter se levantó y, volviéndose, miró a Lena Feldt a la cara.

—¿Qué, bruja? ¿Cree que no sé cómo os hacéis invisibles?

Lena Feldt la observaba con estupefacción, incapaz de reaccionar.

Entretanto, con el pecho agitado y el rostro enrojecido, el hombre se esforzaba por respirar. Su daimonion reposaba desmayado en las manos del mono, que lo arrojó a un lado con un desdeñoso gesto.

Lena Feldt intentó elevar el arco, pero una fatal parálisis en el hombro se lo impidió. No le respondían los músculos. Era la primera vez que le ocurría algo semejante. Emitió una exclamación de alarma.

—Oh, es demasiado tarde para eso —señaló la señora Coulter—. Mire hacia el lago, bruja.

Lena Feldt se volvió y vio cómo su daimonion, un escribano nival, agitaba frenéticamente las alas entre agudos chillidos, como si estuviera encerrado en una urna vacía de aire; luego se desplomó y abrió el pico tratando de respirar, presa de pánico. El espanto lo había envuelto.

—¡No! —exclamó Lena Feldt.

Intentó caminar hacia él, pero un espasmo en el estómago la obligó a detenerse. A pesar de las náuseas que la asaltaban y la congoja, la bruja percibió que la señora Coulter poseía una fuerza en su alma como no había visto otra igual. No le sorprendió descubrir que el espanto obedecía sus órdenes: nadie se resistía a su autoridad.

—¡Suéltelo! ¡Déjelo, por favor! —le rogó Lena Feldt con angustia.

—Ya veremos. ¿Está la niña con ustedes? ¿La niña Lyra?

—¡Sí!

—¿Y también un niño? ¿Un niño con una daga?

—Sí... le suplico...

—¿Y cuántas brujas van?

—¡Veinte! ¡Suéltelo, suéltelo!

—¿Todas volando? ¿O van algunas a pie con los niños?

—Casi todas volando, aunque siempre hay tres o cuatro en el suelo... ¡Qué angustia, suéltelo o máteme ya!

—¿A qué distancia se encuentran? ¿Siguen avanzando o se han parado a descansar?

Lena Feldt respondió a su interrogatorio. Habría resistido cualquier tortura salvo la que padecía entonces su daimonion. Una vez que hubo averiguado cuanto le interesaba saber acerca de la situación de las brujas y la protección que dispensaban a Lyra y a Will, la señora Coulter le formuló otra pregunta:

—Y ahora contésteme a esto. Las brujas sabéis algo sobre Lyra. Me faltó poco para sonsacárselo a una de sus hermanas, pero murió mientras la torturábamos. Aquí no hay nadie que pueda salvarla a usted. Dígame la verdad sobre mi hija.

—Ella será la madre... —respondió sin aliento Lena Feldt—. Será la vida... madre... ella desobedecerá... ella...

—¡Diga su nombre! ¡Está omitiendo lo más importante! ¡Nómbrela! —exigió a gritos la señora Coulter.

—¡Eva! ¡La madre de todos! ¡Una nueva Eva! ¡La madre Eva! —explicó Lena Feldt entre sollozos.

—Ah. —La señora Coulter exhaló un profundo suspiro, como si por fin entendiera cuál era el propósito de su vida.

Aun acosada por el dolor, la bruja tomó conciencia de lo que acababa de hacer y quedó horrorizada.

—¿Qué va a hacerle? ¿Qué va a hacer?

—Tendré que destruirla, claro —afirmó—, para impedir otra Caída... ¿Cómo no me había dado cuenta antes? Era demasiado formidable para concebirlo siquiera, por supuesto...

Juntó las manos con un arrobo casi infantil, con los ojos muy abiertos. Entre sollozos, Lena Feldt escuchó su monólogo.

—Claro. Asriel declarará la guerra a la Autoridad, y luego... Claro, claro... Lo mismo que ocurrió antes... se repetirá. Y Lyra es Eva. Y esta vez no sucumbirá a la tentación. Yo me encargaré de ello. No habrá Caída...

La señora Coulter se irguió y chasqueó los dedos. El espanto que se nutría del pequeño escribano nival se apartó, y éste quedó tendido en la roca, temblando. La pálida forma se desplazó hacia la bruja, cuyo padecimiento anterior se dobló, se triplicó y aún aumentó más, hasta quedar multiplicado por mil. Sintió una náusea del alma, una horrible y repulsiva desesperación y una melancólica fatiga tan profundas que la llevarían a la muerte. Su último pensamiento consciente fue de desprecio hacia la vida: sus sentidos la habían engañado; el mundo no se componía de energía y goce, sino de vileza, traición y lasitud. La existencia era odiosa y la muerte no era mejor: de un confín al otro del universo, aquélla era la primera, última y única verdad.

Lena Feldt quedó inmóvil, con el arco en la mano, indiferente, muerta en vida, y en consecuencia no se interesó por lo que hizo a continuación la señora Coulter. Sin mirar siquiera al hombre de cabello cano que permanecía sin conocimiento en la silla de lona ni a su daimonion, enroscado sin color en la tierra, llamó al capitán de los soldados y les ordenó que se prepararan para efectuar una marcha nocturna montaña arriba.

Después se acercó a la orilla del lago y llamó a los espantos, que acudieron con prontitud, deslizándose cual pilares de niebla sobre el agua. Entonces la mujer levantó los brazos y les hizo olvidar que estaban atados a la tierra, de forma que uno tras otro se elevaron y, suspendidos en el aire cual dañinos vilanos de cardo, se perdieron en la noche transportados por las corrientes de aire hacia Will, Lyra y las otras brujas.

Lena Feldt no se percató de nada.

La temperatura descendió bruscamente al caer la noche, y después de comer sus últimas provisiones de pan seco, Will y Lyra se tendieron bajo un saliente rocoso, donde trataron de entrar en calor y conciliar el sueño. Lyra no tuvo que esforzarse, ya que enseguida se durmió, acurrucada en torno a Pantalaimon. Will en cambio permanecía en vela, debido, por una parte, a su mano, que no le permitía descansar a causa de la hinchazón y el violento palpitar que se propagaba ya hasta el codo, y por otra a la dureza del suelo y al frío, además de su tremendo agotamiento y la añoranza que sentía por su madre.

Temía por ella, por supuesto, y sabía que estaría más segura si él se hallara a su lado para cuidarla; pero deseaba que ella cuidara también de él, como cuando era muy niño. Le habría gustado que le pusiera la venda, lo arropara en la cama, le cantara una nana, disipara todas sus preocupaciones y lo envolviera con toda la calidez y ternura maternales que tanto necesitaba. Por desgracia Will nunca vería cumplido su deseo. Como en el fondo aún conservaba el desamparo de la primera infancia, rompió a llorar, procurando, eso sí, no moverse para no despertar a Lyra.

No había forma de dormir. Estaba más despejado que nunca. Finalmente estiró las entumecidas piernas, se levantó con sigilo, temblando, y con la daga en la cintura echó a andar montaña arriba para apaciguar su inquietud.

A su espalda el daimonion petirrojo de la bruja centinela ladeó la cabeza y ella se volvió y, al verlo trepar por las rocas, tomó su rama de pino y en silencio echó a volar, no con la intención de detenerlo, sino de vigilar que no le ocurriera nada.

Él no se percató siquiera. Le apremiaba una necesidad tal de moverse que apenas si conservaba conciencia del dolor de la mano. Tenía la impresión de que debía caminar toda la noche y todo el día, indefinidamente, porque sólo así lograría calmar aquella fiebre instalada en su pecho. Como si quisiera solidarizarse con él, se levantó un furioso viento que le azotó el cuerpo y le alborotó el cabello. Todo estaba desapacible dentro y fuera de sí.

Siguió subiendo y subiendo, sin plantearse que tendría que volver sobre sus pasos para reunirse con Lyra, hasta llegar a una pequeña meseta que parecía situada en la cima del mundo; ninguna montaña de los alrededores la superaba en altura. Bajo el brillante resplandor de la luna los únicos colores perceptibles eran un negro intenso y un blanco mortecino, todos los contornos eran puntiagudos y todas las superficies aparecían peladas.

El viento debía de haber desplazado las nubes, porque de repente la luna quedó tapada y la oscuridad se extendió sobre el paisaje. Debía de tratarse de densos nubarrones, pues no dejaban atravesar ni un asomo de luz. En menos de un minuto Will se halló rodeado de impenetrables tinieblas.

De pronto notó que alguien lo agarraba del brazo. Con una exclamación de asombro, trató de zafarse al instante, pero la mano que lo sujetaba parecía una tenaza. Aquello acabó de exasperarlo.

Con el sentimiento de haber llegado al final de todo, pensó que si allí había de terminar su vida, pelearía hasta su último aliento.

Por más que se retorció, pateó y forcejeó, aquella mano no lo soltaba, y puesto que era el brazo derecho el que le retenía, no podía desenfundar la daga. Lo intentó con la izquierda, pero entre las sacudidas, el dolor y la hinchazón le resultó imposible. Tenía que luchar, pues, con una sola mano, herida y desarmada, contra un hombre adulto.

Hincó los dientes en la mano que lo tenía cogido por el antebrazo, y la única reacción que obtuvo de su adversario fue un fuerte golpe en la nuca. Entonces empezó a dar patadas, algunas certeras, sin dejar de tirar, revolverse, debatirse y empujar, pero el individuo lo mantenía aferrado con firmeza.

Mientras oía sus propios jadeos y los gruñidos y la respiración afanosa de su oponente, notó que tenía la pierna izquierda detrás de la de éste; entonces se inclinó con fuerza hacia atrás, y los dos cayeron pesadamente al suelo. El hombre no aflojó ni por un instante la presión, de forma que mientras rodaba con él sobre el pedregoso terreno, Will se vio invadido por un opresivo temor: aquel individuo no lo soltaría jamás, y aunque lo matara su cadáver continuaría atenazándole el brazo.

Dominado ahora por una creciente debilidad, Will lloraba y sollozaba al tiempo que asestaba patadas, tirones y golpes con la cabeza, consciente de que pronto dejarían de responderle los músculos. De repente notó que el hombre se había quedado quieto, aunque continuaba agarrándolo con la misma firmeza. Estaba tumbado, sin defenderse del ataque de Will, que al darse cuenta de ello se dejó caer, ya sin fuerzas, a su lado, tenso y aturdido.

Después se incorporó trabajosamente y escudriñando la oscuridad distinguió una mancha blanca en el suelo, junto al hombre; correspondía al pecho y la cabeza de una gran ave, un pigargo, un daimonion, que permanecía inmóvil. Will trató de liberar el brazo con un débil tirón, pero el hombre se lo impidió. Entonces comenzó a moverse, a palparle con tiento la mano derecha, y Will se estremeció.

—Dame la otra mano —indicó el desconocido.

—Con cuidado —le pidió Will.

La mano libre del hombre se desplazó al brazo izquierdo de Will, luego bajó hasta la muñeca. Con la punta de los dedos recorrió la palma hinchada y tentó con suma delicadeza los muñones.

Entonces aflojó al instante la presión de la otra mano y se incorporó.

—Tienes la daga. Tú eres su portador.

La voz era profunda y áspera, pero apagada. Will intuyó que estaba grave. ¿Acaso lo había herido sin advertirlo?

El muchacho seguía tumbado sobre las piedras, exhausto. Tan sólo percibía el contorno del hombre, agachado ante él, pero no le veía la cara. Rebuscaba algo a su lado, y al cabo de un momento Will sintió un maravilloso y reconfortante frescor que desde los muñones se extendía por toda su mano, gracias a la pomada que el individuo le aplicaba por medio de un masaje.

—¿Qué hace? —preguntó Will.

—Curarte la herida. No te muevas.

—¿Quién es?

—El único hombre que conoce la utilidad de la daga. Mantén la mano en alto, quieta.

El viento soplaba con renovada furia y Will notó en la cara un par de gotas de lluvia. A pesar de sus violentos temblores, sujetó la mano izquierda con la derecha mientras el hombre le extendía más ungüento sobre los muñones y le envolvía la herida con un vendaje de lino.

Cuando hubo terminado, el desconocido se dejó caer pesadamente a su lado. Will, todavía perplejo por la bendita insensibilidad y el frescor que le había aportado a la mano, intentó incorporarse para observarlo. La oscuridad se lo impidió no obstante, de modo que de forma inconsciente adelantó la mano derecha y le tocó el pecho, donde el corazón latía como un pajarillo pegado a los barrotes de una jaula.

—Sí —dijo con voz ronca el hombre—. Prueba a curar eso, vamos.

—¿Está enfermo?

—Pronto me encontraré mejor. Tienes la daga, ¿verdad?

—Sí.

—¿Y sabes cómo utilizarla?

—Sí, sí. Pero ¿usted es de este mundo? ¿Cómo sabe lo de la daga?

—Escucha —pidió el hombre, sentándose con esfuerzo—, no me interrumpas. Tú eres el portador de la daga y tienes que cumplir una misión más trascendente de lo que puedas imaginar. Un niño... ¿Cómo lo han permitido? Bien, nada se puede hacer... Se avecina una guerra, chico, la mayor que ha habido jamás. Anteriormente se libró una contienda parecida, y esta vez debe lograr la victoria el bando adecuado. No hemos tenido más que mentiras, propaganda, crueldad y fraude a lo largo de los milenios de la historia de la humanidad. Es hora de que comencemos desde cero, por el buen camino esta vez... —Hizo una pausa para tomar aire con varias ruidosas inspiraciones—. La daga... —prosiguió al cabo de un minuto—. Aquellos viejos filósofos nunca tuvieron conciencia de lo que creaban. Inventaron un instrumento capaz de dividir la más ínfima de las partículas de materia y lo usaron para robar caramelos. Ignoraban que habían forjado la única arma existente en cualquiera de los universos capaz de derrotar al tirano, a la Autoridad, a Dios. Los ángeles rebeldes sucumbieron porque no disponían de nada semejante, pero ahora...

—¡Yo no la quería! ¡No la quiero! —protestó Will—. ¡Quédesela si la desea! Yo la detesto y detesto lo que hace...

—Demasiado tarde. No tienes alternativa. Eres el portador. Ella te ha elegido. Además, ellos saben que la tienes, y si no la utilizas en su contra, te la arrebatarán y la usarán para sojuzgarnos a los demás hasta el fin de los tiempos.

—Pero ¿por qué debería luchar contra ellos? He peleado demasiado, no puedo seguir haciéndolo. Lo que quiero...

—¿Has ganado las peleas?

—Sí; me parece que sí —reconoció tras un breve silencio.

—¿Luchaste para conseguir la daga?

—Sí, pero...

—Entonces eres un guerrero, no cabe duda. Puedes poner en entredicho lo que quieras, pero te resultará imposible negar tu propia naturaleza.

Will sabía que tenía razón. Sin embargo aquélla era una verdad dolorosa, que le costaba digerir. El hombre pareció intuirlo.

—Existen dos grandes poderes —declaró— que se enfrentan desde el comienzo de los tiempos. Todo avance en la vida del hombre, todo jirón de conocimiento, sabiduría y decencia que poseemos se lo ha arrancado de los dientes un bando al otro. Cada pequeño incremento en la libertad humana se ha conseguido a costa de una lucha feroz entre quienes desean que sepamos más y seamos más sabios y fuertes y quienes pretenden que obedezcamos y seamos humildes y sumisos.

»Ahora esos dos poderes se preparan para la batalla. Ambos codician tu daga más que ninguna otra cosa. Tienes que elegir, chico. Tú y yo hemos sido conducidos hasta aquí, tú con la daga y yo para hablarte de ella.

—¡No! ¡Se equivoca! —exclamó Will—. ¡Yo no buscaba nada por el estilo! ¡No buscaba esto!

—Creas lo que creas, lo has encontrado —replicó el hombre en las tinieblas.

—¿Qué debo hacer?

Y entonces Stanislaus Grumman, Jopari, John Parry vaciló. Recordaba con dolor el juramento que había prestado a Lee Scoresby y titubeó antes de quebrantarlo; pero lo quebrantó.

—Debes ir a donde está lord Asriel —contestó— y decirle que te envía Stanislaus Grumman, que tienes el arma que necesita más que ninguna otra. Te guste o no, chico, tienes una tarea que cumplir. Olvídate de todo lo demás, por muy importante que lo consideres, y obedéceme. Aparecerá alguien para guiarte: la noche está llena de ángeles. La herida se te curará enseguida. Espera, antes de que te marches quiero verte bien.

Buscó a tientas su mochila y sacó algo. Después de retirar varias capas de hule, acercó una cerilla encendida a una pequeña linterna. A su luz, a través del viento salpicado de lluvia, el hombre y el niño se miraron.

Will vio unos ardientes ojos azules destacados en una cara demacrada, marcada por la fatiga y el dolor, con barba cana de varios días sobre un mentón prominente, y un cuerpo delgado encorvado bajo una pesada capa orlada de plumas.

El chamán vio a un chiquillo aún más joven de lo que pensaba, que se estremecía vestido sólo con una camisa hecha jirones; su rostro reflejaba agotamiento, fiereza y recelo, además de una tremenda curiosidad que añadía brillo a aquellos ojos tan grandes, presididos por unas cejas morenas y rectas, tan parecidos a los de su madre...

En ese instante ambos tuvieron el primer atisbo de algo imprevisto.

En ese preciso instante, cuando la linterna alumbraba la cara de John Parry, algo cayó del tenebroso cielo, y se desplomó muerto sin poder pronunciar palabra alguna, con una flecha clavada en su delicado corazón. El daimonion pigargo desapareció en un abrir y cerrar de ojos.

Will quedó paralizado, estupefacto.

Con el rabillo del ojo vio algo que se movía y tendió con presteza la mano. Descubrió que había agarrado un petirrojo, un daimonion que se debatía presa de pánico.

—¡No! ¡No! —exclamó la bruja Juta Kamainen antes de abatirse hacia él, apretándose el pecho, para caer a trompicones en el rocoso suelo.

Aún no había recobrado el equilibrio cuando Will le colocó la hoja de la daga sutil en la garganta.

—¿Por qué ha hecho eso? —vociferó—. ¿Por qué lo ha matado?

—¡Porque lo amaba y me desdeñó! ¡Yo soy una bruja y no perdono!

Y puesto que era una bruja, en condiciones normales no se habría asustado de un niño. No obstante Will sí le inspiró miedo. En aquel muchacho herido captó más fuerza y peligro de los que había percibido antes en un humano. Retrocedió y él la siguió y la agarró por el pelo con la mano izquierda. No acusó dolor alguno; sentía sólo una inmensa y desgarradora desesperación.

—No sabe quién era —exclamó el chico—. ¡Era mi padre!

—No —musitó la bruja con incredulidad—. ¡No! No puede ser cierto. ¡Es imposible!

—¿Cree que las cosas tienen que ser posibles? ¡Sólo tienen que ser verdad! ¡Era mi padre, y ni él ni yo lo sabíamos hasta el segundo en que usted lo mató! Bruja, he esperado toda mi vida, he recorrido todo este camino y cuando por fin lo encuentro, viene usted y lo mata...

La sacudió por la cabeza como a un guiñapo y la arrojó con violencia al suelo. Aun siendo grande el miedo que sentía Juta Kamainen, mayor era su perplejidad. Se levantó aturdida y le asió por la camisa con gesto suplicante. Will la apartó de sí con un golpe.

—¿Qué hizo él para que sintiera deseos de matarlo? ¡Dígamelo si puede!

La bruja posó la mirada en el muerto, luego en Will y meneó la cabeza con tristeza.

—No; no puedo explicarlo. Eres demasiado joven para entenderlo. Yo lo amaba. Ése era el motivo, el único motivo.

Cayó mansamente de costado, empuñando el cuchillo que acababa de desprender de su cinto y, antes de que Will pudiera detenerla, se lo clavó entre las costillas.

Will no sintió horror, sólo desolación y desconcierto.

Se puso en pie despacio y observó a la bruja muerta: su lustroso pelo negro, sus mejillas arreboladas, sus lisos y pálidos brazos mojados por la lluvia, sus labios entreabiertos como los de una amante.

—No lo entiendo —confirmó en voz alta—. Es demasiado extraño.

Después se volvió hacia el hombre muerto, su padre.

Un millar de palabras se agolparon en su garganta, y sólo la lluvia mitigaba el ardor de sus ojos. En la pequeña linterna, la llama todavía vacilaba y se avivaba al capricho del aire que penetraba por la ranura de su ventana mal ajustada, y a su luz Will se arrodilló y posó la mano en el cuerpo del cadáver. Le tocó la cara, los hombros, el pecho; le cerró los ojos, le apartó el mojado cabello gris de la cara, le apretó las ásperas mejillas, le cerró la boca, le estrechó las manos.

—Padre. Papá, papá... Padre... No comprendo por qué ha hecho eso. Es demasiado extraño para mí. Sin embargo, haré lo que me pediste, te lo prometo, te lo juro. Lucharé, seré un guerrero. Entregaré esta daga a lord Asriel, esté donde esté, y le ayudaré a luchar contra ese enemigo. Lo haré. Ahora ya puedes descansar. Duerme.

Junto al cadáver se encontraba la mochila de piel con el hule, la linterna y la cajita de cuerno con el ungüento de musgo de la sangre. Tras recogerlos, Will reparó en la capa orlada de plumas de su padre, que se extendía tras él, pesada y empapada, pero caliente. Su padre ya no la necesitaba y él temblaba de frío, de modo que desabrochó la hebilla de bronce que la mantenía sujeta a su cuello, se colgó la mochila al hombro y se envolvió con ella.

A continuación apagó la linterna, observó las borrosas siluetas de su padre y de la bruja y miró una vez más a aquél antes de dar media vuelta e iniciar el descenso.

En medio de la tormenta, el aire estaba cargado de electricidad y susurros. Entre el ulular del viento Will percibía otros sonidos: confusos ecos de gritos y cánticos, el entrechocar del metal, un enérgico aleteo que ora se oía muy próximo, como si sonara dentro de su propia cabeza, ora desde una lejanía tal que podría haberse concretado en otro planeta. Las piedras que encontraba a su paso estaban sueltas y resbaladizas, y aunque el descenso resultaba mucho más duro que la subida, él avanzaba con paso seguro.

Cuando se disponía a enfilar el último pequeño barranco que lo conduciría al sitio donde dormía Lyra, se detuvo en seco. En la oscuridad distinguió dos hombres, inmóviles, como si lo esperaran. Will posó la mano en la daga.

—¿Eres el niño de la daga? —inquirió uno. Su voz guardaba una extraña semejanza con aquellos aleteos que había oído, y Will dedujo que no se trataba de un ser humano.

—¿Quiénes son? —preguntó—. ¿Son hombres o...?

—No, hombres no. Somos Vigilantes. *Bene elim*. En tu lengua, ángeles. Otros ángeles tienen otras funciones y otros poderes. Nuestro cometido es simple: te necesitamos a ti. Hemos seguido al chamán durante todo su viaje, confiando en que nos conduciría hasta ti, y así ha sido. Y ahora hemos acudido para guiarte hasta lord Asriel.

—¿Estuvieron con mi padre todo el tiempo?

—En todo momento.

—¿Lo sabía él?

—En absoluto.

—¿Por qué no intervinieron cuando la bruja lo atacó? ¿Por qué dejaron que lo matara?

—Lo habríamos hecho, si hubiera ocurrido antes, pero su misión había concluido al habernos llevado hasta ti.

Will se abstuvo de hacer ningún comentario. Tenía un torbellino en la cabeza; aquello no era más difícil de comprender que el resto.

—De acuerdo —aceptó por fin—, les acompañaré, pero primero debo despertar a Lyra.

Se apartaron hacia un lado para franquearle el paso y Will notó un hormigueo en el aire al caminar junto a ellos, pero no le concedió mayor importancia, concentrado en descender por la ladera y llegar a donde dormía Lyra.

Sin embargo, algo lo hizo detenerse.

En la penumbra, advirtió que las brujas que montaban vigilancia en torno a Lyra, sentadas o de pie, parecían estatuas, con la salvedad de que respiraban, el único signo de vida que manifestaban. En el suelo yacían también varios cuerpos vestidos con seda negra que le dieron la clave de lo que debía de haber sucedido. Sin duda habían sido atacadas en pleno vuelo por los espantos y habían hallado la muerte al caer, víctimas de la indiferencia.

Pero...

—¿Dónde está Lyra? —preguntó.

No había nadie bajo el saliente de la roca. Lyra había desaparecido. Observó que donde antes dormía la niña yacía ahora su pequeña mochila de lona; sólo por el peso Will concluyó que el aletiómetro seguía dentro.

Meneó la cabeza sin dar crédito a lo sucedido. Lyra había desaparecido, la habían capturado. Había perdido a Lyra.

Los dos *bene elim*, que no se habían movido, le hablaron de nuevo:

—Debes venir con nosotros sin demora. Lord Asriel te necesita ahora mismo. El poder del enemigo crece en cuestión de minutos. El chamán te ha explicado tu misión; debes seguirnos y ayudarnos a ganar. Acompáñanos. Ven por aquí. Vamos.

Will miró a los ángeles, luego la mochila de Lyra, y una vez más a aquellas criaturas, cuyas palabras no acertaba a comprender.

ÍNDICE